PEI
XUNQUANPEIXUNQUAN
UNQUANPEIXUNQUANPEIXU
PEIXUNQUANPEIXUNQUANPEIX
EIXUNQUANPEIXUNQUANPEIXUNQ
QUANPEIXUNQUANPEIXUNQUANPEI
XUNQUANPEIXUNQUANPEIXUNQUAN
PEIXUNQUANPEIXUNQUANPEIXUNQUA
NPEIXUNQUANPEIXUNQUANPEIXUNQUA
NPEIXUNQUANPEIXUNQUANPEIXUNQU
ANPEIXUNQUANPEIXUNQUANPEIXUNQ
UANPEIXUNQUANPEIXUNQUANPEIXU
UNQUANPEIXUNQUANPEIXUNQUAN
ANPEIXUNQUANPEIXUNQUANPEIX
NPEIXUNQUANPEIXUNQUANPEIX
QUANPEIXUNQUANPEIXUNQU
ANPEIXUNQUAN

培训圈

天琦 著

群众出版社
· 北京 ·

图书在版编目（CIP）数据

培训圈／天琦著．—北京：群众出版社，2018.3

ISBN 978-7-5014-5805-9

Ⅰ．①培…　Ⅱ．①天…　Ⅲ．①长篇小说—中国—当代　Ⅳ．①I247.5

中国版本图书馆CIP数据核字（2018）第053645号

培训圈

天　琦　著

出版发行：群众出版社

地　　址：北京市丰台区方庄芳星园三区15号楼

邮政编码：100078

经　　销：新华书店

印　　刷：北京市泰锐印刷有限责任公司

版　　次：2018年3月第1版

印　　次：2018年3月第1次

印　　张：11.625

开　　本：880毫米×1230毫米　1/32

字　　数：332千字

书　　号：ISBN 978-7-5014-5805-9

定　　价：39.00元

网　　址：www.qzcbs.com

电子邮箱：qzcbs@sohu.com

营销中心电话：010-83903254

读者服务部电话（门市）：010-83903257

警官读者俱乐部电话（网购、邮购）：010-83903253

文艺分社电话：010-83903973

目录

第一章　重新步入职场

1

故事是从 2013 年 8 月末开始的。

那个时候的安嘉琦并没有想到，自己做全职母亲，在家三年，重新步入职场的第一份工作，仅仅干了四个月，然后，就迅速地离开了。

以安嘉琦的个性和风格，以安嘉琦过去对职场和个人发展的理解，她还是更希望在一家公司工作的时间尽可能长久一些的。

只是，随着经历和思考的增多，同时也不断看到更多的人和事，现在，安嘉琦的想法也多少有些改变。

她意识到：如果发现与公司、与人不适合，就没有必要再耽误时间和精力，尽早地离开也是一个不错的，甚至是更好的选择。一个人在职场中的发展，还是要尽量找到那些价值观正向的组织。人生中经历的事情、遇到的人，都会给自己留下或多或少的痕迹和影响，如果发现组织或者某些人对自己有可能产生不好的影响，还是尽量早些远离比较好，免得受其影响。最可怕的是，在一个文化不好、价值观不正的组织环境中待的时间久了，自己也会不知不觉地受其影响、受其害。

2

2013 年的安嘉琦，三十六岁，来自东北的一座三线城市。

安嘉琦个子不高，只有一米五五，小骨架，始终很瘦；五官清秀，性格文静内向，不爱多说话。

随着年龄和经历的增长，随着在职场上的发展，随着心态的逐步平和，嘉琦越来越呈现出一种知性美。她的好朋友江千慧说嘉琦“是一个温润如玉的女子”；也有培训界的朋友说，“一看到嘉琦，就能看出读书的女人和不读书的女人在气质上的明显区别。”

嘉琦从小就喜欢读书，而且读的书很杂、很多。来北京前，嘉琦以读小说为主。她在大学期间就购买了张爱玲、方方、亦舒、梁凤仪的全套作品，反复地读了许多遍。从书中的女性身上，嘉琦学到，女人要善良、温柔，同时也要保持独立、坚强和清醒。

来到北京后，嘉琦主要从事管理培训的市场和销售工作。出于工作需要，也是因为自己想学习，最近几年，嘉琦更是读了许多有关管理、经济、心理学、销售等多个领域的图书。

3

大学毕业后，因为妈妈的强烈要求，安嘉琦只有先回到家乡。工作几年后，嘉琦才离开家乡来到北京。

现在，嘉琦在北京生活、工作已经有八年的时间，她已经完全适应、融入了北京的生活和工作。嘉琦喜欢在北京，更多的是因为这里按规则办事，不需要事事都要找关系、托熟人；她喜欢在北京，是因为个人的发展更多的是凭借个人能力和个人实力；她喜欢在北京，是因为工作中遇到的、合作的人，来自全国各地，和她一样从没有资源和基础开始个人事业的发展；她喜欢在北京，还可以有机会结交许多有水平、有实力的高人。

有的时候，走在北京的街道上，看着两边林立的高楼，安嘉琦都会有一种做梦的感觉：我，怎么就会来到了北京呢？

4

安嘉琦考虑事情向来是比较长远、全面的，她会把所有有可能的情况尽可能地想在前面。她作决策时，会反复思考不同的选择有可能产生的不同后果，会反复考虑有可能产生的短期的、长期的、关键的后果和回报，而她最终选择的往往是那些有利于产生长远的、对自己更为关键和更为重要的回报的决策。而为了这个长远回报，嘉琦可以暂时放弃近期的收益。

在孩子出生后三年，安嘉琦并没有正式工作，而是在家里做全职母亲，以照顾孩子为主。

嘉琦庆幸于做了这样的选择。她的女儿成长得很好，很少生病，嘉琦从来没有半夜抱着孩子去医院的痛苦经历；女儿健康、独立、乐观、大方、懂事，这些都让嘉琦感觉很欣慰、很有成就感。

现在，女儿上幼儿园了，嘉琦也需要重新出来工作，她也很想重新出来工作，她不想与职场、与社会脱离得太久、太远。

想来想去，嘉琦最终决定，还是继续从事管理培训工作。来到北京后，她从事企业管理培训工作有几年时间，积累了一些经验和资源。嘉琦还是挺喜欢培训行业的，而且她觉得自己的性格也很适合从事培训工作。

在家照顾孩子的三年，嘉琦并没有完全脱离培训行业，她始终关注、了解着业内的信息。有时，有些老客户提出培训需求，嘉琦也会为其提供相关的培训，只不过是通过朋友的培训公司签订合同完成项目的。

5

安嘉琦进入培训行业比较偶然。她来到北京后的第一份工作是在一家培训公司。在那之前，她从没有接触、了解过培训行业，也从来没有参加过一次培训。

当时，那家培训公司以公开课为主，没有人专职负责企业内训业务，也没有人会做企业内训。一个偶然的机会，一家企业，是公司的老客户，向嘉琦提出内训需求。企业人力资源经理在电话中对嘉琦说了一句其他培训公司是如何做的，就是从听到这句话开始，嘉琦开始真正地琢磨培训、琢磨企业内训，开始全面了解培训课程、培训师，学习内训流程、管理、销售技巧等，学习其他培训公司是如何开展内训业务的。

在学习和实践中，嘉琦快速地成长起来，并很快拥有了自己对企业内训业务的心得、理解和经验。

6

不到五个月，安嘉琦就遇到了一位高水平的管理顾问成皓霖。从与成皓霖第一次合作开始，她就敏锐地发现成皓霖与其他培训师有着很多不同的地方，成皓霖所讲授的课程内容更具有深度和价值，对企业和个人的帮助更大。自此，安嘉琦与成皓霖开始了长期的、经常的合作。

可以说，安嘉琦对管理、行业、课程等各个领域的理解，都是通过听成皓霖的课程而快速提升的。

安嘉琦确实从成皓霖的课程中得到很多的启发和帮助。

曾经有个合作项目，嘉琦在机场准备登机的时候，还在犹豫是否现在就和客户联系培训的事情：她需要说明一些情况，希望客户能够改变一些想法，尽早确定与自己的合作。这时，猛然间，她想到成皓霖在课程中讲到的那一句："敲吧！不敲，门是不会开的。"于是，安嘉琦当即给客户打了电话，说明了相关情况。等到嘉琦下飞机时，客户与她联系，确定了培训合作。

一次培训，嘉琦刚进教室，正好听到成皓霖讲到一句"业绩业绩业绩，展示展示展示"。当时，她都有种被闪电击中的感觉。

而成皓霖也看到安嘉琦的好学、努力和快速成长，很乐意指导嘉琦，为嘉琦提供了很多建议。

成皓霖对嘉琦的评价是："安嘉琦聪明、有悟性、学习能力强。她成长的速度太快了，她在两年内达到了其他人努力工作五六年才能达到的水平。"

而安嘉琦觉得，自己只是比较用心、比较好学。可能，培训行业还没有一个培训顾问能像自己这样，详细记录下培训师所讲授的内容吧。

对嘉琦而言，工作的目的并不仅仅是挣钱，她更在意从工作中获得的有助于个人成长的一切知识、经历、思考等这些无形的东西。

成皓霖在课程中讲授的许多有关人生、管理、教育、心理学、历史等方面的内容，对嘉琦个人是极有帮助的。

嘉琦很明白，如果生命中能够遇到水平很高的人，是非常幸运的，一定要好好珍惜。高水平的人与平庸的人在思维上肯定是有着差异和差距的，一定要向高水平的人多学习、多请教。如果自己能够得到高水平人的指点，将会事半功倍，这将是她个人成长的加速度。

后来，安嘉琦在谢丽尔·桑德伯格所著的《向前一步》中读到引发自己共鸣的那一句话：“不是找个导师你就能变得优秀，而是脱颖而出，你才会得到一位好导师。”

7

嘉琦一直没有想过自己成立公司，这其中有缺乏自信的原因，更主要的是，她不想那么累。

只是，随着时代的变化，也是因为经历了一些事、遇到了一些人，嘉琦也在经常自问：自己是不是需要做些改变？只是她一直没有下定真正的决心。

安嘉琦亦知道，她性格内向、喜欢独处、向往自由，她最大的享受就是一个人静静地听音乐、看书；她不喜欢与其他人争执，很多时候她都会保持沉默和忍让；她淡泊名利，不喜欢成为焦点和中心，她更喜欢做幕后英雄。

她一直认为自己是个很好的助手，也一直希望可以找到好的领导、好的平台发挥自己的优势和长项。但她也多少有些意识到，自己总是希望找到好的上司、好的平台，只想成为一个很好的助手，或许是因为自己有些自卑、有些低估自己；或许，也是因为自己并没有给自己提出更高的要求吧。

8

安嘉琦的一位同乡朋友舒宁得知嘉琦要重新出来工作，就大力推荐她到《最新管理实践》杂志社工作。三年前，舒宁就想介绍安嘉琦来这家杂志社工作了。

舒宁和安嘉琦同龄，长得高高大大的。他大学毕业后就来到北京发展，最近几年一直经营着自己的小公司，事业做得低调而踏实。舒宁并不是很了解培训行业，他只是知道，嘉琦来北京后一直从事管理培训工作。关键是，舒宁亲眼看到嘉琦这些年的不断成长和提升。几乎隔一段时间再见到嘉琦，舒宁就能明显地感受到嘉琦的成长和好的变化。舒宁希望安嘉琦可以到一个更好、更大的平台工作，他认为这会更有利于嘉琦的发展。

第二章　有人喜欢打烂一手好牌

1

舒宁向安嘉琦介绍《最新管理实践》杂志和有关培训的相关情况。听上去，《最新管理实践》是个很不错的平台，有着很好的业务基础。

《最新管理实践》杂志社成立已经将近二十年，在北京的媒体业也是有些知名度的。

《最新管理实践》杂志是社长王磊的父亲王兴华一手创办的。当年，王兴华带领着自己的几位老朋友、老同事，依靠他自己的资金，从零开始，逐步将杂志社发展到今天。杂志社的发展过程也是历尽艰辛，也曾经用错人，也曾经上过当，也曾经有过很艰难甚至难以为继的时刻，但王兴华带领着团队闯过重重难关，逐步走上发展的正轨，而且越来越顺。

杂志的定位、风格、理念、业务内容和业务模式是王兴华从杂志社成立伊始就基本确定的。杂志上刊登的许多文章并不是很长，但文章内容与企业管理实践结合得很紧密，具有很强的可读性。

杂志创办于20世纪90年代，当时正逢创业高潮，国内很多的民营企业家都是通过《最新管理实践》杂志获取管理知识，逐步发展起来的。

这些老读者、企业家们对杂志和王兴华有着很深的感情，也有很深的信任感。他们中的很多人说，他们能有今天的成就，就是得益于这些年来坚持每月阅读杂志和参加杂志社主办的培训和会议。有一些企业，每年订阅几百份杂志，企业中所有的中高层管理者每人一份。还有些企业，订阅上百份杂志，并在杂志的封面上打上企业 LOGO，赠送给自己的上下游客户。

很多熟悉杂志的人都很清楚，王兴华对《最新管理实践》杂志的感情非常深厚，几乎把它视作自己的“第三个孩子”。

现在的杂志社社长是王兴华的大儿子王磊，主要负责杂志和杂志运营公司的经营和管理；总编是王兴华的小女儿王淼，主要负责杂志内容把关、编辑部的管理等。

王兴华最近几年身体有些不好，现在基本不管杂志社的事情，但每个月的月初，他还是会来杂志社参加全体会。

杂志社开展培训业务已经有十三年，主要以管理培训为主，内容涉及管理的各个领域。现在，杂志社主要是举办公开课，每个月会在北京举办一到两个班的公开课，每年也会到外地举办两三期的公开课，还会组织企业到知名的大企业参观与出国考察等。另外，杂志社每年还会举办一两个大型会议、论坛等。杂志社的客户多是杂志的读者。

舒宁曾经参加过几次杂志社主办的公开课，每次公开课的人数都很多，有不少大企业和知名企业都会派管理者来参加。

早几年前，杂志社举办一期公开课，来二三百人是经常的事情。有时一期培训，一家企业会派几十位管理者来参加。要知道，杂志社的公开课收费标准并不算低，而且基本没有折扣。虽然现在每期公开课的参加人数比以前少了很多，但每个月也能正常举办，一个培训班大概能有四五十人到七八十人。

嘉琦从舒宁那里了解到这些，她确实很想见识、学习一下杂志社的运营方式。

现在免费的、收费的公开课都已经越来越难举办，而杂志社还能每期都如期举办，人数也不算少，是件挺不容易的事情。她想，其中一定有很多可取的、可以学习的地方。

2

舒宁介绍安嘉琦和社长王磊见面沟通。两个人谈得很不错，对彼此的印象都很好。

王磊，四十七岁，个子高高的，戴着眼镜，白白净净的，本人比实际年龄要显得年轻许多。他说话声音平和，语速不快不慢，给人的感觉很儒雅、很温和，整个人显得很有修养、很有礼貌。舒宁向嘉琦介绍过，王磊曾经在日本留学、工作将近十年。

王磊向安嘉琦介绍了很多杂志社有关培训的情况。

杂志社最近几年的培训业务做得并不好，去年已经感受到培训业务的下滑，今年的公开课业绩下滑得更加明显。参加公开课的人数明显减少，有些班只有二三十人来参加，这在以前是根本无法想象的。最关键的是，现在参加公开课的新客户很少，有时一个培训班都没有一个新客户参加；而且，参训人员和企业对公开课、培训师的意见越来越多；销售人员也反馈说，推广公开课越来越难，客户会有各种理由不来参加公开课。

王磊认为，公开课的下滑有可能和他最近几年的放手有关系。以前，他会负责公开课的课程设计和培训师邀请；而最近这三年，他不再负责公开课的具体事务。

培训，一直是杂志社的基础业务。杂志社每个月举办公开课，可以借此扩大客户基础和影响，销售人员每个月也有内容可以与客户保持联系和沟通。杂志社的会员单位确实不少，只是他们大多是因为要参加公开课而加入会员的。如果公开课业务下滑，新客户减少，对杂志社的整体业务，包括会议、会员单位、活动等都会产生比较大的影响。以前杂志社公开课业绩最好的时候，每期参加公开课的企业和人员都是很多的，而当时杂志社并没有成立专门的销售团队推广公开课，他们只是在杂志上发两期公开课的广告，读者们看到广告就会主动报名参加培训。那个时候，一个公开课来二百人左右是很平常的事情。当时公开课邀请的多是国内知名的培训师和高校教授，也有很多现在知名的培训师当初是从杂志社的培训班开始获得知名度、逐步扩大个人影响的。王磊说了几位培训师的名字，安嘉琦都知道。确实，这几位目前在培训业内的知名度都很高，都是比较资深的培训师。

杂志社一直想开展企业内训业务。但是，现在的销售人员基本没有人会做企业内训。以前，杂志社有专人负责内训，也是从那时起把内训业务做起来的。几年前，其人离职后，就没有人会做内训，也没有人专职负责内训业务了。

3

听王磊讲到这里，安嘉琦感觉很奇怪，为什么会没有人做内训呢？以杂志社每月的公开课资源及杂志社的客户基础，开展内训业务应该是更加顺理成章的事。现在，企业培训多以内训为主，内训的需求量很大。很多培训公司就是通过举办公开课联系客户，从而进一步带动内训业务的。

王磊对这一点也感觉很奇怪。杂志社的老客户，很多项目，比如公开课、会议、广告、活动等都与杂志社合作，却唯独从来不与他们合作内训。王磊曾经想过原因，有可能是因为目前的销售人员不懂、不会做企业内训，毕竟企业内训要求的专业性、沟通能力要更高一些；也可能是因为公开课和培训会员是现成的项目，更容易成单，而做企业内训很麻烦，需要了解培训需求、出方案、联系培训师，等等。另外，内训的不确定性和竞争更大些，很有可能会出现销售做了各方面的工作，忙了一大通还不一定能达成合作的结果；而且，即使达成了内训合作，内训的业绩额与公开课、会员单位相比而言，也不占优势，没有多少的提成。

但是有一点，王磊始终没有想明白，如果说企业内训的利润低，那么，其他培训公司多是只以企业内训为主，甚至只做内训，从来不举办公开课，他们又是怎么做到的呢？

目前的销售人员都不会提供培训方案，他们经常向王磊提建议，希望杂志社可以招一个人专门根据企业的需求提供企业内训方案。王磊希望安嘉琦入职后，能够把杂志社的企业内训业务开展起来。

与王磊的一番交谈让安嘉琦感觉有些意思，但她心中又有种说不出的感觉，她总觉得杂志社的内训做不起来是有些复杂的因素在其中。

4

最近几个月，王磊开始亲自主持销售部的相关管理工作，并重新负责培训等所有业务。因为公司的总经理兼销售部主任文娟前段时间进行了心脏手术，需要在家休养一段时间。

王磊认为文娟很能干，这几年杂志社的发展多亏有了她。文娟很厉害，她主要负责杂志社的会议赞助和培训会员的销售业务，并且每年的销售额都是整个销售部中最高的，能与第二名拉开很大的距离。曾经有一年，整个销售部的销售额达到杂志社成立以来的最高值，远远超出年初订下的目标，王磊感到特别激动和感动。开年终表彰会的时候，王磊当众说："很感谢文娟，真想拥抱她。"但那一年，王磊还是扣除了文娟的部分年终奖金。如果仅以部门销售额计算，文娟是可以拿到全部的年终奖的；但王磊这样做的理由是因为"销售团队没有按要求培养起来"。

听到这儿，嘉琦心里不由得一动：文娟身为管理者，手下有十几个人，自己又做销售，居然还是销售额最高的，这本身是有些管理上的悖论的。究其原因，有可能是文娟一个人强，其他人弱；也有可能是，文娟并不希望其他人强。

5

随着互联网的发展，平面媒体越来越不好发展，《最新管理实践》杂志社也感受到了各种压力和危机感。杂志社于是开始寻求转型和突破，准备也发展新媒体。

2013 年年初，王磊曾经与从杂志社离职的一位记者孙雨飞联系，有意邀请孙雨飞回来，专门负责新媒体的工作。

孙雨飞曾经在《最新管理实践》杂志社工作将近十年。从某个程度上来说，孙雨飞是杂志社自己培养出来的。孙雨飞是公认的能干、思路清晰、有想法、文笔很硬，颇有"女强人"的风格。在杂志社工作的那几年，孙雨飞采访过国内许多的知名企业家，并且和这些企业家的关系都不错；她的采访文章写得客观而深入，经常能把企业家想说但说不出来的想法和感受非常准确地表达出来，因此很得这些企业家的欣赏。那个时候，孙雨飞主笔过多篇非常有分量的杂志封面文章，有些文章在当时的媒体圈还产生了不小的影响。

孙雨飞在杂志社工作的时候，很得王兴华、王磊、王淼的器重，与他们的关系也都很不错。一年年底，在全体会上，王兴华突然当众宣布，任命业务部门的赵姝童担任公司总经理，今后负责公司的全面经营和管理，直接向社长王磊汇报工作，而公司其他所有人要向赵姝童汇报工作，不再直接向王磊汇报工作。这件事情来得非常突然，孙雨飞没有想到也无法接受。孙雨飞认为，自己的资历、资源、能力和水平都比赵姝童要强很多，自己更适合担任公司总经理。多少的，有些冲动和情绪影响，孙雨飞在第二天就提出辞职。王兴华和王磊都很明白孙雨飞的心思和想法，但他们都认为，以孙雨飞的个性和脾气并不适合担任公司总经理，如果让孙雨飞担任公司总经理，对她个人、对杂志社的发展都不是件好事情；同时，王兴华和王磊也始终认可孙雨飞的才华和能力，尽力再三挽留她。但是，双方都不肯迁就对方。于是，最终孙雨飞还是离开了杂志社。

在赵姝童担任公司总经理之前，杂志社的管理架构是比较平衡的。当时，杂志社里有几位非常能干的“女将”，她们各有特长和特点，有擅长广告的、有擅长会员业务的、有擅长企业内训的、有擅长会议赞助的，等等。原本，她们各自负责一个业务模块，在管理结构上处于相对平衡和相对独立的状态，分别向王磊汇报工作，都干得很轻松、很起劲儿，也能发挥各自所长。但是，所有人都没有想到，擅长公关的赵姝童会被提拔成为公司的总经理，成为她们的直接领导；更主要的是，赵姝童只是擅长做表面文章，并不真正懂得管理，也不擅于沟通，这几位“女将”和赵姝童相处、合作得并不愉快。不久之后，她们也都陆续离开了杂志社。而后来再进入杂志社的销售人员却是远远不如这几位“女将”能干了。

6

孙雨飞离开杂志社的几年，王磊和她并没有任何的联系。

这一天，王磊突然给孙雨飞打电话。孙雨飞说：“我相信，你始终会给我打电话的。我等你的这个电话已经等了几年。”

王磊约孙雨飞见面，两个人详细交流了关于开展新媒体的各种想法。孙雨飞到底是媒体“老人”，她马上联系了几位业内专家认真请教、详细沟通，没用几天，就发给王磊一份全面的新媒体运作的建议报告。

王磊没有想到孙雨飞的工作效率如此之高，更惊叹于孙雨飞发来的建议报告内容之详尽之全面之长远，这远远超出了王磊的预期。

王磊心下大喜，更希望能邀请孙雨飞回到杂志社工作，专门负责新媒体的运营。

王磊向文娟说明自己的想法。不曾想，文娟并不同意孙雨飞回来上班，而且反应特别强烈。她当时直接和王磊说，如果孙雨飞回来工作，自己马上就辞职。

王磊没有想到文娟会有如此强烈的反应。他心下盘算了一下，唯有放弃邀请孙雨飞回来工作的打算。毕竟，这几年杂志社的所有业务和管理是文娟在全面负责，而她的销售业绩又始终是最高的。如果文娟真的辞职，杂志社的业务经营风险会很大，一下子也找不到合适的人来替代。而且，即使做通文娟的思想工作，她勉强同意孙雨飞回来上班，孙雨飞的工作也不好开展，她们之间很容易产生矛盾。

王磊觉得很奇怪，如果编辑部的人不同意孙雨飞回来，他还可以理解。可是，孙雨飞回来工作，和文娟并没有直接的关系，文娟怎么会有这么大的反应呢？

王磊又继续说：“现在纸媒都不好做，陆陆续续总有一些纸媒停刊或者合并。但是我相信，我们杂志社一定能坚持下来，而且能坚守到最后。即使真的有那么一天，所有的纸媒都停刊，我们也一定是最后一个倒下的。”

嘉琦一边听一边琢磨，这是怎么个情况？好像第一次见面就捕捉到很多说不清、道不明、摸不着的信息，隐隐有些复杂。她心想，如果现在文娟没有休病假，会不会也反对自己的到来呢？王磊到底是个怎样的人？他是不是被表面的业绩所迷惑，而忽略了业绩背后更深层次的问题？同时，她心里也多了些准备。杂志社的一切，是否真的像王磊和舒宁所说的那样简单、那样好，自己是否能够长时间在这里工作，目前都还只是个未知数。直觉告诉她，杂志社和王磊好像都有些复杂和自相矛盾的地方。但她又一下子说不出来更多，更主要的是以嘉琦的个性，她并不想太快地下绝对的结论。

一切，只有从观察和了解开始。

7

安嘉琦于2013年9月1日进入杂志社工作。入职三天后，嘉琦和新媒体部刚刚入职的两个年轻人同一天进行了入职考试。

入职考试是开卷的。考题并不复杂，更多的只是走个过场。考题主要是关于《最新管理实践》杂志的成立时间、文化理念、公司制度及对自己工作岗位的发展建议和想法，等等。

嘉琦入职后，王磊给她布置的第一个任务是：了解杂志社最近三年的公开课情况，并向王磊提供一份公开课的分析建议报告。

王磊会向嘉琦提供最近三年的公开课培训、授课老师、评估报告、各个培训班的销售情况等相关资料和数据，嘉琦需要根据这些资料向王磊提供一份详细的分析建议报告，包括数据汇总、原因分析及其改进建议等。

王磊要求安嘉琦通过这些资料和数据，结合她的经验，重点分析一下最近两年杂志社公开课销售不好、业绩下滑的原因，可以从课程结构、课程设计、培训师选择、培训服务等四个方面进行全面而深入的分析。王磊还特别强调，希望嘉琦在进行这项工作时不要有任何的顾虑，将原因分析得越全面越深刻越直接越好。王磊让嘉琦写好报告后，直接发给他，他会用自己的语言来表达。

嘉琦知道，自己刚来上班就做这项工作，肯定会得罪杂志社里的某些人。因此，在文字的表达、内容的呈现上她还是需要仔细斟酌的。

同时，嘉琦想得更明白，得罪人也没什么关系。她既然想在培训行业发展，她既然来这里工作了，了解到更多的情况和信息对自己总是只有好处而没有坏处的。得罪人就得罪人呗。如果真的怕得罪人，那就什么也做不成了。

王磊要求培训会员的专职客服张青为嘉琦提供所有相关的资料。张青不到三十岁，是个文静、秀气的女孩子。

嘉琦对张青说："谢谢你啊。麻烦问一下，在这些老师中，你认为哪位老师讲得不错?"

张青说："我印象中有两位老师，学员反映说讲得不错。"

嘉琦又问："你觉得他们好在哪里?"

张青说："我没有听过他们的课，只是听学员和同事们说的；再就是看培训评估，这两位老师的分数都挺高的。现在的公开课，我几乎是不到会场的。"

张青的回答让嘉琦有些没有想到。

嘉琦和她的同行朋友对课程和培训师的情况都是相当了解的。他们开展培训业务时，经常互通有无，就课程、培训师的多方面情况进行相互交流。这样做，是为了更好地了解培训课程和培训师。而了解得越多，就越能从容应对客户提出的各种问题，也就越有助于达成合作。

没想到，在这里，负责培训会员服务的张青却并不了解公开课和培训师的情况，对培训师讲得好坏也没有自己丝毫的分析；而且，看上去，张青觉得这样很正常，回答得很坦然、很理直气壮。

嘉琦想，自己是不是有些多事了？可能是自己要求得有点儿高吧。

后来，嘉琦和销售部的同事熟悉一些了，逐步发现，张青的反馈在这里几乎可以代表所有人了，可以说是一种常态了。销售部里大多数人都是这样的回答："老师讲得还行吧。"或者说："不了解，没听过他的课程，学员说他讲得还行。"

8

嘉琦认真地看张青提供的所有资料，一边看一边汇总。做着做着，嘉琦就感觉有些蒙了。她了解了杂志社最近三年的培训公开课和培训师，经历了从“没想到”到“惊讶”再到“太吓人了”这些阶段。

嘉琦在网站上搜索到杂志社几年前组织的一些公开课，当时有些公开课的内容还是很经典、很超前的，来讲课的培训师也多是国内比较资深、有些知名度的。王磊介绍过，当时的公开课是由他亲自开发设计的。王磊经常去书店，看新出版的管理类图书，从中得到启发，开发新的热点课程。做得久了王磊开发课程时经常会产生一种直觉，能敏锐地感觉出来哪个课程有可能需求量会比较大，并且这种直觉基本没有出现偏差。

只是，现在嘉琦看到的是，这些课程内容很多就是培训师自己的课程大纲，多是偏理论化的，呈现出专家思维的特点；而且，杂志社最近三年公开课合作的培训师，有不少是她平时看不到、不熟悉、不了解、她的同行朋友也很少介绍过的（嘉琦的培训师资料很多，所有的资料一经过她手，都会完整地保留下来）。这些人中有些是业内的三流讲师；有些培训师在嘉琦看来，讲得是错误百出，纯粹是来骗钱的，而这样的培训师，杂志社居然还邀请过两三次。

这些情况太出乎嘉琦的意料了。

他们是怎么想的呢？杂志社的培训业务起步这么早，以王磊的经验和水平，以他们对培训行业和培训师的了解，应该不至于水平下滑得如此厉害，应该不至于做到现在这样啊！

嘉琦又在网上继续搜索杂志社目前举办的相关公开课。她惊讶地发现，在网上几乎找不到杂志社最近正在举办的公开课信息，甚至在许多以发布公开课为主的知名培训网站上也没有找到。

对此，嘉琦也有些不理解。一般情况下，培训公司如果举办公开课，会想尽各种办法在网络上，尤其在各大培训网站上发布。各大培训网站会成为公开课主办方的代理商，如果客户通过培训网站报名参加公开课，主办方会向培训网站支付一定的代理费用。

而当嘉琦看到公开课的报价和成为培训会员的合同条款时，她有些明白了：杂志社主要是利用公开课推销培训会员。他们故意把公开课的单次费用定得很高，而培训会员平均一人次的培训费用则相对要低得多。如果客户想要报名参加某个公开课，销售人员就会向客户介绍培训会员的合作内容，鼓动客户成为培训会员。

过了几天，嘉琦为王磊提供了一份比较详尽的数据汇总和分析报告，也提出了自己的建议。在嘉琦看来，这些问题并不复杂，简单来说，就是公开课品质下滑得厉害、课程内容不严谨不吸引人、课程内容与其他培训公司没有形成差异化、培训师整体水平偏弱，等等。

王磊看了嘉琦的报告后，对嘉琦说："公开课业绩下滑，我是有些责任的。最近两年，我放权了，没有管公开课的具体事情。这是文娟向我争取的，说既然要她负责业务，就应该让她来全面负责。而文娟自己也不具体负责公开课，她让萧群负责公开课内容和邀请培训师。"

事实上，王磊曾经和萧群沟通过，他发现，萧群对公开课的定位是有偏差的，他的有些想法完全是王磊想不到的。萧群认为，公开课的作用应该以成为平台为主，而不是以赚钱为主。听到萧群这样定位公开课，王磊当时就感觉到很震惊、很意外。如此一来，萧群在课程设计和培训师的邀请上肯定会走偏的。工磊想，公开课怎么能够不以赚钱为主呢？杂志社以前的公开课都是有利润的，而且利润相当高。

嘉琦没有说话，虽然她不理解的地方有很多。

其实她很想问王磊，既然他早知道萧群对公开课的认识有偏差，为什么还要让萧群来负责公开课？而且时间还这么长？公开课销售业绩下滑已经有段时间了，也不是今天才显现的，为什么王磊要等到现在才来找原因？

但嘉琦并不准备问王磊这个问题。嘉琦估计，这个问题会让王磊多少有些为难。最关键的是，这个答案如何现在也已经不重要了。或者，王磊对此已经有所意识，只是希望借助自己的总结和分析来呈现、印证他自己的分析和判断吧，同时，对自己的专业度也是个观察。

嘉琦当时也没有客气，她说话向来是有些直的。

她对王磊说："现在公开课和培训师的水平下降得太厉害了。以前公开课邀请的是国内知名的一流培训师，现在却多是三流甚至不入流的培训师。这是在消耗杂志社以往建立起来的品牌基础和客户基础。您这样放手，对自己、对公司、对客户、对杂志社都太不负责任了。"

王磊沉默了一下，对嘉琦说："除了课程和培训师，我还有一个担心。现在客户流失得很厉害，会不会和销售人员的销售能力也有关系？"

嘉琦说："是的，都有关系。这是一群不懂管理和培训的人在做培训。"

嘉琦看到王磊的脸色有些变了，有些后悔自己说得太直接了，于是缓和了一下自己的口气，补充说："我说的不包括您，您这两年也没管培训的事。"

9

紧接着，王磊又给嘉琦布置了个任务。

王磊要求销售部的销售人员把自己在销售工作中经常遇到的、客户反馈的、自己不知道如何回答的问题整理出来，然后让嘉琦根据这些问题给予解答、回复。

嘉琦看了看销售人员反馈的问题，感觉有些问题太初级，她想不到这些做过几年销售的人能提出来这样的问题，而且居然还不知道如何回答。在嘉琦看来，有些问题只要稍稍动些脑子就可以向客户作出很好的解释和说明。

以嘉琦的销售经验和对销售的理解，她并不是很愿意回答这些问题。她觉得，销售人员应该尽可能地提前做好相关工作，不要让客户产生异议和问题。等到客户有问题、有异议的时候，销售人员已经有些被动了。而客户并不是能够轻易说服的。

但是，没有办法，这就是销售部目前的状况，也是她现在得到的任务。嘉琦只能按照王磊的要求，尽可能地给予相关回复。

这些问题中有很多比较相似的问题，比如客户反馈杂志社的公开课费用高、客户希望听到行业课程、客户不想外出来北京参加培训，等等。她把问题按内容的相似性分类后，按类逐一回答，并加以简要分析和说明，然后发送给王磊。王磊从中挑选了几个他认为最重要的、平时经常遇到的问题，回发给嘉琦，要求嘉琦把对这些重要问题的回答尽量以口语化、模仿真人对白的形式表述出来。

嘉琦心里想，仅以这种文字性的内容，真不如直接上一堂销售流程、销售技巧、客户分析的课程，那样更加简单、直接、高效。但是，她刚来没有几天，对杂志社和销售部的很多情况并不了解，一切还是要以观察、了解和少说话为佳。而且，入职后的这段时间，整个办公室里弥漫着压抑的气氛、稍显复杂的人际关系、散漫的纪律，如随意说话、经常聊私事、在办公室里大声说话等许多现象都让嘉琦有些犹豫，她并不知道自己是否能在这里长久地工作。

嘉琦对王磊说：“社长，这些内容应该够用了。我写的回答几乎都包括了原则性的内容，有些回答面对客户提出来的不同问题、不同情况可以反复使用。他们都做了多年的销售，更了解客户的情况，有些问题可能回答得会更好。”

王磊叹了口气，说：“你不知道，他们的销售水平是真的不行。前段时间，我带着他们做销售演练，我扮成客户，他们是销售。一个业绩还很不错的老销售都不知道如何与我交流。他们说，因为我是社长，没法把我当成客户，与我交流有些紧张。”

他继续说：“我们要把这些资料做成傻子都可以用的。我们在日本的时候，工作操作书就写得很清楚，傻子都可以照着做。以后这些资料也可以作为新人入职培训时使用的教材。”

嘉琦有些哭笑不得，她惊讶于王磊的表达内容和用词。

王磊的想法挺有意思的啊！嘉琦想，销售面对的是人，是不同的客户，有各种变化和不同，怎么能按照操作机器的方式来要求呢？而且，日本人和中国人从小所接受的教育不同，对工作品质的理解和要求也是很不同的。

10

2013 年 9 月中旬，周一早上，王磊主持召开销售部门的晨会。

开始全面负责销售部的业务和管理之后，王磊提出要求，每个周一的早上召开部门晨会，主要是总结上周工作、计划本周工作和销售经验交流等。

晨会上，王磊说："这个周五、周六我们举办公开课。这次参加培训的人挺多的，有一百多人，大多是咱们的培训会员单位。建议安嘉琦和新来的同事们到时也都去听听课，了解一下我们的公开课。"

王磊刚刚说到这里，萧群马上接话说："社长，这次培训班的人数比较多，不一定能有多余的位子。我得先安排客户的位子。等有了空位子再安排我们自己的人。得以客户为先，是不是?"

王磊看着萧群说："是得以客户为先。"之后就再也没说什么。

嘉琦心下笑了。也就是那个时候，她知道，这里并不是久留之地。

萧群说这话，谁都能听出来是什么意思，他自以为做得很聪明，可人数再多的培训班，也不至于连两三个座位也没有。这种理由实在是找得太拙劣了。

嘉琦，包括在场的其他人都看出了萧群的小家子气和对嘉琦的排挤，内心都充满了对萧群的不屑。

嘉琦早就想到来这里工作，一定会遇到这样的事情，这在职场中是很正常的。她已经做好心理准备。嘉琦能理解萧群的想法和做法，毕竟她一来，对萧群产生的直接影响最大。他应该也有些压力和危机感了吧。萧群这样想、这样做，很正常，只是他不够聪明，也不够高明，做得小家子气十足，反而快速暴露了他自己的短视和弱点。只是王磊的态度和做法有些出乎嘉琦的意料。她没有想到王磊会是这样的人，竟会如此糊涂、软弱、纵容。

这是萧群第一次公开表现出内部的纷争和对嘉琦的排挤。嘉琦很明白，今后这种情况还会继续发生。将来，萧群还不知道会如何挑自己的毛病，在王磊面前诋毁自己。而萧群在这里工作的时间长，王磊又明显偏心于他，王磊这次没有考虑自己、保护自己，估计以后也不会多重视、信任自己。既然如此，自己又何必付出那么多呢？

想到这里，嘉琦一下子释然了，甚至感到有些轻松和喜悦。

通过这件事，嘉琦看到了王磊糊涂、软弱、无能的一面，也明白自己需要更多一些的观察和分析，同时要稍稍放慢些工作节奏。至于面子什么的，对嘉琦而言毫无意义。嘉琦从来不在意表面的浮华。而且，这件事折损的是萧群的面子，而不是嘉琦的。嘉琦表现得越平静、越不把这件事当回事，才越有利于自己的形象。

而嘉琦内心的喜悦在于，这件事的发生，已经帮助她下了一个决心。同时也提醒她，在这里，只有自己保护好自己，并尽可能保持清醒和理性，切不可太相信王磊，对他抱有太大的希望。

11

周五，嘉琦去参加公开课。此次公开课是在一家地铁沿线的酒店里举办的。杂志社每期的公开课都在这家酒店举办。

参加培训的人是挺多的，估计能有一百人，有些会员单位派了十几位管理者来参加。会场很大，环境和条件都不错。座位呈鱼骨式排列，一组大概有十个人，桌子上摆放有每位参训人员的名签，名签制作得很是精美。会场后面的桌子上摆放有饮水机、水果、零食等。

嘉琦和销售部的几个女孩子一起坐在最后一排。

中午，嘉琦和她们一起吃工作餐。

吃饭时，几乎年年业绩总是处于第二位的郑思雯对嘉琦说：“姐，以后的内训，你得多帮帮我们。我们确实都不会做内训。现在我们都有些害怕客户向我们提出内训需求。以前，还有客户提出内训需求，可是我们都做不了，后来客户也不向我们提了。我有一个老客户，关系相当不错，他们曾经要做一个培训，让我推荐培训师和课程。我当时有活动，在外地出差，就把客户的内训需求转给萧群，让他帮着推荐老师和课程；可是，萧群始终提供不了老师和课程。后来客户又来催，我只能咬着牙直接和客户说，我们确实做不了，提供不了老师和课程。”

所有人都笑了，想象着郑思雯所说的“咬着牙”。

嘉琦笑着说：“没问题的。今后，如果有客户提出来培训需求，我们一起商量着做。”

周一，王磊把安嘉琦叫到他的办公室，问她：“这个公开课，你感觉老师讲得怎么样？”

嘉琦问：“说真话？”

王磊说：“当然说真话。”

嘉琦说：“我觉得老师讲得有些偏浅。知识点、案例有些太老了，有些案例和小故事在培训中经常会讲到，没有什么新意。如果五年前，老师讲到这些内容，可能还会感觉不错；但现在不行，讲的人太多了，有些过时了。”

王磊有些没有想到嘉琦会这样评价，便说：“可是销售的反馈和学员的评估都还不错。”

嘉琦又没有控制住自己，直接说：“社长，学员反馈和评估不错，并不代表老师就讲得好。有些学员做评估就是应付，是为了得到赠品。再说，学员的水平也有深有浅的，他们平时忙的是工作，也不接触这些培训内容。我们作为业内人士，对老师和课程总得有我们的专业标准和要求吧？这个标准和要求得高于学员吧？我们了解更多的培训师，在培训师之间也会有些比较的。一位培训师讲得到底如何，不能光看学员评估，也得看业内人、有水平的人、高管们如何评价。”

王磊说：“好的，我知道了。今年的公开课和培训师都已经确定了，明年的公开课你帮着推荐好老师吧！”

嘉琦知道，自己始终改不了说话很直接的“毛病”。这一“直接”，好像又在给他们提意见了。怎么就显得自己水平高了呢？

经过这一段时间的工作，嘉琦多少有些明白了自己和王磊对课程和培训师品质要求的差异所在。

王磊的想法大概是：只要培训师不讲砸，学员没有太大意见就可以了，也不会影响公开课的收入。而嘉琦对培训师的要求相对更高一些，她希望培训师所讲的内容有深度，对学员有切实的启发和帮助，而不仅仅是蜻蜓点水似的讲讲。

之后的几期公开课，嘉琦并没有给自己的老客户发邮件。嘉琦主要是考虑，她对杂志社目前确定的课程和培训师的品质和水平都不了解，如果客户收到自己发的邮件报名参加公开课，一旦培训师讲得不好，反而不利于将来自己与客户的合作和信任。于是，嘉琦决定，先不急于这一时一刻，也不要急于非要做出业绩给王磊、给别人看，还是先观察、多了解，多听听公开课再说。

事实证明，嘉琦的想法和做法都是对的。这几个月的公开课，培训师们讲得都没有达到嘉琦的要求。只有一个“管理思维创新”的课程还算可以，讲课的培训师很年轻，在课程中讲的更多的是其他企业如何管理创新，有比较多关于管理创新的案例，而且多是国外企业的案例；虽然培训师的理论基础稍稍弱些，内容也是偏浅，但至少还是对学员有些启发的，至少能够听得下去的。而对于其他的课程，嘉琦唯有暗自庆幸，幸好没有和自己的客户联系，没有向自己的客户推荐。

12

9月末的一天，王磊对安嘉琦说：“你去看看杂志上的内训广告，是否需要把内容改一下；如果不用改，就用原来的，把联系方式改成你的。你和前台的李岚说明一下就行。”

可嘉琦翻了好几期杂志，都没有找到内训广告。

嘉琦跑去问李岚：“岚岚，社长让把内训广告的联系方式改成我的，可是，在杂志上，我怎么找不到内训广告?”

李岚抬头看着嘉琦，眼神有些“奇怪”，她说：“杂志上已经好长时间没有刊登内训广告了。”

嘉琦把这一情况告诉王磊。

王磊很是意外，说：“杂志上应该有内训广告啊。我先了解一下这个事情。如果没有，我们就再重新设计一下。你需要提前和李岚申请一个内训广告版面。先订个 1/2 版面的吧。”

嘉琦晃着脑袋从王磊的办公室走出来。她感觉，王磊对杂志社的很多工作、很多事情，都有些脱离掌控了。

13

10 月的一天，销售部门的一位同事衣莹莹来找嘉琦，请嘉琦陪她第二天去拜访客户，向客户介绍杂志社的培训课程和培训服务等。

衣莹莹是 1986 年出生的，聪明漂亮，眼睛很大、很亮。她很上相，也和大多数女孩子一样喜欢自拍，她的自拍永远都带有一种明星范儿。衣莹莹平时不太爱说话，但是心中很有数，骨子里也挺有个性的，偶尔会说出让某些人感觉扎得很痛的话。莹莹也是通过朋友介绍来到杂志社工作的，刚满两年，是最近两年新入职的销售人员中业绩最好的。

衣莹莹心里很明白，自己虽然在杂志社工作已有两年，但并不是很懂培训和管理，部门里的其他同事也不懂；而嘉琦有多年的内训销售经验，一定比他们更了解培训课程和培训师。她相信，由嘉琦和客户沟通培训总是会强过部门里其他人的。

她们要拜访的客户是一家民营企业，互联网公司，还拥有一家行业网站，目前还属于创业阶段。该公司位于一个规模不大的孵化器里。

衣莹莹和该客户联系培训已经有几个月的时间了，但他们负责培训的人员变动很快，前段时间她一直联系的培训经理辞职了，今天要拜访的是公司的行政经理边玲玲，现在兼职培训经理。莹莹对边玲玲的印象很好。前两个月，边玲玲免费参加了杂志社主办的人力资源论坛，当时，莹莹特意找机会和边玲玲见面认识，也简单地聊了几句，聊得还不错，这也让莹莹对能够达成合作有了些信心和希望。

边玲玲与嘉琦的年龄相仿，说一口很地道的北京话，人也挺漂亮的，气质很好，穿衣的品位相当不错。

三个人在小会议室坐下。边玲玲首先直接说明，她本人对培训并不是很了解，她一直负责行政工作，只是最近几个月才开始兼做培训经理。边玲玲和衣莹莹联系，提出见面沟通，是因为公司老板出国前和她强调，今后要加强公司管理，提升中高层管理者的执行力，并给她布置了任务：在他出国期间，了解一下“执行力提升”的相关培训课程和培训公司。

嘉琦拿出准备好的课程资料，先问了边玲玲几个问题，了解了公司、老板和管理人员的相关情况等，然后向边玲玲做讲解，同时解答边玲玲提出的各个问题。

边玲玲很坦诚，也很认真，她问得很细，也尽可能多地记录着。边玲玲说，嘉琦介绍得很好，她能感受到嘉琦的专业和真诚，她希望向老板汇报时，可以把嘉琦向自己介绍的内容尽可能详细地转达，达到嘉琦向自己介绍时达到的效果。

边玲玲说，自己还是更愿意与安嘉琦这样成熟的、有经验的女性沟通。现在与边玲玲联系培训的多是一些刚工作不久的年轻女孩子，与这些小女孩沟通管理和培训让她感觉有些不放心。

一出楼，衣莹莹就搂着嘉琦说：“姐，你太专业了。以后可要多教教我。”

嘉琦笑笑，说：“不客气，不谦虚。”

虽然，这次的拜访她们和边玲玲谈得还算不错，只是嘉琦心里明白，双方基本不太可能有大的合作，这家公司最多也就是来参加公开课，但可能性也不是很大。

14

回来的路上，衣莹莹就明显变得善谈了许多。她说她是不敢带萧群和客户谈业务的。一次，北京一家挺大、挺知名的制药企业要找培训公司提供系列的管理培训课程。衣莹莹请萧群一起去这家制药企业介绍杂志社的培训。那家制药企业一直在订阅杂志，培训部门是希望能够与杂志社合作的。因此，非常重视这次的讲解，七个人全员出动，都来听萧群的介绍。可莹莹没有想到，萧群当时讲了个稀里哗啦，什么也讲不出来，“逻辑混乱，不知所云”。莹莹当时都听不下去了，感觉很丢脸。

所有人都知道，萧群并不懂培训、管理，也不了解培训师。她和同事们都不知道萧群到底是怎么找的培训师，公开课讲得很一般。有的时候，她们会邀请有合作意向的客户来免费试听公开课，如果客户对试听的公开课满意了，可能就会签约成为培训会员。但是，客户只要来听一次，就基本不再接受她们的推荐了。莹莹说：“真是听一次‘死’一次啊。”现在，她已经不敢再邀请客户来试听公开课了。

衣莹莹自此对萧群的意见很大。可萧群在整个杂志社很是嚣张，谁也不敢轻易得罪他。大家倒也不是怕萧群这个人，主要是因为，王磊、文娟都太偏向他，而有些事情还真的需要通过他去和王磊、文娟争取；而且，他们都清楚，如果得罪了萧群，他很有可能会在王磊、文娟面前说一些“捣乱”的话，对自己不利；再加上，以萧群的个性，和他讲理根本讲不清，还经常把自己气得够呛，因此大家索性都尽量不理萧群。萧群还动不动就让人给他带午饭，但从来也不给钱。

最近很长一段时间里，销售部就是留不住人，几乎是来一个走一个。除了萧群，就没有年轻的男孩。因为，萧群并不希望部门里有年轻的男孩。她们都明白，只要有萧群在，销售部就根本留不住年轻的男孩。只要有年轻的男孩来工作，萧群就处处刁难，指使他们做事还故意找碴儿；这些年轻的男孩自然是没有人愿意多待的，往往是干了没几天就再也不来了。而对于新来的年轻女孩，如果长得再漂亮一些，开始的时候他总是百般地讨好；可等时间一长，他又会原形毕露，故意挑毛病、当众训斥。他能这样做，有个理所当然的理由，就是他“脾气不好”。

平时大家都不理萧群，不与他计较；但有的时候，有些人被逼急了，也不再对萧群客气，甚至毫不顾忌地与他在办公室里吵架。

部门里有个叫刘扬的年轻女孩子，刚刚生了双胞胎，现在正在家休产假。虽然刘扬是萧群介绍进来的，但两个人的关系时好时坏。一次，萧群和刘扬因为客户资源的事情在办公室里大吵起来，两个人都不肯让步，气头上居然动起手来。萧群先动的手，他往刘扬的肚子上踹了一脚。刘扬平时并不多话，只是闷头做自己的业务，不很关心杂志社里其他人的事情，但心里主意大着呢。被萧群踹了一脚后，她也没客气，当即上手狠狠扇了萧群一耳光。刘扬的手指甲尖，顺势把萧群的脸划破了两道。后来，两个人被其他人拉开了才算是住手。第二天，萧群上班时还不依不饶，指着脸上的伤痕到处嚷嚷“被毁容了”。

事后，王磊和文娟也只是和稀泥，对萧群和刘扬两个人各打轻轻的一板，这件事后来也就不了了之了。只是，杂志社的纪律要求却从此增加一条：女士不能留长指甲。最有意思的是，萧群和刘扬后来又和好如初了，刘扬有时还会给萧群带饭。

萧群和前台的李岚吵得尤其厉害。因为工作上的事情，尤其是客户分配的事情，两个人经常就在办公室里大声吵起来。而销售部里，除了张青，萧群和其他所有人都吵过。萧群之所以不和张青吵，估计一是因为张青漂亮、性格好，平时从不多说话，而且不做业务，和萧群没有直接的竞争；再就是，在部门里，萧群也总需要有个可以说说话的人，不然就真的没有人理他了。

15

衣莹莹去年的业绩很好。她自己也没有想到会签下一个很大额的培训会员。当时，杂志社举办了一期公开课，有家山东的企业想要组织几个人来参加，莹莹就借机向他们推荐了培训会员的合作。该企业看了培训会员的条款，觉得还不错，也是相信杂志社，一下子就签了一份大单。莹莹当时高兴坏了，她和她的妈妈都很喜欢旅游，她就用这次合作的提成和妈妈一起去东南亚玩儿了一圈。

但没有想到的是，该企业参加过那一次培训后，就再也不派人来参加公开课了。无论衣莹莹与他们怎么联系，他们也不再报名参加。经办人开始时总说“最近工作比较忙，没有时间来参加”。后来，他看莹莹每月都与自己联系，觉得莹莹也挺辛苦的，就偷偷地告诉了莹莹他们公司不再派人来参加公开课的原因：原来，那次的公开课是公司总经理带领核心管理团队一共十个人一起来参加的。平时，总经理也经常参加会议和培训，他在公司内部也经常给管理人员讲课。但是那次的公开课，培训师讲得很不好，内容浅不说，课程中还有一些讲错的地方，这正是总经理平时工作中比较忌讳的几点。总经理当场就有些怒意了，回去以后就和经办人说，以后不会再派人来参加杂志社的公开课，而经办人也不用再向他推荐杂志社的公开课了。

听到这些，莹莹有些傻眼了，说不出话来，更不知道怎么办才好。她甚至有些后悔把提成一下子全花了。

之后在一次部门业务研讨中，莹莹曾经专门介绍了客户的情况，希望大家可以帮帮她，给她提一些建议，如何能够让客户再来参加公开课。现在，这个客户还剩余不少的公开课培训名额。

没想到，听了莹莹的介绍后，萧群问："经办人是男的吧?"

莹莹说："是男的。"

萧群当即就说："那我明白了。当初之所以和你签约，是因为经办人看上你了。"

莹莹顿时感觉很恶心。如果不是在开部门会，有社长在，她真想臭骂萧群一顿。当时莹莹没有说话，但她并不想掩饰自己对萧群的不满和愤怒，狠狠地瞪了萧群几眼。萧群感受到莹莹的不满和愤怒，也不敢再多说话了。

16

突然，莹莹话锋一转，问嘉琦："姐，你说萧群是不是自己捞外快?"

嘉琦看着莹莹，略感意外。嘉琦问："你怎么会这样想? 你是不是发现什么了?"

莹莹说："我本来是没有想那么多的。我平时也不怎么和萧群说话。只是，前两天偶然听萧群跟别人讲他孩子上幼儿园的事情，我才感觉有些不对劲儿。萧群的媳妇不上班，他们在北京租房。现在他的小孩儿要上幼儿园，他一下子给幼儿园交了几万元，况且幼儿园还有每个月几千元的费用，而他又从来只抽好烟，以他的收入，是难以支持这样的花销的。他的家庭条件也很一般，父母只是普通人。所以，我怀疑他可能有外快。”

嘉琦微微一笑，说：“你真是挺聪明的。”

莹莹说：“你说，他是不是从老师那里挣钱？或者私下走单？”

嘉琦说：“嗯。听你这样讲，我估计有这样的可能。我听王磊说过，杂志社的公开课，培训师的费用控制在一万五以内。但目前所请的培训师，我估计大部分的讲课费用应该是在七八千左右。倒是以前的培训师，有不少的大牌。”

莹莹说：“但是听萧群说，有几位老师是免费来讲课的。”

嘉琦说：“这样免费来讲课的老师，讲得好吗？”

莹莹有点儿泄气，说：“讲得不好。”

嘉琦说：“是啊，讲得好的老师，基本上是没有可能免费讲课的。老师来免费讲课，好像当下我们占了便宜，省了成本，但免费的老师讲得不好，客户对我们是有意见的。这就导致新客户不来参加，老客户也留不住。从长远看，是我们吃亏的事情。真不知道他们是怎么想的。”

莹莹说：“是啊。有的时候，我给客户发邮件邀请他们来参加培训，客户直接就说，这位老师前段时间在他们当地讲过课，讲得很是一般。所以人家也就不会来了。”

莹莹叹了口气，说：“有的时候，我也确实有些不想干了。内部的人和事还是挺累心的。”

嘉琦笑，说：“别着急。这个平台还可以，而且管理松，福利有保障，你上班也近。你可以考虑在这里工作的时候先把孩子生下来。生完孩子，休好产假，再把孩子带得稍大一些；那个时候，你愿意继续在这里工作也可以，或者到时再找其他工作你也有优势。现在单位招女性，都愿意招已婚已育的。”

莹莹点点头，说：“是啊，我也有这个考虑。再看看吧。”

17

11月中旬，周一，安嘉琦在晨会上主动提出来给部门里的销售人员讲解如何做企业内训。王磊和其他所有人都没有想到安嘉琦会这样做。他们一直以为，安嘉琦会藏着这些销售经验的；他们更是没有想到，安嘉琦会自己主动提出来。

其实这个时候，嘉琦已经做好了离开杂志社的心理准备，也开始琢磨和准备自己下一步的发展。但嘉琦做事相对周全，她想，来杂志社工作这么一段时间，她并没有真正开展业务，还是要做些事情，至少也要对得起这份工资、对得起舒宁的推荐。

嘉琦也有自己的“小心思”。平时，在办公室里，嘉琦多是不言不语的，也没有项目成单，其他销售人员对她的能力和实力多少会有一些猜疑和不信任。嘉琦也是希望通过自己的讲解，让他们能够有所意识，她是了解培训、了解课程、了解培训师的，有足够的经验和实力做好企业内训。

嘉琦并不觉得这些销售人员听了自己的讲解，今后就会做企业内训，就能做企业内训。她越来越看清楚这些销售人员的水平和能力，以她对他们的观察，他们根本就不可能做到此点。如果他们是想学习、想做事的人，也不至于在这里工作了几年，依旧只会拿着现成的公开课文案直接发给客户，却不了解培训课程和培训师。有悟性的人不用多教，自己就能想办法学会；而对于那些没有悟性、不想成长的人，即使费劲教了，他们也依然学不会。就像嘉琦会做企业内训，也不是别人教的，那都是她自己琢磨学习的。

这些销售人员在杂志社工作多年，已经习惯了杂志社的工作风格，习惯了原有的对培训、对课程、对培训师的认知和理解，基本没有自己的思考和分析。私下里，嘉琦有时想和他们讨论培训、销售和课程，但一看到他们一脸懵懂的反应，嘉琦就没有办法再多说一句话了。

而且，杂志社的产品比较多，他们更喜欢做简单的、更容易成单的；而做企业内训，他们只会感觉麻烦和辛苦。

同时，嘉琦对自己讲授之后有可能产生的结果，心中也已经有了一些预判。企业内训成功的关键，根本不是听一堂课就可以解决的。

企业内训能做得好，对销售人员的综合素质和水平要求都是很高的，销售人员要有心有脑、做事细致、善于沟通，既要懂管理，又要会销售，更要了解客户、了解课程、了解培训师。

一个水平不高的人，只能推荐水平不高的培训课程和培训师。

18

嘉琦还是很认真地准备了讲授企业内训的PPT。她准备的内容很多，但她不会都讲。嘉琦觉得，无论怎样，这对于自己是一件有帮助的事情，借此有助于自己更全面地总结、思考和进一步厘清思路。

培训是在杂志社的大会议室举办的。PPT通过投影直接打在白墙上。由王磊主持，他先让销售人员分别介绍了他们以前在联系企业内训时遇到了哪些情况和问题。然后又补充说："抓紧这个机会，尽可能地多问多学，学到了就是自己的。反正这个钱，是我出的。"

嘉琦不由得微微笑了笑。

销售人员反馈的大部分情况和问题是：不知道内训的流程；不知道如何提供方案；找不到合适的培训师；客户觉得他们的报价高；有些客户采用招标的方式，他们不懂得如何投标，等等。

嘉琦问他们："以前，联系内训的时候，你们都向客户提供了什么？"

他们说："主要就是培训师的介绍和报价。"

于是，嘉琦开始一点点地讲解如何开展内训。

嘉琦讲了培训课程体系、内训流程，如何向客户提问以了解其情况、需求，如何根据客户的需求提供相关的培训建议书，等等。

嘉琦重点讲到，做好企业内训最大的考验就是培训建议书。这份培训建议书，是培训联系人要向他的上司甚至总经理呈现的。如何通过这份建议书表现我们的专业度、用心度，让客户感觉我们很了解他们，我们所呈现的内容是可以帮助他们解决问题、提升管理的，是至为关键的。至高境界就是，通过这份培训建议书，能够让客户感觉到，我们推荐的课程和老师正是他们想要的。而想要做到所有这些都是非常考验销售人员的功力的。对于销售人员的考量，在于其对于企业管理的了解和理解、对客户需求的把握、对培训师的了解和选择、方案内容的呈现，等等，这些要求都是比较高的。

而嘉琦对自我的要求始终比较高，她提供给客户的培训建议书，不允许出现错别字，包括标点符号，甚至对培训建议书的字体、行距等都是有统一要求的。在提供培训建议书前，她会反反复复地检查。

曾经有个合作案例：客户给培训公司群发邮件，其中对培训的相关说明和要求总共不到一百个字。邮件中只是说明，公司最近进行战略调整，准备为中高层管理者提供一次为期两天的管理培训，以及希望培训达到的目的等。此外，在邮件中还提到他们是与军工相关的企业，目前就只能提供这些信息，请不要打电话和发邮件询问。如果培训公司可以根据他们的情况和要求提供课程和培训师，就请直接发培训建议书到他们的邮箱。如果他们认为推荐的课程和培训师还可以，会主动联系培训公司的。

收到邮件时，嘉琦是有考虑放弃这个项目的，但她转念一想，为什么不借此尝试着挑战自己一次呢？于是，她就开始认真地反复阅读企业发来的邮件，认真琢磨他们的情况介绍、课程目的和效果要求等；然后从中找到最关键的核心词，根据这个核心词反复琢磨，向客户提供了“从战略到执行”课程。嘉琦自己都没有想到，她给客户发送邮件的第二天，客户就给她打来电话，要求了解课程和培训师；后来，双方顺利达成了这个项目的合作。

嘉琦讲到这个地方，一个销售人员苏晨突然问嘉琦：“姐，你有培训建议书吗？”

嘉琦当时真想一巴掌打过去。她已经把期望值降得很低了，却不想，居然有人提出这样一个比嘉琦的最低期望值还要低的、如此出乎意料的问题。

但她还是很平静地说："有的。我到时会把培训建议书的模板发到部门的 QQ 群里。"

嘉琦此时更加清楚，这个地方，真的不能久留。这样的人居然还能在这里干下去，居然还不觉得自己愚蠢，也是够了。而看上去，周围所有人都没有什么反应，好像对苏晨提出这个问题感觉很正常。

嘉琦结束讲解后，王磊说："看来，做好企业内训，还真的不是像我们想的那样简单的，对专业性的要求还是挺高的。"

之后，他让大家如果有问题可以继续提出来。

苏晨问："如果客户要求采用招标的方式怎么办？以前我有个客户要组织内训，是系列的课程。他们采用招标的方式，当时我和社长说了，但是社长并不很支持我们去投标。"

苏晨一边说，一边不时地看着王磊，好像对王磊有些意见。

嘉琦问："客户和你的关系很好吗？"

苏晨说："谈不上很好，就是平时有些联系。"

嘉琦说："如果与客户的关系不够好，我也不建议参与投标。投标很费时间和精力，如果没有一定的把握，陪标的可能性更大一些。而且，客户采用招标方式，往往合作费用是他们考虑的重点。我们在拼费用上，估计很难拼得过其他培训公司。"

另一个销售人员那琳说："姐，我遇到过这样的情况，以前有客户发来一张课程需求的表格，表格上有课程题目和希望讲到的课程内容，只要求我们提供培训师简介和报价。"

嘉琦说："我的经验是，客户以这样的方式发来需求，成单的可能性也不大。我们对客户的真正需求并不真正了解，客户所需求的课程内容可能和我们理解的是不同的；也有可能，客户对自己的培训需求也并不了解。以前，我曾遇到过类似情况，客户说要组织"非人力资源的人力资源管理"的培训，但是沟通后发现，课程需求更侧重于"管理技能提升"的相关内容。还有，如果我们只是提供培训师，有可能和其他培训公司撞单，就是提供同一位培训师，我们在报价上也未必会占优势。而且，如果客户以这样的方式发来需求，还有一种可能，是客户在向培训公司广撒网，收集培训师的资料，然后客户自己做选择，甚至有可能客户自己直接去联系培训师。现在的客户也越来越聪明了。”

许立骅说：“听你这么一讲，我就知道以前的内训为什么做不成了。客户说要做内训，我转给萧群，萧群只知道提供老师简介和报价。老师的费用还比其他培训公司报得高。有个客户直接就和我说，许老师，你们的报价太高了，我们通过其他培训公司请同一位老师，比你们的报价整整少了一万。”

19

许立骅五十岁出头，是杂志社销售部里年龄最大的销售人员。他在杂志社里工作的时间也很久，他刚来杂志社工作的时候，主要以广告业务为主，后来广告业务不好开展，就转到以培训和会议销售为主。许立骅做事很踏实、很认真。他受传统教育影响很深，相信因果报应。

许立骅的想法始终很简单，以他的个性，做个简单的销售挺好、挺轻松的；而考虑到自己的年龄，他也并不想再换其他工作，准备在杂志社工作到退休。

许立骅工作始终兢兢业业的，整个销售部里，只有他坚持每天打电话联系新客户，也会每个月给客户发送邮件推荐杂志社的公开课，因此有许多关系很不错的老客户。

只是，销售部的人对许立骅都缺少一种发自内心的尊重。一方面是因为受到部门领导的作风影响；另一方面也是因为部门里的年轻人比较多，在这方面缺少应有的意识和礼貌。当然也有可能是因为许立骅说话太直，有时会直接表达自己的意见和想法，让他们听着不舒服。

他们给客户打电话，在电话中总是拼命地介绍公开课、介绍杂志，可说了一大堆话却始终说不到点儿上。许立骅听着，心里很着急。有时，他会好心好意地向他们提些电话销售的建议，但其他销售人员却听不进去。苏晨还曾经公开问许立骅：“你说我们打电话的方式不对，那你又凭什么说你那样给客户打电话就是对的？”

许立骅建议了一次两次，其他人并不理解和接受，毫无改变和效果，反而表现出对许立骅越来越多的意见和不满。于是，许立骅也开始不再多说话，不再给他们提任何工作上的建议了。平时工作时，许立骅只是按照自己的方式联系客户、做自己的业务。其实他的内心是很着急的。他也看得到，整个销售团队的销售技巧不足，工作做得也不足。

时间长了，许立骅就成为了部门里的“独孤一侠”。他有时也不自信，时不时地问自己：是不是自己的想法和做法不对？是不是时代在变，自己的想法和做法都落伍了？

和其他人一样，许立骅对萧群始终是有意见的。他对萧群找的很多培训师都不满意，因为他的客户对这些培训师评价并不高。

一次，许立骅的一个老客户想来试听半天的公开课，他就向萧群提出申请，并问老师讲得如何，能否邀请客户来试听公开课。

令许立骅没有想到的是，萧群居然直接就说：“这个老师讲得很一般。尽量别向客户推荐，客户能不来就不来吧。”

许立骅心想，噢，原来，你萧群也知道哪位老师讲得不好啊。既然明知道他讲得不好，那你为什么还邀请他呢？这中间肯定有猫腻。

20

杂志社曾经举办过一期有关“国学”的公开课，许立骅的一位老客户高总报名来参加了。高总是江苏一家民营公司的创始人和董事长，也是杂志社的老读者、老客户。他年年订阅杂志，也经常参加杂志社主办的各项活动。

许立骅来到培训现场，他想，正好和高总见面沟通下，如果高总对课程评价不错，可以向他推荐培训会员的合作。

下课后，许立骅问高总：“高总，您对这个课程感觉如何？”

高总和许立骅年龄相仿，也比较熟悉和了解。他拉着许立骅在教室后面坐下，直言不讳，表明了自己对课程内容、对培训师的五点意见和想法。他对这次的课程非常地不满，认为这次邀请的老师讲得很空，几乎没有有帮助的内容，且老师所讲的有些内容在他看来还是错误的。高总最后说了一句："我只是不能直接说他就是来骗钱的。"

许立骅心里很过意不去，对高总说了很多次的"对不起"，说他回杂志社后一定会向社长如实汇报高总的意见和建议。

高总看出许立骅的歉意和心里的难受，觉得自己说得也有些太过直接。到最后，高总反而安慰许立骅说："许老师，真是不好意思，我对这个培训提了很多的意见和想法。我说话比较直，也是为你们好。如果有说得过分、说得不对的地方，您可千万别往心里去。我们都比较熟了，我相信，您是能理解我的出发点的，我也是希望杂志社越来越好。"

回到杂志社，许立骅把高总的反馈一五一十地讲给王磊听。王磊感觉很是意外，说："怎么会有这样的反馈？培训评估分数挺高的呀。"

许立骅说："社长，这些话，我是编不出来的。这是高总逐条讲给我的。像高总这样的老板，即使对培训有意见，也不经常做培训评估的。高总所说的这些对我们将来是有帮助的。"

许立骅不知道王磊是如何将自己所反馈的意见和想法告诉萧群的。更没有想到的是，王磊会直接告诉萧群是他反馈的这些意见和想法。

萧群从王磊办公室一出来，就马上气冲冲地来找许立骅。他公开大声说："许老师，你的那个客户凭什么说老师讲得不好？培训评估都不错，评估分数也挺高的，我觉得老师讲得挺好的。"

他还质问许立骅说，客户有意见，为什么不直接和他萧群讲，却直接告诉社长？又说，许立骅实在是太"阴"了，故意借此在社长那儿给自己下绊子，以前，他还真的没有看出来呢。

许立骅被王磊和萧群气得说不出话来。王磊这样直接告诉萧群，不正是在挑拨自己和萧群的关系吗！这不仅对解决问题没有丝毫帮助，还在内部增加了矛盾。他觉得王磊也是个"唯恐天下不乱的主"。自己明明是好意，也只是向他如实反馈客户的意见，现在被他这样一搞，好像自己又是在"多管闲事"了。同时他也想不通萧群为什么这样做，他为什么总是和正常人的想法不一样？而且还特别看重眼前的小利。

21

许立骅以前对计算机操作、新的电子产品、聊天工具等运用得不算太好，现在渐渐好一些了，也开始用微信、QQ 等联系客户，开展销售工作。每当使用这些软件有问题的时候，他大多时候是去找前台的李岚来帮自己、教自己，并不问销售部里的其他人。

以前曾经有一次，许立骅请萧群帮忙给自己的手机充值。充好后，萧群却非要跟许立骅多要一元钱，说是劳务费。许立骅又被萧群气得说不出话。他始终想不明白，萧群到底是怎么想的，怎么能开得了这个口？未免也有些太过自私、太过小气了，成天只想着如何占其他人的便宜，再小的便宜也要占。

许立骅曾说萧群是反社会人格，那双小眼睛仿佛是狼眼，一点儿也不善良。他只会踩着别人上位，还属于墙头草，谁得势跟谁。他说别看萧群表面上作威作福的，其实只是源于自卑。

只是，许立骅及杂志社里的所有人都不明白，为什么王磊、文娟都会那样喜欢、偏向萧群。王磊居然认为萧群是个“销售天才”，还说如果销售部里的人都像萧群这样就好了。

时间久了，被萧群闹的次数多了，大家也都摸清楚了：永远不要在王磊面前说萧群的“不是”。因为王磊会把这些“不是”一五一十地告诉萧群，而且还会告诉萧群是哪个人说的。

有时，许立骅被萧群气急了，直接就会说他：“你也就是在这里吧，遇到个糊涂老板，让你上蹿下跳的。在别的地方你早就被人收拾了。你根本就不敢去其他的公司，去其他的公司你根本待不下去。”

22

嘉琦讲解过这一次内训流程后，部门里一切依旧，仿佛这一次培训从来没有发生过。

而这些几乎是嘉琦预先就想到的。

如果有悟性的人，总是会看看她的 PPT 吧。

嘉琦在 PPT 里有介绍如何向客户提问、了解其需求的几个问题。嘉琦想，如果是自己，对内训并不了解的话，她会把这些问题打印出来，贴在平时工作时可以看得到的地方。客户说不定哪天就会提出内训需求，到时即使看着这些问题提问，也是会有帮助的。

可嘉琦看到的却是，他们什么也没有做。

23

一周后的一天，苏晨来找嘉琦，说她有个客户想要做内训，问嘉琦能否帮她提供培训方案。

讲解内训过后，嘉琦通过其他人了解到苏晨的一些情况。原来，苏晨和文娟以前就是同事，在同一家培训公司工作。苏晨生过孩子后的一段时间曾辞职在家带孩子，后来经由文娟介绍来到杂志社工作。她和文娟两个人现在还住在同一个小区，经常一起上下班。在杂志社，苏晨有文娟照顾，只要平时不惹事，有点儿业绩，基本就可以混下来。但苏晨的业绩并不算好，在部门里是倒数的。

嘉琦和苏晨在小会议室坐下来，嘉琦问苏晨："客户的需求是什么?"

苏晨说："这个，我也不是很清楚，客户只是说要制订明年的内训计划。这个客户是我联系很久的客户。"

接下来苏晨讲了许多关于这个客户及其所在系统的情况。嘉琦听得出来，苏晨是想要表明：该客户的规模很大，她联系客户的时间比较久，客户的内训需求比较多；如果能够和这个客户达成内训合作，就可以借此进入其所在的系统，而这个系统内的公司遍布全国各省。

嘉琦说："这样，你先了解一下客户的情况和需求，比如，他们是如何考虑培训计划的，针对哪些情况、哪些人群，希望组织哪些课程，希望达到的效果，等等。让客户尽可能地多介绍，介绍的情况越多越好。如果可以，也可以让我和客户直接联系沟通下。"

苏晨说："客户只是说，要组织管理和领导力的培训，具体做哪些课程，他们也不是很清楚。能不能把你以前做过的培训课程和方案发给客户看一下？"

嘉琦说："管理和领导力的课程有很多。企业不同、需求不同、人员不同，提供给客户的培训课程和方案也都是不同的。现在不了解客户的情况，就贸然发方案，只有死路一条。"

苏晨说："那我再和客户沟通一下吧。"

嘉琦说："好的。"

而她心里想的是，也许，我能猜到你的一些小心思吧。

24

11 月末，文娟回杂志社上班了。文娟三十七岁，短发，很瘦，个子不太高。

杂志社里很多人认为她突然生了这场大病，是因为今年销售部里所有人，包括她自己的业绩都下滑得非常厉害，作为直接领导，她的压力太大了。在生病前的一段时间，文娟因为压力太大，经常成宿成宿地睡不着觉；部门里的同事们也能感受到文娟当时的焦虑状态，她经常为一件小事情就大发脾气。

因为文娟还在恢复期，杂志社也照顾她的身体情况，允许她如果感觉不适，可以随时请假，并且暂时还是由王磊继续负责销售部的管理工作。

能看得出来，文娟是个很要强的女人。一般人得了这样的病，可能就会非常小心，尽可能地放松，不再给自己太大的压力。但杂志社里的所有人都能感觉出来，文娟的工作劲头并没有一点儿减少。

一天，王磊通过李岚通知文娟、萧群、安嘉琦三个人和他一起开个会，分析最近两年公开课业绩下滑的原因。

一接到开会通知，嘉琦马上意识到，她如果去参加这个会，肯定是有些风险的，对她本人毫无好处不说，关键是，在这个会上，她说也不是，不说也不是。可以想见，如果她发言，很容易就会和文娟、萧群产生直接冲突。

嘉琦赶紧小跑到王磊的办公室，向王磊申请：“社长，我不参加这个会议行不行？我对公开课的分析和建议都已经发给您了。我刚来，如果当面说他们以前做得不好，那是在得罪人。”

王磊却坚决要求嘉琦参加，说：“这个会议很重要，只有分析好过去的问题，才能更好地开展明年和下一步的培训工作。所以，你一定要参加。”

嘉琦想了一下，说：“好吧，如果您一定要求我参加，我只能参加。但我就是以听为主，您可别让我发言啊。”

于是，嘉琦经历了人生中从未想过会经历的一次会议。

她没有想到，王磊的第一句话就把她给“卖”了。

王磊说：“今天，我们探讨最近两年公开课业绩下滑的原因。我们是一个集体，这个会议只是讨论问题、找到原因。我让安嘉琦来参加，她不想参加，说她不了解我们的情况；说她刚来，如果她现在提出自己的意见，会得罪人。但我们一切都是为了工作，为了更好地工作，在这个会议上，我们只谈事情，只讨论问题，只分析原因，不存在得罪人的事情。我要求她参加这个会议，允许她只是听我们讨论，不用发言。”

接下来，王磊首先开始发言。他认为最近两年公开课业绩下滑的主要原因包括：不了解培训市场，不了解客户情况和需求，在课程设计上远远脱离了市场和客户的需要；公开课的课程和培训师品质下滑；销售能力不足；老客户数量减少，新客户开发不足等。

王磊话音刚落，文娟和萧群直接就“炸”了，两个人几乎没有任何迟疑地同时表示：他们坚决不认同社长所讲到的这些原因。

文娟和萧群的气势是稍稍有些嚣张的。两个人搭配得很好，一唱一和地说：“社长，你凭什么说公开课业绩下滑是因为这几点？有哪些证据能证明？如果说，近两年业绩下滑是因为这几点，可是，前几年我们也是这样做的，为什么前几年的公开课业绩会那么好？”

这一刻，嘉琦觉得他俩就好像是客氏和魏忠贤。但她随即又觉得，自己这样想还是稍稍有些“损”的。

萧群说：“社长，你不能业绩好的时候不夸我们、不奖励我们，业绩不好的时候就说全是我们的问题和责任啊。我们曾经给你提过好多建议，但是你都不接受，现在业绩下滑了，就全是我们的责任，这让我们以后还怎么干？真的是太伤我们心了。”

王磊说：“我刚才一开始就已经说明，公开课业绩下滑，我是第一责任人，并不全是你们的问题和责任。而且，今天我们开这个会，不是来追究责任和责任人的，我们主要是来分析原因的，是为了明年、为了下一步更好地工作。”

萧群说：“那我也不认可你所讲的这些原因。”

王磊问：“那你认为是什么原因导致公开课业绩的下滑？”

萧群说：“社长，你看看现在的杂志，内容没有以前的好，看杂志的人也很少，根本没有人通过杂志报名，所以没有新客户。”

王磊说：“那你的意思是，这两年业绩下滑，是因为杂志读者的减少？”

萧群说：“是啊。现在是互联网时代，平面媒体都不好做，现在还哪有人去看杂志？杂志社这两年根本也没有提供什么资源啊。”

王磊说：“还有其他原因吗？”

萧群说：“我承认，我们的销售能力不强，课程设计上可能也没有那么好。可问题是，以前我们也是这样的销售、这样的课程，怎么早几年做得那样好，一个公开课就可以签订好几个培训会员？”

文娟用食指一点一点地指着王磊说：“社长，这两年，宏观经济不好，大环境不好，哪个行业都不好干，培训行业尤其下滑得厉害。我们最近两年业绩下滑，可是，其他培训公司的业绩也在下滑啊。听培训界的朋友说，现在的培训公司经营不下去、倒闭的有很多，规模很大的培训公司都有许多倒闭的；那些没有倒闭的，今年的业务也是呈断崖式下滑，甚至下滑一半以上。相比而言，我们还算是不错的。”

文娟又指着嘉琦对王磊说：“不信，你可以问问她，她说她不了解我们这里的情况，可她了解外面的培训公司吧？她了解这个行业吧？”

嘉琦没有理睬文娟。她想得很清楚，在这个会上，她保持沉默，只听，绝对不会多说一个字的。

她发现，王磊和萧群在讲话时，文娟一直在低头摆弄自己的手机；有电话来，她就直接走出社长办公室到外面接电话。嘉琦没有想到，开会的时候文娟居然也可以如此的无礼和散漫；而王磊居然又会如此的容忍。不得不承认，王磊的脾气是真好啊。

嘉琦心里想，难道，这就是王磊所强调的非常重要的会议？

王磊没有很坚持自己的主张，也没有明确地反驳文娟和萧群的说法，只是听他们振振有词地说个不停。到最后，他竟然反而有种要道歉的样子，态度也不像刚开始时那样坚持了，不知道是不是因为觉得“伤”了萧群和文娟的心？

嘉琦一边听，一边想着，要坚决、尽快离开杂志社。和这些人在一起，实在是影响智商和情绪。如果继续待下去，要么自己就得一直忍受，而这种忍受是非常不值得的，是对自己的否定；要么自己不忍或忍受不了，将来难免会和文娟、萧群产生矛盾和争执，而以目前王磊的态度来看，估计到时他也不会保护自己的。最关键的是，可能和天性有关，嘉琦并不喜欢与人产生正面冲突，她觉得那样是在自降身价。

只是，什么时候离职比较合适呢？

25

一个周一的早上，销售部门召开晨会，研讨相关业务和交流销售经验。这次，王磊和文娟都参加了晨会。

部门里的一个销售人员何梦妍首先介绍了自己遇到的一个情况。

何梦妍也是从广告业务员转做培训业务的，业绩在部门中还算不错。她的外表看上去很精明强干。

上周五，何梦妍给自己的一个老客户打电话，向他推荐 12 月的公开课。开始的时候，对方没有接电话，过段时间再打，对方直接拒接了。何梦妍又想在微信上和客户联系，可她发消息时才发现对方已经把自己拉黑了。

何梦妍问："遇到这样的情况，要怎么办才能更好一些呢?"

文娟说："你再换个手机号给客户打电话吧。"

嘉琦心里寻思，这个时候，再换一百个电话都没有用，只会让客户感觉更烦。目前应该分析一下之前和客户都是怎样联系的，而这个客户为什么拒接电话、拉黑你。不然，以后还会发生其他类似的情况。

销售部里有位大销售陈轶东，在杂志社工作已经有十二年了。他从大学毕业就来到杂志社，从发行开始做起，后来转做广告销售，业绩始终不错。他以杂志广告、会议赞助等大项目为主，基本不做培训业务，大概是看不上培训业务吧，感觉培训业务太小，做着没意思，不如做大单有成就感。

陈轶东的说话速度特别快，有时还吐字不清，听他说话需要格外认真、用心。以陈轶东说话的速度，估计没有人会想到，他经常与大企业、知名企业合作。但是，出乎所有人的意料，陈轶东就是那么厉害，他曾经与多家世界知名的大企业进行过多年、多次合作。最近两年，受各种因素的影响，陈轶东的广告和会议赞助的业务都大幅下降。

王磊请陈轶东介绍一下与这些大企业联系广告和会议赞助时的成功经验。

陈轶东说："我其实没有什么经验。但是社长非要求我讲，那我就简单地讲讲吧。我觉得要做好销售，主要是要依靠个人关系和情感来打动客户，取得客户的好感。我们都知道二八定律，要尽量地多找客户，同时，也要尽可能跟住那些最重要的客户，要和客户多联系。还有，最关键的，虽然大企业在签订合同时都有反贿赂条款，但是以我的经验，给客户送卡很关键。要会送，送得巧妙。把卡送出去了，再谈事情，一切就都好谈了。以我的经验，第一次送卡，客户肯定会拒绝的，但送三次，一定会送出去的。"

他说他曾经出差去外地，拜访一家知名企业的公关经理。他和公关经理是在企业的办公室里见的面。在办公室里，他也没有多说什么，只是简单地沟通了一下，然后他把杂志和书送给公关经理，书里面夹着银行卡。从办公室出来后，他就给公关经理打了电话，告知书里面有卡，密码是多少。

陈铁东讲得很快，所有人一边听一边强忍住自己的笑。他刚一讲完，大家就再也忍不住，一下子全都笑了出来。

王磊显得有些无可奈何，说："你的意思是说，你销售做得好，是因为会送卡？"

陈铁东继续快速地说："当然也不全是因为会送卡，其他一些工作也都是要做好的。但是会送卡，这也是合作成功的一个主要原因吧。如果我们社长能够再大方一些，在提成政策上再优惠一些，就更有利于我联系业务、做成大客户了。"

王磊说："对陈铁东所介绍的经验，大家只听听就好，他的有些建议也不能采纳。我们并不建议给客户送卡这个方式。"

晨会结束后，回到办公室，所有人都继续不加控制地笑，对陈铁东说："服了你，你可是真敢讲啊。"

陈铁东仰着头，理直气壮地说："可是，我说的是实话啊。你们说，我说得对不对？是不是政策好些，更有利于成单？我们社长就是太小气了。"

其实大家心里都明白，陈铁东这是故意讲给王磊听的。

陈铁东前几年的业绩和收入确实都很不错。早几年前，他就在北京南城贷款买了房子，还出乎所有人意料地贷款买了辆高配名车。因为这个，王磊更有理由公开说杂志社是"穷庙富和尚"了。

陈铁东经常在背后说王磊："咱们社长，帅是真帅，脾气也是真好，就是有些太小气，舍不得花钱，总是算计小钱；还说话不算数，经常变卦。"

他经常向王磊提建议，提高一些提成比率或制订一些对特殊客户的优惠政策。但王磊并不接受他的建议，而且提成政策一旦定下，就不能轻易更改，也没有任何的灵活性。

陈铁东曾经与一家一流世界名企洽谈合作项目，如果能够合作成功，会有一些有形收入，最关键的是无形影响会非常大，能一下子提升杂志的品牌形象、知名度和影响力。为了促成这次合作，陈铁东费尽口舌向王磊说明与这家世界名企合作的种种好处，并向王磊申请优惠政策，王磊当时口头答应了。陈铁东很高兴，于是在这个项目上更是用尽心思。可没有想到的是，项目合作谈到快要成功，陈铁东心里正美的时候，王磊却又反悔了，说什么也不同意曾经答应的优惠政策，还说他当时并没有签字，只是口头上答应的，不能算数。

陈铁东非常生气，对王磊说："您当时明明都答应了，都说得好好的。"

王磊不为所动，说："你把我当时说的话就当成屁放了吧。以后只要我没签字，就都不算数。如果再要优惠政策，就一定要我签字才可以。"

陈铁东气哼哼地跑回办公室，一点儿没客气，当即把王磊说的这句话在所有人面前公开讲了出来。陈铁东说："你们听听，这像是领导说出来的话吗!"

上周六，王磊、文娟、苏晨等人去昌平参加一个培训行业会议，参加会议的有一千多人。这个会议在培训行业是比较有名气的，每年年末都会在北京举办，每期参加会议的人数都很多。有些刚刚进入培训行业的年轻人会以能够参加这个会议而感到自豪。

王磊作为重要嘉宾参加了这次会议，是文娟帮着联系的。

王磊说："这个会议组织得太差了，那些嘉宾讲得也很差，会议开始不久我就想走了。但是我坐在前排，不好意思走。我坚持着听了一上午，最后实在是听不下去了，中午就回来了。咱们要思考一下，那么烂的会议，那么烂的嘉宾，都能招来一千多人，据说还都是交费来参加的。我们的培训和会议，比他们的要好得多，为什么我们招不来那么多的人?"

文娟说："他们对外都是有合作的，是其他培训公司，主要是那家电话销售非常厉害的培训公司帮他们招生的。"

王磊说："我们也一直允许其他培训公司帮助我们招生啊，我们也有相应的代理执行政策啊，为什么我们不行?"

文娟说："可是，社长，你的代理政策并不支持代理招生啊。其他机构都嫌我们的代理政策太低了，不愿意推广我们的会议和培训班。"

王磊感觉有些意外，他看着文娟，文娟也看着王磊，然后两个人都不说话了。

26

文娟在内部业务研讨时，讲得总是最多，其他人更多地是听她讲或者保持沉默地想自己的事情。

文娟总是会强调，自己做销售做得有多好。的确，整个部门里，文娟是最有这个资本的。她的销售业绩永远是部门里最高的，而且还总是能把第二名的郑思雯拉开很多。

文娟讲到，当她偶然得知客户公司的股票大涨时，她会马上和客户联系，恭喜客户。她出去和别人谈事情时，别人经常会讲到一些新的、流行的概念，如众筹、私董会、平台等，她回来后马上就会在网上查资料，学习了解这些概念。因此，她要求部门的其他人员也要像自己一样做。

对这些，安嘉琦有自己的观察和思考。

文娟所说的内容，更多的是身为销售的工作内容，有些是有一定道理的。作为销售人员，是需要多关注客户的消息，持续地多学习。只是，把这些当成自己可以炫耀的资本就稍稍有些欠妥了。文娟是犯了管理者的大忌，在下属面前炫耀，显得别人做得处处不如自己。大概，也唯有她自己对此感觉良好吧。

嘉琦看得出来，文娟的工作积极性或者说成功的欲望比自己强多了。文娟可能是个好销售、大销售，但并不是一个好的管理者。或者说，文娟在享受身为管理者的优势和资源，运用身为管理者的优势和资源去开展自己的销售，但却没有真正承担起管理者的职责。

文娟作为销售，确实有她做得好的一面，但是，她的个性、资源、销售的方法和模式，都是部门里其他人不可以模仿的。文娟身为公司总经理，自有职务上的优势和资源，这些都有利于她与大客户的沟通，有利于她运用杂志社的内部资源做好销售。文娟的几个大客户，在她来杂志社工作之前就已经与杂志社有过多年的合作，客户更认可的是杂志社的品牌和平台。文娟可以主要开展会议和活动赞助的业务，她可以只联系、开发杂志社的老客户而不去开发新客户，可其他销售人员，整个销售部门是万万不能这样做，也做不到这样的。

嘉琦想起在培训中成皓霖曾经讲到的那一句："平庸的管理者会通过业务能力体现管理能力。"

文娟开会、说话时，经常用食指指向别人，还一点一点的。但嘉琦发现，所有人，包括王磊好像大家对文娟的这种说话方式都表现得很平静。嘉琦想，也许是自己毛病太多了吧，净注意到这些小细节。她自己是永远不会用手指指着别人说话的，这是礼貌和修养问题。

27

11月末的一天，嘉琦和那琳相约去参加一个媒体年会。

那琳是满族人，也来自东北。她长得浓眉大眼的，个子很高；说话、性格都比较直。那琳自己也知道，在杂志社里，她和其他人是有些格格不入的。

那琳来杂志社将近一年了，她准备干到今年年底就辞职。她正在学习财务，希望来年考取会计证，为将来换工作做准备。那琳的决心下得很坚决：再也不会继续做销售，更不会继续做培训。在杂志社里，她干得都有些伤心了。

那琳以前在一家保险公司工作，她和她老公也是在保险公司工作时认识的。那琳觉得，保险公司的工作虽然很辛苦，但培训还是很到位的。那个时候，那琳和她老公合作销售保险，那琳外向、热情，适合发展新客户，与客户相约拜访见面；而她老公对保险条例、保险业务更熟悉，他作为专业顾问和客户沟通，更容易取得客户进一步的好感和信任。所以，他们合作开展保险业务的业绩一直很不错。现在，她老公到了一家互联网公司担任管理者，相对而言，业绩压力没有那么大，不会那么累，收入也更稳定、更有保障。她老公离开保险公司后，那琳经由朋友介绍来到杂志社工作。杂志社离那琳家也不太远。天气好的时候，那琳会骑自行车来上班，在上下班的路上还是很舒服的。而且，杂志社的平台还不错，纪律要求也没有那么严格，工资和提成会按时发放，五险一金都有。

那琳刚来杂志社的时候，文娟并没有提供任何的辅导和帮助，直接就让那琳自己打电话联系新客户。那琳以前没有做过培训，也不知道培训是怎么回事，更不知道如何联系客户。她就只有多听办公室里其他人是如何打电话、如何说的，然后自己琢磨着，去联系客户。

刚来的时候，萧群还曾经建议那琳多与培训公司联系，请培训公司做公开课的代理，说得很简单、很吸引人。可联系了几家培训公司后，那琳就发现，根本不像萧群说得那样简单，培训公司都是先以自己的业务为主的，对其他培训公司的公开课并不愿意推广。之后那琳也就不再与其他培训公司联系代理公开课的事情了。

那琳并不接受杂志社给予的结论：如果业绩不好，就是个人的态度和能力有问题。而且，杂志社从来也不真正帮助员工提高销售能力。但是，那琳根本没有解释的机会。

有的时候，那琳好不容易联系了一个新客户来参加公开课，可等客户参加完培训后，却总是说课程和老师都不太好，不会再来了。那琳一肚子的委屈都不知道找谁说去。

那琳感觉办公室的气氛不是很好，很压抑。每周，她们都要找个机会出来参加会议、培训，借此放松一下、透透气。参加会议和培训的理由是为了交换名片、结交新客户。但其实大家都明白，基本换不来多少名片，换来的也没有多少用，往往只是培训同行的名片。现在的人力资源经理也都学聪明了，他们出来参加会议、培训时也不轻易提供自己的名片。好在，她们主要也只是想要出来透透气，如果天天都在办公室里坐着，会憋死的。

部门里这几个人为了抢客户，经常有矛盾。虽然有客户注册制，但每到半年就过了注册期，这个时候就开始混战了。文娟把着自己的那几个大客户不说，还抢别人的客户，谁的客户她都敢抢；王磊也纵容文娟，总感觉文娟做业务做得好。一次，销售部开会说客户注册的事情，衣莹莹比较敢说话，说了一句：“有本事就自己开发新客户啊，干吗总抢别人的客户？”当时所有人都不说话了。事实上，在部门里，又有谁没有抢过别人的客户呢？

文娟和刘扬也争执过一段时间。刘扬也是这里的“老人”了，每年的业务量都是排在前五名的。她的特点就是什么也不想，只闷头做销售，就是想多挣钱。她也确实是挺厉害的，有一年会议赞助，她出人意料地做成了五十万的大单。可算提成时，文娟非说是自己陪着刘扬去谈客户的，服务项目中也有杂志社的资源配合，非要扣留刘扬的一部分提成给自己，把刘扬气得不行，坚决不同意让出自己的一部分提成，两个人为此争吵了很长一段时间。那段时间，所有人就看她们两个人天天争来争去的。后来刘扬没招了，只能妥协。因为文娟是领导，提成单上必须得有她签字，刘扬才能拿到提成。而王磊又明显地偏向文娟。

以前，部门里有个挺厉害的女孩和文娟有过争执，两个人在办公室里就动起手了，互相扯着对方的头发，那情景简直是不堪入目。事情发生后，所有人都等着看王磊的态度和处理方式，可王磊只是轻描淡写地各打了五十大板。后来，那个女孩离职了，据说现在自己开公司，干得也不错。

嘉琦没有想到的事情太多了。她说：“文娟还真是能做得出来啊。”

那琳说：“没办法，都是王磊惯的。”

嘉琦说：“你最近的业绩怎么样？”

那琳说：“不太好。12 月的公开课，大概能来一个人吧。我还怕老师讲得不好，又把客户得罪了。愁死我了。还有一个项目，正在和客户沟通明年一个人力资源论坛的合作，也不知道能不能谈成。现在论坛的合作，都快变成卖客户资料了。”

嘉琦说：“卖客户资料？”

那琳说：“是啊，向合作方提供客户的名单和联系方式。如果没有这些客户资料，谁会和我们合作啊？我们也提供不了更好更多的合作内容。”

嘉琦有些惊呆了的感觉。

那琳继续讲，上个月的公开课，老师讲得很不好，而那位老师是她邀请的。培训结束后，萧群来责怪她。她也没客气，当即就和萧群说："我承认老师是讲得不好。可是，你想想当时的情况，我为什么会邀请这位老师？培训前几天，你原来请的老师不来讲课了，你找不到老师，要我们帮着找。如果我当时没有找到那位老师，你连培训都开不了。我是在帮你的忙，联系上这位老师让你的培训如期举办。你说他讲得不好，但是，你请的老师就全是讲得好的吗？我的那些客户还都说老师讲得不好，再也不来参加培训了呢。"萧群当时就再也说不出一个字，赶紧转身走了。

那琳越讲越气愤："萧群凭什么把一切责任都怪在我头上？我才不接呢。我还没说他呢。他凭什么来说我？"

嘉琦说："确实，如果老师讲得不好，销售人员的压力更大，左右为难。没有客户来不行，来了客户也不行。"

那琳说："说的就是啊。以前是不知道，无知者无畏，就想着先把客户给招来。现在都胆突突的，有时就怕客户报名来参加，老师讲得不好的话，培训后还要向客户道歉。"

嘉琦说："你发没发现，文娟开会、说话时，经常用食指指着别人，一点一点地说，这手势是很无礼的，她一直这样吗？"

那琳说："她一直这样。我们也不好告诉她这点。现在时间长了，我们也习惯了。"

那琳继续说："真是没办法。我问文娟，那个人力资源论坛我们可以给客户提供什么，她就一句话，先把钱拿回来再说。我都不知道说什么了。我感觉，她好像并不愿意我谈下来这个合作。我也看看吧，如果那个论坛合作能谈下来，我可能还会多干段时间；如果谈不下来，我就早点儿走。现在，家里人已经开始帮我联系新工作了。"

嘉琦不由得想到那一句话："平庸的管理者会扼杀别人的命运。"

估计，销售部里的这些年轻人，没有人会认可文娟的所作所为吧。如果有一天，文娟离职，她的继任者会感谢她现在所做的事情、所打下的基础吗？

28

10月末的一天下午，嘉琦在走廊里遇到王磊，她冲王磊点头致意，刚想走过，不料，王磊递给她一份资料，说："麻烦你帮着把12月公开课的大纲设计一下吧，要登在11期的杂志上，要得比较急，明天就得给我。"

嘉琦说："好的。我明天一定发给您。"就接过资料。

嘉琦很用心地进行了这次的课程设计。课程设计对于她来讲并不算是有难度的事，这本来就是她的强项。而且，她在课程设计上也有相当丰富的经验和独到的理解。

第二天，嘉琦把自己整理好的课程大纲和老师简介发给了王磊。

嘉琦想得周全，她不想因为自己设计课程大纲而与文娟、萧群产生冲突。于是，她和王磊约定，他可以和其他人说12月的公开课大纲是他自己设计开发的。但她心里还是感觉有些可笑，干点儿工作还不能正大光明，感觉就像搞地下工作似的，心也真是累。

下午，王磊来办公室办事，特意走到嘉琦旁边，问："你了解12月公开课的这位老师吗？"

嘉琦赶紧站起来，说："不了解，我没有听过她讲课。我基本上是不与女老师合作的，尤其是管理类课程。"

昨天，嘉琦已经在网上搜索过这位女老师，网上的介绍资料比较少，只知道老师是"海归"，只讲这一门课程，在网上也没有找到老师讲课的视频。

王磊没有说话，就匆匆地走开了。

29

12月初的公开课，老师讲得是出乎意料的"砸"，砸了个彻彻底底。

该女老师将近五十岁，形象、气质不算好，偏胖，肚子很明显，关键是没有多少精神，说话声音也不好听，不是很能够吸引人。

培训开始后，老师没有讲几句实质内容，就开始领着学员做游戏，学员的注意力就开始分散了。

销售部来了五六个人听课，都坐在最后一排。一看如此的开场，所有人都深感意外，却只能互相对视一眼，保持沉默。

随后老师要组织学员进行案例研讨。可这个时候才发现，案例材料是每个小组一份，并不是每人都有。现场就开始有些乱了。有个小组选出一个人朗读案例，其他人听，但这样的效果根本不行，无法理解案例的全部。郑思雯反应比较快，用手机拍下案例，发到公开课的群里，然后挨个小组通知。于是，培训人员纷纷拿出手机，询问 Wi-Fi 密码，然后再扫码入群。

有几位晚到的培训人员陆续进来上课，却发现讲义也不够了。原来，这次的讲义和案例都是老师提供的，说是有版权，不能提供电子版。老师助理只带来了五十本。而且，从严格意义上讲，这也并不能算是讲义，只是复印材料后用订书钉装订在了一起，没有封面封底，且复印的效果也不好。

萧群让那琳出去复印讲义，并向没有拿到讲义的培训人员挨个道歉和说明，请他们稍等一会儿，讲义马上就到。整个培训现场就显得更乱了。

至于老师，则在讲课过程中偏重讨好学员，有意和学员搞好关系，推销自己，说自己曾经做的培训案例很多，但在课程内容上却没什么新意和理论性。

郑思雯有些紧张了，她起身到后面找书，说要送给自己的客户，作为弥补。

后来郑思雯和嘉琦坐在后面讨论这次的公开课。两个人都认为，老师应该先讲些课程内容，待有些基础了，再做游戏、做案例研讨也许会更好一些。

嘉琦说：“能不能给老师提些建议？”

郑思雯嘴一撇，说：“我们可不敢。这位老师是萧群邀请的，要提建议，只能他去提。而且，我们如果要萧群向老师提建议，他会觉得我们在批评他，挑他的毛病。算了，都已经这样了，只盼望这两天能快点儿过去。”

下午上课时，老师问培训人员对上午的课程有哪些想法和建议。

一位公司老总也没有客气，当众提了自己的意见：“我们平时的工作压力很大，来参加这个培训，就是想学习如何调整情绪和缓解压力的。可来了一听，让我们很是失望。今天一上午的时间，我们没有学到任何有帮助的内容，感觉是在浪费时间。我们的工作都很多，平时时间也挺紧张的，抽出时间来北京参加这个培训，是因为相信《最新管理实践》杂志，但却没有想到会是这样的结果。”

听了这话，除了安嘉琦，后面的销售人员一个个都紧张得要死，因为他们也都有自己的客户来参加这个公开课。

30

下了课，嘉琦和何梦妍同路，一起乘地铁往家走。

在地铁里，何梦妍的手机突然响了，她一看，是来参加公开课的客户打来的，吓了一跳，犹豫着要不要接。终于，她深深地吸了一口气，接起电话。还好，客户并没有说培训的事，只是忘带了手机充电器，请梦妍帮他找一个。

梦妍放下心来，顿时感觉轻松许多，赶紧说：“好的好的。您别担心，我马上和同事说，一会儿就让他们把充电器送到您的房间。”

挂上电话，梦妍长长地舒了一口气，轻轻地拍了拍胸口，说：“吓死我了，还以为客户是对课程和老师有意见，来说我的呢。”

何梦妍性格比较外向，开朗大方，非常能讲，说话速度比较快，做事情也很麻利。她在杂志社工作也有六七年了。一路上，主要是何梦妍讲，嘉琦听，她对嘉琦讲述自己的愤怒和委屈，也讲到她对萧群的不满。

何梦妍和萧群彼此看不上，两个人经常公开吵架。她不想理睬萧群，但萧群却又时不时地来找她说话。而且两人在工作上总是需要联系的，她碍于大家都是一个部门的同事，也不能表现得太明显，但又经常被萧群的“无理搅三分”气得不行。

何梦妍又讲到王磊的不公。有一次公开课，梦妍的一个注册客户通过授课老师的公司报名参加了。也不知道王磊是从哪里得到的这个信息，他也没找何梦妍了解这件事，而是直接在工资中扣了何梦妍三百元。何梦妍拿到工资条后，发现被莫名其妙地扣了钱，就去找会计，会计说是王磊让扣的钱，具体原因也不清楚。何梦妍又去找王磊，王磊很平静地说，扣钱，是因为客户通过其他公司而没有通过何梦妍报名参加了培训，这是“跑单”，是何梦妍没有维护好客户。

何梦妍这才知道有这件事情。她急忙与客户联系、了解情况。原来，那家客户公司以前组织过授课老师的内训，当时公司里有几位管理者因为时间不允许，没有参加当期的内训。这次老师举办公开课，老师的助理主动打电话和客户联系，客户便很自然地就通过老师那边报名参加了。可不论何梦妍怎么和王磊解释，王磊既不接受解释也不改变扣钱的决定。他就一句话：客户没有通过何梦妍报名参加公开课，就是她工作没做好，与客户沟通不到位，是“跑单”。他还说，准备不再把这个客户归何梦妍注册保护，而是分给其他销售人员。

何梦妍略显郁闷地说：“社长不去了解情况，也不提前通知，直接就扣钱，真是够狠的。都愁死我了，冤死我了。这种情况，难保以后不再遇到。本来挣得也不多，哪经得起这样说扣钱就扣钱啊。”

这两天，何梦妍也和苏晨有些争执。

一天，何梦妍接到一个电话，是找苏晨的，说是要报名参加公开课。何梦妍当时还感觉很奇怪，不知道这个客户是从哪里得到的自己的座机号。但她也没多想，因为苏晨那天没来上班，她就把客户的情况记在一张纸上，放在了苏晨的桌子上。

过了两天，客户又给何梦妍的座机打来电话。之后她把情况告诉苏晨，苏晨就有些不乐意了，说何梦妍是想抢自己的客户，不然，客户为什么不给自己打电话而给何梦妍打电话？客户又是怎么知道何梦妍的座机号的？

这把何梦妍气得，在办公室里公开说苏晨不讲理。客户是苏晨注册保护的，她即使做成了也是白做，业绩和提成还是归苏晨。她为什么要做这种出力不讨好的事情？再说，客户给谁打电话是客户自己的事情，客户总是给她打来电话，这还可以说是你苏晨工作不到位呢。苏晨凭什么说她想抢客户？如果她真的想抢客户，从一开始就不会告诉苏晨了。

因为这件事情，现在她和苏晨已经几天不说话了。这两天，她一想这事就生气。她经常想干脆辞职算了。可是转念一想，现在到其他公司，她还是做销售，一样面临着同事竞争、客户竞争。而她在这里工作的时间比较长，业务、客户也比较熟一些；如果到其他公司，业务和客户都是新的，可能更不好开展业务。此外还有对于上下班距离和时间的考虑。想来想去，她就觉得还是先在这里将就着做吧。

31

12 月公开课结束后没几天，王磊找到嘉琦说："你填一下这份表格，明年 2 月、3 月的公开课老师都是你推荐的。从明年开始，邀请公开课老师都要提前填写这份表格。评分达到四分以上的，我们才邀请。"

嘉琦看了看表格，说："可以，我填好后给您。"

王磊终于真正意识到以后在公开课老师的选择上要慎重一些了。对于 12 月公开课的老师，他自感大大的疏忽了。培训前，他得到的信息是老师的讲课费一天一万元，可他没有想到，还有培训前为学员做压力分析和评估的费用，也要一天一万元，等于这两天课程的讲课费一共是四万元。更让他没有想到的是，花了这么高的费用，老师讲得却是如此不好，"砸"得狠狠的。王磊心里也疼啊。

嘉琦也深感意外，问："讲课费已经给老师了？"

王磊说："已经给了。"

嘉琦心里不禁想到那一句："被人卖了还帮人数钱"。还是因为有钱。如果早点儿和她说这事，她可能还会帮着想想办法，做些事情。而现在，讲课费都给老师了，再和她说，也是于事无补了。

于是，嘉琦什么也没有说。再者，她已经没有力气也没有心思再和王磊说什么有帮助、有建设的内容了。反正王磊也听不进去，她说了也白说。

第二天，嘉琦将填好的表格交给王磊。王磊看着各项评分，有些惊讶，说："这两位老师的评分居然这么高？"

嘉琦只是笑笑，依然什么也没说。她心里很清楚，王磊还是有些不相信她推荐培训师的眼光和水平。

而嘉琦，虽然已经决定在年底辞职，但是因为和两位培训师早已经确定好了公开课合作的时间和内容，她并不想因为自己个人的原因使合作产生变化，这是对培训师、对公开课项目的尊重和负责。她转念又一想，这也许是件好事，让王磊可以有机会亲自了解到自己推荐的培训师的水平和实力，这在王磊面前，对自己的专业水平也是个侧面的展现。

32

嘉琦设计的 2014 年 2 月、3 月的公开课广告需要提供杂志印刷的版本。在录入联系方式时，她翻开杂志，想借鉴参考一下之前刊登的公开课广告。却不曾想，在公开课那页上只有课程大纲、培训时间、培训地点，却没有任何的联系方式。

嘉琦有些愕然，如果客户要参加培训，怎么报名呢？

嘉琦拿着几本杂志，去问前台的李岚："岚岚，我看了好几期的杂志，发现公开课广告上都没有报名电话，是故意这样设计的吗？"

李岚看了看杂志，脸一下子阴了下来，说："你在这儿等我一下，我去找社长。"说着便起身去了王磊的办公室。

一会儿，李岚回来了，依旧阴着脸，说："社长说要加上我的座机、手机、传真号，还有邮箱。一会儿我通过 QQ 发给你。社长还说，这件事以后都不要再提，到此为止。"

听李岚这样说，又看到她这样的表情，嘉琦心里马上就明白了。以前的公开课广告都是萧群提供的，他故意不留前台的电话和传真，如果有客户看到公开课的广告想要报名时，就会直接联系销售人员，或者翻看杂志打销售部的电话，这样一来业绩就会算在销售部头上。怪不得李岚经常说现在都没有人打电话来咨询公开课，也没有人通过她报名。

嘉琦回去又继续查找往期杂志，几乎当年一年都是如此。嘉琦一时细思恐极。

将近一年的时间，整个杂志社几十个人，包括社长、主编，谁都没有发现公开课广告页上没有联系方式，难道大家都不看杂志？都不看广告页？又或者是有人看见了、发现了，却也都不说话？这件事情如果追究起来，牵扯的人和部门是不少的，可以做文章的地方也有很多。

王磊想必也是意识到这些，才将这件事直接压下来，不想在这件事上越扯越大，也不想追究责任的吧。

嘉琦感觉自己越来越应付不来这样的组织了。如此一个组织，从上到下，都没有人真正关心组织的发展，既无心亦无力，这个组织的文化、管理到底是差到了一种怎样的程度？而它的发展前景由此也是可以预见的。

《超越绩效》一书中有这样一句话，嘉琦觉得很是符合："这样的组织文化不是一夜之间形成的，而是在所有层次上长期缺乏积极和有效指导而产生的现象。这也不是一夜之间就可以改变的事情，需要组织内部有坚定和感召力的领导者，从而在一段时期内得到改变。"

只是，嘉琦并不相信杂志社能够出现有着坚定和感召力的领导者。

33

一天，张青拿着第二年 2 月公开课的课程大纲来找嘉琦，说是文娟让她来的。

张青说："我们觉得，是不是应该再加上课程说明？像以前的课程说明都有'你现在是不是遇到了什么问题，你现在是不是想要解决什么问题'这样的内容。你的课程大纲里没有。"

嘉琦说："是，我看到以前的课程说明有那样的内容。我是考虑，那样的负面内容可能会让客户的感觉不太好，客户会觉得他们自己做得并不好，他们是因为有了这样那样的问题才来参加培训的。而且，这些内容有局限性，客户会不会想，如果没有这些问题，我们是不是就不用来参加培训了？我不想让客户产生这样的感觉和想法。还有，我觉得一开始就出现这样的文字，有可能会让客户觉得我们是在高高在上、自以为是地挑剔和说教，客户也不会喜欢被挑剔和被说教。我是为了规避风险，才没有采用这样的课程说明。同时，你看，在课程收益中有相关说明，让客户知道，他们来参加培训可以得到哪些收益和帮助。我们是来帮助客户做得更好的。”

张青说：“那你是说，这个课程大纲不用再变动了？”

嘉琦想了一下，说：“你看这样行不行，我也只是提供基础的课程大纲；如果你们感觉有必要增加内容，你们就自己在课程内容中加上吧。不用考虑我，我没关系的。”

嘉琦寻思着，我都不想干了，还劳心费力地教你们这些干吗？你们想挑毛病，总是能挑得出来的，随便你们吧。

34

终于到了 12 月底，嘉琦还是下定决心元旦后就离职。到年底，她在杂志社工作了整整四个月的时间。

这天，嘉琦约舒宁一起吃午饭。她想和介绍她来杂志社工作的朋友提前说明一下比较好。

几个月没见，舒宁基本没有什么变化，依旧不胖不瘦，始终很有精神。舒宁也是个对自己要求比较高、非常自律的人。他不抽烟不喝酒，坚持锻炼身体，每个周末会约朋友一起踢足球，还保有读书时的活力和朝气。

嘉琦先是听舒宁讲他最近的一些情况和对未来的一些想法。然后，她和舒宁说：“先谢谢你介绍我来杂志社上班。这段时间并不算长，但是我看到、学到了许多东西，同时对自己也有了更好的了解。”

舒宁笑，说："客气什么。这本来就是一件双赢的事情，对你对他们都有好处。希望你在他们那儿干得更好一些。杂志社的平台和资源都不错，应该对你的发展更有利。"

嘉琦微笑着说："可能和你的良好愿望有些相违背，我已经决定离开杂志社了。我准备过了元旦就和王磊提出辞职。我提前和你说一下，免得将来你通过别人知道我辞职的事情，对我再有什么误会。"

舒宁非常吃惊，说："你在这儿才干了这么短的时间，怎么这么快就准备离开？是不是有更好的培训公司和平台找你？"

嘉琦笑："不是的。你又不是不知道我的个性，哪有那种别人一招手就跟着走的道理。你知道的，几年前，我生孩子前，你就希望我来这里，我当时都没有来。"

舒宁说："那是因为什么？王磊对你不好？和他好好谈谈。如果有需要，我可以和他说说。"

嘉琦说："他对我挺好的，可能，对我还有想重用的一面。只是，这里的许多事情，和我们当初想得不一样。我们都想得太简单了。我说话比较直啊，我讲的所有内容你都别在意，这些和你是没有关系的。我很明白你的好意。咱俩比较熟，我就直接说了。"

舒宁笑，说："怎么感觉有些紧张呢？对，就直接说。我就喜欢说话直接的人，不用藏着掖着，不累，省事儿。"

嘉琦笑："我给你讲几件事情吧，你听了可能就明白我的感受了。"

35

嘉琦开始讲述在杂志社里经历的、听到的、看到的几件事情，以及她的感受和分析。

王磊虽然说自己想做事，想做成事，只是，以他目前所表现出来的，嘉琦觉得，他实际上并不是一个真正想做事的人。王磊的性格太软太弱，还有些不辨是非。明明对组织有益的事，他不去做，却任由那些人上蹿下跳，做出对组织发展不利的事情，搅得整个杂志社上下乱七八糟、乌烟瘴气的。他对培训品质的要求也没有他自以为的那样高。嘉琦感觉，他也没有什么长远打算，只是想着通过项目把钱尽快地收进来。她觉得跟着这样的人干是不会有什么前途的。

王磊让嘉琦制订明年的公开课计划、推荐公开课培训师，等于是把萧群的权力和机会给夺过来了。而萧群和文娟是一伙的，嘉琦的到来，让他们担心她会对他们产生不利的影响。文娟和萧群负责销售团队管理，销售人员做业务、日常管理还是要听他们的。以嘉琦对他们的观察，她觉得很有可能他们并不去想如何把公开课做好，而是会采取各种方式，如举办会议、增加其他业务项目等来分散销售人员的精力和时间；也许，他们更希望公开课招不上来人，甚至开不起来才好呢。到那个时候，他们就有理由说是嘉琦的课程设计得不好，招不上来人，从而把所有的责任都推到嘉琦身上。

嘉琦没有那么傻。她平时不多说话，但并不等于她看不到问题和麻烦所在。只是她并没有心思和精力与这些人斗，她感觉那是很没品位、没意思的一件事。有琢磨这些人、与这些人斗的功夫，她干点儿什么不好啊？

如果王磊真的想做事，有些担当，嘉琦还可以忍下这些，帮着他做些事情。只是这四个月，嘉琦一直在观察和了解王磊，了解他处理事情的方式，看到的更多是王磊的软弱和无能，她觉得没有必要为王磊考虑。王磊也不是真有保护、重用嘉琦的心思，更多的时候他是在逃避，其实也可以说是在推卸责任。从参加第一次公开课前的那次部门会议嘉琦就看出来了。只是因为当时刚到杂志社工作，嘉琦并不想那么早地下全部的结论，想着再观察一段时间。而现在已经看得越发清楚了。

而且，王磊也不是像表现上看着那样的出色。他在杂志社内部起了很多不好的作用。他的纵容和软弱，使得只有这么十几个人的小销售部门还拉帮结派，大家彼此看不上，互相拆台，都想看对方的笑话。表面上，王磊偏向和欣赏嘉琦，实际上他也在激化嘉琦和文娟的矛盾，使得文娟已经将嘉琦视作竞争对手，担心她对自己的职位有影响，那她当然会想办法对付嘉琦了。

一般人的思维，都是由己推彼。文娟在乎职务、在乎权力、在乎利益，想一手遮天，而萧群也是如此。他们自然以为嘉琦也是这样的人，是有可能取代他们的人。这样一想，就可以预见未来有可能发生的事情。如果嘉琦再继续待下去，她和文娟也必然会有一战。嘉琦很讨厌这样的企业文化。

嘉琦想，这又何必呢！这个工作对她而言，又不是唯一的选择，她是真的很不愿意和这些人混在一起。再继续待下去，只会让自己更加感到心累、无意义和浪费时间。

嘉琦继续说："听别人说，文娟曾经和一个女业务员打架，就在办公室里，两个人都扯着对方的头发。那个女业务员也是很强势的，后来离职，自己开了公司，据说做得还不错。你能想得到吗？一个文化单位，一个看上去全是文化人的单位，居然会有这样的事情发生。听到这事儿后，真的吓死我了，这是我做梦也想不到的事情。我可不敢动手打架，我又瘦又小的，谁也打不过。"

舒宁不由得笑了，说："不理解你们这些女人。不过，听你这么一讲，我有些明白你的想法了。以前还真不知道王磊是这样的人，平时看他挺和气、挺有修养的。也没想到你在这几个月经历了这么些事情，是我当初没了解清楚，不好意思啊。"

36

嘉琦对舒宁还是充满感谢的。对这段经历，她认为还是很有收获的。这几个月，嘉琦看到了很多，想了很多，也学到了很多，包括对平台媒体也了解了很多。说心里话，嘉琦觉得杂志社这个平台确实有其长处，业务模式很全，可以说是国内的平面媒体中业务内容比较全面的。杂志社前些年打下的业务和市场基础是很好的，客户资源和品牌影响力也相当不错，其实是可以做得更好一些的，只是让现在这些人给做"砸"了。如果换一批人来做，可能会很快做起来的。最关键的，在这段时间里，嘉琦的自信心又提升了。和这些人接触，嘉琦发觉自己对自已低估了许多。这段时间，她自己的修炼也在提升。她觉得这样也挺好的。而且，在杂志社的这几个月，她也认识了几个不错的女孩子。

舒宁建议嘉琦，既然她感觉这个平台还不错，也有可以发挥的空间，何不继续在这里再干一段时间？也许，过段时间，王磊会有所认识、有些改变的。

嘉琦确实这样想过，她也承认，从表面上看，这个平台确实如舒宁所以为的，有基础、有资源、有知名度和影响力，更适合嘉琦发展和开展培训业务。只是，知名度并不等于美誉度。他们只是在吃过去的“老本”，现在的企业文化不行，客户流失严重，发展的根基已经被基本毁了。目前只是刚刚呈现出经营的压力，再过一两年就能看到被毁坏的根基所带来的严重后果。如果仅仅在这里混，是可以混下去的。只是嘉琦从来也不是想混的人。而且，嘉琦认为王磊并不值得她帮。她在培训中曾经听到这样一句话：“我可以被领导，但我要把自己交到有能力领导我的人的手里。”而王磊并没有这个能力和资格。魏忠贤不也只是风光了七年吗！不过，现在嘉琦已经不关心他们的发展了。从内心深处，杂志社和她已经没有关系了。

还有，嘉琦也要考虑同事的情况和周围的环境。她不想陷入复杂的人际关系中，她很不喜欢这种无意义的人际争斗，这些人都不值得她花时间和精力与之争斗。如果与魔鬼长时间共舞，自己也容易变成魔鬼。“魏忠贤”作威作福的时候，如果你和“魏忠贤”不是同道中人，如果“魏忠贤”把你视为敌人、对手，那唯有尽快远离、避开；不然，不知道什么时候“魏忠贤”就会想办法害你了。而像“魏忠贤”这一类人，做起事情来可是没有底线的，令人防不胜防。既然已经看到有可能存在的风险，又无心恋战，为了保护好自己，嘉琦就唯有尽快远离风险。

37

舒宁又建议嘉琦，别急于马上辞职，可以等到春节后再离开，这样至少还可以多拿一个月的工资。

嘉琦也这样考虑过。只是她觉得没有必要。再待一个月，也许又会发生很多事情。更主要的是她不想给他们留下议论自己的话头，好像自己就是为了再多得这一个月的工资似的。

嘉琦是个坚定的宿命论者，对生命中所发生的事情，她的接受度很高。而她一直觉得，一个人一生能挣多少钱，老天是有安排的，该是你的总归会是你的。所以，她对挣钱并不那样急切，也没有太大的欲望。

38

舒宁问嘉琦下一步是如何考虑的，是自己成立公司还是再另找工作。

嘉琦告诉舒宁，自己暂时不打算找工作，先静下心思考未来的方向。至于之后很有可能是和好朋友江千慧两个人合作成立公司，继续从事培训工作。她和江千慧现在都清楚地认识到一个现实问题：找到一个价值观一致的组织和上司很难，双方对培训的理解未必会一致。而且，她们两个人又都很有自己的主见，比较“轴”，如果认为自己想得有道理，就不会轻易改变。

如果再去其他培训公司工作，依然会面临着上下班打卡、内部管理、人际关系、每月业绩考核等现实和压力，是否能干得长久还真是说不好，长此以往反而会对自己的业务发展有所影响。而两个人合作成立公司，则可以按自己的想法做些事情。不需要做得有多大，只希望做得小而美，重要的是享受做事情的乐趣、价值和个人的成长。《从优秀到卓越》一书中也讲道：“优秀和卓越与否并不能看规模的大小。”

她们两个人都希望可以活得简单些，做点儿自己喜欢的、有意思、有意义的事情，而且，也可以有更多的时间和精力照顾孩子和家庭。也许，以两个人的性格和特点，反而是这种不急不慢、走长线的做法更有助于做成事情。

舒宁说：“倒是这个理。毕竟，给自己做和给他人做是完全不同的。相信你，相信你们一定会做得很好。”

嘉琦说："嗯，还是要多谢谢你的。我原来想得很简单，一直只想给别人当个好助理、好副手，只是想着找个平台找个公司做培训。如果没有这段经历，没有这段时间的观察和思考，我可能还发现不了自己有这么多的优点和长处，发现不了人与人的价值观相差得如此遥远，也看不到坏的企业文化的作用会有这么大；很有可能，我还不会有自信走上自己成立公司开展培训这条路。所以啊，这段经历对我而言，是件好事情。或许，这也是老天爷的有意安排。经历终归是一种财富和提示。"

39

对于嘉琦而言，这次和舒宁见面，除了告诉他自己准备辞职，还有一件必须要说明的重要事情。

嘉琦希望也相信舒宁能够理解她的想法和做法。虽然她根本不在乎王磊如何评价自己，但还是很珍惜和舒宁的友谊的，也很在意自己在舒宁心目中的形象。

在杂志社工作的这四个月里，嘉琦是有单子的。只是，她并没有通过杂志社完成这个项目，而是通过朋友的公司签合同、开发票、走账的。这个客户是嘉琦的老客户，培训师也和她有过多年多次的合作。而她之所以没有通过杂志社签合同，是有原因的。

嘉琦本来是想通过杂志社签合同完成这个项目的，这样，她就可以在王磊和所有人面前证明自己的能力。只是，可能是女人的直觉吧，嘉琦联系这个培训的过程中一直有个声音告诉她："先别说，再看看。"嘉琦就一直控制着自己，没有和王磊说她正在洽谈内训的合作。

内训定在 11 月。在内训的前几天，王磊、嘉琦、萧群三个人开会讨论第二年的公开课计划。

这个公开课计划是嘉琦和王磊商量着做出来的。会议一开始，王磊刚刚介绍完公开课计划总体的想法，萧群就开始发表自己的意见，说这个公开课计划与杂志社以前的公开课费用标准不同，以前的费用要高很多，更利于达成培训会员合作；又说，他们以前制订公开课计划时都已经确定了培训师，有培训师的名字和简介，而这个课程计划中只有课程题目、大纲概要、举办时间，却没有培训师的名字，等等，大有一种“这个公开课计划我们没有办法推广”的意味。关键是，他表现得非常嚣张和理直气壮，而王磊从一开始就被他带着走，最后一下午的讨论全部跑题了，根本没有实质性进展。

嘉琦是故意在制订年度培训计划时不确定培训师的，这也得到了王磊的同意。嘉琦考虑，一是现在时间比较紧，确定全部的培训师有难度；二是在这个阶段，客户对公开课计划主要的关注点是课程内容、课程结构，至于到时由哪位培训师讲授，他们现在也没有更多的精力来详细了解。而且，客户也并不了解培训师的情况，否则，可能杂志社的公开课早两年就没有人来报名参加了。

嘉琦说：“如果现在确定了培训师，到时出现讲得更好、费用更低的培训师，我们换不换？况且无论到时换不换老师，我们都有些不负责任。”她又耐心地解释说，“如果客户问起培训师的情况，可以和他们沟通，说明每个课程我们都有两三位备选的培训师，也会随时与培训师沟通，一定会确保在公开课上出现的培训师是相对来说讲得最好的、对企业最有帮助的。如果有必要，可以在部门内部就这个公开课计划向销售人员讲解一下，说明课程体系为什么这样设计、课程特点是什么、前后课程有哪些关联、有哪些逐步提升，也可以针对客户有可能提出的问题进行分析和解答，等等。”

嘉琦在公开课的设计上花了很多的心思，有前后课程的搭配，以及逐步提升的系列课程等。他们看不出来这些用心，也并不想了解课程的设计思路，却只知道挑毛病。通过这次会议，嘉琦更不喜欢萧群的为人和做派了。看到他当时嚣张的样子，她心里也挺火大的。但出于修养和个性，她什么也没有表现出来，只是就工作谈工作。萧群这样做，嘉琦能理解。但王磊也如此糊涂，就是嘉琦不能接受的了。

当时嘉琦就更加坚定于不告诉他们内训项目的事情，也更加坚定了自己要尽快离职的决心。

她想，如果当时在杂志社做成了这个业务，那么将来她离开后一定会更后悔。也许通过这件事王磊他们会觉得嘉琦并不是真的会做内训，没有说得那样厉害。只是她已经无所谓了。随便今后他们怎么想、怎么说。

嘉琦向舒宁说明这些，然后说："我所想所做的，希望你了解，也希望你也能理解我的做法。如果将来王磊和你说到我，你心里也会有数了。我不希望你到时感觉不好意思和难堪。"

舒宁说："好的。你说的这些，我都能理解。你也是为我考虑，才告诉我这些的。你向来是能藏得住的人。你真是太有主见了。"

嘉琦笑，说："我们始终所追求的，不就是有主见、不随波逐流、独立思考吗？"

40

元旦假期过后上班的第一天下午，嘉琦拿着从王磊那儿借来的书和培训资料来到他的办公室。

王磊在培训业和媒体业工作多年，确实有很多很好的藏书。嘉琦向他借的这本《管理是什么》是2004年出版的，她读过以后发现这是本值得经常阅读的书，书中内容丰富，集管理理论之大成。而现在，市场上已经买不到新书了，为此嘉琦还特意到孔夫子旧书网上买了一本二手的。

王磊正盯着电脑看，看见嘉琦进来，说："坐。"

嘉琦坐下来，把书和资料放到办公桌上，说："把这些书和资料还给您。"

王磊还以为嘉琦有工作上的事情要和自己说，问："有事儿要说？"

嘉琦说："是的。我要辞职。"

王磊感到特别的突然，他盯着嘉琦说："怎么这么突然？为什么要辞职？"

嘉琦很平静地说："我不适应这里的文化，需要换个环境。"

王磊有些接受不了这个辞职理由，显得有些乱，他说嘉琦突然辞职，把他的计划全给打乱了；说他自己对嘉琦有多支持、多信任；说嘉琦不合群，其他人对她已经有些议论，自己为她顶住了压力和评价，等等。

嘉琦听得出来，王磊话里话外其实是在说，她这段时间没有业绩，也不像她来时他所了解的那样好，而且和杂志社的其他人的做事方式也是有些不同的。

嘉琦只是默默地听着，这个时候，不是在乎面子的时候。宁可让别人低估她。

嘉琦说："我知道这段时间为什么没有业绩，这也是唯一能让别人说我的地方。对此，我不解释。"

她心里想得明白，虽然从职场规则来讲，她通过其他公司签合同是有些不妥。但换个角度想，客户是她的，老师是她的，客户认可的是她安嘉琦又不是杂志社，她也没有运用杂志社的任何资源。同时，她在这里所做的工作也是对得起这份工资的，她私下里还经常教那些年轻女孩子一些销售技巧，这些都令她心安。但她觉得没有必要说出来，她并不想因为自己而影响那几个女孩子在这里的发展。

而最关键的，嘉琦没有说的是，她在杂志社受了这么些气，这么多的排挤，王磊有一点儿保护她的意思和做法吗！

王磊对文娟和萧群的偏听偏信，嘉琦琢磨不清原因，也不想了解。她很想问王磊，他是否知道，杂志社和公司的市场发展根基已经被文娟和萧群这两个人挖空了？前几年显得很好的业绩，那是因为刚刚推出培训会员的合作项目，培训费用上有很大的优惠，老客户们基于对杂志社的信任，对以前公开课品质的了解和放心，当时签约比较多和集中，才呈现井喷式增长的。但是，那些只是昙花一现。这些年，公开课品质严重下降，是在透支杂志社这些年的品牌和市场基础，是在透支老客户的信任。现在，新客户招不上来，老客户、培训会员续签合同的也越来越少，杂志社是在寅吃卯粮，是看中眼前的小利而失去了长远生存和发展的基础。只要文娟和萧群这两个人在，客户的流失、培训品质的下降、业绩的下滑、人员的流失只会愈演愈烈。

只是，现在这个时候，嘉琦什么也不会问、什么也不会说。她估计，王磊现在也听不进去。嘉琦相信，她所预判的结果最终会呈现出来的，只是需要时间和过程。

《超越绩效》一书中举了一个最为贴切的例子："想一想，一支只一心关注成绩的运动队。如果仅仅记得比赛和拿到本赛季的冠军，那么在未来几年它将会后悔莫及。它将找不到新队员，无法发展后备力量，无法保证得到所有利益相关方的支持，无法得到财务资助，无法与社区建立联系，等等。"

其实，王磊对杂志社经营下滑的真正原因并不是完全没有认识到，他也有自己的分析和认识，有些认识和分析也是对的。但嘉琦不理解，他却始终没有真正面对这些原因和问题，更谈不上要解决这些问题。

嘉琦又不愚蠢。她更要为自己负责，她不可能和这些人同流合污。那样，她自己会先鄙视自己的。

41

王磊说："你说说你要离职的真正原因。"

嘉琦把心一横，直接说："文娟太霸道了。"

嘉琦并不想在这个场合说王磊的"不是"，不想直接说所有的管理问题其实都是出在"老大"身上的。

没有想到的是，王磊居然同意嘉琦所说的。

他说："文娟这个女同志，很要强、很积极、很能干，但在个性上，确实存在着一些问题，如霸道、推卸责任。可是，人无完人，我觉得她这样的缺点是可以理解、可以原谅的。你能否容忍一下？"

他看了一眼电脑，继续说："你看，文娟计划今年开展私董会的项目，我看了看她的方案，那根本不是真正意义上的私董会，最多只能算是个高管培训、高管辅导。可是，她就想按照她的思路和方式来做，而如果她做了，我就没有办法按我的想法做私董会了。"

王磊的话让嘉琦有种眩晕感。她没有想到王磊会这样说、这样做。

既然明明知道文娟所想所做的有问题，为什么还会同意她去做？

嘉琦直视着王磊，一字一顿地说："社长，您可以理解她、容忍她，这是您的选择。但是，我没有必要去容忍和理解她啊。您大概是没有看到销售部开会时她的样子：杂志社不对外合作，是社长不支持与外部的合作；部门业务做得不好，是销售员销售技巧不行。就她好，她身为管理者，做了什么？她设计出好的培训产品了吗？她培养销售了吗？她在部门会议时，直接就当着所有人的面把所有问题、责任都指向公司和领导，这是身为管理者应该做的吗！她根本就是在推卸责任、制造领导和员工的矛盾。"

王磊躲开嘉琦的眼睛，转头看电脑，说："大概是吧。"

嘉琦继续说："我离开，是最好的解决办法。现在，公开课由我设计，老师由我推荐，那些销售员去做销售。如果业务做得不好，他们就会把责任都推到我身上，说我课程设计得不好，招不上来人。另外，杂志社的项目也挺多的，他们也可以做其他业务，故意不做公开课业务，故意招不上来人，以此来证明我课程设计得不好。而我并不想承担这些责任。"

王磊说："一个单位里有问题、有矛盾都是正常的。我们要先想办法解决问题，而不是逃避。"

嘉琦说："社长，我真的不是逃避。我这才是面对问题的解决之道。对我而言，解决问题的办法就是我离开。我离开，大家都省心省力了。"

王磊说："我一直有个担心，前几年业绩很好的时候我就发现，当年的业绩是在增长，但新客户在减少。我当时就想到，业绩增长是不是杂志平台的资源在起作用？等到杂志平台资源用尽后，而销售能力又跟不上来，业绩就会大幅下滑。你看，有没有这个可能？"

嘉琦无可奈何地说："社长，您看得还是挺清楚的。"

王磊说："那你能不能留下来，我们一起做些努力，我们的基础还是不错的。"

嘉琦说："社长，我已经想了很长时间了。我留下来，也不会有任何的改善，只会让内部更复杂。我们对培训品质、培训师、客户、市场、销售的理解都是不同的。我在这里，大家都感觉别扭。我所理解的销售和培训，他们不理解，也不接受。他们已经习惯了原有的销售想法和方式了。我撤出，他们可以继续沿着原来的方式做，也会少些内部矛盾。”

王磊说：“你是不是已经找到了新工作？”

嘉琦说：“是的。”

王磊说：“那就没办法了，我们这里的工资肯定不如外面的高。这样，你再好好地想一晚上，明天我们再谈。”

第二天，嘉琦又去找王磊，王磊问她：“真的想好了？”

嘉琦说：“想好了。”

王磊说：“好吧，去把离职手续办理一下吧。”

嘉琦来的时间不长，离职手续非常好办，很快就办妥了。

嘉琦和杂志社里相处得不错的几个人一一打了招呼，告诉他们自己辞职的事情。所有人都惊讶于嘉琦的离职，但又表示很理解她的选择。之后嘉琦在QQ群里向所有人表示了感谢和祝福，然后就从群里撤出了。

她感觉一身轻松，这几个月的克制和隐忍一下子消失了，她有种“解放了”的感觉。

42

2014年2月，嘉琦还是来参加了杂志社举办的年度第一期的公开课。虽然当时她已经离职，但毕竟这次公开课的老师是她邀请的。

2月的公开课是“核心管理技能提升”，3月是“大客户销售技巧”。这两个课程是企业培训的基础课程、传统课程。

嘉琦一走进教室，就看到培训师和助理已经早早地到了，并且已经做好了培训的相关准备。

嘉琦心里很清楚，她推荐的这两位培训师讲课都很不错，为人也很正很谦和，费用也不算高。但他们从不宣传推广自己，更主要的是依靠口碑相传，因此在业内的知名度不算太高。细想下来，嘉琦合作过的培训师数量并不多，且多是如此低调谦和的。

也许，世间的真相就是：真正有实力有水平的人却会始终保持着低调和谦卑。

老师在课程中讲：

管理者要提高站位意识。管理者的级别可以低，但考虑问题的角度要尽量的高。中层管理者要努力培养自己站在高层管理者的位置考虑问题的角度。

目标本身是没有道理可言的。再高的目标，也有人能完成；再低的目标，也有人完成不了。

在目标管理中要小心的是以员工为重心。永远牢记一点：目标永远是自上而下的。身为管理者，拿到目标后，要把目标传递下去。同时要让员工感受到在完成目标的过程中可以得到的帮助，让员工看到完成目标背后的机会。

《组织行为学》研究表明，如果一个组织中能有 33% 的中高层管理者知道组织的目标在哪儿，就已经具有很强的战斗力了。

目标管理的背后是人的潜能的开发。管理者首先要有开发员工的意识。因为管理者把员工开发出来了，所以员工才能够完成任务。

管理者要思考能否让下属觉得跟着你干，他们有感觉、有劲儿；跟着你干，他们不仅能完成当下的任务，而且能有发展，能在未来完成更大的、更有挑战的任务。

管理者没有威望，往往源于管理者给员工的感觉是“管理者在混日子”。

43

王磊也来听课了。这是王磊最近两年第一次来参加公开课。

培训期间，嘉琦看到他一直在不停地记录。她心下觉得有些可笑。王磊从事培训工作的时间比自己早多了，他听过的课程、接触了解的培训师也比自己多多了。按理说，他掌握的管理方面的知识应该很多了，却为什么会把杂志社管理成这个样子，经常犯些管理中的初级、低级错误？因此，估计他听了也是白听。

课间休息时，杂志社办公主任郭瑞走过来和嘉琦说："这老师讲得不错，还是你有眼力、有水平。"

嘉琦笑，说："你听出来了？"

郭瑞露出他特有的有些淘气的笑容，说："我虽然不懂培训、不懂管理，但是，我会看、会听。我看社长的表情、老师的状态、学员们的反馈就知道这老师讲得不错。"

嘉琦笑着说："行啊，还是你有眼力，果然很厉害。"

郭瑞是地道的北京人，在杂志社工作有八年时间了。他始终很感念老王总对自己的关爱和任用，做起事情来也尽心尽力的。

郭瑞性格很好，很随和，平时也很爱开玩笑。

虽然嘉琦来杂志社工作的时间并不长，但和郭瑞相处得还不错。辞职前，她还单独请郭瑞吃了一顿饭，特意告诉他自己要辞职的事情。

郭瑞当时也感觉有些突然，毕竟嘉琦才来了没多长时间，但他马上说："也能理解。"他说自己也想过离职的事情，但还在看情势。

嘉琦说："这里确实不适合我。我感觉太压抑了。我就不明白了，你们怎么可以纵容下去？"

郭瑞叹了口气，说："唉，你说怎么办？刚开始的时候，我们有想法有意见还和王磊说说，但一次王磊偏向，两次王磊护着，时间久了，大家也就都懒得说了，说了也没有用啊。"

嘉琦说："王磊为什么那样偏向他？"

郭瑞说："我们也想不明白。不是都说有四种关系最铁吗？一起同过窗的，一起扛过枪的，一起分过赃的，一起嫖过娼的。难不成他们一起分过赃、一起嫖过娼？"

嘉琦捂着嘴笑，说："这话说得有些损。"

郭瑞也笑，说："我也知道是有些损，可有时在气头上就只能这样想了，这样想比较解气。我也就是开个玩笑。或者，王磊是被人下蛊了吧。"

这段时间，嘉琦旁观着王磊的行为，意识到总是有些人愿意上当的，总是有些人“愿意被人卖了还要帮人数钱的”。对于这样的人，你是怎么喊也喊不醒的。

44

许立骅也在培训班上。他看到嘉琦，走过来说：“你辞职辞得也太快了，已经上班了吧?”

嘉琦说：“是有些快。我辞职的时候您不在杂志社，也就没有和您当面道别。我现在已经上班了。”

其实嘉琦和江千慧已经注册了公司，网站也已经上线，开始开展自己的业务了，但她并不想说得太多。

许立骅说：“你请的这位老师真不错。去年一年，我们没有一位老师有他讲得好。这几年，我们是被自己给耽误了，有些可惜了。以后有合适的项目，咱们合作吧。”

嘉琦笑，说：“好啊。有机会咱们合作，发挥各自优势。”

公开课结束的第二天，嘉琦意外地接到王磊的电话。

电话里，王磊说：“你推荐的这位老师讲得确实不错。你看今后我们能不能这样合作，你负责帮助我们推荐公开课的老师，我们给你一定的介绍费。”

嘉琦说：“这样也可以。”

其实以嘉琦的想法，她更希望可以与杂志社合作内训项目。杂志社的销售人员不会做内训，但会接到内训需求。现在他们不开展内训业务，其实是在浪费资源和机会。只是她更明白，只要有文娟和萧群在，这种合作就是不可能的。而且嘉琦也并不愿意与文娟和萧群这样的人谈合作。嘉琦离职的第二天，文娟就宣布，今后，任何人都不允许开展内训业务。嘉琦能够想得到文娟为什么会提出这样的要求。大概，她是担心如果再来一个会做内训的有可能把自己顶替了吧。只是，她这样做未免也太过自私了些，因为个人利益而放弃组织的一个业务项目，丝毫不考虑组织的发展和利益。

王磊继续说：“4 月的公开课，我们准备的是“人力资源管理实践”。我计划这次的课程内容和老师一定要是全新的，不再像以前只是讲解人力资源管理的理论，而是全部是案例教学，最好是学员带着问题来，老师当场提供建议和解决方案，老师所讲的内容要有许多新内容、新思路，最好是以前没有听到过的。我也知道我这样的想法对老师的要求会比较高，你看你能不能找到这样的老师？”

嘉琦一边听，一边在脑子里飞快地想。之后她对王磊说：“应该没问题。我认识一位人力资源的老师，现在在人大，以人力资源研究为主，同时也讲课、做咨询。以前曾经在大企业工作过。他对人力资源和管理的相关领域研究得都比较深；而且，他的许多观点都是全新的，甚至对目前正在讲的、正在运用的人力资源管理理论有一些冲击。”

王磊说：“如果真是这样，那就太好了。我就希望请到这样的老师，不怕观点新，不怕有冲击，只要能对参加培训的人有新的启发。”

嘉琦说：“好的，我与老师沟通下，到时我会把老师的相关资料发给您。”

但嘉琦没有想到的是，情况很快就有变化了。

没过两天，王磊又与嘉琦联系，说现在他不再负责培训了，所有的培训业务又都由文娟和萧群来负责了，与嘉琦合作的事情只能先放弃，他觉得很抱歉。

嘉琦心下有些意外和失望，但还是想争取下。她和王磊说：“4 月的课程我已经与老师联系了，能不能这次先按您的想法实施？不然，会影响今后和老师的合作的。”

王磊说：“确实很抱歉，但是我也没有办法。在这件事情上，的确是我做得不好。”

嘉琦心里唯有呵呵了。这次是自己吃了个暗亏。她想，她看王磊还是很准的，只是，她还是有些高估王磊了。

45

人民群众都是乐于讲“八卦”的。

反而是离职以后，嘉琦才陆续听到了有关杂志社、王磊、文娟曾经发生的一些事情。而在杂志社里，所有人都瞒着王磊，王磊自己不知道的事情也有不少。

早几年前，杂志社曾经举办过几期“卓越领导力”的培训，课程一共是三天。这个培训可以说是杂志社的经典课程，用王磊的话来说，是“压箱底儿的”。曾经，杂志社举办这个课程的公开课，因为一位培训师讲得很好，客户的反馈非常好，仅那一期公开课，杂志社当时的销售人员每个人都签订了至少一个会员单位。只是后来，那位培训师决定不再与杂志社合作了。

一年年中，杂志社又要举办这个培训，王磊就在网上找可以讲授的培训师。他看到一位培训师张君的介绍，感觉很不错；于是，他与张君联系，两个人在电话里谈得也很好。

王磊问张君讲课的费用，张君说一万五一天。王磊虽然感觉费用有些高，但他当时想当然地以为老师既然敢报这么高的费用，必定是讲得不错的。于是，在电话中，王磊就和张君确定了合作意向。可放下电话，王磊又心疼讲课费了，于是他让当时负责客户服务的小女孩和张君联系，与他再谈谈讲课费，尽可能把讲课费降下来。那小女孩非常聪明，也有自己的主意。她并没有和张君谈费用的事情，但后来却和王磊汇报说已经和张君谈过了，但张君不同意降费用，说是已经和社长确定好费用了。王磊只好作罢。而小女孩心里想的是：你社长已经和老师确定了讲课费用，你又让我去讲价。噢，好人你来当，坏人都让我来做？凭什么？我才不管呢！反正也不是我的钱。

当时是由王磊负责公开课师资，而萧群还只是个普通销售。他向其他培训公司的销售打听张君讲课讲得怎么样，他们告诉萧群，张君讲课和为人都很不好，北京的培训公司基本都知道这点。前段时间，北京的培训公司举办行业聚会，有一家培训公司在会场公开打出来“坚决不请张君讲课”的条幅。可以想见，那家培训公司被张君气成什么样子了。在北京，张君是基本找不到可以合作的培训公司的，他只能通过自己的专职助理去主攻外地的培训市场，与外地的培训公司合作。

得知这些后，萧群心里非常高兴。他在部门里把这个消息传出去，然后说：“我们谁也不要告诉社长，这次就让张君去讲课，他讲砸了才好呢，越砸越好。这样，我们就有理由向社长争取由我们自己去联系公开课的老师，免得每次公开课都是社长自己确定老师。”

那次的公开课，张君确实是讲“砸”了。可以说，那是几年来讲得最“砸”的一次，而且也是讲课费用最高的一次。王磊当众承认，这次选择培训师很失败，他以为张君报价高是因为课讲得好，却没想到那是张君“最后的疯狂”。表面上看，是王磊勇于承认错误，其实这也是他的自我保护。毕竟，堂堂的一位杂志社社长，已经当众承认错误，自己检讨自己的失误，其他人也就不能再说他了。

46

文娟来杂志社工作，是通过朋友由杂志社的一位“老人”向东介绍进来的。向东四十多岁，属于杂志社的创业元老之一。向东确实是出于好意介绍文娟来杂志社工作的，一是有朋友的推荐，介绍说她很不错；二是向东希望杂志社越来越好，要想越来越好，总是需要有能力的人，他始终希望可以为杂志社引进能干的人。但是，向东并没有想到文娟的为人是这样的；更不会想到，因为他介绍进来的人，才会导致杂志社今天这样的局面。

文娟做事不知轻重。一次，她当众要求向东去楼下库房取新杂志，而且语气很是强硬、无礼。向东当时很气愤。向东倒不是在意去库房拿杂志这件事，平时他也经常帮别人拿杂志。关键是文娟对他的态度和方式，让向东很是不满。

向东在杂志社的资格可以说是最老的，在杂志社最艰难的时候，他也是做了很多努力，付出了很多的。念着过去，也因了解向东的为人，杂志社里所有人，包括王兴华、王磊、王淼对向东都始终比较尊重和客气，虽然向东现在的业绩和表现都很一般。

平时，向东并不多说话，也不太操心别人的事情，但杂志社的人都知道向东的脾气比较大，一旦他发脾气，是很吓人的，所以向来也没有人敢无礼要求向东做这个做那个的。

向东当时想，我好歹年龄也大些，资格也老些，部门里的年轻人很多，文娟却当众要求我去拿杂志，而且口气生硬，这分明是当众让我下不来台。你这样做，让这些年轻人怎么想？我忍了这一次，难保将来会发生什么。而且，你文娟怎么说也是我介绍来的，虽然你现在当领导了，可以管着我，可也应该尊重我吧？你也太不把我当回事了吧？

向东也是有个性有分析的，他知道，即使和王磊说也没有什么意义，他比王磊来杂志社的时间还要早呢。向东当即跑到王兴华家，和王兴华说："王总，我不想干了，我要辞职。"

王兴华一愣，但也没有太着急。他是比较了解向东的为人和性格的。王兴华让向东先冷静下来，喝口茶，然后慢慢说。

王兴华认真地听着向东所讲述的事情，然后对他说："我明白了。我问你啊，你现在要辞职，找到下家没有？"向东如实说："没有。"

王兴华心里自是很明白的。他说："这样，你呢，先别着急辞职。我能理解你现在的情绪。你先静一静，好好地想两天。现在整个经济形势也不是很好，外面好的工作也不是很好找。在杂志社，虽然挣得不算多，但最起码，你每个月的工资是可以保障的，你还需要养家糊口。如果将来，你找到新的更好的工作，到时你再辞职也来得及。文娟那边，我会和她好好谈谈，请她注意沟通方式。"

向东早已经习惯了杂志社的一切，对杂志社也有着深厚的情感，他并不是真的想离开。在向东的内心深处，他是永远也不会主动离开杂志社的。他采纳了王兴华的建议，之后他再没有向其他人提起这件事。王兴华也没有再提起，仿佛这件事情从来不曾发生过。而这之后，文娟再与向东沟通时就变得客气、有礼貌许多。向东心里很明白王兴华为他所做的一切，他因此更加感谢王总为自己考虑周全。向东想，如果他当时一时激动和王磊说辞职的事情，估计王磊就同意了。

47

向东内心是有些瞧不起王磊的。可是，他也没办法，他总要考虑老王总。有些话，他也不能和王兴华直接说，他们毕竟是父子，血浓于水，外人说多了并不见得是件好事。

向东有一位关系很好的老客户周云，是青岛一家民营企业的老板，是杂志社的老朋友。周云也是读着杂志而逐步发展、壮大自己的事业的。周云年年订阅杂志、年年参加杂志社组织的各项活动。有一年，杂志社组织全体员工到青岛旅游。向东提前和周云联系，他并没有想那么多，只是想如果周云有时间的话，他到青岛时能见见周云。没想到，周云很是豪爽大方，为了感谢杂志社对自己事业的帮助，主动提出由他来承担杂志社旅游期间在青岛当地的一切花销。当时杂志社集体聚餐时，周云提供的酒水都是五粮液。整个旅游，杂志社只是承担了几十个人往返的交通费用。对周云的大手笔，向东内心一直很感谢，也很过意不去。

转过年，周云来北京参加杂志社举办的会议。周云的公司是杂志社的会员单位，他可以免会费参加会议。当时，会务组还特意去问王磊："周云会议期间的用餐和住宿是否需要我们特殊照顾一下？毕竟去年旅游的时候，他的付出很多。"所有人都没有想到，王磊毫不考虑周云曾经的好意和付出，没有丝毫的犹豫，直接告诉会务组，没有特殊照顾，让周云自己承担会议期间的住宿和用餐费用。向东实在看不下去，最后自己出钱请周云吃了饭。

向东生气于王磊是如此的小气与短视，导致现在杂志社的朋友越来越少。其实杂志社的基础相当不错，起步早，营销模式超前；杂志社的经营项目，可以说是平面媒体中最多、最全的。很多人在了解杂志社的经营模式后，都非常佩服王兴华当初的远见和周全，却不曾想杂志社会发展到现在寸步难行、难以为继的地步。

王磊的手中曾经握着要什么有什么的最好的一副牌，却让他自己打了个稀烂。只是可惜了杂志社这么些年这么好的市场基础和品牌影响力了。

48

3月下旬，杂志社“大客户销售技巧”的公开课结束后没有两天，嘉琦接到一个陌生电话，是萧群打来的。嘉琦根本没有存萧群的手机号。

萧群说：“这次销售课程的郑老师讲得也很好。在推荐老师方面你确实比我更有经验。今后咱们能否合作？以后你来帮着推荐公开课的老师。”

此次培训课的郑老师是国内少有的能将销售理论和销售实践结合得很好的老师。从嘉琦的角度，她认为国内讲授销售技巧的培训师中，郑老师的功力是最深的。

郑老师曾经是国内一所知名院校的教授，后来到一家世界500强企业负责销售管理工作。这家500强企业要建立管理学院时，邀请郑老师加盟，专门负责开发、讲授系列销售类课程。郑老师为管理学院建立了一整套销售培训课程体系，并由他主讲其中几门最为核心的课程。有一门课程，也是郑老师认为最有价值的课程，高端到国内企业目前还接受不了、理解不了。人们对于销售、营销都理解得太浅了。

郑老师讲课，从来不讲自己的销售经历，他会从专业销售顾问的角度，帮助分析客户及其心理。他对《SPIN 销售巨人》一书中的内容研究得比较透彻；在培训中，他也会经常向参训人员推荐这本书。

郑老师将近六十岁，身体和精神都很好，比实际年龄要显得年轻很多。他始终坚持站着讲课，而且腰杆挺得直直的。每次培训时，郑老师使用的都是自己在国外买的效果很好的随身扩音器。讲课时，郑老师会显得严肃、严厉一些，如果参训人员回答问题出错，他会直接说：“讲得不对。坐下！”但课下，郑老师非常随和，经常和参训人员聊天、开玩笑，参训人员也很愿意和郑老师交流。

49

郑老师在课程中讲道：

大客户销售的根本能力是提高自己的判断能力。

销售人员面对客户往往有种担心：如果其不跟我合作，跟我的竞争对手合作怎么办？这种担心的原因在于没有看清形势。销售人员因为不同的出发点、不同的理念会导致结果的不同。

大客户销售是一个有序的深思熟虑的研究客户并且策划的过程。大单销售向延伸销售发展。单跟单有关系，大客户是看长远的。大客户销售特别强调的是杠杆销售。每个单子都是杠杆的支点。一个单子引出下一个单子。

要思考：真止激励这个客户作决定的因素是什么？要了解客户的潜在需求。客户为什么会走？把客户留下最主要的因素是什么？客户一般会在服务和响应速度上不满意，在产品上不满意的客户比较少。其不满意的原因是什么？真正能够保留客户的是服务和速度。

50

嘉琦有一个客户，是一家成套设备生产企业的销售公司。他们始终非常重视销售技巧的培训，每年都要举办多期相关培训。

该公司的销售人员数量不少，但是销售水平参差不齐。公司的高层管理者多是从销售员逐步成长起来的，销售经验和业务能力都很好，对销售的理解是相对全面、到位的。而很多年轻的新入职的销售人员，对销售和客户的理解则偏浅一些。高管们急于把这些年轻销售快速培养起来，因此一直为他们提供销售技巧方面的培训。

嘉琦邀请郑老师为这家公司提供了三期逐步提升的系列销售技巧课程：“专业销售技巧”、“大客户销售技巧”、“商务谈判技巧”。每三个月举办一期。

所有人对郑老师的课程反馈都非常好，尤其是入职不久的年轻销售人员。他们认识到，刚刚开始从事销售工作就能够接受到这样正规、全面、专业的销售技巧培训，为他们今后的销售工作和个人发展都打下了非常好、非常正的基础。

与嘉琦联系合作的培训经理说，只有听过郑老师的课，才知道专业销售技巧是怎样的。他们以前也曾经邀请过一位来自一家世界知名企业的销售经理讲授销售技巧，那位销售经理打单能力超强，在整个业内是相当有名气的，课讲得也不错。但和郑老师的课程相比，就会发现，那位销售经理是属于“野路子”讲销售，他讲的更多的是自己的案例，有些技巧只适合当时的情景，不是轻易可以借鉴的。而郑老师所讲授的是销售原理、销售逻辑、客户心理分析等，讲的是一套成体系的、可以灵活运用的原理和技巧。

51

郑老师的课程效果是在嘉琦预期内的。只是，嘉琦没想到，萧群会因此给自己打电话谈合作的事情。在杂志社工作四个月，除了开会和培训，嘉琦和萧群基本不说话。

嘉琦说：“前段时间，王磊希望我推荐公开课的老师，后来又说不需要了。”

萧群说：“不用管他。现在，他说了不算，是我说了算。”

嘉琦心里直乐，故意问：“那合作条件呢？”

萧群说：“那还用多说吗？挣钱呗。”

嘉琦说：“那让我想想吧。”

挂上电话，嘉琦很快收到萧群要加她微信好友的信息，她没有通过。嘉琦直接用这样的方式表明了自己的态度。

嘉琦很明白萧群所说的是什么意思。如果是其他人、其他组织，她或者会考虑接受合作；只是面对萧群和杂志社，她要考虑的就会更多。

萧群这种人实在是不靠谱，如果与他合作，嘉琦会感觉自己也很差劲。她再不济，也不至于要和萧群这样的人合作吧！难道这种钱也要挣吗？

而且，以萧群那种自私自利、见利忘义、没有底线的人，合作后，他不一定会怎么想、怎么说、怎么做呢。到那个时候，嘉琦很有可能会有口难辩，说不清道不明的。这样一想，好像风险远远大于可能的收益。

索性，就没有开始。这也是对自己的保护。

52

嘉琦一直没想明白，为什么王磊会偏爱文娟、萧群到如此？王磊对萧群的能力、为人也不是没有怀疑，他也曾经和向东、郭瑞说过，怀疑萧群挣老师的讲课费。但是，为什么王磊会包容萧群的一系列错误，纵容这一切的继续呢？

后来，嘉琦读到几篇文章，才算是多少理解和接受了她在这四个月中所产生的一些不解和困惑，也更加坚信于自己当初选择快速离开是个非常正确的决定。

露西·凯拉韦在《老板迷恋症！什么鬼？》这篇文章中写道：

当一个高管迷上某个员工时，他会失去所有判断力，拒绝听取旁人意见，然后灾难肯定随之而来。老板的偏见非但不轻微，反而可谓丧心病狂；非但不隐蔽，反而是人人皆知，只除了老板自己——他非但看不见自己的偏见，反而庆幸自己慧眼识英。

保罗·巴比亚克和罗伯特·黑尔合写的文章《警惕！职场中那些“冷血”的人》，也特别讲到职场中“反社会人格者”的特征：

他们擅长印象管理，逢迎讨好，堪称完美的求职者，即使是经验丰富的面试官也会被愚弄，忽略他们简历中造假的成分；他们没有责任心，遇到问题就推卸责任，欺骗和欺凌是天赋的才能，对不同的人可以说不同的谎言；他们缺乏同情心，对给别人造成的伤害绝无半点愧疚和悔恨，将别人的情感视为可笑的弱点；他们绝不想遵守公平交易，总是希望享有特权；他们的工作绩效非常糟糕，只是看上去很棒，而非实际“干”得很棒，等等。

具有多种反社会人格特质的个体不仅会对配偶、朋友、家人实施辱虐行为，造成他们的困扰，还会对职业领域的各种关系构成潜在伤害。例如，他们在职场中傲慢自大，觉得自己享有特权；他们缺乏自省力，很容易与上司和同事产生冲突和敌对。他们的冲动性和“活在当下”的哲学，让他们一次又一次地不断重复各种功能失调的反社会行为，即使对他们进行绩效评估、给予培训课程也无法改变他们的行为。

53

从2014年4月，王磊、王淼的矛盾就全面公开化了。王兴华要扶持女儿王淼当社长，全面负责杂志社的出版和经营。

撤掉王磊的理由是王磊的经营工作没做好，业绩下滑，且一直没有起色，亏损严重，已经威胁到杂志社的生存和发展。

这个时候，对王淼而言，争夺杂志社的经营权，根本不仅仅是个人的利益，而且是关乎杂志社的生存和发展。如果再任由王磊如此作为，杂志社不用两年就会维持不下去的。

王磊自然是不肯让位的。

几乎整整一年的时间，整个杂志社处于人员频繁变动、谣言满天飞的阶段。面对谣言，谁也无法了解真相是如何的。所有人，更加无心工作，相互拆台。

销售部对编辑部有意见，说举办论坛和活动，编辑部不派记者参加，不为提供活动赞助的企业进行采访和报道；编辑部对王磊更有意见，说在外地举办活动，王磊却不提供记者的差旅费，让他们自费去外地采访，他们当然不会去。

王磊、王淼彼此之间不说话，一年也没有召开杂志社的全体会议。

杂志社各个部门的离职人数大大增加。而暂时不想离职、留下来的，则主要是在观望和等待，想着如果哪一天杂志社和公司经营不下去了，总会支付赔偿金，还是先在这里待着吧，正好可以做些自己的事，也乐得没人管，一身轻松。

第三章　奇葩组织的奇人奇事

1

2014年4月，江千慧、孟婷婷、杜超三个人相约见面一聚。孟婷婷和杜超提前约好，周五晚上六点钟，在西单大悦城汇合。

孟婷婷是在2013年12月31日离职的，江千慧离职则是在2014年1月底。这是江千慧和孟婷婷离开八方智库后，他们三个人的第一次相聚。

这个周五的下午，孟婷婷和江千慧一起先去看了场电影。

从电影院出来，千慧笑着和婷婷说："你把电影票留着，告诉你家那位，说是男生约你看的电影。"

婷婷被这句话逗乐了，笑着说："这个可以有。让他有些紧张感比较好，免得总觉得我没人要，只有他肯收留我似的。"

千慧说："我从小就习惯自己看电影，现在才发觉，好像看电影已经成了谈恋爱、追女孩子的代名词。"

婷婷说："是的呀。我的一个小师弟，现在要找女朋友，就是因为没有人陪他看电影。"

婷婷是"85后"，五官清秀，和千慧一样，也是瘦瘦的，能吃却始终吃不胖。她是山东济南人，硕士研究生毕业。去年8月，婷婷和江千慧同时进入八方智库工作，她们从开始就一直相处得很好，很能聊得来。婷婷说，第一眼见到千慧，就感觉"很亲切"。

婷婷相对来说比较天真、简单、学生气浓。步入社会后，婷婷经常感慨，自己当学生的时候，只知道用功学习，死读书，都有些学"傻"了，导致现在什么也不会玩儿，对职场上的好多事情也不懂，只剩下"被自己当初努力学习所感动"的情怀。

最关键的，婷婷现在认识到，自己读书时只是读书，只是考试，从来也没有认真想过将来要做什么，更谈不上对自己的职业有所规划。

从八方智库离职后，婷婷先是考博，但没有考好，她也就不想再考了，备考的过程还是比较痛苦的。之后她给自己放了一段时间的假，休息放松了一下，直到最近才开始正式找工作，在招聘网站上陆续发了一些简历。比之前有进步的是，现在婷婷投简历比以前更有方向感，多是向一些有政府背景的协会、机构以及出版社等单位投递。一是因为，这些单位相对比较稳定；更主要的是，她对民营公司，尤其是一些小的民营公司已经有些不信任了。

有一些背景很不错、知名度很高的单位陆续约婷婷去面试。招聘时需要过好几关，有笔试、面试和复试等。婷婷的笔试成绩始终都很高，但往往在进入面试，尤其是复试后就戛然而止。具体的原因婷婷也不是很清楚。她心下寻思，估计又是给别人当“炮灰”去了。

有一家单位的人力资源经理在面试时直接告诉婷婷，他们不能录用她，因为她目前是已婚未育，如果将来怀孕生孩子，至少有半年时间不能工作。婷婷能理解招聘单位的这种想法和要求，但也感觉这家单位很是有些莫名其妙。她的简历上明明写得很清楚，他们既然早有这样的想法，为什么还要约她去面试呢？他们很闲是吗！

千慧安慰婷婷说：“别着急，慢慢找。工作和婚姻一样，是需要缘分的。好活不怕等。”

婷婷叹了口气，说：“是啊，着急也是没什么用的。”

婷婷并不喜欢做销售，她的性格也不适合做销售，因此目前只能从文员、助理开始找起。同时她现在又开始补习英语了。她读书时就考取了八级英语，只是最近一年没怎么用英语，现在笔译还可以，口译就有些弱了。

千慧建议婷婷也不能只想着找个工作，一边找工作也要一边考虑自己的职业规划，要想着自己未来的发展方向。要么成为某个领域的专业人士，到哪家公司都可以从事这个专业工作；要么考虑在某个行业深扎下来，成为这个行业的专业人士。现在婷婷还年轻，通过投递简历找工作还可以。等到了四十岁之后，如果想换工作，再通过投简历找工作就有些难度了。到那个时候，即使通过猎头换工作，也有相应的难度，需要适应、考虑得更多。不得不承认，职场上，女人的年龄多少是个

“坎”，是个现实问题，是将来必须要面对的。现在多想想，可以尽早为今后自己创业或与其他人合伙创业做些准备。

婷婷的老公是博士毕业，在中科院的一家机构里从事研究工作。他一直认为，婷婷的工作能力有些弱，人也太天真简单，他希望婷婷找个事业单位或者考取公务员，又或者到某家出版社工作，他觉得这些单位更适合婷婷的性格。而婷婷的想法是，既然现在没有考取博士和公务员，她以后也不准备再考了。现在她只是想着先找个相对稳定的工作，上班挣钱，然后争取明年生个孩子。她已经快要过了女人生孩子的最佳年龄了。

千慧说：“这样想不错。先趁着年轻，身体和精力好些，尽早生个孩子。家里老人也能帮着照顾一下。如果过了三十五岁再怀孕生孩子，身体和精力都不如现在，光是孕检就要增加好几项。”她又说，“还有，给你个建议啊，以后到了新单位，开始的时候，一定要多观察少说话。任何一家公司里的人际关系，都不是表面看上去那样简单的。”

婷婷表示同意，点头说：“是啊。我现在也长记性了。以前就是太天真，把他们想得太好了。姐，我一直希望能开个咖啡馆。每天喝喝咖啡，看看小说。”

千慧微笑着说：“你还是挺小资的。可是，开个咖啡馆哪那么容易啊。投资、装修、管理、房租、人员费用，想想就够头疼的。有开咖啡馆的钱，还真不如在北京买个房子出租，不累，还肯定不会赔钱的。”

婷婷说：“姐，将来我要是开了公司，一天只需要工作六个小时，不用打卡，还有下午茶，每月可以多休息一天。到时候，你来帮我啊。”

千慧笑，说：“好啊好啊。你赶紧把公司开起来，到时我去你公司打工，享受下午茶，享受各种待遇。”

2

下午五点三十分，婷婷看到杜超在 QQ 上的留言：“我刚想走时，刘小华来了，要我干点儿活。我得晚到一会儿。你们先吃吧，到时我埋单。”

她俩一声长叹。

婷婷是比较了解八方智库负责人刘小华的这种作风的。不知道刘小华是怎么想的，一到快下班的时候就有事情。婷婷在八方智库工作时，刘小华有段时间也是经常在快下班的时候找她，要她做这个做那个，有时还要找她谈心。婷婷着急回家，也不理他那个碴儿，只说自己已经约好顺风车或者家里有事，不能晚走。刘小华也拿她没办法。可能和这个也有些关系，刘小华对婷婷的印象始终不是很好。

婷婷说："杜超也是，已经是下班时间了，他完全可以直接走人的。而且我们昨天就约好的，他怎么不知道和刘小华说呢？直接说今天晚上他有事，要按时下班，不就行了？"

千慧说："人的思维是不同的。可能，杜超是不好意思吧。在一个地方待久了，多少会受到环境和其他人的影响。现在我有时还能感觉得到他们对我的一些影响。还好，我能感觉出来，只是要多花一份力气去分辨、分析。"

快七点时，杜超才到，这个时候，千慧和婷婷两个人都已经快吃饱了。

杜超非常聪明，也很会说话，一见面，就略显夸张地笑着说："哎呀，两位美女姐姐，这几个月不见，你们都越发年轻漂亮了啊，气质都越发好了啊。"

千慧和婷婷都笑了，说："就喜欢你这样懂事的好孩子，有眼光，还会说话。"

3

杜超比她们俩晚一个月来到八方智库上班，主要负责智库的网络推广工作。他们三个人一直在一个办公室。

杜超是湖南人，中等个儿，瘦瘦的，皮肤白净，一看就是典型的南方人。

杜超刚来上班时，婷婷看他很年轻，问他多大了，杜超说："我今年都二十五了。"

这一句“我今年都二十五了”，让屋里的姐姐们差点儿背过气去，当时好想“揍”他一顿。

杜超刚来的时候并不太爱说话，逐渐熟悉和了解之后，他才开始和千慧聊得多了些。

杜超大学毕业后曾经在当地中学担任老师，教初中地理。但他一直抱有自己开创事业的理想。于是在中学里工作了一年后，他就主动离职，开始和几个朋友一起创业。当时他是很有信心的。创业初期也确实很风光，在当地的知名度和影响力都很大。只是后来，资金遇到困难，也始终没有找到合适的盈利模式，坚持不下去了。于是，杜超决定，先暂时停滞这个项目，等待以后有机会时再重新开始。

第一次创业失败对杜超的打击挺大的。他原本是很自信的，甚至有些小张狂。他从没有想到自己的第一次创业会如此快地失败。沉思之下，杜超决定先来北京看看，学习一下，多认识些人，开阔开阔眼界，积累些资源，同时也考虑下一步如何重新开始自己的事业。

在办公室里，杜超经常是默默地观察着，也抓紧时间学习着。他尽可能地多听多问多想，学习一切可以学得到的。

在这里，杜超开始感受到年轻的劣势，他发现自己不了解的事情太多了，要学习的东西也太多了；同时意识到，自己对很多事情的思考和理解并没有他原先以为的那样深刻而全面。

杜超倒是挺高兴能够认识到自己的不足的，这对他是件好事，能让他更加沉得住气，更踏实地思考、准备一些事情。

4

杜超也正在考虑辞职，智库最近两个月没有发工资，大家都对它的发展前景没有了信心。杜超觉得，再继续待下去也没什么意思，在这里能学到的东西也差不多都学到了，正好借此离开，回老家重新开始。

婷婷马上问：“那你准备什么时候离职呀？到时可一定要告诉我们呀。”

千慧乐了，说：“你就巴不得别人都离职。”

婷婷点头，带着点儿小女生的撒娇，说："对啊对啊，我就是巴不得所有人都走呢，巴不得他们干不下去呢。谁让刘小华对我不好来着。"

千慧和杜超都笑了。

千慧建议杜超先请事假，让智库把他这个月的社保先交了。然后再看情况，找个合适的时候提出辞职，但一定要确保工资拿到手。

杜超说："工资我都先不想了，也没有几个钱。"

婷婷马上显得很厉害的样子，说："不行，你得要，一定得要，这是你应得的。你不要工资，他们也不会感谢你，只会背后说你傻，让他们平白地占了便宜。"

杜超笑，说："你说得也挺有道理的。好，我要工资。"

八方智库最近的业务非常不好，大多数的销售人员都没有业务。只有张帅一个人的业务相对好一些，主要是因为现在刘小华把新的客户资源只分配给张帅一个人。杜超并不知道刘小华为什么要这么做，而且做得很明显。可能，刘小华是故意这样做的，借此分化智库里的人。而张帅年轻，平时更听他的话，因此他故意将天平倾斜于张帅，想把张帅培养成自己的人。

现在，刘小华又另租了办公地点，另外招了新人，是两个刚毕业的女大学生。原来的老员工中只有张帅和杜超在新的办公地点上班，平时刘小华不来办公室时，张帅就负责教那两个女孩子打电话、联系客户做业务。杜超正好借此又了解了更多有关业务和专家的事情。

刘小华还特别和杜超强调说："你在新办公地点工作的事情，不要告诉单位里的其他人。"杜超觉得刘小华的想法真的很天真，在智库里工作的人都很精明，也都了解刘小华的作风，怎么可能不知道呢？果然，杜超到新办公地点没有多长时间，陈林就知道了这件事。陈林还查到了他们的电话，打电话约新来的两个女孩子出去吃饭。吃饭时，陈林和两个女孩子讲了刘小华的许多事情，直接告诉她们说："刘小华就是个骗子。"要她俩千万别听刘小华的话，别上刘小华的当。两个女孩子上班时把陈林所讲的内容一一转述给杜超，问杜超："陈林讲的这些事情，是真的吗？"杜超不愿意掺和其中，只是说："我也刚来不久，并不了解陈林所讲的很多事情。”

虽然杜超对刘小华也有不满，也看不上他，但是他觉得陈林这样的做法还是有些不妥的。毕竟陈林现在还在八方智库上班，身在其中却说自己公司和老板的坏话，即使说的都是真实的，对这两个女孩子是有好处的，但这种方式也还是有些欠妥的。

智库有许多曾经打来电话咨询但没有达成合作的客户资源。刘小华自己写了一套电话销售的话术，让新来的女孩子照着话术给这些客户打电话联系业务。同时，他教两个女孩子给客户打电话时说成单后会给其10%的返点。杜超感觉这样的做法不对，但具体不对在哪里，他也说不清楚。

千慧问：“在电话里就直接说给返点的事？”

杜超说：“是啊。”

千慧说：“看来刘小华是真的有点儿急了。”

千慧启发杜超：“先不说是否应该给返点，单就这种做法上，已经有些不妥。刚开始打电话联系新客户，双方并没有建立起信任关系，这个时候就说要给对方返点，对方会怎么想呢？如果你是那位客户，突然接到这样一个电话，你会怎么想？”

杜超边想边说：“会有一种不相信、害怕的感觉，会觉得是不是来骗我的？”

千慧说：“对呀。”

她接着帮杜超分析。刚刚联系时，客户对他们的情况并不完全了解，就直接说给予回扣，这只能让客户更加警觉。客户会有各种的考虑，比如，合作费用上是不是加了很多？现在我还不认识他们，他们在电话中就直接说返点的事情，将来他们能保守住秘密吗？这是不是设下的圈套？等等。因此这个时候直接说“返点”，并不有利于销售。

江千慧一直认为，刘小华对销售的理解是有偏差的。因为刘小华的个性、风格和经验都更擅长走关系，以及送礼、返点，所以他就把大部分的销售成功认为是因为回扣才成的，而有些销售不成功则是因为没给回扣或回扣给得不够。

可是，客户与客户是不同的，不是所有的客户都看中回扣的。

人与人不一样，有短视的，也有考虑长远的；有重眼前利益的，也有重视工作价值和自我认可的。有些客户只要一收了回扣，心理上就会受到影响，忐忑不安，担心将来可能发生的风险；有些客户收了回扣，会有心理上的压力，虽然单位里的其他人不知道，但自己多少会有些心虚，做起事情反而不那么理直气壮；而有些自我要求比较高、想走长期发展的客户对回扣是有反感的，他会感觉，销售这样给回扣是看轻了自己，同时又要承担风险，反而更看不上这些销售了。

刘小华主动允许、鼓励、教授销售员给客户回扣，是基于他自己的见识而看低了销售和客户，千慧不认可他也有这方面的原因。他的这种做法，是有可能把刚步入社会的年轻人给毁了的。这些年轻人很容易就以为，销售无外乎就是欺骗、给回扣。现在，千慧理解了为什么张帅有一次开会时说了一句："我们就是些骗子。"

刘小华是个很有福气的人，八方智库的基础、专家资源、业务内容、业务模式都还是不错的。而且，刘小华也确实能招来一些很不错的年轻人，这些年轻人的素质和合作精神也都很好。

但刘小华又是一个没福气、不知道珍惜的人，他并没有好好对待、培养这些年轻人，也留不下这些年轻人。年轻人会逐渐成长、成熟，也会渐渐认识到刘小华的为人和问题所在。他教给这些年轻人一些负面的东西，对他们是有些太不负责任了。这样明目张胆的做法，对智库和个人都是有风险的。万一将来哪个客户因为收回扣出了事，就有可能会查到他们。

杜超表示同意，说："是啊。我也感觉会有风险。这也是我想现在离开的一个原因。"

千慧说："你如果想要将来自己创业，建议你先别着急。如果有可能，还是先做销售工作，把销售的整个流程走一遍，这样你对市场对客户对销售就会更有数一些。不然，光是听别人讲怎么做销售、怎么成单，你总是缺少自己的感受和理解。要知道，在销售中各种情况都有可能遇到，成单的原因也各有不同。"

杜超说："再看看吧。我还是对互联网比较感兴趣。"

5

江千慧是在2013年的8月末，通过招聘网投递简历来到八方智库工作的。

当时，她新换了住处，小孩儿也刚刚一岁，她就想找个离家近的培训公司上班。在招聘网上一搜，家附近只有这家八方智库公司。她上午投递了简历，下午就接到通知她去面试的电话；面试后，又很快就被告知可以来上班。

而江千慧当时心里是有些犹豫的。

面试的时候，她看到智库负责人刘小华的办公室偏中式，书架上的书都偏老，且政策类的比较多，和她平时所看的书是非常不同的；再看网站的内容和业务，和她自己的想法也有些差异，她当时就感觉可能不会在这里干太长时间。

她又向她的好朋友安嘉琦咨询，想听听她的建议。

安嘉琦和江千慧是多年的好朋友，她们曾经在一家培训公司共同工作过一段时间。江千慧就是跟着安嘉琦学习开展企业内训的，两个人相处得一直很好。有内训项目时，两个人经常互相帮助，一起提供培训服务等。

她们做过DISC性格测试，两人都是偏思考型和和睦型的，也都比较好静，性格温和，因而比较谈得来。而且她们的爱好和价值观也比较相近，对很多事情的看法很相似，都喜欢读书、看电影、听音乐，亦是同样的颜控和声控，对一切美丽的东西都有着异乎寻常的感受和喜欢。虽然之后她们都是因为个人、家庭等原因先后离开那家培训公司，但是两个人一直保持着联系，经常见面，在一起谈天说地，聊工作、聊行业，也聊女孩子都喜欢的八卦、星座等。

江千慧是陕西人，外表和嘉琦相似，个子不高，大眼睛，文静秀气，也很瘦。她们每次相约，都自称为“两个瘦子的聚会”。

千慧和嘉琦刚认识时，千慧是稍稍有些胖的。但她比较有毅力，说一句“我要减肥”，就能说到做到。那段时间，她天天晚上去人大跳操，没几个月就瘦下来了，而且好像从此就不再会胖。和嘉琦一样，千慧生过孩子后恢复得也很快，甚至比以前更瘦。现在，她甚至希望可以胖一些，希望脸上长点儿肉。

千慧和大多数陕西人一样，特别喜欢吃面食。一次，她带着嘉琦去吃陕西面。不曾想，嘉琦一下子就喜欢上了油泼面，而千慧则更爱biangbiang面和臊子面。于是，两个人经常在住处附近找陕西面馆约会。

6

安嘉琦听了千慧所介绍的情况后，建议她先去八方智库上班，了解一下。因为目前附近也没有合适的培训公司，而且八方智库所做的培训业务和她们以前做过的企业培训有些不同，千慧可以借此多了解一下这方面培训业务的资源、市场情况、客户需求等，从而可以更加全面地了解培训行业，或许对以后会有些帮助。如果做了一段觉得不合适，随时离开就是了。同时因为智库离千慧的家很近，面试时还说不用坐班，只要值班那天去上班就可以，一周也就去一或两天。这样，千慧就会有更多的自由，照顾孩子也更方便。

千慧觉得嘉琦的建议是有道理的，自己确实需要多学习、多积累些资源。她在八方智库工作了五个月，了解了有关智库业务的很多信息和资源；同时，也见识到了不少想不到的人、事和奇怪的思维，让她很是开眼，也让她更加认识到，人与人的不同可能会远远超出自己想象，人生的差异性还是很有意思的。

7

江千慧同意来八方智库上班还有一个原因，她对面试自己的智库副总覃永平的印象很好。她觉得，这家智库能有覃永平这样的人，应该还是可以的。

覃永平刚刚四十出头，广西南宁人。他来北京的时间并不长，是他和刘小华共同的朋友搭的桥，介绍他来智库工作的。他来智库的时间只比千慧早了不到两个月的时间，主要负责智库的战略和人力资源。

覃永平的个人修养比较高，观察力很强，细心周到，慢声细语，心中有数，但从来也不多说话。开会的时候，他从来只是倾听和记录，并不多说话。平时，他比千慧和婷婷还更加用心地学习有关智库开展业务的各方面内容。只是，他很快就离开了智库，离开时都没有和千慧和婷婷她们道别。

千慧有一段时间没在单位里看到覃永平，于是就发微信问："覃总，您最近很忙吧？好长时间没见您来智库。"

覃永平回复说："我已经回南宁了，在这里发展智库的业务。我并不太适应北京的气候。希望你们都好好干，你们一定能干得很好的。"

那个时候，千慧已经准备要辞职了，或多或少她也能够想到覃永平这么快离职的原因。

在智库里工作的年轻人，1985 年左右出生的比较多，至少都是本科以上的学历，而且长相、气质都不错。第一天聚餐时，他们都很热情、友好，这让千慧和婷婷感觉很不错、很踏实。按正常思维，能招聘到这样一批热情、友好的年轻人，公司和老板应该也不会太差。千慧了解到，有些年轻人以前的工作经历还是挺不错的：副总周凯曾经在一家可以说是全国最知名的央企工作过；陈林来自国内最具知名度的一家咨询公司；而方怡，曾经在全国规模最大的律师事务所工作过。千慧在这些公司都有认识的人，但她并没有说，只是听他们介绍。现在在北京，如果不了解情况，就不要轻易地说明自己认识某个人，最好先保持沉默，因为你也不知道，你对面的这个人和你认识的人关系到底是怎样的，万一关系不好呢？

8

八方智库主要的业务是邀请国内知名的宏观经济学家、金融专家、党校老师等专家、大咖们出席各项论坛、会议、活动或提供培训等。

从优势上而言，他们拥有不少知名专家和学者资源，为了能够确保邀请到这些专家，有时他们给予专家的授课费用比其他培训公司高一些，而且在活动前会全额预付给专家。同时，在专家服务方面，他们亦会安排好车接车送、助理陪同等，做得相对更加细致周到。

智库前几年的业务非常好，尤其是在国内举办了重要会议、有重要文件下达，企业和政府机关需要组织学习会议精神、学习重要文件的时候。而最近一年，智库的业务下滑得比较厉害，这可能和宏观经济环境有关，也有可能是因为以前从事类似业务的培训公司并不多，而现在，从事类似业务的培训公司和讲师经纪增加了很多。

过了不长时间，千慧通过观察他们与客户联系的方式、提供的方案等，就认识到业务下滑和他们自己的能力和水平也是紧密相关的。他们的销售技巧比较差，联系客户时太急于求成，且过于以自我为中心，只推荐熟悉的专家，从而浪费了许多资源和机会。

这或许是因为，刘小华的销售思维和销售能力本身就有些偏差。而这些年轻人多是接受刘小华的销售培训后从事销售的，并不知道外面的培训公司是如何开展业务的，更谈不上专业销售了。

9

智库的负责人刘小华，三十多岁，中等个儿，皮肤很白很细，眼睛大大的，长得很是帅气；穿衣服也很讲究，整个人显得很有精神。

刘小华很爱干净，多少有些“洁癖”。有时他到销售员的办公室，总说他们的办公桌乱、电脑上的灰尘多，让他们注意环境卫生。

刘小华比较擅长与人打交道，很会说话，给人的第一印象会比较好。他也很细心，很会照顾人。

千慧对一件事情印象很是深刻。

当时，她刚到智库没几天。一天下午，与智库经常合作、负责接送专家的出租车司机师傅来结账。刘小华当时正在和会计韩月谈事情，师傅就站在办公室门口等着。刘小华无意中一扭头，看见师傅，他马上拿过来一把椅子，请师傅坐下，并对韩月说：“告诉张帅，拿个杯子过来，给师傅倒杯水。”

千慧当时觉得刘小华真的很细心、很周到、很尊重人。

但是，在生活中经常会遇到这样一些人，外表很吸引人，比较具有迷惑性，只是这种吸引和迷惑只是表面和一时的，经不起深入的了解和时间的考验。接触的时间久了，随着了解的加深，就会逐步地看到真相，而很多真相并不如表面、最初呈现得那样美好。

如果刚开始与刘小华接触，或者只是浅接触，可能会感觉他不错。但是，刘小华的为人、水平和能力并不适合深入接触。时间久了，了解得多了，你就会意识到，他的外表还是比较有欺骗性的。

到底，还是时间最有说服力，最终会呈现和证明一切。

10

千慧和婷婷刚入职的时候，智库为她们提供了五天的培训，显得很正规。

在这五天里，智库的负责人刘小华、业务副总周凯、徐书丽等人相继给她们介绍、讲解智库的情况和业务内容等。刘小华讲解的时间最长，讲了整整三天。

刘小华特别会说，也说得特别好，比如：做事情要特别认真，做事的根本是做人；要争就争第一；团结一切可以团结的人，等等。

他总是强调智库的资源有多好、有多丰富，并说：“有些专家可能我们自己请不了，但我可以请上面的领导出面邀请。”还说：“除了可以请到各方面的领导和专家，我们还可以给经办人一些好处。”

听到这句话，千慧的心中才开始产生了疑问。

11

刘小华也是做销售出身的。以前，他也和其他销售人员一样，每天接电话做业务。

刘小华对专家的了解比其他所有人要全面得多。几乎所有专家的情况他都存在脑子里，一说起来真是如数家珍。以他自己的话来说：“这是我做了这么多年滚出来的。”

刘小华为业务员准备了几页纸的销售话术，全是如何回答客户问题的，但在千慧看来，这些并不是那样的高明。有些答案是专门做智库介绍的，把智库和他自己捧得很高，却让人感觉好像是有些心虚似的。

千慧学习销售技巧时，曾经读到这样一句话：“普通销售准备答案，好销售准备问题。”

参加了几次会议和学习，千慧和婷婷都发现：智库并不太担心得罪客户，却怕得罪专家，而且很怕，生怕专家有一点点的不高兴。可能是在他们的意识中，能请到这些专家和大咖才是自己的强项。

智库做了这么多年，和国内各领域的许多专家合作过。但是对专家的简介，基本只有网上百科的资料，既没有对专家的最新的全面的介绍、课程大纲，也没有专家讲课的 PPT。这些在其他培训公司是基础性的内容，在这里却是被刚刚意识到，或者说还没有真正意识到。

千慧、婷婷向他们要专家的简介资料、课程大纲、课程内容的 PPT 等，他们除了能提供从网上复制来的专家简介外，其他的回答都是“没有”，并说这些专家从不提供课程大纲和 PPT。而事实上千慧从培训同行那里都是可以得到这些的。

此外，他们推荐专家更多考虑的是专家的知名度、费用以及是否好请等。至于专家到底讲得怎么样，他们几乎是不考虑的。他们的想法是，这些专家多是有职务和知名度的，即使讲得不好，主办方也不好说什么。的确，在很多人看来，更重要的是专家的职务和头衔，有些专家、大咖是不好邀请的，能邀请到，就已经是件很厉害的事情了。

千慧意识到这点，也发现他们推荐的很多专家名不副实后，就不敢再轻易相信他们推荐的专家了。这也是千慧最终选择放弃这部分业务的一个原因。

千慧和嘉琦一样，始终比较重视课程品质。而智库里的这些销售对课程品质要求得比较低，又因为自身水平的差异而经常得出与千慧不同的结论，这些让千慧在推荐专家的时候很担心现场效果，非常不自信。

于是她一边记录他们所讲的情况，一边自己去多了解专家的情况，看专家的讲课视频，并经常去参加会议论坛。

12

江千慧毕竟有些销售经验。她很快就了解了业务内容和专家资源，也很快建立起自己的销售流程。

她根据专家的情况，准备了一份文档。当有客户咨询时，她会先把这份文档发给客户，使客户能提前了解可以提供的服务内容、可以请到的专家，同时也给客户一种参考，易于双方建立信任关系。毕竟，大多数客户并不了解他们所请到的这些专家。最可贵的是，这样可以让客户感到你是可以被信任的、是专业的、是了解这些专家的。

平时开会时，他们介绍某位专家的情况、风格、讲课效果、建议邀请或不邀请等，千慧都很用心地记在本子上，也记在脑子里。因此在和客户沟通时，她对专家的情况能介绍得很清楚。

千慧觉得，这家智库凭借资源和基础，是完全可以做得更好的。只是，他们对客户、产品、销售的理解都偏低级甚至是错误的，他们也并

不认真地研究销售和客户。能成单，全凭“撞”。

13

在这里，千慧也遇到、了解到不少她以前想不到的客户需求，有时也感觉很有意思。

可能是国民都有追逐热点的心理吧，经常有机构与他们联系，希望可以邀请到国内的商业巨头们出席他们的论坛或活动，有的甚至表示出多少钱都可以，只要商业巨头们能到场。只是，这些商业巨头们真的不是用钱就可以请的到的。但有些主办方就是不肯死心，而且你怎么跟他解释，他也听不进去，就是一个劲儿地要求你帮着他们邀请这些商业巨头。后来，千慧干脆就直接说：“真的，确实，请不动。”倒是能省些解

释的力气。

一次，千慧接到一个同行朋友的电话，要邀请当前很热的商业巨头去讲一讲“创业思维”。千慧再继续问，朋友说是一家央企的下属企业提出来的培训需求，听课人员是这家下属企业中的中高层管理者。千慧不禁笑了，直接和那位同行朋友说：“和你实话实说，现在，即使是规模很大的论坛和活动也请不动他，政府的活动他一般也不会出席，更何况这只是一个企业的内部培训，他更不可能去。而且，还是给央企人讲创业、讲创业思维，这个需求本身就不太现实。”

一个经济大省的民营企业家协会打来电话，想要邀请一位 TW 的宏观经济学家出席他们的年会，说协会中的一些民营企业家听过这位专家讲课，对他的评价特别高，向协会推荐了这位经济学家。千慧心里很清楚，邀请这位 TW 宏观经济学家的费用是相当高的，于是直接和客户说了这位专家的费用。客户根本没想到：“这么高？我们协会一年的活动经费只比他的出场费用高一点点，这个费用，根本不是我们可以承受的。”千慧很理解，说：“他的费用确实是这样的，我们也认为有点儿太高了，所以就直接告诉您了。而且，这位专家对合作期间的用车、住宿等都有着比较高的规格要求，并且都要求写入合同里。他出席活动时还要带一两位助理同行，他们也是需要往返交通费和住宿费的。”客户之后就知难而退了。

还有一次，外地的一家培训公司打来电话，直接就点名说要邀请一位专家为当地一家银行提供内训。千慧被他们提出的需求惊呆了。他们要邀请的专家是一位政府官员，根本不可能去讲课。千慧再仔细一问，原来是这家银行提出培训课题，培训公司就在网上搜索，搜到这位官员关于这个课题的讲话，就以为可以邀请他去讲授，他们并没有注意到这位官员的职务和资历。千慧心里是明白的，但她并没有直接告诉培训公司，只是说，这位专家是从来不出来讲课，也不出席任何论坛的，她可以推荐其他这个领域的专家去授课。

后来，千慧把这件事当作笑话讲给一位同行朋友恒听。恒主要提供房地产行业的相关培训。恒说：“这很正常。无知者无畏。”恒讲自己，他刚刚进入培训行业时，主要是靠打电话联系客户。他曾经给房地产行业一个协会的负责人打电话，邀请协会负责人交费来参加自己组织的培训；当时的他并不知道，以那位负责人的资历，在房地产行业是领导级、专家级的，有很多人都希望能够邀请到他来讲课。好在，那位协会的负责人很是谦虚亲和，还在电话中和恒聊了许多有关行业培训的内容；后来，两个人还成为了好朋友。

14

千慧和婷婷到八方智库不长时间，就发现智库的管理和这里的人有不少很有意思、很令人意外的地方。

他们开会很是冗长和无聊，每次开会时间都很长，没有意义的一点儿小事能翻来覆去地讲很长时间。感觉上，真的就是为了开会而开会。而所讨论的业务内容多是销售成功后需要注意的事情，诸如航班、天气等，很少谈及如何达成销售合作的内容。每遇到这样情况的时候，千慧和婷婷不胜其烦。

刚来的时候，智库里有个女孩子叫方怡，她已经在智库工作了两年多，是最近一年从行政转做销售的。方怡长得真是漂亮，很白，皮肤细嫩，五官都很精致，身材也很好。事实上她的小孩子已经三岁了，但从外表上一点儿也看不出来她有那么大的孩子。她是学法律专业的，曾经在一家很大很知名的律师事务所工作过一段时间。

方怡的家在大兴，离智库很远。因为平时不用坐班，她每周只是在自己值班的那天才来上班。智库规定，早上九点上班。可值班那天，她总是将近九点半才到，手上还带着早餐，豆腐脑、油饼之类的。到了办公室，她先打开自己的电脑，然后对着电脑一边吃早餐一边看娱乐新闻，有时还会讲讲刚刚看到的八卦。方怡吃饭很慢，一顿早餐差不多能吃到十点左右。而等到了十一点，她又会准备吃午饭了。

千慧和婷婷在背后那个乐啊，说：“真没见过这样的人、这样的管理，没想到现在的北京还有如此管理散漫的组织。”

婷婷觉得自己就够散漫、够不思进取的了，没想到这里还有个比自己更散漫的人。而智库的其他人可能已经习惯了，好像觉得方怡这样挺正常的，或者他们也是这样的人，只是方怡表现得更明显一些。当方怡讲娱乐八卦新闻时，周凯和陈林有时还陪着她说上几句。

下午，方怡会一边上网，一边和陈林聊天，有时两人还斗嘴。即使有时聊些工作上的事，也多是没有什么价值的话题，如上网去搜专家和他们出差时即将要入住的酒店，酒店规格怎么样，环境和条件是如何的，等等。每次都能说上大半天，可他们却还是乐在其中。

方怡非常的聪明。平时在办公室里她话很多，很随意，但到了开会的时候，她就变得很严肃，话很少；需要她发言时，说出来的话也比较有水平，无处不显得她在很用心地工作。

方怡有一些不错的客户，以央企为多，但她平时并不与客户联系，最近一段时间都没有合作。陈林在这些客户的官网上看到他们一直在陆续举办智库可以提供的培训，却并不是和智库合作的。因此，他就和方怡商量，能否把她的那几家央企客户让给自己。虽然这些央企是方怡维护的客户，可她不联系这些客户，这么好的资源这样放着有些可惜了。方怡说："行啊，你给我几千元，我把客户让给你。"陈林根本不可能接受这样的条件。他生气地说："方怡真是个孩子，这么幼稚，居然能说出这种话出来。"

整个办公室里始终说话声不断，不光是方怡，其他人也是，公事、私事都在办公室里公开讲，丝毫不考虑其他人的感受。因为受不了这些声音和杂乱，没过几天，千慧和婷婷就都申请换到另一个办公室了。

15

千慧和婷婷在智库工作没到一个月的时候，有一天下午，周凯通知所有人，第二天都要到单位上班，不能迟到，早上要开个重要的会。

第二天早上，智库的所有人都准时到了。

会议由周凯一个人主持和主讲。会上，他一共提出十条要求。后来他们都戏称他为“周十条”。

这十条要求包括重新开展业务考核、专家资料整理、每两周组织针对专家资料的考试、整理全部的合同、整理客户资料、业绩上报公开上墙、全员坐班、每天打卡，等等。

千慧一边记，一边观察其他的人，只见他们都是面无表情地记录着，好像已经知道这些了，没有一丝的惊讶和紧张。

后来，千慧了解到，原来这里的“改革”是常态，大家都已经习惯了。

陈林说：“无所谓，随便他们怎么搞。反正这里隔段时间就来一次‘改革’，没两天就又和以前一样了。”他分析说：“可能是最近业绩不好，管理也太散漫，刘小华对周凯施加了压力，周凯才想出这些的。”

这次实行“改革”没有两天，方怡就不来上班了。刚开始时她说是家里有事，请一段时间的假，而其实就是离职了。方怡的离职，也许是因为她的业绩不太好，逼近智库要求的“业绩底线”，也可能是因为改为“全员坐班”了，谁知道呢。

16

千慧并不是很喜欢八方智库的业务内容和管理方式。不过，她确实是喜欢学习的，所有与行业相关的信息都希望多了解些。

千慧想，了解一下这样管理水平相对低下的组织也不错，可以把它作为负面典型去观察研究。在这里，可以接触到不同的人和事，也蛮有意思的。虽然她经常感觉到无奈和可笑。人生的经历，总是越丰富越好的。每一个经历都是一种财富。

来智库不长时间，智库组织员工活动，爬长城。婷婷、杜超、千慧都没有去过长城，都很高兴。尤其是杜超，他刚来北京不久，最希望的就是去长城看看。活动时间定在一个周六。周四通过短信发通知时，介绍得很好，包括集合时间和地点、天气情况、要准备的相关东西、当天的行程安排等，让人感觉所有的行程都已经安排妥当。他们三个人也没有多想，他们刚来，少问少说为妙，就跟着走呗。

周六早上七点，所有人按约定时间到达了西直门的北京北站。此时，这里已经排了很长的队伍。一看到有那么多的人在等车去长城，他们就有点儿“傻”了。他们没有买到当天早上出发的车票，买的是将近中午 11 点的车次。开始时，他们还想着排队，可排了一会儿，就有些不耐烦，开始议论纷纷。张帅说德胜门有大巴直接去长城，提议去德胜门坐车。旁边也有人不停地喊着包车去八达岭。

周凯负责带队，他觉得德胜门的人也会一样多，因为现在正是去长城的旺季，于是大家又继续排了半个小时的队。这下所有人都没耐心了，但又不知道如何安排。周凯迟迟拿不定主意，因为活动经费也有限，加上陈林和张帅又轮流给他出着各种主意，他就更乱了。

最后，周凯决定，今天不去长城了，把车票原价转让，然后他们决定先去中山公园，下午再去唱 K。于是，他们一批人从队伍中撤出来，乘地铁去往中山公园。路上大家还走散了，又互相打电话联系、等待，感觉就像一群无头的苍蝇在乱转。

婷婷和杜超，尤其是杜超，感到特别失望和不开心。他本来特别想去爬长城。

千慧对去长城倒没有那么大的意愿，她只是看着所有人的表现，乐得不行。她说：“这结果太有意思了，让人想不到。这可真是一个团队研究的典型案例。”

韩月也有些失望和无奈，说：“只可惜，这是一个不好的案例。”她暗自庆幸，幸好今天没有带孩子来。不然，孩子更失望。

千慧始终牢记一句话：“见贤思齐焉，见不贤而内自省也。”无论是好的、坏的，她都能从中学到对自己有帮助的内容。现在，她看书时已经不怎么看企业成功后的案例了，她更愿意看那些失败的案例，也看成功者处于低谷时的经历和选择，从中可以获得更多启发，至少可以提醒自己要时刻清醒，尽量不要犯类似的错误。

千慧觉得在八方智库待的时间越久，遇到的奇人奇事就越多。快到年底时，她笑着对婷婷说：“我在学习、研究着最前沿的管理，现在却到了一个管理水平处于原始社会的组织。”婷婷听后也很解气地说：“嗯嗯，就是，他们还在山洞里待着呢。”

17

9月，千慧的一个培训界的朋友崔祥委托她帮忙联系一位知名专家李东强，想邀请他出席10月末在北京举办的一个会议。李东强是国内一家银行的首席经济学家。

崔祥三十岁，以前曾经在一家知名咨询公司从事培训销售，现在注册成立了讲师经纪，主要为国内多家知名院校的总裁班提供师资。他和国内很多的培训师、培训公司都有合作，做事情向来很踏实。

这个会议的主办方是崔祥一直希望能够开展合作的培训公司。这家培训公司专门组织北京一所大学的总裁班，每年的课程量很大，对师资的需求也很多。该公司每年10月末或11月初举办年会，每次都会邀请几位国内知名的经济学家出席他们的年会。参加年会的人员主要是总裁班的学员，都是来自全国各地的企业家，估计到时会有七八百人。

崔祥强调说：“姐，李东强的合作费用一定要给我最低的。客户也会通过其他渠道联系李东强。我报给客户的费用只能是所有报价中最低的才能实现合作。”

当时，智库中是由徐书丽负责联系专家的工作。于是，千慧就请她与李东强联系。

开始时，事情进展得很顺利。李东强的时间和费用很快就确定下来了。而主办方为了确保李东强能按时到场，特意早早地就将讲课费的20%直接汇到了他的银行卡上。

离会议举办还有一周时，千慧发短信给李东强，说明下周会议的各方面情况，并问他讲授时是否需要用PPT、到时如何去接他等。

可没曾想，无论千慧怎么发短信、打电话，李东强就是不回信息、不接电话。

千慧有些慌了、蒙了。这是什么情况？

千慧想到张帅前不久刚刚与李东强合作过，当时他陪同李东强一起出差，参加在上海举办的一个大型论坛。

于是她跑去问张帅："李东强现在也不给任何回复，没有一点儿消息，到时会不会出现差错?"

18

张帅，人如其名，是个非常帅气的男孩子。他个子很高，皮肤很白，眼睛大大的，平时很注重穿着，一看就是那种家庭条件不错，从小就很得宠的男孩子。

张帅大学毕业后由父亲的朋友介绍来到智库上班，已经有两年时间了。他平时很爱说话，经常感慨，没想到自己这么年轻就能认识国内这么多的知名大咖，还能经常与这些知名大咖们一起出差和出席各种论坛、会议。他很乐意和这些大咖们合影，也喜欢将合影发到朋友圈，照片上的他严肃而老成，显得比实际年龄大许多。

张帅很聪明，也很热心。他每打完一个电话，都会反省上个电话打得如何，哪个地方说得不好。通过他可以得到很多业务和专家的信息。

千慧觉得张帅聪明、热情、好学，如果有个更好的人教他，他的业务会做得更好。只是，她很快也发现，张帅受刘小华的影响太深了，有些销售思路和刘小华一样，可能不是轻易就能改变的。

张帅对千慧说："李东强就是那个个性，不爱回复，也不爱联系。上次和他合作时，他也是一直没回复。直到出发那天，到了机场 VIP 室，看到他已经坐在那儿，我才踏实下来。"

他又说："你就放心吧。他就是这个脾气，人特别牛，平时也不爱与人说话。在上次的论坛上，他也不与其他人打招呼，只和一位嘉宾说话，因为他们俩以前就认识，关系也不错。"

千慧想了想，感觉自己的压力有些大，太影响状态，就和张帅商量说："麻烦你件事，与李东强联系的事情，现在就交给你吧。以后，我如果再有他的项目也都由你来联系吧。我不与他合作了，太受不了了。

好在你和他一起出过差，他肯定对你有印象。”

会议前一天的晚上，张帅告诉千慧，李东强刚刚回复短信了，让张帅第二天上午九点半到他家接他。

千慧这才算是真正放下心来。她合作的专家、顾问也不算少了，还是第一次遇到这样的人。

不给合作方任何的回复和确认，这可以解释为是李东强的风格和个性，也可以解释为他在“摆谱”，对于合作方缺少平等的尊重。也许从李东强的角度，他会认为：我已经收到信息了，不回复就是没问题。只是，回复一个确认短信，这是对于合作方最起码的礼貌和尊重吧？难不成，他是想借此找感觉？对于这一点，千慧不理解也接受不了。纵然李东强有一身才华，但对合作方缺少应有的尊重，就已经不值得获得更大的尊重。

19

会议当天是个周六，张帅早早地来到李东强家楼下等候。等了差不多两个小时，李东强才走出家门。

而李东强出现的情形，又把千慧给彻底打败了。

李东强到酒店门口的时候，距离他讲授的时间已经比较紧了；会议方也很紧张，担心他会迟到。

李东强有五十多岁，个子很高，那天他穿着一件皱巴巴的灰色长风衣，头发也是乱乱的，就仿佛早上刚从被窝里出来没洗脸没梳头似的。还好，他并没有忘记打领带，系着一条深蓝色的领带。

而没想到，李东强下车后做的第一件事情，居然是从衣兜里掏出烟和打火机，站在酒店门口大口地抽烟。千慧、张帅和会议工作人员就在酒店转门里面看着他抽烟，内心无比焦急，却又不敢多说。所有人都看得出来，李东强的烟瘾非常大。抽过烟后，他带着一身浓重的烟草味走进了酒店大厅。守候在酒店门口的会议工作人员赶紧把李东强引到会场。还好，台上的专家刚刚讲完，时间恰好能够衔接上。

千慧长长地出了一口气，进入会场找个位置坐下。这个时候，她的工作职责已经基本完成了。

会议前，她曾经反复问李东强，他讲授时是否用PPT，他还是没有回复。这一般可以理解为，他不用PPT。

可在会上，李东强讲着讲着，突然拿出个U盘，说自己昨天晚上准备了PPT。工作人员赶紧把U盘插入电脑中。

李东强看到PPT打到大屏幕上后，说："对不起，昨天晚上拷错PPT了，这是几年前的一个PPT。不过没关系，内容差不多。"然后就继续往下讲。

千慧顿时有种晕晕的感觉，哭笑不得。她唯一可以安慰自己的是，李东强是主办方点名指定的，讲得好与不好，她也没有什么责任。

等李东强讲课结束，送他上车后，千慧才感觉一身轻松，终于可以放下这个项目了。现在，她彻底解脱了。她赶紧回家，下午踏实地睡了一大觉。整整这一周的心理折磨，她再也不想经受第二次了。

这一周，婷婷看着千慧每天坐立不安，备受折磨，有些坏坏地笑话她："姐，平时看你挺理智的，心理素质也挺强的，怎么这件事情让你如此受折磨？看来，你的心理素质也没有表面上看着那样强呀。"

千慧长叹一口气，说："唉！如果是我自己的事情，倒没什么关系。可这是好几方的事情，如果出差错了，对别人没有办法交代，我的紧张点是在这儿。我以后再也不理李东强了。他也太把自己当回事儿了。我的心脏还是很弱的。惹不起我还躲不起吗！"

20

一天，崔祥给千慧打来电话，说："有个外地的总裁班指名邀请某位专家到他们那儿讲两天宏观经济课程，但费用预算有点儿低，不知道你能不能帮着邀请下。"

千慧说："多少的费用？"

崔祥说了一个数字。

千慧说："是有点儿低。估计这边讲不了价。他们从来不跟专家讲价的，怕专家不高兴。这样，我把专家的联系方式给你，你们自己联系吧，看能不能和他讲讲价。"

崔祥高兴地说："那太好了。谢谢姐啊。太感谢了。"

他又问："你知道他讲得怎么样吗？"

千慧说："不是很清楚。我没有在现场听他讲过。但是公司同事说他讲得不错，属于建议推荐的专家。"

后来，崔祥告诉千慧，他的助理给专家打电话，直接就问专家：请您讲两天课，宏观经济，外地的，总裁班，四十人，一天×万，您能不能去讲？他们当时的想法很简单，最多就是这个费用，专家能接受，就请他去讲；如果不能接受，就不请他了，他们再邀请其他人。而该专家想了一下，表达了一下"费用有点儿太低"的意思，但还是说可以去讲。双方就这样确定了项目。

崔祥说："这个专家讲得并不好，只讲了一上午学员就走了一半。看来这些专家最多只能讲一两个小时，出席个论坛、活动什么的还凑合，并不适合培训这种方式。"

千慧说："那不会影响你和总裁班的合作吧？"

崔祥说："这个倒没事，是总裁班当初指定要邀请这位专家的，也不知道从哪里得到的信息。我当时也劝过他们，还推荐了其他讲得好的老师，但他们不听我的建议，非要请他。那就没办法了，他们自己承担后果呗。"

千慧说："对你没有影响就好。以后我也注意些，不能邀请他了。"

崔祥说："这些专家，就是职务和名声在那儿，讲得好的太少，而且还乱报价。"

崔祥讲到前几天他有一个项目，也是主办方直接指定邀请一位专家去讲课。他问专家的费用，专家说外地一天是一万八，他就报给了主办方。可是，主办方通过专家的学生问到的费用却是一天一万二，这样一来主办方自然就不会与崔祥合作了。而崔祥却因此增加了一分担心，不知道主办方会不会觉得是他故意多报价的。为此他还多费了一番口舌向主办方解释。

千慧说："真是想不到啊。他们瞎报价，这还让我们怎么推荐？"

崔祥说："是啊。以后真的不能再推荐这个专家了。"

21

在智库里工作时间最长的是徐书丽，一个大眼睛、挺漂亮的女孩子，胖乎乎的，笑起来很甜。她从大学毕业就开始在智库工作，已经整整六年了，而她也是智库里每年销售业绩最高的人。

刘小华和每个人都说，徐书丽是他一手培养出来的。

刚来的时候，千慧和婷婷都感觉徐书丽是个很热情、懂业务、挺好相处的人。只是没过多久，两个人就都发现，徐书丽的表面和实际还是有些许差距的。

刘小华和张帅曾经分别和她俩说过："徐书丽做业务的能力特别强，也特别会说话，尤其是打电话的技巧特别高。"

但千慧观察下来，发现其实不然。

千慧学过电话销售技巧，她能挑出徐书丽电话沟通中的很多问题。徐书丽打电话的声音特别大，给人感觉不是在说话，而是在喊话，丝毫不考虑办公室里还有其他人。而且徐书丽放下电话时，经常会冒出一句："我去！"偶尔还会说两句对客户不满、指责客户的话。

婷婷私下里对千慧说："难道，她不知道'我去'是一句脏话吗？"

而婷婷到后来也非常受不了听徐书丽打电话了，除了嫌她说话声音大、语速快以外，更主要的是她感觉徐书丽说话太"土"了，打电话时，经常会冒出"那个、啥、哎"等词。

22

千慧的观察力比较强，也很注意细节。刚来不久，徐书丽的一个小动作就让千慧意识到她是有些自私的。

智库里的其他人没事的时候基本不和徐书丽说话，而徐书丽也不和其他人多说话。她只和会计韩月好，她们两个人总是一起吃午饭、一起聊天。表面上看着，两个人的关系很好。

一天下午，大家都对着电脑各忙各的，没有人说话。

韩月想打电话，而当时单位的电话在徐书丽那儿。韩月和徐书丽说："麻烦把电话递给我，我要打个电话。"

徐书丽说："等一下，我打个电话再给你。"

就这么一件不经意的小事，千慧却意识到，表面看是好朋友的韩月在徐书丽的心目中也没有多重要，她还是以自己为重的。按道理，韩月说要打电话，一般人会马上把电话给韩月，等她打过后自己再打，因为那时并没有人在用电话。而徐书丽不，她非要在这个时候自己先打电话，然后才把电话递给韩月。

大概是韩月的脾气比较好，比较包容，或者是因为韩月对一些事情有些迟钝，才能和徐书丽一直相处下去。但韩月后来也说过，有时她也挺烦徐书丽的，两人的关系好归好，但并不意味着她看不到徐书丽的毛病和缺点，并不意味着她对徐书丽没有意见。韩月也经常劝徐书丽改改一些毛病，但基本没有什么用处。

也是从这天起，千慧对徐书丽就多了一些戒备。

23

周凯宣布"改革"后不久，智库全员重新整理专家资源，每个人分配三十位专家，分别找到资料后发给千慧，千慧再进行汇总。所有人都在约定期限内把资料交给了千慧，只有徐书丽没交，她说自己工作忙，要出差，没有时间整理。

千慧本来是有心帮着徐书丽整理她那一部分的，可后来却发现，徐书丽其实并没有那么忙，很可能是她自己不想整理。因为她明明有时间整理资料时，却在打着不需要当下联系的电话。

于是千慧心想，我也不管了。

同时，千慧也并不满意其他人所发来的内容，不论是从内容的专业性，还是格式上，她都不满意，基本都是从网上直接复制粘贴来的，不仅重复，还缺少条理，一看就是在应付。明显能看出来这些人的工作意识和工作能力还是偏弱的。千慧几乎是重新查找、整理了绝大部分的内容。

之后千慧把她重新整理出来的专案资料调整好格式，发给刘小华，直接对他说："只有徐书丽没有交。"

刘小华随即把徐书丽要查找的三十位专家名单分配给孟婷婷，让她帮着查找、整理，并且说："今天一定要全部整理出来发给江千慧。"而这时候已经快下班了。

孟婷婷心里有气，却也不敢多言。从刘小华的办公室回来后，她在QQ上和千慧诉苦，一肚子的委屈。

千慧在QQ上回复说："这样，你做前十五位，我做后十五位，然后对他们说是你一个人整理出来的。"

婷婷发了个哭脸，说："感动到哭。谢谢好姐姐!"

两个人都属于手快的人，很快，就把三十位专家的资料整理了出来。

24

一个周二的晨会，徐书丽说自己需要支持：她下午出差，而有个老客户这个周五就要明年的培训计划，她需要有人帮她做这份计划。

刘小华便把这个工作交给了孟婷婷，还特意说："我会和孟婷婷一起做这个培训计划。这样互相帮助、互相支持才是友爱的集体。"婷婷也就不好说什么了。

徐书丽发给婷婷的参考资料，仅仅是前两年她曾经为客户提供的培训内容，并且只有课程题目和每个课程推荐的两位专家。

上午，婷婷在网上搜索当下的热点话题，凑出来几个培训题目。婷婷觉得，她设计的这些课题比徐书丽以前设计的要好得多。

下午，刘小华来办公室和婷婷一起做培训计划。

刘小华对专家和项目都比较了解。但他也只是了解他所熟悉的专家，并且也不考虑专家的费用，只是一味地推荐。刘小华一边推荐专家，一边给婷婷讲解专家的情况以及如何推荐等，他这也是借机给办公室里的其他人“上课”，显示自己有多了解专家、多专业。

婷婷对此也懒得说自己的看法，刘小华说是谁就是谁，反正这也不是她的业务。再说，她刚来时间不长，也不做业务，对许多专家的资历、职务、课题范围、费用等确实都不是很清楚。她想，先把这事应付过去吧。这又不是我的事情，凭什么说让我做就让我做，还要得那样急？分明是支使不动别人就看我好欺负。

当天下班时，婷婷把做好的培训计划发给徐书丽，并在微信里告诉了她。

第二天将近中午十二点时，徐书丽才回微信说：“那些专家的费用太高了，我没有办法推荐。”

婷婷在微信上问：“那得推荐什么费用的专家？”

徐书丽回复说：“按照我去年推荐的那些专家的标准就行。”

婷婷的头有些大，她也不知道徐书丽去年推荐的那些专家的具体费用啊。再说，专家都是刘小华推荐的，她只是负责记录。

婷婷把和徐书丽在微信上的对话截屏，马上转发给了刘小华。她这样做，其实是有嘲讽刘小华、看他笑话的意思：哈哈，这可都是你推荐的专家啊。看，不行吧？没过关吧？徐书丽不同意吧？让你还成天地自我感觉良好，总在我们面前显摆自己好像有多了解专家似的。

刘小华的反应非常快，下午又来办公室，继续和婷婷一起重新推荐专家。下班前婷婷将重新推荐的名单又发给徐书丽。徐书丽一直没有回复。

没有想到，第二天，周五下午，徐书丽出差回来直接来到单位，脸上带着掩饰不住的疲惫。

婷婷问徐书丽：“昨天发给你的邮件收到没？”

徐书丽一边开电脑，一边说：“你做的那些课题都太空了，专家都太贵了，我都不好意思发给客户。我还得回来重做。”

婷婷感到心里有些堵得慌，什么叫“不好意思发给客户”？我忙了好几天，你都不知道说声“谢谢”？

婷婷当时也没客气，直接说：“那些专家都是刘小华推荐的，他说推荐谁就是谁。你要是有什么问题，直接和刘小华说去。”

25

又一个周五的晨会，徐书丽说：“请求支持。我一会儿就要出差，这两天要邀请一位专家，我现在只有专家办公室的电话，需要今天有同事帮着我联系专家，确定一下时间和费用。”

刘小华把这个支持任务又交给了婷婷。

回到办公室，婷婷问千慧：“姐，这样的电话怎么打比较好？你教教我呗。”

千慧教婷婷，打电话时，要把声音尽量压低，不要大声更不要喊话。同时，语速不能太快也不能太慢，确保对方能听得明白、感觉舒服即可，要通过你的声音让对方对你有初步的好感和信任。这是电话沟通中最重要的。靳羽西曾说过：“女人声音越低会越好听，越吸引人，而且会显得有修养，一个低沉的声音更能吸引人们的注意力并博得信任和尊重。”而且，把声音压低，打电话时不会累。像徐书丽那样打电话特别耗气。她的身体不好和这个也是有关系的。而婷婷平时说话的声音、语速、语调都很不错，打电话时只要别紧张，表现得职业、真诚、礼貌就可以了。

婷婷一脸骄傲，说：“那是，好歹人家读书时也是学校广播站的广播员。”

千慧做恍然大悟状，笑着说：“哈，怪不得你说话这样好听呢。”

婷婷笑着继续问：“那在电话中，我要怎么说呢？”

在内容上，千慧建议婷婷，先从自我介绍开始，首先要让对方知道你是谁，做什么的。比如，第一句可以这样说：“您好，我这里是北京八方智库，主要从事高端培训服务。我们有个培训项目希望可以邀请某某老师讲课。麻烦问一下，某某老师在吗？谢谢您啊。”

婷婷问：“不用先问对方是不是哪家单位吗？”

千慧并不建议先问对方是谁。这是个礼貌问题。你给别人打电话，上来就问别人是不是谁，却不让对方先知道你是谁，对方很容易会产生反感的。如果你打错了，对方听了你的介绍后说自己不是你想联系的人或单位，你说声“抱歉，打扰了”就可以了。

电话中要尽量多用一些礼貌用语。比如，“麻烦您、谢谢您、不好意思、十分感谢”等。只要你做得有礼貌，让对方不反感，那么对方即使想拒绝你，也不好意思拒绝得太直接、太不礼貌。面对有礼貌的人，人家也要维护自己的形象啊。

婷婷说：“有道理。我自己先琢磨一下。”

杜超在旁边静静地听着，说：“又学到了一招。”

婷婷准备好话术，给专家办公室打了电话，是专家的助理接的。

助理说：“麻烦你们发个传真，说明相关情况，我再转给专家。”

婷婷放下电话说：“姐，真的哎，说话声音低，真的不累啊。”

婷婷又开始设计传真内容，刘小华把智库的传真模板发给她，自己也过来帮忙。

刘小华走后，千慧和杜超也帮着婷婷逐字修改传真内容，他们在一起反复调整，以确保无误。

婷婷看着千慧和杜超两个人脑袋凑在一起看电脑，说：“哇，这样的感觉好温暖。”

准备发传真时，却发现传真机坏了。于是，婷婷出去到附近的打印社，自己花了三元钱，把传真发给了专家助理。之后又给助理打了确认电话，助理说，已经收到传真，在等待专家的回复。

26

下个周一，徐书丽来公司，婷婷把传真、助手的回复等一一告诉了她。

下午，徐书丽既像是自言自语，又像是讲给她们听的，说：“发了传真过去，还要等回复。现在没有回复，我也不敢联系其他专家。如果没发传真过去，我就可以联系其他专家了。”

婷婷再次感觉心里很堵。实在是忍不下去了，婷婷心想，真是活见鬼了。一切都是按照你的要求做的，帮你做了所有的工作，我还自己花钱打印，现在居然反而成了我的问题，成了我不该做、多余做的事情。

婷婷故意重重地推开椅子，起身就往外走。她来到刘小华的办公室，气愤地对他说：“以后徐书丽的事情不要再找我帮忙。谁愿意帮她做，你找谁去。费劲巴拉地帮她做了，不得好也就算了，还来说是我的问题。你们明知道我刚来，也不了解这个行业、这些专家。我辛辛苦苦地帮她做了这么多，她连最起码的感谢都没有一句。还说什么做得太空，专家太贵，不好意思发给客户。她爱发不发，和我没关系。那是她的事，不是我的事。我知道你偏向徐书丽，在你心目中徐书丽比我能干，既然如此，以后更不要再让我去帮她的忙了。”

刘小华一脸愕然，说：“行。我知道了。”

从此，刘小华便不再把徐书丽的事交给婷婷了。而婷婷也乐得轻松、自在。

27

徐书丽是2014年4月离开八方智库的。

智库的所有人都知道，徐书丽一直说要离职，都说了有几年了，却从来也没有真正付诸行动。

徐书丽辞职的理由是要准备考研，但没有人相信。大家都说，徐书丽这个人太“鬼”了，不会说实话的。

很多人认为，徐书丽在智库是没有办法继续待下去的。因为现在留在智库的都是老员工，他们都很了解徐书丽的本质，平时都不太搭理她。智库里的每个人都有各自的业务和专家资源，却都不提供给徐书丽。因为大家都知道，也都见到过现实案例：徐书丽是个太自私太自我的人，只考虑自己不考虑其他人；如果用自己的资源帮助徐书丽，一不小心就会把自己弄到一个非常不好收拾、尴尬、左右为难的境地。

八方智库有一段时间是由徐书丽负责联系专家的，但所有人对此意见都很大。他们觉得，徐书丽为自己的业务邀请专家时，尽心尽力，并且用尽平台和资源的优势；而对其他人的业务，在邀请专家时就没有那样的尽心尽力，甚至没有详尽的沟通，有些项目做不成，也是因为专家的时间配合不上。

于是，在11月的时候，智库就改由张帅负责联系专家。

真的不知道该如何说徐书丽好，说她精明吧，可有的时候，又感觉她有些“缺心眼”。

一天上午，刘小华来她们的办公室做一份文件，他边想边说，杜超边听边录入。

正常人在这种情况下，大多会保持安静的。但徐书丽偏不，那一个上午，她比平时更加兴奋，不停地打电话，联系业务。千慧和婷婷都明显地感觉到，徐书丽那天打电话的声音比平时更大，说得也更多。她们都不明白徐书丽到底是怎么想的，平时也并没见她这样主动联系业务，为什么非要在这个上午疯狂地打电话？难不成是故意在刘小华面前显示自己工作很努力、很忙吗？

有好几次，刘小华的思路被打乱，说不下去。中午，刘小华临走时，自言自语道：“这个屋子确实不适合写东西。”

下午，刘小华就态度坚决地让徐书丽调换到另一个办公室，即使徐书丽如何地不想。徐书丽一搬走，婷婷和千慧都开心坏了。现在，办公室里就安静多了，而且她们说起任何话题也轻松、随意许多。

28

徐书丽从骨子里看不起其他人，其他人也一样看不起她。

在智库里，陈林和徐书丽的矛盾是最为公开的。两个人彼此看不上，从来不说话。陈林看得清楚，表面上是徐书丽的业务最好，其实除了一个和市政府合作的大项目，徐书丽其他的业务都是小单子。徐书丽的业绩为什么这么好？是因为她的老客户多。而为什么她的老客户多？是因为这些年的好客户都分配给她了。以前徐书丽负责接电话，遇到好客户她总是先留给自己，把不好的客户分配给别人；有些业务员离职后，曾经成单的好客户也都分配给徐书丽了。

在陈林看来，徐书丽并没有什么销售能力，她销售时使用的都是蛮劲儿，根本谈不上技巧。陈林经常说，只要徐书丽在办公室里打电话，他就根本没办法干活，闹死了、烦死了。

陈林觉得，徐书丽能在这里待这么长时间，骨子里肯定和刘小华是同一类人，并且她建立的基础非常不好，弄得现在他们都没有办法和刘小华争取社保、工资、提成政策的提高。而徐书丽也并不希望现在的各项政策有所改变、有所提高，因为她曾经历的事情和不公也得让后来的人经历过她才能心理平衡。每次开会讨论政策时，徐书丽总会反复强调，以前比现在更艰难，现在比以前已经要好很多了。

徐书丽之前有个大项目，是与一个市政府合作的，为这座城市进行从古至今各个方面的宣传，方式上包括出书、出画册、出光盘、拍宣传片，等等。项目进展中的波折很多，徐书丽经常被客户训斥，为此她哭了很多回。这个项目持续进行了整整两年，款项是在 2013 年年底才全部到账的。

可之后刘小华却迟迟不给徐书丽算提成。徐书丽一直跟他要，但他只是一直跟徐书丽念叨说公司也不好过。

徐书丽说：“公司好不好过，和我没关系。这是我应该得的提成，就应该给我。”

刘小华说：“要不，咱们大家开个会，讨论一下你的提成问题？”

徐书丽哭笑不得，说：“为什么要开会讨论？这是我的项目、我的提成，和其他人有什么关系？”

那一段时间，徐书丽也不做业务了，天天到刘小华的办公室，只有一件事：要提成。

徐书丽和韩月说：“我要和刘小华磨到底。”

还好，春节前，刘小华先发了一半提成给徐书丽，春节回来后把另一半也给了她。但刘小华要求徐书丽提供发票，扣除公司承担的相关费用税款等。而徐书丽也认了，只要能拿到项目提成，她花钱买发票也行。

那个时候，徐书丽就想着必须要离开智库了。再这样做下去，还是会有风险的。这次要提成都要的如此艰难，好在还算万幸，总算是要出来了。如果，下次要不出来呢？

29

2013 年 11 月中旬的一个周五，下班后，婷婷已经走了，办公室里只有江千慧、韩月、杜超三个人。

韩月是公司会计，在智库工作也有三年多的时间了。她是从销售转做会计的。刘小华说她细心、安静、内向，更适合干行政和财会工作。

千慧问韩月："我有些不理解，你们为什么会接受这样的社保政策？"

当时的社保政策是智库和个人各交社保最低总额的一半，在这里工作满三年后智库会把由个人先承担的那部分再补给个人。

韩月说："干满三年后，单位会把应交的那部分给补上的。"

千慧说："可是，这样并不合法啊。"

韩月说："姐，我老公是律师事务所的。如果说到合法，按理说，律师事务所应该是最合法的吧？但他们律所始终就不给他们上社保。"

千慧被结结实实地顶在那里，有种说不出话的感觉。她已经被韩月的反馈惊呆了。她不知道该如何说，估计她说了也没有用。

这根本就是个逻辑错误。因为其他人做得不对、不到位，就可以原谅和理解其他做得相对没有那么不对、不到位的事情？这好像是在偏向刘小华说话，给刘小华做辩解。韩月是不是想说：知足吧。看，刘小华至少还给我们交社保，别的单位做得还不如刘小华呢，而且这个"别人"还是律师事务所。

千慧又问："还有，为什么这么低的工资、提成政策，你们可以接受，而且还能坚持这么长时间？"

韩月说："现在的提成政策是最近三年才有的。以前根本没有正式的提成政策。那个时候，一个项目能得多少提成，全凭刘小华一句话，他说给多少就是多少。当时，专家的费用也没有放开，刘小华负责报价，销售们也不知道专家是多少的费用，更不知道一张单子能挣多少钱。现在，有提成政策，每张单子知道自己可以挣多少钱，大家都已经感觉很不错了。”

千慧说：“好像确实看不出来大家感觉工资低、提成低。有时一个单子的提成，想请客户吃顿饭都做不到。为什么不争取一下提高提成呢？”

韩月说：“那是因为以前的工资和提成更低。现在的工资和提成，相对于以前，已经有所提高了，大家都感觉挺好的了。社保呢，也是最近几年大家一起要求，刘小华才给上的。而且，我们这里，人员流动真挺快的，基本留不住人。现在留下的这些人，在这里工作差不多都有三年以上的时间了。徐书丽来这儿工作六年了，一直都是这样的，她以前挣得更少，只是最近两年才算是挣到钱了。”

千慧说：“那是她的选择。不能因为她的选择就要求别人也这样选择啊。”

韩月说：“我们这些人很少与外界接触，不知道外面的培训公司是怎么做的，也不知道他们的基本工资、提成政策是什么。”

千慧又说不出话来了，她有种想要“抓狂”的感觉。天呐，这都是些什么人啊。回家的路上，她回想着韩月所讲的，脑子里浮现出一个心理学概念：斯德哥尔摩效应。原来，它就如此近距离地存在于我们身边，存在于我们的生活中。

千慧想到以前看到的一个小故事：

清朝末年，法国使臣对慈禧说：“你们的太监制度将健康人变成残疾人，很不人道。”慈禧还没说话，她的贴身太监姚勋却抢着说：“这是陛下的恩赐，奴才们心甘情愿。怎可诋毁我大清国律，干涉我大清内政！”

一个被剥削过的人，并不承认自己被剥削过，甚至希望其他人也同样被剥削吧。

一个奴性十足的人，不觉得自己有奴性，反而希望其他人也和自己一样，成为奴性十足的人吧。

30

第二天是周六，千慧想起昨天晚上和韩月的对话，仍然很生气。她控制不住自己，也不发微信了，直接给婷婷打电话，说昨天晚上她被韩月气“疯”了。

她把大致的情况和婷婷一一说明，然后说：“婷婷，你赶紧去找工作。这个地方真的不能久待。待的时间久了，会受到他们的影响，别一不小心就变成了有奴性的人却还不自知。这整个就是‘斯德哥尔摩效应’啊。”

婷婷笑，说：“看来姐是真生气了。平时看你脾气那样好的。”

千慧说：“我当时都被韩月理直气壮的反问惊呆了。真的就是‘哀其不幸、怒其不争’啊。我真的没有想到，在现在的北京，还有这样一些人存在。他们是活在21世纪的北京吗！”

韩月和婷婷一样，也是硕士研究生毕业。只是，有时看韩月的表现和反应，婷婷都想不出来当初韩月是怎么考上研究生，又是怎么读下来的。虽然自己弱，但是与韩月相比较，婷婷还是有些自信的。

婷婷很清楚自己的问题：学生气浓，把人和事想得太简单，说话直，工作经验少，粗心，有时一个想不到就会犯一些低级错误，也不懂得保护自己。但她正在努力地学习和改正，也逐渐有了一些进步和成长。而韩月，到现在为止还看不到一点儿她在工作上的用心和成长。韩月做会计工作也有将近两年的时间了，却经常几个月不做账不记账。有一次，她还理直气壮地说，她不认识一个会计，从来不与其他会计进行交流和咨询。工作中一出现问题，韩月经常说的一句话是“没有人告诉我啊”。

在婷婷看来，韩月是老实、安静、细心、性格好，平时不声不语、呆萌呆萌的，可是工作能力也真的是相当弱，超乎想象的弱。婷婷相信，自己离开智库很快就能找到新的工作，她找工作最大的障碍是因为她“已婚未育”。但婷婷估计，以韩月目前的状态、性格和能力，还真不容易找到新的工作，所以她也只能在这里待着，哪怕心里不满意，哪怕拿着很低的工资，反正她老公是律师，能挣钱。而且，即使韩月到了新的单位，估计她也待不下去，其他单位不会这样容忍工作如此不用心、屡次犯下低级错误的人。

韩月对工作的不上心，让婷婷也不断地大呼意外。办理社保时，婷婷天天提醒韩月：这个月千万别忘了办理社保，要知道办理社保是有时间要求的。韩月每次都答应得很好，可到时还是给耽误了。当时，婷婷都有种要“吐血”的感觉，却又没有办法多说一个字。

31

婷婷已经在考虑离职的事情了，她也不想再在这里工作下去了。智库的整个气氛、某些人让婷婷感觉很压抑。幸好她和江千慧、杜超还比较能谈得来，上班来还有些乐趣，可以学点儿东西，聊聊八卦。而和智库原来的那些人，他们仿佛是两个世界的人，真的谈不来，大概也是彼此都看不上吧。

婷婷觉得他们其实挺 LOW 的，但还不自知，一个个自我感觉良好，还看不起别人。刚来不长时间，婷婷得知，智库每年都会在专家生日那天给他们送生日蛋糕。这件事就让婷婷感觉有些可笑了。与他们合作的专家，岁数大的占了大多数，有些人可能还有糖尿病，智库却只知道年年送生日蛋糕，倒是省事，但这礼物送得真的很没有诚意。

而刘小华这个人，表面上看着挺好的。但没过几天，她就发现完全不是那么回事。

来智库上班将近半个月的时候，一天，刘小华让婷婷陪同自己去见几位重要的客户，还要和客户一起吃晚餐。出发前，平时从来不化妆的婷婷还特意化了淡妆，比平时素面朝天的她漂亮、成熟、职业了许多。

两个人一同打车过去，路上，刘小华突然问婷婷：“你现在每天看新闻联播吗？”平时培训、开会时，刘小华一再强调，所有人都要天天看新闻联播，了解时事，了解政策变化。

婷婷被刘小华的这个突然的问题问得有些猝不及防，她也确实太天真、实在，当时也没有多想，很诚实地说："没看。我从来不看新闻联播。我们家都没有电视。"

话一说完，她马上就后悔了，为什么要说实话？为什么不说点儿假话让刘小华感觉好一些呢？

刘小华没有说话，把脸转向了车外。估计他当时的内心也是翻江倒海的。婷婷也把脸转向车外，偷偷地伸了下舌头。她感觉得到，车里的气氛有些不对劲儿了。一路上，两个人都再也没有说一个字。

这一顿饭吃下来，婷婷发现，刘小华的情商、智商都没有她原来以为的那样高。他在客户面前更多的是吹牛，好像自己认识许多官员、名人，有许多政府资源，可以做多大的事情似的。但是吹得还不高明，露出不少破绽。婷婷听着他说这些，自己都感觉不好意思。她心想，自己年轻、资历浅、社会经验不足，却都能听出来刘小华在吹牛，想必，那些"社会老油条"、社会精英们会看得更清楚吧。

就此，婷婷明白了，刘小华很多时候就是在"装"，而且水平还不怎么高，将来肯定不会有什么太大发展的。

32

陈林在智库工作也有两年多了。来智库前，他曾经先后在国内最大的咨询公司和律师事务所工作过。

陈林来到智库工作的前三个月，没有一个成单业务。但过了这三个月，他的业务就做得很好了，而且越来越好，越做越轻松。他的大单子比较多，也是整个智库里收入最高的一个人。

千慧开始时并不是很明白，以陈林的工作经历，怎么会来智库，而且还能在这里工作了两年多。后来，千慧明白了，陈林是在这里积累各方面的资源，准备将来自己开公司的。

陈林很聪明，也很善于琢磨事情。他自己开发、联系了很多各个领域的专家，但他并不与其他人多说。他对专家的情况相当了解，平时需要了解哪位专家的情况，直接问他就可以了。他的声音成熟、踏实，让人觉得很诚恳；他的语言表达和沟通也相当有逻辑、有思路，这些都是非常有利于他开展这项业务的。同时，他也是智库里做事情最用心、最用脑子的一个人。虽然，他的文案水平距离千慧还有些差距，但已经是智库中做得最好的了。

陈林合作得最好、最多的一个客户，是南方的一家金融公司。智库里的其他销售人员也曾经与这家公司联系过多次，但都没有达成合作；唯有陈林和这家公司达成了合作，而且一旦开始合作，客户每年的业务量都很大。除了这一个大客户，他其他客户的业务量相对来说比较小，虽然以他的话来说“只是挣点儿散碎银子”，但相对于其他人来说还是很不错的。

可以说，在智库里，陈林对刘小华的意见是最大的。他对社保制度和提成政策不满，也看不上刘小华的为人。但他也没有急于离开，主要是感觉时机不到，他至少要干满三年，拿到补足的社保才能离开；而且在这里工作的时间长些，也能积累到更多的资源和经验，更有利于他将来自己开公司。

一次，陈林的那个大客户请他联系一位著名的书法家为公司题字，由他们公司出钱。

刘小华说他认识那位书法家，他们关系很好。开始时，刘小华说写一个字一万元。陈林把价格报过去，客户同意了，要写十二个字。

这时，刘小华又和陈林说，联系书法家了，可现在请他写字的人很多，他的字涨钱了，现在一个字要两万元。

陈林并不相信刘小华所说的，心里有些不满，但也没办法，因为他只能通过刘小华与书法家联系。于是，他又和客户联系，说明了费用上的变动。客户也同意了。

之后项目的进展还算是顺利，客户的款项很快全部到位，也顺利收到了书法家的字。

这时，刘小华却在周会上公开说：书法家的费用又涨了。为陈林的这个项目，他费了很多的劲儿，做了很多工作，才终于顺利完成了这件事，而智库在这个项目上却没有挣到一分钱。但他要鼓励陈林的这种工作精神，他决定自己拿出三千元，作为对陈林的奖励。

陈林和所有人都能想到这到底是怎么一回事，但陈林没有办法。从这以后，他的心思和私下动作自然也就多起来了。

33

杜超平时很安静、很少说话，这一点很得刘小华的心。

杜超心里想得很清楚，自己就是来学习的，他要尽可能地多了解行业资源和模式，向每个人学习。因此，他平时就是多听多问，经常向其他人请教各种问题，而在这个过程中他也逐步学到了很多的东西。

对刘小华，杜超也在用心地观察和学习。他想，不管刘小华的人品和水平是怎样的，他能把智库的业务做起来，能有这么多的专家资源，还能留住不错的一些人，一定是有许多可以学习、借鉴的地方的。

但杜超到底是当代的年轻人，有着自己的想法，也敢于表达。虽然平时很克制，但偶尔也会有个小爆发。

刘小华认为婷婷和杜超刚来，人也年轻，在工作中有很多需要改进的地方。比如，对于他布置的任务，有时两个人完成得比较慢，他经常要催。比如，他们比较有自己的主见，对智库的制度和做法有一些意见和不满，并且有时会当众把这些意见和不满直接表达出来。

一天下午，刘小华来到他们办公室，把《把信送给加西亚》这本书送给杜超和婷婷。

刘小华说："你们先看看这本书，过几天，我会找你们分别谈谈对这本书的感受和理解。"

下一周的一天下午，刘小华过来，问杜超："让你看的书看了吗?"

听到刘小华的这句问话时，杜超正看着电脑，他并没有把眼睛离开电脑屏幕，直接说："没看。我不爱看这种洗脑的书。"

刘小华一愣，说："那你把书还给我。"

他又问婷婷："你看书了吗?"

婷婷抬头看着刘小华，一脸疑惑，说："什么书？你没有给我啊。"

刘小华说：“我上周就把书给你了，放在你的书架里。”

婷婷在书架里找，说：“噢，是在书架里。我当时没看到你把书放在书架里了。光知道你让我们看书，我还一直以为你没给我呢。”

刘小华拿着书气哼哼地离开了办公室。

杜超和婷婷却是得意地相视一笑。

34

2013年11月中旬，一个周一的早上，杨明来智库报到。杨明四十多岁，很壮实的感觉，个子很高，千慧得仰视他。他介绍说自己刚刚退伍，副团级。

大家对杨明的到来表示欢迎，但心里都有些想不明白：一位副团级的退伍军官怎么会来他们这样的小单位工作？而且还是通过招聘网站投递简历过来的。

按照智库的习惯，有新人到来的当天中午，大家会一起聚餐，欢迎新人加入。

大家围着桌子坐下后，陈林问杨明：“杨老师家离我们单位不远吧？”

杨明咧着大嘴说：“不远。早上本来想开车过来，我都上了车了，一查距离，才1.5公里，那还开什么车啊，开车还堵。今天我是走过来的。以后，我骑自行车来上班就行了。”

这顿午餐，杨明是说话说得最多的人，丝毫没有作为新人的陌生和拘谨。他评价着每道菜，讲自己曾经到过哪里，等等。

千慧和婷婷也不多说话，只是低头吃饭，偶尔，两个人对视，心领神会地微笑。

从听到杨明说的第一句话，千慧就意识到，杨明和自己不是一路人。

今天一起聚餐的这些同事，都是从外地来北京闯荡的，都很年轻，目前都没房没车；而杨明第一句话就以这样的方式向大家说明他有车，实在是有些过于刻意和炫耀了。他来面试过，也不是第一次来智库，早就应该知道距离了。一个有水平、有修养的人应该会以更谦和的方式来回答这个问题吧。千慧想，大概，他是想在这些年轻人面前找感觉吧。他是急于告诉这些年轻人自己是有车一族？可在现在的北京，或者说在现在的中国城市里，以杨明的年龄和职业经历，家里有辆车是件很正常的事吧，根本不值得炫耀。

果然，后来发生的许多事情都证明千慧的直觉和分析是有道理的。而千慧也借着对杨明的观察，把刘小华看得更加清楚。

杨明并不做业务。来了不长时间，刘小华就让他负责管理。而原来协助刘小华管理的副总周凯，以后和其他人一样只做业务。

于是，杨明就开始像模像样地管理了。每天早上，他主持召开晨会，要求每个人说明当天的工作计划。所有人都是应付，真的假的一起说，只求晨会尽早结束。杨明还要求每人每周写周工作汇报，并且要在规定时间前发给他；如果有哪个人没有交周报，他就到处催，还说要罚款。

刘小华有时当众表扬杨明，说自己经常被杨明的工作态度所感动。他说杨明经常加班，经常半夜一两点钟给自己发邮件。其他人听着，也不多说话，只是心里冷冷地想："您是真的不知道，邮箱有个'定时发送'的功能吗？"

一天下午，杨明在 QQ 群里发了一个文档，又要求全员整理专家资料。所有人都觉得没有必要，他们直接和杨明说："上次江千慧整理的那份专家资料已经够全够好的了。我们认为，没有必要再整理专家资料了。"杨明只能作罢。

35

一天，刘小华通过 QQ 发给江千慧一个文档，请她提出些建议。

千慧打开一看，顿时觉得有些头大。这是一份"日工作汇报表"，要求记录当天所做的工作内容，以及第二天的工作计划；下面还有注明，每天下午四点把此表交给杨明，杨明汇总后再发给智库领导。千慧估计，这多半又是杨明提出来的。

她克制了一下，通过 QQ 问刘小华："首先，我对您的信任表示感谢。只是不知道，您通过这张表格，希望达到什么样的效果、目的呢？每天填写这份表格，就能达到您所希望的效果和目的了吗？他们是做市场、做销售的，并不是车间里的计件工人。再说，就我所了解，管理学中没有按日做工作计划的，多是以周以月为时间单位来做。日工作表，那不是工作计划，而是流水账。"

刘小华很聪明，说："明白了，谢谢。"

销售，本身是最具灵活性、创造性的工作，根本不是靠填表就能填出业绩的。如果这些销售要每天填写这份表，可以想见他们会有多"抓狂"。

这些事情其实是与千慧无关的。她当初和刘小华谈的合作条件就包括她不参加周会、不交工作表。她本来也懒得管这些事情，但如果不说出点儿内容，反而显得她不懂管理，没有什么水平似的。这时候，千慧已经开始更多地考虑自己的事情，何时离开、如何离开、今后如何做，并且已经开始着手做准备工作了。

杨明见千慧不交周工作表，也不敢直接问她要。只能去问周凯："江千慧怎么不交周工作表？"

周凯也看不上杨明，直接说："我也不知道。她以前就不交。你自己问她去吧。"

周凯心里想，别什么事情都来问我，好像你是副总，我是你的助理似的。

一天上午，刘小华、韩月、杨明三个人开会，开了足足有半天时间。

中午，韩月回到办公室，对千慧说："我终于明白你为什么说杨明的为人有问题了。他只会向上看，看的全是刘小华的意思，只知道向着刘小华说话。这会开得，都快把我气死了。这半天，什么结果也没出来，光看杨明拍刘小华的马屁了。"

千慧笑，说："职场上，这种人其实挺多的。他们只会看上面人的眼色行事，也更在意在这个地方有所谓的权力和控制，他们更多的是在找感觉。他在上面人面前表现自己，让上面人开心，却根本不考虑对于组织是否真的有好处，更不要说考虑其他人了。但最关键的，这种事的结果怎么样还是取决于他上面人的态度。就比如魏征和李世民，魏征那是遇到了李世民；如果遇到别人，可能魏征早死了几个来回了。”

杜超说：“对！说得好。”

36

2014 年 1 月初，杨明作为主要操盘手制订的新的公司管理制度出来了。

韩月看了后，都不由得说：“这制度，是分分钟想把人逼走的节奏啊。”

千慧看到，新制度里关于新员工的试用期增加到了六个月，社保依旧是前三年智库交一半，个人交一半。

千慧说：“呀，试用期六个月，这是违反《劳动合同法》的吧？”

韩月说：“管它几个月，违不违法呢。反正我也不用试用，和我无关。”

千慧又彻底无语了，她又一次被韩月打败了。她能够理解韩月这样想、这样说。如果新来的人不按照原来的制度，而实行更好的制度，大概，韩月会感觉心里不平衡的吧。

而做业务的六个人被分成了三个组，每组两个人，有一个组长，到年底时业绩最好的那一组有奖金，并由单位提供出国旅游等。只是，所有人都不相信年底时这些能够真的兑现。

他们一开始是不接受这样的分组方式的。陈林公开说：“千万别让我当组长，我不爱管人，我只想做业务。”

大家都觉得这样的方式没有必要，做业务的一共就这么几个人，原来的工作氛围其实挺好的，大家在业务上都是互相帮助；现在这样的分组竞争是要破坏这种互助方式，是在激化销售人员间的矛盾和竞争。

但刘小华和杨明坚持实行这个新的业务小组方式。后来，大家也就只有接受了。

37

一天早上，刚到办公室，千慧就听韩月说："你知道吗？明天咱们要开全体会，进行年终总结和新年展望。"

千慧心里自是不想参加的。

开晨会时，千慧讲到工作计划时，说："明天我要去拜访客户。"

刘小华说："明天我们要开全体会，作年终总结和表彰。你能不能改期去拜访客户？"

千慧很有礼貌也很坚定地说："不能改的。我上周就已经和客户约好了。而且，明天要拜访的客户不是一个人，而是他们公司的好几个人，要做培训需求访谈。"

刘小华就不再说话了。

千慧用眼睛扫了一下周围的人，有几个人在冲她笑。

晨会后，回到办公室，韩月说："你说他们怪不怪，要开会，从来不提前几天通知，非得等到开会的前一天才通知。"

千慧说："找感觉呗，觉得他们想怎么定就能怎么定，下面人就只有服从。"

这时，陈林走进办公室，一边笑，一边冲着千慧做抱拳状，说："还是你道行深，得向你多学习啊。"

千慧笑，说："哪有什么道行。哪有你厉害。"

陈林说："现在杨明刚来，和刘小华还是蜜月期，刘小华利用他做这个做那个。等过段时间都看清楚彼此了，也就快有矛盾了。如果将来业绩不好，刘小华会把全部责任推到杨明身上。"

第二天，千慧在家待了一天。

千慧见过他们开会的过程，废话很多，不着要领。她参加过为数不多的几次周会，都觉得很烦，只想着要离开。这次杨明在，估计只能比原来更糟糕，纯属是浪费时间、影响心情的。而且她既然都已经决定要离开了，就更没有必要因为这些无意义的人和事浪费自己的时间，影响自己的心情。

果然，再上班时，韩月和杜超都对千慧说："幸好你没参加全体会议，如果参加，估计你都能炸了。那个会开得，都憋得要死。"

会议开了一天，上午是总结和表彰；下午，杨明用他那不标准的带有明显地方口音的普通话，逐字逐条地念制度。杨明念制度时，他们都忍着内心的郁闷，在下面玩手机。那一天，他们最希望的就是有快递到，这样就可以借取快递的机会出去透透气。

38

孟婷婷在智库工作到2013年12月31日。那一天，她最后一天来智库上班，主要是办理离职手续、交接工作资料等。

为防止意外，婷婷把离职手续等相关资料都用手机拍了下来，同时把电脑上的QQ程序、输入法等与自己相关的资料全都删除。她心里恨不得不给智库留下一点儿有价值的东西，甚至想把电脑中的编辑软件Indesign也删掉。

但千慧和杜超都建议婷婷不要这么做，离职也要走得大气、漂亮些。而且，婷婷离职时还没有发工资，得等到明年1月才能拿到12月的工资，别让刘小华因为这个而有理由扣她的工资。再说，即使把软件留在这儿，留给杨明，他也未必会用。婷婷一想，他们说得有道理，也就没有删除。

婷婷离职的理由是她要考博，需要专心复习。而其实是她不愿意继续待下去，想要离开才是根本。她在这里的几个月，非常不快乐，很生气、很委屈。

不知道智库为什么会是这样的风格。开周会时，陈林经常指责婷婷的毛病，而且说得很公开，说她做得不好，什么也不懂，什么也不会。而其他人只是听着，也不阻止。

婷婷自己也很清楚，纵然自己不懂这个行业、不懂这些业务，但他们原来做得也并不算太好，她还看不上呢。关键是，陈林又不是她的领导，只是同事，凭什么如此随意、公开地挑她的毛病、指责她？

韩月说，陈林就是这个样子。每次来新人，他都会公开批评、挑毛病。很多新人和陈林都有过争吵。婷婷开始时也一直克制着，任凭陈林说。她觉得自己是新来的，确实有些地方做得不够好，但她也在努力学习。只是，人的忍耐终究是有限的。一天，开会时，陈林又公开说婷婷做得不好，婷婷终于克制不住或者也不想再克制，当着所有人，公开发飙了。

她"啪"地把手中的笔往桌子上一拍，冲着陈林大声说："你就光知道说我 LOW，做得不好，你就做得好吗！我不了解这个行业，问你们要资料，你们哪个提供了？还不是说要我上网去搜索。那你们这些年都干了些什么？什么都没有，还尽挑我的毛病。你连个公文都不会写，都不知道发公文是什么格式。你看看你写的东西，语句错误一大堆，的、地、得不分，连个初中生都不如。真不知道，当初你是怎么考上大学的？我还没说你 LOW 呢。你不就比我早来了几天吗！不就仗着自己业务好吗！你又有什么了不起的。再者说了，你又不是我领导，你有什么资格说我？以后你别再和我说话！"

就这样，此次周会就草草地结束了。

婷婷回到办公室，余怒未消，当即就把陈林从 QQ、微信好友中给删除了，并说以后再也不与陈林说话了。所有人都劝婷婷，吵过就过去了，这也是好事，至少让陈林知道他这样做是不对的；但没有必要不说话，毕竟还是同事。

陈林心里也明白怎么回事，过来向婷婷道歉，还说要请婷婷吃饭。

婷婷也不多说，但也不与陈林吃饭，说看见他就烦。从那以后，陈林再也不当众说婷婷做得不好了。至少表面上，两个人再没有什么矛盾和争执了。

39

销售们每个月的奖金和智库业务的好坏是相关的。按制度规定，他们的奖金与智库上个月的业绩有一定比例的提取。如果智库的业务好，他们的奖金收入也会相应高一些。

刚到智库的时候，婷婷想得很好，经常和千慧说："姐啊，你多做些业务呗。我也能跟着沾沾光，多得些奖金。"

12 月初，韩月算好工资后，很高兴地告诉婷婷，11 月的业绩很不错，估计这次发工资，他们能比上个月多得几千元的奖金。婷婷听了，心里非常高兴，觉得看在钱的面子上，在这儿工作也挺不错的。

没曾想，工资打到卡上时，奖金和上个月一样，依然只有很少的几百元。

婷婷憋了整整一个晚上。第二天一上班，她在办公室里和其他人说起这件事，气愤不已。

韩月吓得直和婷婷说："千万别说是我和你讲过这个月奖金会增加的事啊。"

婷婷说："你放心，我不会说的，我也不会去找刘小华，那样会把你卖了的。我只是和你们说说而已，还能怎么样呢？我也只能吃这个哑巴亏。"

韩月说："我只管算工资、算提成，具体每个人发多少，都是刘小华说了算的。我不和你说这事儿就好了。"

婷婷说："你和我说是对的。这样，我才能看清楚刘小华的为人，不然，还会一直被他骗。"

40

因为智库里的这些人和事，婷婷经常回家爆粗口发泄。婷婷的老公经常劝她，早点儿辞职回家吧。以前一个挺文静、挺温和、从不爆粗口的女孩子现在天天爆粗口，真的让他受不了啊。

婷婷并不是一个善于表现自己、保护自己的人。她不喜欢这里的办公环境，所有人都随意进出、大声说话，太乱太吵了，她的思路经常被打乱，非常不利于她做文案。于是她经常把工作带回家完成。她觉得家里安静，在家工作效率更高一些。而且她一般下班之后马上就走，这样可以避过晚上拥堵的时刻。有时周六周日她自己也会加班做些工作。但她这样回家加班工作，智库里的人是看不到的。他们只是看到婷婷到了下班时间就打卡走人，从来不在公司加班。而婷婷也不会特意和别人说这些。

刘小华有几次找婷婷谈工作都是在快要下班的时候。

婷婷心里不乐意，说："我已经约好顺风车了，下了班就得走。您有什么事，明天谈行吗？"

刘小华只能说："好吧，你先下班吧。"

在刘小华眼中，这样的员工并不是自己希望的好员工。而婷婷和刘小华说她回家加班工作，刘小华却并不相信。

41

婷婷提出辞职的时候，想得还是挺好挺简单的。

她对刘小华说她要专心复习，准备考博。同时，她和刘小华商量，能不能让她在家做《培训消息》，她保证每月按时按质正常出刊。而智库不用给她工资，只需要替她交纳最低的社保就好。

《培训消息》是婷婷从零开始做起来的为客户介绍行业信息和专家资料等的刊物。每月月初寄送给智库的客户。每期大约要寄发两千份。为设计编辑《培训消息》，婷婷还特意学习了怎样使用专业的编辑软件 Indesign。

读研前，婷婷曾经做过网站编辑的工作，一直做得不错。她的性格文静，比较适合做文字编辑；而且她的文字功底很好，又有些许的强迫症，对字、词、句、标点符号、格式等都有着本能的规范要求。几期《培训消息》做下来，各方面基本没出差错，客户的反馈效果也不错。

婷婷想，杨明也不是能做《培训消息》的人，他们找其他人来做也一样得花钱，而且别人还要现学 Indesign。让她继续做，对双方而言都好，是双赢。

刘小华想了一下，说："这件事情，我要和领导们商量一下。"

婷婷回到办公室，有些小脾气，说："说什么和领导们商量，这本来就是他一个人说了算的事情。还真能装！"

过了几天，刘小华找婷婷，说："我和领导们商量了一下，你还是踏踏实实准备考博吧。我们另外找人做《培训消息》。"

婷婷离职后，杨明开始负责《培训消息》的出刊工作。他显得挺认真负责的，从网上找了一个大学生兼职来做，并且反复地提意见、检查。而那个大学生不会使用 Indesign，便经常给婷婷打电话，咨询如何使用。每次，婷婷都解释得很细心。但实际上，她早已经不胜其烦。她对千慧抱怨说："他们也是够笨的了。当初，我是从什么都没有开始，一点一点做起来的；现在模板都有现成的了，直接套内容就行，怎么还有这么多的问题?"

因为春节放假，这一期的《培训消息》赶在一月中旬印了出来，希望客户在春节放假前可以收到。可所有看到这期《培训消息》的人都说："这样错误百出的《培训消息》寄给客户，只会产生负面效果，不如不寄。"

张帅拿着《培训消息》来到千慧等人的办公室，把上面的几个错误指给她们看。韩月兴奋地拿着《培训消息》，挨篇找错，把发现的错别字、错句、错标点、专家的职务错误等，用红笔一一标识出来。同时她还发现，婷婷早在第一期《培训消息》中就介绍过的两位专家，居然又出现在这一期的专家介绍中。

韩月高兴地说："太好了。杨明不是一直要求我们工作仔细吗？说什么错一个字罚二百。看看这些错误，到底能罚他多少。最烦他那个样子，一天到晚只知道罚款!"

刘小华也不好直接就此事批评杨明，只能通过张帅和杨明说："这期的《培训消息》错误太多了。"

杨明却说："我就这水平，就只能做成这样。"

千慧也很"坏"。她把韩月用红笔标出的错误一页一页拍下来发给婷婷，又特意打电话给她说："发微信已经不足以表达我的心情，一定要打电话讲给你听，让你好好地乐一乐。"

这件事情确实让婷婷很开心。放下电话，她在朋友圈里发了好几个笑脸。

42

和江千慧、孟婷婷几乎同时入职的新人还有一位，林依娜。

林依娜比千慧、婷婷晚入职不到半个月，在八方智库工作了不到一年的时间。

她是文艺兵退伍，能歌善舞，长得很漂亮。她也是“85后”，和婷婷一样，来自山东省。她比婷婷小一岁，但可能和自身的经历有关，她要比婷婷成熟、世故许多。

来智库工作前，林依娜并不了解这个行业。她是在一个微信群里看到的别人发布的智库的招聘信息，当时她只是粗略地看了一下内容，感觉还不错，就给智库发来了简历。她也是覃永平面试后录用的。覃永平非常看好林依娜的聪明和资源。

林依娜的确很聪明，在各个方面，她都学得特别快。

虽然在智库工作的时间不长，但林依娜做成了不少大单，而且，大多是她自己开发联系的客户。陈林经常说：“林依娜给我们的压力太大了。”

林依娜性格外向、活泼，能言善道，擅长社交，还很能喝酒，在酒桌上很会活跃气氛。

她刚来智库时，刘小华很看好她，经常带着她外出拜访专家和客户。

一次，刘小华带着林依娜、孟婷婷、韩月三个人和客户吃饭谈事情。

酒席散后，客户离开了。当着孟婷婷、韩月的面，刘小华不由自主地、颇有感慨地说：“已经很久没有遇到像林依娜这样的好下属了。”

林依娜刚来的时候，感觉智库的业务、平台和资源都很不错，对刘小华的印象也很好，她确实想着要在智库长久地发展。只是，随着时间的推进，林依娜看到、听到了很多事情，对刘小华的为人、能力、水平等也有了自己的想法和意见。

43

一次，有一家外地的客户打来电话，邀请一位宏观经济学家出席当地的一个大型论坛。这个客户并不是论坛的主办方，而是当地的培训公司。林依娜便请客户把论坛主办方的邀请函发送过来；收到邀请函后，她再去联系宏观经济学家。

客户和林依娜说明：“这个论坛是我们市政府主办的，时间是不能变动的。麻烦你们先确认下专家那天是否有时间。如果他那天有时间，我们马上就和主办方申请，发送正式的邀请函。”

林依娜随即把客户的情况告诉刘小华，问他那个时间专家是否可以出席论坛。

刘小华说：“你和客户说，专家的时间是有的，只要他们发来主办方的邀请函，我们就去邀请专家。”

林依娜说：“好的。”

当天下午，客户就把主办方的正式邀请函发给了林依娜。

林依娜很高兴。她天真地以为这会是她在智库做成的第一个项目。

没想到，专家很快回复说：“那个时间我已经另有安排，实在是排不出来。”

林依娜有些傻眼了，她问刘小华该怎么办。

刘小华说：“没办法。专家的时间已经排出去了。你和客户商量下，我们可以再帮他们邀请其他的专家。”

没办法，林依娜唯有把这个情况和客户说明。客户一听，在电话里就勃然大怒，说这个活动是当地市政府组织的，为了出具正式邀请函，她已经和市政府的相关部门打了保票，保证专家到时一定会出席。现在要如何收场？她要如何面对市政府？以后她还怎么和市政府合作？客户气愤地说，林依娜从一开始就在骗她。

林依娜感到心里的火一直顶到了嗓子眼儿，却又不能对客户多说什么。她只能说：“真的对不起您。确实很抱歉，是我工作不力。”又小心翼翼地问客户："我们能不能再推荐其他的专家？"

客户声音很大地说："那就想都别想了。当初你说得好好的，现在弄成这个样子。难道我还能相信你吗？难不成，你还要继续骗我们？"

林依娜也能理解客户的心情和愤怒，如果是她，她也会这样的，甚至有可能会比客户更生气。

之后，林依娜和刘小华说明这个情况，问："我问过您，您当时说了专家那个时间是可以的。为什么专家又没有时间了？"

刘小华很淡然地说："我们的工作流程就是这样的，一定要见到主办方的邀请函才能联系专家。没见到邀请函，是不能联系专家问时间的。"

林依娜这才恍然大悟，她心里说："以后真的要多长些心眼儿了。"

44

林依娜的资源和人脉确实比较广。得知林依娜现在从事这方面的工作后，她的好多位战友、朋友很热情地帮助她联系、介绍业务。但同时，她也比其他人遇到了更多的突发事件。因此，她经常在办公室里"炸"。

有个项目，是她的一个战友帮着介绍的，要邀请一位知名的宏观经济学家出席当地政府的会议。

提前一个月，林依娜就与这位专家确定了时间和项目，连讲课费也早早地全额打给了专家。该专家是由他的爱人担任业务助理，联系安排相关工作的。

开始联系合作的时候，他的爱人说得特别好，说已经把专家的时间留出来了，让林依娜放心，一定不会有变动的。

到了会议前二周，专家的爱人突然和林依娜联系说，能否把论坛的时间拖后一天，专家当时在另外一个地方讲课，赶不过去。

林依娜有些生气，但没办法，只能和主办方沟通。主办方也很不高兴，当时的会场、住宿等都已经安排好了。但他们还是遵照专家的时间，改动了论坛的时间，也重新租了会场和酒店。

可会议前一周，专家的爱人又和林依娜联系，问能不能再变动时间，说那天专家肯定出席不了这个活动，因为那天该专家要参加央视的活动。

林依娜的肺都要气炸了。可她和专家的爱人怎么商量都不行，对方就一句，这是央视的活动，他们推不掉。

林依娜气得在办公室里大叫，说："气死我了。这都是些什么人啊！这是我最后一次与他联系，以后再也不推荐他了。我得找朋友查查，如果那天他真在央视有活动，还好说；如果他那天是接了另外的活，我就得和他说道说道了。现在是什么时代？是网络时代。不能惯他这毛病。"

陈林、周凯都劝她冷静一下，这位专家在国内也是有一定知名度的，不会轻易违约，有央视活动的可能性还是比较大的。

只是这次，会议的主办方是不可能再在时间和地点上有任何变动的。

于是，林依娜只能临时推荐了另外一位专家过去，才算是把这个活动给应付了过去。

事后，在电话里，林依娜被战友骂了个够呛。可是她也没办法，只有硬生生地接着。她心里想，我什么时候受过这个气啊。

45

12 月，一家知名企业和林依娜联系，要指定邀请一位知名商学院的副院长出席他们集团的年会，时间定在第二年的 1 月上旬。

林依娜很快就与那位副院长联系妥当，心里非常高兴，这是新年"开门红"啊，好兆头。

可没过两天，该企业的联系人突然和林依娜说："我们集团的董事长刚刚出差回来，他的想法有些变化，准备节俭、低调地举办年会。今年的年会就不邀请这位副院长了，麻烦你和他解释一下吧。这次真的是很抱歉。以后集团有相应的项目，我会再请你帮着联系的。我们每年的培训和会议都有不少的。"林依娜心里很是火大，却又无可奈何。

可能是智库内部的氛围和他们以前一贯的做法让林依娜感觉压力很大，她一时不知道如何更好地和专家说明项目的变化。陈林给依娜出了个主意：让客户给她发个说明，证明是因为他们集团的变化而不邀请副院长的，还要盖上企业的公章。

依娜隐隐感觉这样的做法有些不妥，但当时她的脑子有些乱，便也没有多想，就按照陈林所说的给客户发了短信。然后，客户就再也没有任何消息了。

其实在短信发出的那一刻，林依娜就意识到不对劲儿了，她不应该发这条短信。她当时就后悔了。但是，短信发出去已经追不回来了。

要求这么大的知名企业为这件事情特意出函说明，还要盖公章，只要自己多想想，就会想到客户肯定是不会同意的。本来客户对她还有些歉意，今后再有活动和培训可能还会与她联系；但她提出了这样的要求后，客户很可能会觉得依娜太强势，她的要求也不合理，心里对依娜的歉意也就就此减弱甚至消失了。依娜知道，今后这个客户也许没有办法继续维持和联系了。那一瞬间，她甚至有些怀疑陈林这样建议的真正用意了。

46

一次，依娜出差，她便在微信上和杨明说等回来再补交周工作表。

而当她出差回来，深夜到达北京时，下了飞机刚打开手机，就看到杨明的微信留言：老大，周报表。

依娜顿时被气得说不出话。她心里想，我在外面出差，忙业务，大半夜地回到北京，你杨明连句问候的话都没有，只知道要周报表。

第二天上班，在办公室里，依娜和杨明说："杨老师，我已经提前向您说明了，这两天我出差，回来再补交周报表，您当时也同意了。您以后别这样催我了好不好？"

杨明说："这是公司制度规定的，不好特殊。"

依娜说："我知道这是公司的制度，如果我不出差也就按时交周报表了。杨老师，公司制度也可以有灵活性啊。我们在出差，要陪专家陪客户，哪有时间和精力写周报表？再说，我只是晚交也不是不交，您没有必要这样催我。”

杨明说：“但是，真的不好特殊啊。”

这时，陈林在旁边突然插话说：“你和杨老师说也没有用。这制度也不是他订的，他就是个执行的。”

陈林不说这话还好，一听他这么说，林依娜就气不打一处来，彻底“炸”了。

她“腾”地一下子站起来，指着陈林说：“就你们这些人好赖不分，帮你们说话，你们还不领情，一个个跟奴才似的，只知道听话，什么也不敢说。就你们这样子，还男人呢。脑子有病吧？你们就继续奴才下去吧，我受不了你们。赶紧给我把工资、提成算清楚。我不干了！”

杨明一脸尴尬地坐在旁边，不知道说什么好。周凯、张帅一个劲儿地劝说依娜，别生气、别冲动。其实他们心里都很清楚，依娜的“炸”并不是针对陈林的，她是借题发挥，实际上是说给杨明听的。

林依娜还在继续说：“我不干了行不行啊？赶紧地，给我算工资、算提成。”

张帅走出办公室，给刘小华打了电话。刘小华说他马上赶回来和林依娜面谈。

这时，林依娜也冷静了下来，她觉得自己还不能离开。她现在有几个不错的项目还在推进中，如果她现在突然离职，刘小华一定会找理由扣她的工资和提成。于是，她借着和刘小华谈话的机会，表示尊重刘小华，接受他的挽留，不再提离职的事情。她想，怎么也得等到把工资和提成全部拿到手，踏实了再撤。

之后，林依娜特意来找婷婷和千慧，把这件事情讲给她们听。她俩听了，都乐得不行，说林依娜真是有个性，“炸”得好啊。

千慧笑着说：“这就好像，大家在前面打仗，要炸碉堡，要把客户拿下，本来是需要手榴弹、炸药包的，却不料，杨明递不上武器不说，还在后面喊，依娜，快回来，交周报表。”

屋里所有人都哈哈大笑起来，说："这个比喻太形象生动了，太有画面感了。"

从那以后，林依娜对杨明的意见和不满越来越多、越来越大，几乎看不上杨明的所有作为做派。

47

所有人都以为这件事就这样过去了，却没有想到，过了两天，下班后，周凯给林依娜打电话，说刘小华和杨明要求林依娜为这件事情写检讨，还要在下周的周会上当众做自我检讨。

周凯说："依娜，实在是不好意思啊。我也劝他们来着，但是他们不听，一定要你写检讨。"

林依娜心里很明白，说："没事儿。我知道这是他们两个人的主意，和你没有关系。"

放下电话，林依娜生了一晚上的气，想着怎么"对付"这两个人。

第二天，她到了办公室，公开说："我才不写呢。现在是什么年代了，还要写检讨。再说，我又没犯什么错。我骂的是陈林，又没骂杨明。后来我和陈林也解释开了，也向他道歉了，他也没生气。杨明有病吧？等我查查他的底细。他是不是在部队里混得不如意，没人理他，跑到这里来找感觉了？刘小华也是有问题的，用什么人就能看出他是什么人。他们俩分明就是同一类人。"

之后林依娜还是气不过，又在朋友圈里说到这件事，但不到半小时，她又把这条删除了。因为朋友和战友都给她留言，劝她不要生气。

刘小华大概是看到了依娜发的朋友圈。第二天一上班，他就把杨明叫到了自己的办公室。从刘小华的办公室出来后，杨明的态度发生了明显的转变。

他主动和林依娜说："我考虑了一下，你平时工作都挺认真努力的，业绩是最好的，性格也很直爽。我和刘小华争取了一下，这次，你就不用写检讨了，在周会上简单表个态就行。"他还有意和林依娜套近乎，说："咱们都是部队出来的，是战友，战友情深嘛。"

林依娜没有理睬杨明，这事儿就算全部过去了。

这之后，林依娜经常填外出单，去拜访客户或参加活动。除了值日那天来智库上班，其他时间她基本不来了。

48

平时，林依娜和周凯、陈林的关系更好一些，三个人经常在一起聊天。

他们三个人都觉得奇怪，林依娜是所有人中业务最好的，而且基本上全是大单。以她的业绩和资源，正常想，智库应该是想着怎么留住她才是，为什么现在杨明和刘小华好像是故意在找依娜的毛病似的，这分明是希望她离开智库的意思。

而林依娜后来想到一点，很可能是杨明希望她离开智库。他担心依娜在部队里有熟人，会知道自己的底细。于是就故意找依娜的碴儿，同时，还在刘小华面前做工作，说些依娜的坏话。

周凯和陈林觉得林依娜的想法有些道理，是这个原因的可能性很大。林依娜越想越生气，怎么会遇到如此糊涂的老板？

她说："他不是希望我走吗？好，我偏不走。现在多好，我每天签外出单，不用来上班，想逛街就去逛街，想看电影就去看电影，想做美容就去做美容。我就要让他着急。"

而到了第二年的 4 月，林依娜还是离职了。

49

智库有个叫杨晓丹的女孩儿，也是"85 后"。她曾经在智库工作了三年多，之后在家休了几个月的产假后，又重新回来上班。

刘小华本来并不同意杨晓丹回来工作，但又经不住周凯的不断建议。

智库一直留不住人，招聘来的业务员总是待不了多长时间就纷纷离职。当时做销售的只有周凯、陈林、张帅、徐书丽、方怡五个人。而周凯很大的精力是在内部管理上，在业务上投入的时间和精力非常有限，业绩很不好。虽然杨晓丹的工作能力一般，但胜在踏实；而且，她对智库的业务和合作专家都很熟悉，前几年智库的业务状况比较好的时候，她的业绩也是相当不错的。

但杨晓丹也曾经遇到过一些奇葩的事情。她曾经有个项目，会议举办前一切顺利，包括确定专家行程、费用等。会议前一天，杨晓丹先到了会议的主办地，踏踏实实地等待专家的到来。可下午专家却发短信给杨晓丹说他第二天在北京有个紧急会议，要求他必须出席，他脱不开身。

杨晓丹和会议主办方当时都有些傻眼了。杨晓丹和专家反复沟通，可是怎么样也不行，专家就是来不了，并说会把费用全部退回。

没有办法，所有人只好全部出动，马上联系其他专家。还好智库的专家资源比较多，刚好有位可以讲同样内容的专家还没有安排第二天的时间。联系好之后，当天晚上，这位专家就飞去会议主办地了。

虽然到场的那位专家讲得并不算太好，但好在是没有空场。不然，杨晓丹在现场更难办。当时，她也是万般滋味在心头。

50

杨晓丹重新回来工作的这段时间，业绩特别的不好，总共只做了一个项目，而且利润也不大。而她以前的那几位老客户，不知道为什么，今年都没有达成合作。不是客户有问题，就是专家没有时间。

一天，在走廊里，杨晓丹问婷婷：“昨天发工资了吗?”

婷婷感觉有些奇怪，说：“昨天晚上发的。”

杨晓丹说：“我没有收到工资，我得去问问。”

而没过两天，杨晓丹就不再来上班了。大家心知肚明，她这是离职了。但她始终没有办理离职手续。

刘小华让周凯联系杨晓丹，让她回来办理正式的离职手续。但杨晓丹就是不接电话，也不回微信。

为此，一次开会的时候，刘小华大发脾气，当众训了周凯一顿。当初是周凯非要让杨晓丹回来工作的，智库白白付了几个月的工资不说，现在她连离职手续都不办理。

后来，千慧在考虑如何离职时，在微信上问杨晓丹："以前离职的人，刘小华有没有扣过提成?"

杨晓丹说："有。有一个业务员，刚来不久，无意中做成了一个老客户的项目，刘小华却不给她提成，说这个项目是给她练手用的。后来她就辞职了，那个项目的提成一分钱也没有拿到。"

她又问："你要离职？有项目提成吗?"

千慧说："有。我正在考虑何时离职，但不能让他扣钱。"

杨晓丹说："是，要想好，踏实拿到工资和提成后再走。"

千慧说："是啊。我也是这样想的。怕他不靠谱，所以跟你了解一下。"

杨晓丹说："他们总是要我回去办理离职手续，其实也没什么可办理的。客户资料都交给他们了。原来刘小华还想扣我工资，我逼着他把工资都发给我了。"

千慧发了个"强"的表情。

她又问杨晓丹："这里的工资和提成这么低，你们为什么都不提?"

杨晓丹说："我们来的时候就约定了这样的工资和提成。以前的老人都是这样，我们新来的人也不好说什么。"

51

千慧本来也是想年底和婷婷一起离职的，只是在 12 月初，她谈成了一个 1 月初举办的培训项目。千慧想，既然如此，那就待到 1 月末，完成这个项目拿到提成再踏实离开吧。

这个项目的主办方是广州的一家金融公司。他们要为公司的客户举办年会，希望能邀请到一位知名的宏观经济学家出席。

千慧为他们推荐了几位宏观经济学家，并说明了她的推荐顺序、各位专家的特点，等等。

客户收到千慧的邮件后，有两天没有与她联系。千慧也没急着与客户联系。她估计，这个时候客户也在进行多方联系。而且，她当时已经做好了离职的打算，心里对这个项目感觉很放松，能成最好，不成也无所谓。结果还不错，客户选择与千慧合作，他们首选了一位国内比较知名的经济学家，也接受了千慧的报价。于是，千慧便请张帅与专家联系。

中午，张帅把专家回复的短信截屏发给千慧。千慧就有些蒙了。专家在短信里说："对不起，现在我考虑外地的费用要增加一万元。"

所有人知道专家的这个回复后，也都感到非常的出乎意料。这位专家的合作费用已经不算低，而且，就在一周前，张帅还与该专家一起参加会议，他当时也并没有说要增加费用的事情。

千慧问："你们遇到过这样的情况吗？需要如何处理？"

其他人都说从来没遇到过这样的情况。一般专家提高费用都会提前说明，或者说这次合作先按原来的标准，从下次合作开始提高费用。

张帅说："要不，你和客户说一下专家要提价，说我们可以帮着做专家的工作，让他不提价，但让客户今天下午就把费用打过来。"

千慧有些无语，做销售多年，居然在这里能听到这么幼稚的话。这个时候和专家讲价肯定是行不通的，也未必能讲得下来。更主要的是从客户的角度，他们内部也有决策流程，一般情况下，客户不见到合同和发票，是不会这么快地做决定、打款的。现在就急于让客户提前打款，客户说不定会以为是在骗他们呢，反而更不利于谈成合作了。

千慧觉得只要动脑子想一想，就能想到这些。这里的人是不是也太自以为是、想当然了？这也更坚定了千慧要离开的想法。长此下去，难免受其影响，她可不希望将来自己也成为他们那样的人。

千慧回到座位上，静心思考这件事。她决定，把专家提高费用这个情况如实向客户说明。

她和客户说："如果您不信，我可以把专家的短信发给您看一下。这确实是出乎我们意料的事情。"

她说得非常诚恳。这也确实是她真实的感受。她当时想，如果客户不同意增加费用，就和客户商量换另外一位专家。

而可能是因为当时的时间比较紧，客户也确实很认可这位专家，加上前期千慧的铺垫工作也做得比较到位，客户最终接受了费用的提高。

顺利完成了这个项目后，千慧就一边等着春节放假，一边开始着手准备自己想要做的事情。只待春节后，拿到1月的工资、提成，她就踏实“撤”了。而在“撤”法上，千慧更绝。她直接给负责行政的小男孩，也是刘小华的亲戚，发了条短信，告知他客户资料在办公桌的文件夹里，同时发了七个字“道不同，不相为谋”。

52

千慧离职后一个月，一天林依娜在微信上问她：“你和刘小华还有合作吗？”

千慧感觉很奇怪，回复说：“已经没有合作了。我把刘小华的QQ和微信都删除了，以后就当从来不曾认识他。你为什么会这样问？”

林依娜说：“刘小华昨天和我说，你和他还有合作。”

千慧不由得笑了，她发了一个无奈的表情，说：“依娜，他也太搞笑了。这几乎是我听到的最可笑的谎言了。你赶紧告诉其他人，我和他没有合作，不然这也太影响我的形象了。”

“明白，我们也相信你是不会再与他合作的。”林依娜说，“我也快要走了。我把这个月的项目做完，就走。”

千慧说：“能走就走吧。这里不是久待之地，也不会有什么发展前途。”

林依娜说：“是，刘小华的人品不行，能力也不行。说得不好听一些，他就是个混混，上不了什么台面。接触久了，大家都会发现他是什么样的人了。陈林也说，这公司做了七年才是这样的规模，估计再做七年还是如此，并且有可能越来越差。”

千慧笑：“你和婷婷还真是老乡，你们用的词都是一样的。陈林没说要走？”

林依娜说："陈林有他的想法，可能他觉得目前的资源和基础还不够吧。但我想他早晚也会走的。"

千慧说："是啊。你们年轻、聪明、能干，好好干，将来一定会大有前途的。

其实，她们心里都明白，陈林有自己的公司，如果有条件、有机会，他就会通过自己的公司私下走单。这也是培训行业经常发生的情况。

陈林和周凯是在2014年的6月一起离开八方智库的。之后，他们借鉴、利用八方智库的运作模式和资源，开展起同样的业务。

53

从离开八方智库开始，江千慧已经基本不去想在智库工作的这段时间曾经遇到的人、发生的事了。她想通过这样的隔绝，尽可能地减少那些人和事给自己带来的影响。她知道自己需要做的、更重要的事情还有很多。

通过这一段经历，江千慧和安嘉琦都认识到一些很现实的问题，如果两个人再去找工作，很可能还会再遇到不同价值观的组织和个人，而以两个人的个性，很有可能干不了多久又会选择离开，而这样，是非常不利于她们开展业务的。因为她们的客户并不了解具体情况，而只会看到她们经常换公司，这对于他们达成合作没有任何益处。

于是她们两个人在研究和分析了自身的现状和想法、问题和困难后，最终决定，合作成立公司，自己开展业务。而她们目前也没有更大更多的目标和想法，先求生存，再求发展，同时兼顾家庭和孩子，这样不累也不急，毕竟她们两个人都更注重生活和工作的平衡。

想明白了，两个人很快就开始行动。

她们在距离两人住处都不远的地方租了间小办公室，注册了公司，然后设计网站、开展业务推广，一步一步地开始了自己的新事业。两个人的心态都很平和，开始享受做事和成长的过程和快乐。

只是，每一段经历多少都还是会留下些影响和烙印。

江千慧清楚地认识到八方智库对销售、对客户、对成功的理解和自己是不同的，在后来的销售过程中，千慧不断反思、不断比较、不断分辨，最终，她坚定了自己的想法和方向。好在，随着时间的流逝、事业的推进，千慧已经越来越少地想到他们了。

过得最快的好像永远是时间。

很快，一年时间就过去了。

第四章　培训纪律最严明的组织

1

2015年2月末，春节过后，安嘉琦刚刚从老家回到北京，就接到一个电话，一位叫嵇然的女士自我介绍说她是千帆公司华北分公司的培训负责人，希望了解“卓越的自我领导力”的课程。

嵇然是在网上看到的嘉琦她们公司曾经组织过“卓越的自我领导力”课程的公开课。她问嘉琦是否可以给她提供课程的相关资料和老师介绍等。目前，千帆公司华北分公司正在考虑为中层管理者组织这个课程的培训，但在培训形式上，是参加公开课还是组织企业内训，现在还没有定下来。

嘉琦说：“明白。我们曾经为多家企业提供过这个课程的培训。这样，我先发个通用的课程大纲供您参考。具体的课程内容，会根据咱们公司的情况和要求再进行调整的。”

嵇然说：“好的。我现在正在收集各家培训公司的课程信息，我会先把资料汇总后向总经理汇报。如果有消息，我会与您联系。”

嘉琦知道，和这样的客户联系是不能着急的，只能先建立信任关系，然后再逐步接触。如果一开始就显得很着急，急于达成合作，反而会更容易让对方产生怀疑。这个时候，唯有等待。毕竟，客户有自己的情况和主张，也喜欢自己选择和决定。

2

距离打第一个电话的时间过了一个月，嵇然才又与嘉琦联系，她约嘉琦第二天上午十点到公司，就课程、老师、培训等相关事情当面沟通一下。

嘉琦随即再次上网搜索、了解了有关千帆公司的所有情况。

这是做好培训销售的必备功课。对于任何客户，都需要提前尽可能多地了解其发展历史、体制、文化、产品、经营模式等，了解得越多，越有利于分析客户的需求、人员情况，越有利于与客户的沟通。

也是在这个过程中，嘉琦对中国的许多行业、企业都有了多方面的了解。而嘉琦自己也在这个过程中不断成长，视野越来越宽。这也是嘉琦喜欢从事管理培训工作的原因之一。因为永远都可以保持着好奇、学习、了解、研究的状态，不断认识和了解新的不同的企业、企业人。用成皓霖的话来说："始终处于被激活的状态。"

3

第二天，嘉琦带着资料，按时到了千帆华北分公司，见到了嵇然。

嵇然三十出头，中等个儿，披着中长发，气质很好，亲和力很强。嘉琦感觉得出，她是一位内向、认真、踏实的女性。

嵇然也用她那双很大很亮的眼睛认真地打量着嘉琦。

春寒料峭。这天，嘉琦穿了一件黑色、收腰的羊绒大衣，可以很明显地突出嘉琦的身材曲线。

两个人在小会议室坐下。

简单寒暄后，嵇然告诉嘉琦，她是千帆华北分公司的培训部经理。

千帆华北分公司的总经理和嵇然曾经一起在一家知名外企工作，是多年的同事。总经理到千帆华北分公司就任后，就把嵇然也招过来，主要负责公司的内部培训工作。嵇然除了从事培训部门的管理工作，也专注于对培训课程的学习、课程准备和开发、课程讲授等。在公司内部，她经常会讲授一些沟通技巧、销售技巧等方面的课程。她讲课的风格很稳，不急不慢，条理清楚，逐步阐述。同时，她也经常参加外部的各种培训，并学习心理学、教练技术等方面的课程。嵇然在学习上很舍得为自己投资，她每年收入的很大一部分都用于参加外部培训了，仅是国外的一门"教练技术"课程，就需要几万元的学费。

2015 年年初，总经理向培训部提出，要在今年组织员工参加"卓越的自我领导力”的培训。千帆华北分公司虽然有几位内部培训师，但都讲授不了这门课程。而在接到这个任务之前，嵇然并不是很了解这门课程。她收集了多家培训公司的课程大纲和老师简介。相比而言，嘉琦她们公司的公开课费用是比较高的。于是，嵇然向总经理先汇报了其他培训公司的课程和老师，但总经理对这些老师都不满意，嵇然这才向他推荐了嘉琦公司的课程和老师。

嘉琦说：“您费心了。麻烦您先把咱们公司对培训的想法和要求告诉我，我再向您做介绍。”

千帆公司是多家国外知名品牌在中国的最大经销商，其主要的销售模式是通过店面销售，在全国共有六家分公司。华北分公司主要是负责华北区域的市场开发和销售。现任总经理在外企工作的时候，曾经接受过这个课程的培训，并对这个课程的印象很深刻，一直有心组织培训。按照总经理的想法和要求，千帆华北分公司计划今年为中基层管理者组织这个课程的培训。目前的计划是，上半年先举办两期，如果课程内容和老师讲得都不错，下半年再举办第三期。

嘉琦问：“听课人员的职务、年龄和学历是怎样的范围？”

嵇然介绍说：“计划参加培训的人员，包括千帆华北分公司总部的管理者，还有大区城市经理、各个城市的业务主管、店面负责人等。千帆华北分公司一共有八位城市经理，他们的工作职责比较重，基本要负责所在城市地区的所有业务和管理工作，包括设立新店面、市场推广、人员招聘、管理、销售，等等。八位城市经理直接向分公司的总经理汇报工作。分公司总部的高管还有两位副总，一位负责市场和销售，一位负责人事和行政，然后是各个城市经理，城市经理下面是各个城市的业务主管、店面负责人等。听课人员的年龄以“80后”为主。听课人员的学历范围比较广，相对来说，高学历的比较少，大本、大专学历的多一些。这也是我们这个行业的特点。”

嘉琦一边听一边在脑子里记。她接受过销售训练，和客户交流时，不要用笔记录，一定要用自己的脑子尽可能地记下客户所讲的。因为当你用笔记录时，可能就不会很认真地倾听，与客户也没有眼神的交流；

而客户看你在记录，也会有所顾忌，有些内容可能就不会讲了。而离开客户后，则要快速地将所听到的信息记录到本子上，这样才不会遗忘。

嘉琦问："咱们公司希望通过这个培训解决的问题、达到的效果是什么？"

嵇然说："是这样的。我们公司的总经理一直认为这个课程很不错。现在他提出要举办这个培训，是希望对管理人员有一种推动作用，希望可以形成统一的管理思维和管理语境等。当然，这只是一个初步的想法。具体的培训目标和要求，要等到项目定下后，根据总经理的要求，结合听课人员的情况，再进行沟通。"

嘉琦心下了然，这个时候是不能和客户多谈需求的。于是，她决定先从介绍课程和老师开始。

4

嘉琦觉得千帆华北分公司的总经理是很有眼光的。了解和修炼这个课程的人都知道，这个课程是给有长远打算的公司、个人、家庭开发的，到目前为止最好的课程。以嘉琦的理解，这是一门需要终生持续修炼的课程，并且越早开始就会越早受益。嘉琦自己也在不断地复习这个课程，她经常能回想起课程中的小故事、小案例。

成皓霖是从2000年开始讲授这个课程的。开始讲授的时候他就发现这个课程的内容很好，但是效果不如预想的那样明显。于是他认真地思考了产生这种差距的原因，并根据这些原因针对这个课程的内容和侧重点重新进行了有效的开发，使得课程内容更加适合中国人的思维特点和管理现状。

这些年，安嘉琦、江千慧与成皓霖合作得比较多，也都比较了解他的职业发展和思想。成皓霖令她们佩服的地方特别多。他在大学读书的时候已经开始研读德鲁克的所有著作。那个时候，他就立志将来要成为一位出色的管理顾问。而他又是一个非常能够沉得住气的人，他认为打好基础、练好基本功至为重要、关键。虽然成皓霖立志很早，但他并没有急于开始从事管理顾问的工作，只是一直为此进行着各方面的准备和努力，在自己的理论研究和专业提升方面下了很深的功夫。他博览群书，涉猎广泛，在知识储备和案例研究方面都做了很深、很广的准备。当成皓霖开始真正从事独立管理顾问这项工作时，已经是他大学毕业，并且工作十二年以后了。

成皓霖对教练技术、心理学等方面也有多年的学习和研究，并且造诣也都很深，在课程中他会灵活运用这些知识和技术。成老师讲课，从来不枯燥地讲解理论，也从来不灌输概念；他更多地是采用教练技术来授课，课程中他会不断地抛出问题，启发听课人员思考，帮助听课人员分析，最终使听课人员获得自己的领悟和理解。

嘉琦和成皓霖合作多年，曾经为不同体制、不同行业的多家企业提供过培训。她很早就发现，成皓霖为每家企业、每期学员所讲的内容都是有所差别的；课程的主干一样，但每期课程的案例会有不同，经常会呈现新的案例；课程的侧重点也有所差异。成皓霖这样讲授，是为了确保每期的课程内容符合不同企业和培训人员的风格和需求。可能也因此，尽管嘉琦听了很多期成皓霖的课程，但她不仅从来没有感觉到内容的重复和乏味，而且在每次课程中都会获得新的信息和启发。

和成皓霖合作伊始，嘉琦就敏感地意识到，成皓霖所讲的内容，相对于中国目前的管理水平是有些超前和偏深的，却也是对企业和管理者真正负责任、真正有帮助的。嘉琦曾经想过，即使成老师目前所讲的内容不变化，再讲十年都是可以的；而且她估计，再过十年，他目前所讲的内容依旧是超前的。只是，成皓霖终究是个对自我要求比较高的人，他现在开发的课程已经向着更高端、向着顶端发展。

成皓霖在课程中曾讲道："中国不缺技术、不缺人才。虽然中国的技术和人才与世界顶级的水平相比是有距离的，但相差得并没有那么遥远。中国最缺少的是管理。中国的管理在为中国的教育付出代价。"

5

嵇然一边听，一边很用心地记录着嘉琦所讲的内容，边记录边点头。

她说："我有个担心，我们公司的这些管理者，年轻人多一些，管理经验不算丰富，有些人的学历也不算很高；而且，我们的管理者以前经常接受的是销售技巧类的培训。在这种情况下，会不会觉得老师讲得有些深?"

嘉琦说："我完全能理解您的考虑和担心。"她打算借助曾经的合作案例说明来打消嵇然的顾虑。

成老师和嘉琦曾经为一些县城的企业提供过培训。联系培训时，这些企业也有过类似的担心，担心老师讲得太深，学员理解不了等。但真正培训时，他们发现这些担心是多余的。面对不同的培训人员，成老师会相应调整课程的难易程度。

成老师在课程中经常运用案例讲解，但他课程中的案例并不是人们经常在网上可以看到的案例，会让学员感觉很新鲜。他还阅读了大量的人物传记，培训时会讲很多的小故事，包括历史、军事、体育、人物传记各个方面，以此帮助学员理解。在这个课程中，成老师一般会在第一天下午，用一两个小时，结合对足球运动、对中国足球的分析进行讲解。每次讲到这里，学员们都能发现，原来足球和人生是如此的相似，原来可以这样分析和理解中国足球，原来足球和人生、管理、经营的关联度有这样的高。

同时，成老师的观察力很强，且思维开阔、视角独特，有时一件别人不会注意的、很不起眼的小事，他却可以从中提炼、阐述出很深的道理。听成老师的课程，悟性高的学员经常会有醍醐灌顶的感觉。成老师的讲授非常的形象、生动，高水平的学员听着有深度，低水平的学员听着有意思，都会有各自的收获。

嘉琦知道，这个时候，唯有通过自己对老师和课程的了解、对客户反馈的了解、对老师和课程的自信来打动客户。她始终努力做到一点：呈现，高品质的呈现。让客户能够通过她的呈现，而对课程和老师产生信心。

嵇然已经联系了多家培训公司，这些培训公司也会提供不同的老师，也会强调自己的老师讲得有多好。而嘉琦，只能通过自己的真诚、专业和自信拉开她与其他培训公司的距离，让嵇然有信心在内部推荐她们的课程和老师。自然，嵇然也不会全部信任嘉琦。但只要相对于其他培训公司，她能够更信任嘉琦就可以了。虽然最终的决策人是总经理，但嵇然是有推荐权的；而且，她会向总经理反馈自己的感受和分析，促使总经理做出这个决策。

6

嵇然又问："老师讲课是什么风格的？不会是成功学那种'打鸡血'的方式吧？我们可不希望是那种方式的。你们能否提供老师的讲课视频让我们参考一下？"

嘉琦不由得笑了，说："您别担心，成老师讲课不是那种'打鸡血'的方式。他的思路非常清晰，很有逻辑性，不紧不慢、深入浅出地娓娓道来，感染力很强，培训期间，学员会很自然地跟随着他的思路。而且，成老师很帅，个子很高，很多人说，见到成老师站在讲台上的风采，就感觉他是天生的培训师。他的普通话也很标准，声音富有磁性，不像有些培训师那样扯着嗓子讲。有好多学员说，听成老师的课，耳朵也是种享受。"

而关于能否提供视频，这基本是安嘉琦在销售中经常会遇到的一个要求了。但她也确实提供不了，主要是因为成老师不允许提供视频。嘉琦不是很清楚成老师为什么会有这样的要求，他从来不允许录音、录像。对此，她只能和客户说抱歉。

嵇然说："我们公司是非常典型的零售行业，是以店面销售为主的。老师对我们这个行业有了解吗？"

嘉琦说："您放心。我和成老师合作多年，为很多行业、很多企业提供过培训。可以说，成老师对各个行业都有观察、研究和了解。他曾经专门考察过店面销售，以前在课程中也讲过他对店面销售的观察和理解。"

嵇然说："好的。这些内容我都记下来了，明天会向总经理汇报。先说明，我现在联系了两家机构，最终和谁合作是由总经理决定的。不一定会选择你们啊。"

嘉琦说："谢谢您的用心。我相信，您一定有很重要的推荐权。"

7

第二天，嘉琦接到嵇然的电话，告知她培训项目基本确定了，总经理已经同意了与嘉琦和成老师合作培训，打算先组织两期的培训，一期讲三天，中间相隔一个月。

然后嵇然说："这是我们双方的第一次合作，而且一签就是两期，如果老师讲得好，还会有第三期。希望你们可以在费用上适当优惠一些。"

这真的是一个最最常见的问题了。嘉琦对此也已经在心里做了很多遍准备了。

她很真诚地说："您对费用上的要求和谨慎，我们完全能理解，这也证明您对工作、对公司的负责。但事实上和客户的第一次合作，我们的报价都是最低的。同样的老师，这个费用，其他培训公司肯定是提供不了的。而且，成老师也住在北京，培训后，如果咱们公司的高管们感觉老师的水平和专业度不错，我们可以请老师提供免费的高管辅导和座谈。"

她又补充说："您放心。这个课程，请成老师讲，是完全可以为您的工作增光添彩的。在培训行业，很多培训公司公认这个课程成老师是业内讲得最好的。很多企业在听过这个课程的培训后，会因为反馈好、帮助大，而又增加几期轮训的。成老师这些年也是按照这个课程的要领修炼的，对这个课程的领悟非常深。"

其实嘉琦非常能理解嵇然的各种紧张和顾虑。毕竟她们以前都不认识，从来没有联系过，这次只是就合作谈合作。这种时候，考量最大的大概就是嵇然的眼光、水平和心理承受能力了。毕竟再好的东西也是需要人识货的。

还好，在听过嘉琦的解释后，嵇然并没有继续在费用问题上和嘉琦做更大的争取。

由此，嘉琦觉得嵇然和千帆华北分公司的领导是有水平、有实力的，他们并没有过于计较培训的费用。这说明他们对品质、价值和价格有着比较成熟的认知和理解。嵇然经常参加国外的培训课程，对培训费用也有相应的参照和对比。算下来，这个合作费用以人均计算并不算太高。

之前在联系培训合作时，经常会遇到一些培训经理过于关注和纠缠培训费用，而往往忽略了培训效果。嘉琦很能理解他们，但有的时候，她真的很想和他们说：一个培训的成功并不在于少花多少钱。组织一次培训，关于培训费用的压力是在培训前的，知道且在乎培训费用的大概只有培训组织者。而培训开展后，所有人关注的都是培训效果。再过段时间，谁还会记得哪次培训的费用是多少呢？GUCCI 创始人有一句名言："价格会被遗忘，品质永被牢记。"

以嘉琦和千慧的理解，一个培训，最大的成本不是培训费用，而是参训人员的时间。他们来参加培训，真正在乎的是自己听到多少有价值的内容，在乎的是培训对自己产生了哪些帮助和提升。而且，如果请来的培训师有水平，参训人员自然会明白、感谢公司的付出，也能体会到公司和培训组织者的用心和水平；如果只是考虑费用，邀请费用相对低、水平也相对低的培训师，参训人员对此也同样是会有感觉的。

8

培训项目、时间确定后，嘉琦与嵇然相约再次拜访。

嘉琦问嵇然："从您的角度和对总经理的了解，您认为咱们公司的管理和人员需要有哪些改善和提升？"

嵇然说，总经理比较关心公司的发展，也很注重团队的打造和能力的提升。在平时工作中，嵇然能感觉到总经理认为管理人员的驱动力有些不足。出现这种情况，可能和整个千帆公司的发展阶段和管理风格也有些关系。千帆公司成立的时间比较长，目前业务发展基础、品牌影响力、市场占有率都相当不错；尽管当前的经济形势不算太好，但相对于同行业的其他公司，对千帆公司的影响也不算太大。

嵇然也是从外企过来的。她自己的感受是，在这里工作，有时个人的随意性更大些，执行力也不是很强，对于总部下达的命令，经常是反馈和行动都比较慢，整体效率比较低。她自己也始终在逐步适应和调整中。

嵇然流露出一种无奈，笑着说："我是感觉，这种低效率培养了自己的耐心。"

另外，嵇然还认为，公司的时间管理偏差，有些管理人员对于自己应该做的事情不去做，不该自己做的事情却又要去做。这个，可能也是整体效率偏低的一个原因。

培训前一周，嘉琦又与嵇然联系。这次，嵇然按嘉琦的要求提供了参训人员的名单，包括姓名、职务、年龄，等等。

嘉琦把参训人员名单做成表格，通过邮件发给成老师。同时，她也提前打印好了一份名单，准备培训时提供给成老师。她还为每位参训人员都准备了名签。因为培训时，成老师和参训人员会有互动，有时会点到参训人员的名字，或者请参训人员配合自己的案例。

培训前一天的下午，嘉琦带着讲义、名签、案例等培训材料来到千帆华北分公司。在公司走廊的墙壁上，她看到宣传栏里有每个城市区域各个店面最近几个月的业绩表，包括业绩额、业绩排序、上升或下降说明等。估计，各个店面的业绩压力和竞争还是比较激烈的。

培训将在千帆华北分公司的培训教室里举办。培训教室的条件不错，正方形，宽敞明亮，隔音效果很好，各项设备都很齐全，很适合培训。

嘉琦和嵇然以及她的部门同事一起摆好桌椅、试好麦克风。嘉琦还特意把音频线用透明胶布粘在地面上，防止培训期间老师走动时没有注意到脚下，可能会拽到线。

看到嘉琦做的这些，嵇然说："没想到你考虑得这样仔细。"

嘉琦微笑，说："这是应该的。培训本身就是个小的项目管理，中间的小环节挺多的。哪个环节没有考虑到，都有可能影响培训效果。因此事无巨细，都要考虑周全。"

嵇然说："培训前两天，每天课程结束后，我们会组织学员进行讨论，每次大概半小时，你和老师可以参加，也可以不参加。"

嘉琦说："你们自己讨论比较好，这样更自由些。如果可以的话，到时把讨论的内容和结果告诉我们，成老师在后面的课程中也会结合着讲解的。"

嵇然说："好的。这个建议不错。"

一切准备就绪。嵇然送嘉琦到电梯口。嘉琦走进电梯，一转身，看到嵇然对着自己抱拳，一个劲儿地说："拜托了拜托了！"

嘉琦微笑。她知道，到现在为止，嵇然还是有些不放心的。她都能理解。

她微微鞠躬，笑着说："放心吧，一定会顺利的。"

9

培训当天，嘉琦早早地到了培训教室，做好了各方面的准备工作。

参加培训的人员来得也比较早。有些参训人员是昨天下午或晚上到的北京，住在公司附近的商务酒店里。

嘉琦看到一位很帅气、很精神的中年男人和陆续到来的参训人员一一打着招呼。

嘉琦低声问嵇然："请问，他是？"

嵇然告诉嘉琦，他就是千帆华北分公司的总经理常斌。

这时，成老师走进教室。嵇然看到他，下意识地低声说了句："帅哥一枚。"

成老师和嘉琦都只是微微一笑。成老师对嵇然点头示意，没有多说话，走上讲台，打开电脑，准备开始培训。

成皓霖老师的确挺帅的，四十二岁，身高一米八二，戴着眼镜，皮肤很白，不胖不瘦，腰也永远挺得直直的。这也是成老师对自己的要求，一旦出现发胖的苗头，他马上控制饮食，多年来始终保持着很标准的身材。

培训师的这项工作其实对形象还是有一定要求的。安嘉琦和江千慧两个人“毛病多”，都有些“颜控”；她们都相信“相由心生”这句话是有道理的。培训师的形象和气质也可以体现出其是否“自律”。

这天，成老师穿着深蓝色的西服、米白色暗条纹衬衫，打着深蓝色的领带，比较中规中矩。曾经有一次培训，成老师出现在讲台上的时候，嘉琦看到他穿着一件黑色的高品质的长袖衬衫，打着一条粉色的领带，当时她都有种惊呆了的感觉。在此之前，她不敢想象男人在着装上可以有这样的颜色搭配；更想不到，成老师这样搭配非常出彩，他的皮肤白而细，反而与这样的色彩很相衬。嘉琦和千慧私下里都说过，如果把成老师的皮肤给她们就好了。

嘉琦的很多客户经常与成老师合作，可合作了几年，他们发现，在成老师身上丝毫不见岁月的痕迹，他始终如同初见时那般相貌堂堂和英气勃发。曾经有培训经理直接说：“成老师，您怎么就不见老呢？好像还越来越年轻了。”他们向成老师求教保养秘诀。每每遇到这样的情况时，成老师总会半认真半开玩笑地说：“心善。”

其实，长期从事培训工作对培训师的身体影响还是很大的。一位讲TTT的培训师曾经说过：“培训师并不是一个好的职业。久语伤思，久看伤神，久站伤筋。”

培训师的时间管理也是门学问。有些培训师白天讲课，晚上赶路或备课，经常熬夜，身体透支很大。嘉琦得知，有位培训师，因为腰椎间盘突出，不得不在三十六岁的时候就做了手术。所以，现在很多培训师，包括成老师，正在逐步控制自己的讲课时间。

10

培训马上就要开始了。这时，总经理常斌走上讲台，和成老师握手，简单地聊了几句。

嘉琦和嵇然坐在教室最后一排。嘉琦坐在最外边，方便进出。

嘉琦低头告诉嵇然，培训期间的服务，包括案例讨论、擦黑板等，都由她来负责，嵇然好好听课就可以了；如果在课程内容上有需要调整和反馈的，也都可以随时告诉自己，她会和老师说明的。

培训服务，看似简单，其实不然，同样需要细心、用心和专业。嘉琦和成老师配合得多，加上她很用心，基本可以做到根据课程内容进展恰到好处地擦黑板，既不早亦不晚，而成老师只需要关注学员就可以了。

在以往的培训中，嘉琦总是一边听课，一边用心观察着培训中的各个方面。案例分析时，她也始终关注着每一组的讨论情况。培训结束后，经常有细心的培训人员说，嘉琦在培训期间的作为，让他们感受到了"专业"。一位好的培训助理在培训期间所起的作用也是不能低估的。

而嘉琦，在这个过程中也是有所成长的。

她记得很清楚，那时是她和成老师的第三次培训合作。案例研讨时，成老师坐在教室后面，一边休息一边观察参训人员的情况；嘉琦则在教室的中间组织、观察。研讨得差不多时，成老师冲嘉琦招招手，嘉琦走到成老师身边。

成老师说："你去把麦克风拿过来给我。"

嘉琦下意识地问了一句："为什么？"

成老师有些无奈，笑着说："我一会儿拿着麦克风，一边往前走一边开始讲。"

嘉琦马上快速走到讲台上，把麦克风拿过来递给了成老师。

这个小插曲，成老师在后来的培训课程中有时也会讲到。他说：中国员工的好奇心比较重，总喜欢问"为什么"。而如果管理者提前告诉员工为什么要做这件事，做成这件事能产生哪些效果和目的，员工就会有种强烈的“被尊重”的感觉，他们的积极性就会被调动起来，会很高兴地去完成任务。因此管理者要尽可能地多给员工讲“为什么”。

11

嘉琦没有想到，千帆华北分公司的培训开场是由总经理常斌亲自主持的。一般情况下，培训开场多是由企业的培训主管或人力资源经理主持的。

在开场中，常总特别强调了培训纪律。他要求，这三天的培训课程，所有人都要认真听课、认真思考、认真记好笔记，课程进行期间任何人不允许随意进出教室。上课期间不能接打电话，手机要一律静音或关机，震动也不行。如果有迟到早退、上课接电话或者手机响了的人，一次罚款一百元。任何人都不例外，包括他本人。这次的培训通知是提前一个月发给每个人的，通知中也已经要求要提前安排好培训期间的相关工作，因此如果培训期间还有人在联系工作，那只能说明是他们的工作没有提前安排好，不得不怀疑他们的管理水平和能力了。

这，几乎是嘉琦提供过的培训合作中要求最为严格的培训纪律了。

嘉琦更是没有想到，在这三天的培训期间，四十多位管理人员全部做到了总经理和公司提出的要求。培训期间没有一个人迟到早退，没有一个人在讲课时进出教室，没有响一次电话，也没有一个人接打电话。而且，更加难能可贵的是，千帆华北分公司后来的所有培训都是这样的要求和表现。嘉琦不得不叹服总经理常斌的严格要求和这些管理人员的自律。

在此次培训前，嘉琦并不会想到这支管理队伍的纪律会如此严明。尤其是这批参加培训的管理人员，年轻、好运动、学历有高有低，能够全部严格遵守有些严苛的培训纪律，稳稳地坐了三天接受培训，这既有公司和他们个人管理严格、遵守纪律的一面，亦从侧面反映了成老师的课程讲得很好。

以嘉琦从业多年来的观察，中国的培训纪律管理还是偏松懈的。如果公司董事长或总经理也参加培训，培训纪律会相对好一些。但即使这样，上课期间也经常有人出去接打电话。很多企业组织培训时，尽管人力资源部每次都会提前强调培训纪律，但出于各种原因，并不能特别严格地执行；尤其是高管们的培训，人力资源部更不敢多说。培训期间迟到、早退、接打电话的现象经常出现。

成老师也经常说："现在很多人对组织缺少概念，缺少自律。"

12

成老师曾经为一家大型国有企业提供轮训，为整个公司的中高层管理者讲授十期"卓越的自我领导力"，每期三天，每期有五十人参加。

培训地点是在市郊的一个度假村，全封闭式的。培训纪律要求得也很严格，不允许任何人晚上离开培训地点。

前几期的培训纪律还不错。举办到第五期的时候，发生了一件事情。

当期培训的第二天，课程开始前，培训经理和成老师说："成老师，不好意思，今天开课前我要再讲几句，强调一下培训纪律。"

然后他走上讲台，说："今天早上，总裁给我打电话，他得知昨天晚上有几位参训人员在房间里打了通宵麻将，他感到非常意外和失望。总裁要求，这期培训结束，回到公司后，我们人力资源部要与昨天晚上参与打麻将的人员分别谈话。同时他也要求我们再次强调一下培训纪律，在培训期间不允许迟到早退，不允许晚上出去活动，不允许进行打牌、打麻将、喝酒等活动。如果再有人违反培训纪律，公司将会严肃处理。"

成老师这才知道，原来昨天晚上有参训人员打了通宵麻将。而在场的管理者们相互对视着，一语不发，表情都有些复杂。他们也没有想到，隔了这么远，总裁会这么快地知道这件事情，甚至比他们知道得还要早。或许，这件事情能让参加当期培训的管理者们产生更深的思考，从中领悟到更多的东西。

13

转回到千帆华北分公司的培训现场。

每次培训课程正式开始前，成老师都会先简单地介绍一下自己的经历。然后，他讲道：

在座的各位都是咱们千帆华北分公司非常有发展潜力的管理者，想必对人生都有了一些很好的认识和憧憬，也有了一些工作经验。正是基于这个分析，相信大家能够理解我的观点，每个人的认识都一定是和他的经历有关系的。所以，大家比较好地了解我的经历，对我的一些观点，就能够兼收并蓄。

对于我讲的，如果你觉得有道理，就消化吸收；如果你觉得没道理、无法理解，欢迎大家随时举手示意，表达你的不同意或者不理解。我们的课程，本质上重在交流。

可以非常负责任地讲，我会用现在最前沿的教练技术来和大家交流、学习。可能刚开始的时候，你会有些不适应；但是进入状态后，你会发现，这种模式非常好。为什么刚开始的时候会感到不适应呢？因为我们已经习惯于传统的教育模式。

从我们做教练的角度来讲，大家说我们讲得好，我们肯定是高兴的。不过，从严格意义上来讲，“说我们讲得好”，这并不是我们追求的目的。不管你评价老师讲得好与不好，都暴露出一个问题，你把太多的重心放在谁身上？对，放在老师身上。如果通过这三天的交流和学习，你不知不觉中对自己的过去有了更好的认识和理解，你对当下的现实有了更好的分析和把握，从而让你对未来有了更好的憧憬和规划，那么，这是我们作为教练最高兴的事。因为，学习的主体是在座的各位。所以，知识一定要发生移转。我们做教练的，存在价值的唯一目的是让大家发展得更好。

正是基于这个理念，我会在课程中不断地问问题，大家一定要跟随我的思路进行思考。

14

第一天上午，成老师讲道：

学习这个课程，要本着坦诚和开放的心胸，要勇于开放自我。

成人学习有一个陷阱，就是只注意知识的积累，而不注重思考。

我问大家，我们从小就听过“性格决定命运”这句话。可是，我们大家真的明白这句话吗？不同的人理解“性格决定命运”这句话是有天壤之别的。想掌握自己命运的人和想随波逐流的人，面对这句话，反应是一样的吗？想掌握自己命运的人面对这句话，想到的是，“既然性格决定命运，那我要想改变自己的命运，就要改变自己的性格。”而想随波逐流的人是怎么想的？“既然性格决定命运，我的性格是这样，我的命运也就是这样了。”

还有一句话是“江山易改，本性难移”，这也是一种荒谬的说法。我问大家，“难移”，是相对概念还是绝对概念？对啊，“难移”是一个相对概念。要知道，出色的人是有志于改变自我的；出色人士改变自己性格的速度，要比普通人快得多。

我们一定要提高自己的认识能力，认识能力提高了，才能提高自己的行动能力。

我再问大家，明天的世界和今天的世界是一样的吗？明天的世界和今天的世界绝对是不一样的。大部分人对未来的认识都是依据现在，更糟糕的是，还有些人是着眼于过去的，他们认为未来只是现在或过去的简单重复。而只要是出色的人，考虑所有的事情都是着眼于未来的。出色的人说：“未来跟今天肯定是不一样的，我要比别人更早地看到明天。”出色的人为了长远利益可以放弃眼前的现实利益。要想有与众不同的人生，就要有与众不同的选择。而最能让你与众不同的就是“未来是你创造出来的”。

因为对未来的理解不同，导致对当下的理解不同；因为对当下的理解不同，导致行为的不同；因为行为的不同，导致结果命运的不同。

而事实证明，一个人能走得多远、多好，跟能力没有太多的关系，只跟动机有关。这个动机包括：意愿、欲望、使命，等等。

15

培训开始前，嘉琦在讲台前面多准备了一把椅子。

培训期间，播放视频时，成老师会坐下来静静地观看，其认真程度并不亚于在场的每一位参训人员。就仿佛，他和其他人一样，也是第一次看到这些视频；而其实这些视频他早已经看过无数遍，将其谙熟于心了。

从第一次合作这个课程开始，嘉琦就发现了成老师的这个特点。嘉琦想，大概每次看视频，成老师也会有新的感悟和启发吧。

课间休息时，嵇然对嘉琦说："我对正向的力量感受很敏感。今天，我从成老师身上感受到了正向的力量。"

嘉琦微笑，说："是的。您的感觉非常准。"

嘉琦只能这样表示赞同。她不能和嵇然说更多，虽然她很想说得更多一些。

嘉琦曾经听成老师讲过："一个人的人格魅力就是可以做到：心术不正的人不敢与你接触，心术正的人向往与你接触。"

第一天课程结束后，嘉琦给嵇然发微信说："如果课程中有需要调整的，请告诉我，我会和老师说明的。"

嵇然回复说："谢谢，已经很好了。"

16

培训的第二天下午，进行案例研讨。

案例研讨在培训中是一个比较重要的环节和内容。

培训时往往是这样的：在培训师讲解的时候，参训人员都听得津津有味，感觉自己都听懂了、明白了。但进行案例研讨的时候，参训人员往往会继续沿用原来的固有思维去进行习惯性的思考和分析。

通过案例研讨，可以显现出现实和工作中经常运用的思维、方法、能力等方面的不足。之后培训师再对研讨内容和研讨中暴露出来的局限性和惯性思维进行逐步的点评、分析和启发，从而使参训人员的理解和感触更深刻、更全面。

在案例研讨中，往往会很真实地呈现出思维的差异性，有的时候让人不得不惊奇、不得不意外于人与人的思维差异竟有这样的大。

案例研讨对培训师的要求比较高，需要培训师具有比较深的研究功力和灵活性。

17

这次培训，研讨的案例是“升职”。

案例的大致内容是：你已经做好升职准备了，六个月内有人退休可以产生一个空缺职位。但是有一位竞争者最近由外面调回来，和你同时竞争相同的职位。这个职位是一个主管职位，与其他员工有良好的关系是非常有利的竞争因素之一。目前来看，竞争者更得老板和其他员工的喜欢。事情看起来对你似乎不太有利。

大部分小组的讨论结果和其他企业的讨论结果差不多，即需要向竞争者学习；一颗红心，两种准备，等等。

有一位管理人员到讲台前阐述他们小组的讨论结果，最后说道：“还有一点，如果原来的主管不退休就好了。这样就不会出现职位空缺，也不会有这样的竞争了。”

他讲到这个的时候，教室里所有的人都笑了，常斌也笑了。

嵇然大感意外，不由得站了起来，问：“这是谁想的啊？”

大概，她不会想到公司里会有这样的思维存在吧。大部分人都是希望有职位空缺出现的，越多越好，这样，自己才能够有更多得到提拔的机会。

的确，这个“升职”的案例曾经在无数家企业进行过研讨，不同企业的研讨也有或大或小的差异，只是，这样的想法，成老师和嘉琦还都是第一次遇到。嘉琦也更加感受到思维的不同和人性的复杂。

这大概是种逃避心理吧。有职位空缺、有机会提升，对大多数人而言是件高兴的事，是个好机会；却有人不喜竞争、不喜机会，宁愿选择逃避，甚至希望不要出现机会和竞争，因为没有机会出现，自己就可以心安理得地不去竞争，也就不必面临比较和评价了。

人的思维差异真的很大，可以说是无处不在。嘉琦曾经遇到过这样的情况：同一家企业、同一层级的管理者面对同样的课程、同样的内容，一位管理人员说："这是老板在给我们洗脑呢。"另一位管理人员说："老板这不是在鼓励我们跳槽吗？"

还曾经有一个让嘉琦和成老师稍稍有些无语的经历。

一次培训，吃饭的时候，培训经理和他们一起边吃边聊天。培训经理非常的年轻，他讲到，前段时间公司也组织了一个培训，那位培训师说："我最看不惯那些行李箱上贴着花花绿绿托运单的人，他们也太爱炫耀了，不就是想炫耀自己经常坐飞机吗？"培训经理说："成老师，我觉得他讲得挺有道理的。"成老师和嘉琦当时默默地对视了一下，成老师笑笑说："是，有一定道理。"

成老师和嘉琦的行李箱上都贴着托运单。他们从来没有想到，如此低调的自己会因此被陌生人贴上"爱炫耀"的标签。他们不撕托运单，只是因为，一是他们都懒得特意找时间把托运单撕下来，随它去；二是因为行李箱上贴着托运单，从机场的行李转盘出来时，在众多的行李箱中更显眼、更好认。

当时，嘉琦很小气地想，大概是那位培训师课程不多，不能到处飞，行李箱上贴不了那么多的托运单，才故意这样说的吧！

18

成老师对各个小组的案例讨论结果进行逐步的分析和点评。最后他讲道：

竞争对手的到来，其实是件好事，这是对我们的一种提醒。我们应该强烈地感受到，竞争对手的到来给我们所带来的刺激。平时，我们并不知道我们的竞争对手在哪里，他在做着何种准备，他会何时出现。但不要以为我们没有看到竞争对手，就是他们不存在。

大家在讨论中说“要向竞争对手学习”，这是一种真诚。但是，真诚的同时，也是对自我的一种摧毁。从顾问的角度，我并不建议大家过于关注竞争者，也不强调大家要向竞争对手学习。关注竞争者，这其实是一种消极被动的态度。在跟别人竞争的过程中，最大的危险是迷失方向。虽然自己很努力，但却迷失了方向，这其实也是一种消极被动的态度。我们往往在要面子的过程中伤害了我们的内功。我们每个人都有每个人的优点。出色的人和组织，只会更多地琢磨客户和市场，不会过多地琢磨竞争对手。

“一颗红心，两种准备”，这是我最害怕听到的话，因为说到这句话的时候其实已经想到了放弃。

建议大家，要更多地围绕着“这个新岗位、新角色对我的要求是什么？这个职位对我的要求是什么？”“我有什么优势、有什么劣势？”这些角度来考虑。从“我要干什么”转换到公司和岗位“要我干什么”。建议大家专注在目标上，首先干好本职工作；同时也要考虑新岗位对自己的要求，也做好准备。

19

培训期间，常总和千帆华北分公司的二位副总一直坐在后面听课。他们三个人年龄相仿，都是将近四十岁。

常斌和嵇然一样，都是北京人。他担任千帆华北分公司总经理已经有两年的时间。目前整个华北分公司共有四千多名员工。

这个课程一直是常斌想实施的培训项目。之所以拖到现在，是因为他一直没有想好是参加公开课还是组织内训。原来他考虑过如果有合适的公开课就派管理者们陆续地去参加，但又觉得仅仅几个人去参加，课程的影响有限，整体效果体现不出来。现在听了成老师的课，常斌更加认识到，采用企业内训的方式是个太正确的选择。

常斌觉得成老师所讲的内容远远超出他的期望，比他原先预想得要好得多。他以前听其他老师讲过这个课程，但更主要的是有关家庭的内容。而成老师所讲的内容，有关注家庭的，但更多的是关注个人成长、领导力和思维突破等方面。这些内容，对于管理者个人、公司发展和管理水平的提升是更有益处的。他自己也从这个课程中得到了很多收益和启发。

常斌心里很清楚，这次来参加培训的部分管理人员，受个人水平和眼界所限，不是很能听得懂成老师所讲的，有些内容的冲击还是比较大的，理解起来也会有些难度。但他觉得这些都没有关系，有冲击是好事，成人学习有时是需要这样的冲击的。这些管理人员不论能听懂多少，关键是在这个过程中，他们听课、接受信息和思考，所有这些都会对他们有触动、有启发。以前公司的内部培训多是侧重于销售技巧、店面服务、产品知识等方面的专业技能培训，像这样的管理培训，今年是刚刚开始。听了成老师所讲的内容，他已经在琢磨明年、后年的培训该如何安排了。很快地，他就基本有些思路了。

常斌想得很明白，当前宏观经济形势是不好，经营压力很大。但经济形势不好，公司和人也不能闲着。现在正是练内功、培训和学习的好时候。等到经济好转，业务忙起来的时候反而没有时间组织培训和学习了。这个时候组织培训和学习，也是提升士气、树立信心的有效方式。

千帆华北分公司的一位城市经理前段时间和常斌抱怨，说现在经济形势不好，业务不好干。常斌也没有客气，当即就让那位城市经理离职了。他不能容忍自己的公司里有这样消极的人、消极的想法存在，尤其他还是一位责任重大的城市经理。这种消极管理者的存在，对员工的积极性、士气，对公司的发展都是非常不利的。

20

常斌和成老师一样，也是位“杂家”。他们都极好读书，平时关注的领域很广泛，也有着自己的理解和思考。而二人的交流话题也不仅仅限于管理和经营，很快就扩展到社会、经济等各个领域。

常斌对千帆公司的董事长和总裁是发自内心的佩服。

董事长看人的眼光很准，他非常信任公司总裁，把公司所有的管理和业务工作都交给总裁负责，自己并不多管。

总裁的人生经历波折而丰富，曾经当过工人、教师、公务员。一个偶然的机会，他与董事长相识。董事长邀请他加盟当时成立时间并不长的千帆公司，于是，两个人和几位初创股东一起，共同发展了千帆公司这份事业。这么多年来，总裁一直深得董事长的信任和支持。而他确实也非常出色，并没有辜负董事长的信任和支持。在他的带领下，千帆公司的总体业务发展得很快、很稳，影响力和市场占有率也在逐步提升。这种快速发展，连他们自己都不敢相信。

总裁和董事长一样，看人、用人也是比较厉害的。以公司里公认的说法：“我们总裁，除了品质不好的三类人不用，什么人都敢用，什么人都能用得好。”总裁所任用的各个分公司的总经理，学历、年龄、性格等都有差异，既有博士，亦有中专毕业的。而对于各个分公司，总裁也是完全的授权，分公司总经理基本可以自己做一切决策，既有财权亦有人权。这也是源于总裁看人准，敢用人，而且能让每个人都发挥得很好。一般人真是做不到如此地步。有的时候，被任用的分公司总经理自己都不敢相信，总裁怎么敢那样信任自己，甚至比自己还要相信自己。他们也唯有更加努力地工作，才不辜负总裁的信任和重用。

对于各家分公司的业绩考核，千帆公司并没有要求具体的考核目标和年度任务，只有各家分公司的业绩排序和业绩年增长率的比较。这种方式也让各家分公司的高管团队相互较劲、暗暗竞争着，没有人想落在后面。

常斌刚来千帆公司时，担任的是华北分公司的业务副总经理。他不愿意在人际关系上花太多心思，于是经常出差到负责的各个城市抓市场、抓销售。

一次，总裁来到华北分公司，见到常斌，两个人就工作和业务聊了几句。过了不久，常斌就被任命为千帆华北分公司的“常务副总经理”。这是整个千帆公司第一次设立“分公司常务副总”这个职位。可能当时总裁就已经看好了常斌的为人和能力，以这样的方式发出了一些信号。过了不到半年，常斌就被任命为“千帆华北分公司总经理”。

21

一个月后，千帆华北分公司举办了第二期的培训，依旧是三天。

常斌等三位公司高管依然坐在后面听课，此外还有几位新学员。其中有一位是千帆公司总部的财务总监钱总，他是常斌的直接上司。上期培训结束后，常斌就向钱总推荐了这个培训，力邀他来参加。钱总也是严格遵守培训纪律，三天时间手机全是关机状态。

下课时，钱总还开玩笑说：“被常总的纪律要求吓着了，生怕培训期间手机响，索性全程关机，这样心里踏实些。”

还有几位没有参加上次培训的城市经理，这次是作为旁听人员来参加培训的。

同一个课程，在一年之中，千帆华北分公司的三位高管，参加培训三次，每次三天；八位城市经理每人参加培训两次，每次三天；一百二十位中基层经理参加培训一次，每次三天。

这是嘉琦在为其他企业提供培训服务时从来没有遇到过的。

常总如此的有心、用心，也是嘉琦在其他企业中不曾遇到的。

这让嘉琦更加服气，服气于常总如此的思路、如此的做法、如此的与众不同。

第二次、第三次的课程效果比第一次还要好，这是很正常的。

第一次的课程，成老师还需要观察和了解学员的水平和理解程度，需要边讲边调整；经过第一期的培训后，老师对学员的水平、接受度、理解能力有了比较全面的认识和了解，同时对企业的文化和风格也有了更进一步的了解，因此第二次及以后的课程就更有针对性了。

常斌依然是听得最认真、笔记记得最多的。

第二天下课后，常斌和成老师说："今天的课程，您讲到的方法论，帮助我解决了一个大问题。这两天，我正在思考一个问题，但迟迟想不明白，今天的课程内容点醒了我，我想到解决办法了。"

22

成老师在课程中讲道：

足球运动和真实的人生非常接近。足球比赛，和人生一样枯燥、漫长，有可能一场比赛也进不了一个球。同时，足球也是世界上最折磨人的运动；足球场上能够进球的机会很少，能够把握住的机会更少，而机会错过后能够补救的机会就更是少之又少了。

足球运动中，前锋的核心竞争力是什么？是抢点，抢点就是把握机会。后卫最优秀的品质是什么？是卡位做得好。抢点和卡位都是预先判断，都是着眼未来。我问大家，抢点、卡位，这些是技能还是意识？对啊，是意识。

足球场上最核心的是中场，中场是一个足球队的灵魂。中场的核心竞争力是什么？是视野开阔。巴萨队为什么踢得那么漂亮？巴萨的前锋和后卫都很优秀，同时最重要的是，巴萨有哈维、伊涅斯塔这样的中场组织人员。他们是真正在用脑子踢球。我真是爱死伊涅斯塔了。你都想不到他怎么能踢得那么漂亮，他总是能找到对球门最有威胁的方法。

中场传奇大师——齐达内，大家都知道吧？雅凯是如何评价齐达内的？雅凯说："齐达内属于外星人那一类。他有球艺、有视野，也有效率。这种球员理所应当地应该留在中路，来操控比赛。""白贝利"济科又是如何评价齐达内传球的？"他总能看到禁区内别人看不到的捷径。"

而一个好的中层管理者，最宝贵的能力就是组织能力，要有思路、有视野、有想象力。

中国人足球踢得不好，从某种意义上讲是有原因的。中国足球最近三十年越踢越臭，肯定与我们民族的某些特性跟足球的要求不匹配有关系。

足球运动是世界上最需要想象力的运动，而国人非常缺乏想象力。因为，我们都是被标准答案所训练出来的。确定性复杂的项目是能够训练出来的。而足球运动是不确定性复杂，是训练不出来的。

一次“黑色三分钟”，我们可以说是“偶然”；两次“黑色三分钟”，我们可以说是“运气差”。但是我们中国足球连续三十年在最后三分钟丢球，这偶然背后有必然，一定是运动项目的管理者违背了原则。体育精神的原则是“要赢”。中国足球运动员想的是“不输”。每次比赛前的口号“踢平就能出线”，就充分暴露出上上下下“不输”的心态。中国球员骨子里面想的是“不输”，所以在场上球员怕拿球，拿到球后，就赶紧踢出去，生怕在自己脚下输了球，想赶紧把责任推给别人。心理上患得患失，要输就一起挨骂，绝对不能成为“千夫所指”。

“要赢”和“不输”是有天壤之别的，“要赢”是面向未来的，“不输”是想守住现在和过去的。而“全力以赴”和“尽力而为”也是有本质区别的。

大家真的以为，只有中国球员想要“不输”吗？有多少人，四十岁就说“我这一辈子就这样了”？我们大部分人都在想着“不输”。从某个层面讲，中国足球运动员是我们广大中国人的缩影。

23

二期培训结束后，常斌挑选了成老师在课程中所讲的、他认为是有帮助的内容，制作成宣传板，展示在公司走廊的墙壁上。

每期培训结束后，常斌也会陆续与所有参加培训的管理人员进行单独的谈话。主要是就对课程的理解、管理人员自己的思考和所得、对自己工作的计划和想法等进行沟通交流。常斌也会提出对管理者个人的期望和要求。通过这样的沟通和交流，常斌更加了解这些管理者的情况，对自己和公司下一步的工作也有了思考。

想想的确挺不容易的，一年之内要与一百二十八位管理者进行单独的交流和谈话。但常斌认为，这样的做法，对个人、对组织的帮助更大。他希望通过这样的培训和培养，使公司管理人员能呈现更加振奋、与众不同的精神面貌。而随着培训的开展，华北分公司的管理人员也确实逐渐地呈现出常斌希望看到的精神面貌和业绩增长。

嘉琦因此对常总更是充满敬佩，更加佩服于他的做法。

每次为企业提供培训时，成老师在课程中都会建议参训人员今后有时间的时候一定要多看看自己的培训讲义和听课笔记；更建议他们在事业发展比较顺利的时候，或者发展不顺利、有些消沉的时候，复习培训内容、看讲义。令成老师比较自信的是，他是一位高度负责的管理顾问，他所讲授的内容是经得起时间的检验的。对此，嘉琦自己也是有所感悟和收益的。她经常看成老师的听课笔记，每次都会有新的领悟和启发，也会不断地获得力量。

每次培训时，嘉琦也会和培训组织者建议，要提醒参训人员培训结束后多多地复习、多看讲义。只是也不知道有多少人能真正做到。

他们曾经为一家民营企业提供培训，讲授的课程是“有效执行”。培训期间，培训经理告诉成老师，前段时间老板为公司里的每个人都发了一本拉里·博西迪与拉姆·查兰合著的《执行》。当时成老师感到很意外，有些担心。后来再一细问，得知公司里没几个人认真看了这本书。国内近几年有关“执行”“执行力”的书有一大堆，而唯有拉里·博西迪与拉姆·查兰合著的这本《执行》才是正本。这本书是写给高层管理者、写给 CEO 的，书中的内容包括战略规划、流程、领导力等。其要义可以概括为“执行不力，首要原因是规划不当”。执行不力缘于“战略不当、流程不当、用人不当”。西方流行的“执行”的概念，其核心是“要在规划阶段解决问题”。要求做规划的人一定要想到“在执行中会碰到什么问题”。

成老师担心的是，如果公司员工认真读了这本《执行》，意识到“我们执行不力不是我们的问题，而是公司的战略、企业文化、领导力存在着问题”，老板到时要怎么办呢？

24

通过培训，常斌也更加认识到一个好培训、一位好顾问的价值和意义所在。以前千帆华北分公司的半年会、年会等都会选择在京郊一所比较好的度假村举办，费用也比较高。现在，他改变了做法，控制半年会、年会的费用，而把更多的费用转到培训上。

他也经常推荐千帆公司总部的高管们来参加培训。

有一位总部的高管来参加了三天的课程，培训期间他并没有多说什么，但后来这位高管很真诚地和常斌说："原来我感觉自己挺厉害的，现在却发现，自己就是一只井底之蛙，根本没有感觉得那么厉害。"

要知道，这位高管是整个千帆公司公认的业务能力超强甚至可以说是最强的人，是整个公司里出了名的"牛人"，小有狂妄，平时总裁也得让他三分。而通过这样一个培训，能让这位平时有些高傲甚至有些狂妄的人说出这样的话来，确实是出乎常斌和所有人的意料。

如果一个培训，能让"牛人"服气，能帮助他打掉傲气，能让他自省自警，更加谦卑，那么这个培训，不论对于公司还是对于个人都是具有长远意义和价值的。

25

第二年，千帆华北分公司又邀请成老师为分公司的管理者们提供了第二个课程——"核心管理技能提升"。和前一年的模式一样，依然是同一个课程，千帆公司的三位高管，在一年之中参加培训三次，每次三天；八位城市经理每人参加培训两次，每次三天；一百二十位中基层经理参加培训一次，每次三天。

成老师在"核心管理技能提升"课程中增加了案例研讨，每天组织一次。因为有了前一年培训的基础，有了这一年的成长和提升，管理者们对这个课程内容的理解和吸收都更强了一些。

嵇然和嘉琦说："成老师在这次课程中讲到的一些内容让很多人感到有些震撼。他们以前从来没有想过可以这样来理解组织和上司。"

26

成老师在"有效辅佐上司"中讲道：

对一位管理者来说，"管理者的角色认知"是第一课，"有效辅佐上司"是第二课。

成为一位好的管理者，首先就要学会正确地和上司合作，即如何有效地辅佐上司。

对于杰出的管理者来说，最关键、最有效的是要协调、处理好和上司的关系。上司是我们的资源。我们尊重上司，不是人性、情感的需要，这是组织体系上的要求。我们尊重上司，对上司负责，不是因为上司有权力，而是因为我们尊重组织，要对组织履行我们的承诺和责任。我们对组织有承诺和责任，组织是派上司来管我们、给我们分配任务的。杰出的管理者就是帮助上司承担责任、承担压力的人员，同时也要把压力分解给下属和员工。要想明白，上司是让我们来帮的，还是让我们来靠的？

如果我们走在前面，担惊受怕就是我们的命；如果我们走在后面，被折腾就是我们的命。

我们都喜欢说，面对上司要服从。但是有一点，"服从"这个词，它的内涵是非常丰富的。在我们这个国家，对"服从"的理解是有些偏颇的，很多人把"服从"理解为"执行"，对上司服从的背后往往是在逃避责任。而且，我们经常还不是服从，而是盲从、顺从、畏从，还有屈从。我们要从"服从"走向"辅佐"。辅佐的本质是"主动帮助上司分担责任"。在权力上，有上级下级的概念；但在承担责任上，我们要有平等的概念。我们要努力地学习上司、理解上司、帮助上司。

当管理者承担和传递的责任越来越强时，成就感就会越强。要想成为优秀的管理者，首先要成为优秀的追随者。辅佐上司之道就是帮助你的上司成功。

上司布置任务时，要问自己：一，是否意识到任务的重要性；二，是否知道要我做的是什么；三，我是否掌握了完成任务的技能。

我们在尊重上司的同时，在上司面前也要有说明自己意见和建议的勇气：我有实力，我不是针对你个人来的，我是针对工作来的，我是有责任感的，我和你交流是有理有据的。同时建议大家与上司交流时也要采用一定的技巧。

在上司面前桀骜不驯，这不是有本事。这样的人最多只能会被“用”，但永远不会被“重用”。如果我们能够让上司变得越来越有本事，那我们就是太优秀了。

我们首先要成为头脑清醒的人。而职场中有太多人，在上司面前不像个好下属，在下属面前不像个好上司。

27

看公司把钱花在何处，看领导把时间花在什么地方，可以看出一个公司是否有发展前景。

和常斌一样，有水平、有想法、有担当的管理者还是有很多的。

类似千帆华北这样分公司的多年连续合作，嘉琦和千慧以前都曾经经历过，也都亲眼见到了企业和企业人的发展和变化。

成老师和嘉琦曾经为一家企业——汇达公司，提供过连续几年的培训。

刚开始合作时，汇达公司只是一家省级国有企业的下属公司。公司规模很小，整个管理团队只有不到三十人。公司的业务很简单，就是为兄弟公司提供相关的辅助生产材料。可以说，汇达公司是具有法人资格的生产车间。

这年，公司总部委派卫少坤到汇达公司担任总经理。当时，卫少坤只有三十八岁，是公司总部的一位部门负责人。卫少坤到汇达公司后，很快就意识到，汇达公司以前是比较疏于管理的，管理基础和管理意识都相当的薄弱。而他对于管理和经营是有一些深刻的理解和经验的。随即他便开始逐步理顺汇达公司的各项管理工作。过了三个月，他提出了要为公司的管理者提供管理培训的想法和要求。

汇达公司负责人力资源和行政工作的副总叫刘霞。她是通过竞聘上岗，担任汇达公司人力资源副总的。在此之前，她并没有人力资源管理方面的经验。

和嘉琦取得了联系后，刘霞很坦诚，介绍说汇达公司的管理基础比较弱，且公司从来不参与外部的市场竞争，相对稳定和安逸。总公司给汇达下达了生产任务，他们照单生产，按时保质保量地交付产品，不出差错就算完成任务。公司坐落在一座县城里，目前的管理者和员工多是当地人，平时与外界的接触和联系都很少，比较闭塞。他们每天的生活很简单，就是上班、下班，对工作、对未来也没有多少更长远、更积极的想法。现在，是卫总到来后给汇达公司带来了许多外部的新信息、新意识，他们才开始有所意识、有所改变。

因为管理人员的基础比较差，多是技术和生产出身，以前也从来没有接受过专业的培训，卫总和刘霞都希望培训进展得慢一点儿、细一点儿，让管理者们有一个逐步吸收、消化、理解、运用的过程。

根据刘霞所介绍的情况和要求，嘉琦为其提供了八期课程的方案。她把管理技巧的课程分解成四期，分别为“管理者的角色认知和辅佐上司”、“目标管理与绩效考核”、“有效的激励和辅导”、“团队建设和有效沟通”；另外四期是在管理技巧基础之上的领导力提升课程，所有课程都是每期两天。

卫总和刘霞考虑得比较长远，做事情也比较稳。他们决定每年的三月、八月，在汇达公司的生产任务相对不紧张的时候各举办一期培训。

每次培训时，成老师都会对前面的课程内容进行复习和提升。这样坚持了几年，所有人都能明显地感觉到汇达公司整个管理团队的士气、精神面貌逐步发生着积极的变化。

组织第一期培训时，刘霞对培训效果还有些担忧。虽然通过第一次的培训，刘霞已经认识到课程内容很好，对她自己也产生了很大的帮助。只是那个时候，刘霞或者说公司里的所有管理者，对于培训是否真的有效果，能否持续组织培训，培训对公司的发展、管理人员能产生多大的帮助和提升，以及自己能够从中获得多少个人成长等，都持有几分怀疑。

成老师对刘霞讲："你们的这些想法都是可以理解的，也是正常的。别着急，人的改变是最难的，尤其是意识和心态上的改变。只要坚定于自己的想法，相信自己所做的事情是有价值的，坚持培训，持续地培训，一定会看到变化和效果的。"

同时，成老师也建议刘霞：要尽可能打开眼界，和外面的人多接触，不要局限于当下和眼前，仅仅想着汇达公司在县城里的发展；也要想着汇达未来能够发展到市里，甚至省里。

当时刘霞只是很有礼貌地微笑。她心里想的是：这怎么可能？汇达只是一个小公司。要知道，省公司一共有六个业务板块，其中主要业务板块有两个，而在提供辅助业务的四个小板块中，我们汇达又是最小的一个。她更多地以为这是成老师会说话，他是在用这样的方式激励自己。

随着时间的推移，随着培训的持续举办，刘霞在组织培训、参加培训的过程中逐步成长起来，渐渐成长为专业的人力资源管理者。她越来越自信，也越来越敢于表达自己。

卫总，也自有他的高明之处。除了坚持组织培训，他陆续地从外地招聘了几位懂技术、会管理的专业人才。同时，在确保完成总公司任务要求的前提下，卫总带领团队开始参与市场竞争。虽然，参与市场竞争的利润率远远低于内部的利润率，但他以这样的方式不断与行业、与外界接触，以此锻炼和培养人才，不断提升汇达公司的竞争力。

大概没有人会想到，卫总担任汇达公司总经理不到三年的时间，因为汇达公司和管理团队的成长、变化和业绩，省公司把分布在全省四个地方的提供辅助业务的小板块公司全部归由汇达公司进行管理和经营，以原汇达公司为核心，成立了汇达实业集团；同时，实业集团的注册地址是在省会。

这个时候，刘霞再回想起成老师第一次培训时对自己所讲的，就只有非常惊叹于成老师当时的预见了。

第五章　共同制造的行业现状

1

2015 年 11 月的一天，安嘉琦去参加一家培训公司主办的讲师推介会。每年年底在北京都会举办多场这样的行业聚会。

嘉琦到得比较早，她到的时候，会场里还没有多少人。刚一走进会场，她就看见一位同行朋友高飞坐在离门最近的一桌，正冲着自己招手。

嘉琦笑着走了过去。他们已经很久没有见面了，能在这里相遇，两个人心里都很高兴。

高飞笑着说："我都来了半天了，总算看见个熟人。这里面的其他人我都不认识。"

嘉琦也笑着说："我来解救你。"她在高飞的旁边坐下。

嘉琦和高飞认识也有七八年了。高飞在培训行业浸润了十年多，有自己的培训网站，开展的培训业务也比较多，既代理各大学的总裁班，亦有企业内训和讲师推荐等。高飞对业内的老师、培训公司都比较熟悉，是嘉琦口中的"行业前辈"，虽然他比嘉琦要小两岁。

高飞问嘉琦："现在还在做培训吧？在哪儿做呢？"

嘉琦说："还在做培训，与一个朋友合作。"

高飞说："嗯。状态不错，好像胖点儿了。你还是胖点儿好，以前太瘦了。"

嘉琦笑着说："现在是脸皮厚，想得开。不是说了吗？要想长寿，就得没心没肺、没皮没脸。"

高飞不禁笑了，说："你就贫吧。几天不见，怎么现在越来越贫？"

高飞公司的业务模式也在不断变化着。他的培训网站最近进行了比较大的改版，网站首页的图片增加了很多，现在还在调整阶段，打开比较慢。高飞认识、熟悉的培训师非常多，他准备借助培训师资源开发线上培训的项目。目前初步的想法是，先在网站上发布时间比较短的、系列的线上培训课程，以推广培训师为主。每位培训师一次课程只讲两个小时，主要是通过这样的方式让企业对培训师和课程有初步的了解。而最终，高飞还是希望能落到线下培训或根据线上培训的效果再考虑其他的培训内容。

嘉琦知道，现在做线上培训的培训公司有很多。线上培训目前也是个热点话题。至于未来走向，还需要观察。但可能和个性有关，嘉琦基本不跟风；反而正相反，对于炒得越热闹的话题和方式，她越抱有怀疑和冷静的态度，也越会沉下心来观察和思考。

嘉琦接受这样的观点：“凡是喧嚣必不长久，凡是喧嚣必有泡沫。”

嘉琦不太赞同做线上培训。她和千慧曾经思考、讨论过关于线上培训这种形式。线上培训，获取知识和信息是可以的，可能也适合某些纯技能、纯技术类的课程和内容，而嘉琦她们提供的培训以管理和领导力方面的课程为主，更以启发和引导为先。因此嘉琦认为，她们不太适合线上，而更适合线下、面对面的培训方式。培训师和参训人员进行面对面的交流，比较有人情味，环境和氛围更适合学习和思考，参训人员的注意力也更集中。培训师则可以随时关注到参训人员的反应和反馈，特别是功力深的老师，能够根据参训人员的反馈及时调整课程内容和范围。这样，面对不同的企业和个人，课程内容也各有差异，更加确保培训效果。

2

会场里的人渐渐多了起来。

这时，一位精干、短发的女士走了过来，和高飞打招呼：“看见你太好了。刚才我在会场找了一圈儿，没有看到认识的人。我还问自己，这是培训行业的聚会吗？我怎么一个人也不认识？你说，我们是不是老了？”

高飞笑，说：“是的，我们都老了，我们都是前浪。”说完，三个人一起笑了。

这一桌已经坐满了。这位女士便到另外的一组找了个位子坐下。高飞告诉嘉琦，这位女士也是一位培训界“前辈”，有自己的培训公司，是国内最早一批为移动公司提供培训的机构。

简单聊了一些，嘉琦和高飞发现，他们有着同样的感受，感觉自己越来越不了解培训行业了。

前段时间，嘉琦看到一家网站评选培训师，给培训师打赏。但网站上列出的那些培训师嘉琦都不认识，更谈不上了解。当时她心里一惊，觉得自己是不是太落伍了？好在，她很快就发现，参与打赏活动的那些培训师多以南方培训师为多，北京的培训师很少；而她一直往下翻看，发现自己经常合作的、知道的一些培训师都没有参加打赏，她这才稍稍定下神来。

高飞也注意到了那个活动。那只是培训网站自己搞的活动，大概现在的培训网站也不知道做些什么能产生更好的收益和影响，不知道如何更好地推广自己的业务和培训师，就想出了这么个办法。高飞分析，不排除有些培训师会为了面子上好看，显得自己很受欢迎，就自己给自己打赏。

他说：“你想想，这是不是有种乞讨的感觉？”

听了高飞的话，嘉琦的脑海里产生了一些画面感，她忍不住笑了。高飞讲的是实话，只是他这样直接说出来也是有一些“损”的。不过，听他这样分析，嘉琦倒是更加放心一些，她相信自己的一些感觉和分析还是有些道理的。

嘉琦从事培训销售也有几年了，她了解很多培训师的情况，也听过很多培训师的课程，但大多数的培训师并没有达到她的要求。因此，每个课题领域她主要还是只与她认可、客户评价也不错的那几位培训师合作。

现在经常有网站举办培训师评选，在群里、朋友圈里发培训师的投票链接。为此，嘉琦还退出了几个群，她感觉很“闹”。这种靠“人海战术”拉到的选票能说明什么呢？据说现在还有专门的刷票机构，一百元可以刷一万票。这样选出来的结果，可以想见其真实性。真正有实力的培训师都专注在课程研究和讲授上，是不会在乎其他人的评价的；他们对自己的水平是很有信心的。

之前有一个讲师助理说他们的培训师获得了某个管理协会颁发的“优秀培训师奖”，还把奖杯、奖牌发在朋友圈里，并且特意强调说：“我们的老师不参加那些微信投票的评奖，这样的评选方式才是真正公正的。”而事实是，嘉琦参加过那位培训师半天的课程，她根本就听不下去。

大概是这样的情形见得多了，所以，现在嘉琦选择合作的培训师时并不会在意这些所谓的头衔，反而越强化这样的头衔，她在选择的时候会越谨慎。

嘉琦对高飞说，前段时间她参加一个讲师经纪组织的师资发布会时，在会上遇到了高飞公司的一个小女孩。她们两个人交换了名片，还简单地聊了一会儿。那女孩长得非常漂亮，感觉性格也不错，很活泼、开朗。她问高飞是从哪里招到这么漂亮能干的女孩儿的。

高飞承认那个女孩子是长得挺漂亮的，也很会说话、很会来事儿。只是，前段时间他把她给开除了。因为他发现那个女孩为人有些不老实，私下走单；这还不算，最关键的是他看那个女孩平时联系客户、联系培训师的做派，觉得她不想走正道、不想吃苦，总想着走捷径。这让他有些不满和担心。他对培训行业太了解了，行业内的各种诱惑和风险他都“门儿清”。他并不希望自己的公司里有这样的人存在，以后出些什么事情他担不了这个责任，更怕影响到公司的形象和发展。

3

会场里渐渐坐满了人。嘉琦粗略数了一下，大概能有三百人左右。

会议终于开始了，比通知的时间晚了整整半个小时。

主持人走上台，一男一女，很年轻，说话声音很大，情绪激昂。他们先请所有参会人员站起来，跟着他们一起做手操；然后再开始会议日程。

嘉琦出于礼貌随着大家站了起来，但她只是站着看大家做操，并没有跟着做。高飞只是坐在那儿，根本没有站起来的意思。

他说：“这都是十年前的方式了，现在还在用。我们都有免疫能力了。”

嘉琦说：“是啊，真是有些闹。”

做完手操，正式的会议日程总算是开始了。

第一位主讲的老师姓于，四十多岁，中等个儿，瘦瘦的。

高飞认识这位于老师。嘉琦也听说过他。有一家讲师经纪曾经向嘉琦推荐过于老师的课程，嘉琦还特意在网上看了于老师讲课的视频，但她觉得并不符合自己的要求，也就没有合作。

于老师显得很有自信的样子，首先介绍自己的大学本科是学习管理的，工作以后又做过销售，且具有多年的销售经验。他既懂管理，亦会销售，是完全有能力给培训公司和企业讲授销售技巧的。

接着，于老师讲道：“一个培训项目，培训公司才是最核心、最重要的。”

听到这里，嘉琦不由得扭头看着高飞，一脸疑问。

还没等她说什么，高飞就已经明白了，他说：“知道他为什么这样说吗？因为今天来的都是培训公司。”

于老师继续讲：“一个培训，应该说培训前的需求调查、方案设计占了培训项目成功的40%，培训师的讲授只占20%。李老师和王老师讲得能有多大差别呢？其实相差得并不大。还有就是，培训后的跟踪占40%。”

高飞说：“讲得完全不对。培训师是培训的载体。一个培训的好与坏，很大因素在于培训师的水平。要是让我讲，我能用半个小时的时间告诉他，他讲得为什么不对。”

嘉琦笑，说：“我只问他一个问题就能让他明白他讲得为什么不对。”

我们在学校里读书，每个人的数学、物理等各科目的课本内容是完全一样的，而不同老师讲出来的内容和效果却有很大差别，学生的吸收和理解也不同。更何况是没有统一教材、面对成人和市场的、更为复杂的管理培训。

嘉琦估计，这位于老师并没有听过真正的好课程、好培训，不知道真正优秀的培训师是怎么讲授的。大概，他只在和自己差不多水平的培训师圈儿里混，才会得出这样的结论。只是，即使这位于老师见到、听到了好顾问、好课程，他是否能认为那是好顾问、好课程，是否能承认差距的存在，也是说不准的。

嘉琦觉得，一个培训项目的成败，关键还是要看课程的呈现者——培训师的水平和功力。纵然培训组织者、培训公司、培训销售前期做了很多的分析和调查，但都有可能和实际情况有些差距，毕竟培训管理者和培训销售都有自己的专业不足和局限性，此外还有更多的综合性原因，呈现出来的问题和原因都不一定是全面、真实、深入的。而培训师，是更为专业的。一位高水平的专业培训师，通过观察、了解，借助专业和经验，是可以超越培训前期的分析和调查，通过自己的专业能力和水平达到真正的培训效果的。换个角度想，即使前期的培训分析和需求调查做得很全面、很深入，但如果授课培训师的水平和功力都不够，依然满足不了培训需求，依然达不到培训目标和培训效果。

就中国培训界的现状和水平来看，一个培训项目，如果培训公司和培训销售能够做到准确了解和把握客户需求，并准确地把需求传递给培训师，接下来能够了解哪些培训师真正讲得对、讲得好，然后推荐合适的培训师，满足客户的需求，就已经做得很不错了。

4

于老师说，现在要正式讲到他正在设计、研究、推广的一套管理体系。

于是，嘉琦心里明白了，这位于老师是借今天的机会来介绍和推广他的这套管理体系的。前面只是先给大家洗洗脑，顺便踩踩别人。

于老师讲："只要运用了这套管理体系，企业培训就可以不以培训师为主导，就不用再请那么贵的培训师了。让费用一万以上的培训师玩儿去吧！"

嘉琦心里直乐，这就好像有些企业中的管理者总以为只要制订了管理制度，大家都能够自动照着做，管理者也就不用再用心用力管理了一样。

于老师继续讲："以前的管理理论是基于工业化生产阶段产生的，当时是信息不对称的时代。而现在是互联网时代、信息时代，以前所有的经典管理理论都已经过时了。"

听到这里，高飞和嘉琦不禁相视而笑了。

嘉琦控制不住，直接说："他讲的这是什么呀？错误这么多，居然还当培训师？也未免太自以为是了。他就不怕误人子弟吗？"

她真的怀疑这位于老师是否真的认真读过、读懂那些经典的管理理论，是不是因为他没读过、他读不懂，才敢断然下结论说经典的管理理论过时了，没有用了？就好像，一个读不懂《道德经》的人，就可以有理由说《道德经》过时了。

高飞说到另一方面："他的声音也不适合讲课，公鸭嗓，多难听啊。我就是因为他的声音难听，才从来不请他讲课的。"

嘉琦表示认可，说："确实是，他的声音不适合讲课。关键是这样的人怎么还能当培训师，怎么还有机构推广？"

高飞说："现在就是这样，只要有人讲，就有人请，因为便宜呀。"

嘉琦问："他的讲课费用是多少？"

高飞做了个"六"的手势。嘉琦点点头，心里想，这样的培训师，费用再低也不能合作，哪怕倒给她钱，她都不会向客户推荐。

高飞继续说："一样的。你去考取一个课程的证书，也一样有人请你讲。"

嘉琦笑着说："是啊，我的声音、语调、语速比很多女老师要好。"

高飞说："形象也可以。我不是说过吗？你长得像个央视的主持人。"

嘉琦这才想起来，说："噢，对啊，你一说我想起来了。你以前是说过的。"

嘉琦给高飞看微信群，有好几个人在群里发消息说："于老师讲得太好了。"两个人又是相视一笑。

高飞笑着说：“像咱俩这种人，是比较讨人厌的，有些过于理智了，培训师一般忽悠不了我们。他们最恨的就是咱们这种人，净给他们捣乱。”

嘉琦捂着嘴笑，说：“咱们不要表现得太明显，自己知道自己讨人厌就好了。”

5

下一位上台的刘老师，以讲授国学为主。今天他讲授的是《弟子规》。

看资料上的照片，刘老师显得很年轻，只有三十岁出头的样子。而出现在讲台上的刘老师，却已经有五十多岁，白头发已经很明显了。

嘉琦乐了，说：“干吗要用以前的照片？光看介绍和照片，还以为他很年轻呢。”

高飞说：“谁都怕老。男人也怕老。”

刘老师声音洪亮，语速稍稍有些快。只是嘉琦觉得他不像是在讲课、在培训，更像是在说单口相声。他讲了很多的小段子，也讲到了男男女女的一些事情。会场里有不少人跟着哈哈乐，好像很喜欢听的样子。

嘉琦内心苦笑。她知道自己的“毛病”比较多。可能和性别也有关系，她非常注意这一点，培训时不能出现任何的黄段子。在与所有培训师第一次合作的时候，她都一定要和他们强调这一点，也并不怕培训师对此感觉不高兴。她就是有一个执念：在她提供的培训上，不允许出现任何一个黄段子；只要出现一次，就不会再有第二次的合作。

为了了解《弟子规》，也为了了解关于《弟子规》的培训为什么会如此之“火”，嘉琦还真是看了不少介绍《弟子规》的文章。她了解到原来《弟子规》并不是像很多网上介绍的、大家以为的当初是给儿童讲授的，其最初的使用对象是干农活的成年人，使用的环境是祠堂、茶馆、书馆等。当时那些成年农民不识字也看不懂政府的法令，经常干些违法的事；学了《弟子规》之后，他们能读懂一些法令了，不违法了。

嘉琦是读不下去《弟子规》的。她觉得《弟子规》中的每一句话都是以一种强烈的训导口吻和教条规定对你提出要求，只着重于外在的行为规范，直接要求你要怎么做，却根本不会理会你是谁，你的具体处境是怎样的。只是，在今天，在21世纪，这本书居然还能“火”成现在这个样子，还能有这么多人在学习、在吹捧，借《弟子规》来强化“执行力”，有的时候也确实让人感到有一种悲哀和失望。

6

再下一位培训师，姓李，曾经担任过某个央企的人力资源总监。嘉琦在培训师介绍中看到李老师的资历和背景时，还感觉他会讲得很不错。

而当李老师走上讲台，一开口，嘉琦又禁不住捂着嘴乐了。李老师是个光头，一说话，是非常典型、非常熟悉的东北口音；再加上他说话的口气，就仿佛是黑社会的老大。

高飞故作严肃，一本正经地说：“注意点儿，保持形象。”

嘉琦努力控制自己的笑，低头说：“好，好。”

嘉琦的笑点是比较低的，她也很无奈于这一点。虽然工作的时候她很认真、严肃，但私下里，和关系比较好的朋友在一起时，嘉琦很爱笑，也很爱开玩笑。江千慧对此就很有意见，说因为经常和嘉琦聊天，自己现在也变得越来越贫；而且，嘉琦总是能把她逗得哈哈大笑，害得她多长了好几条鱼尾纹。

听着李老师的口音，嘉琦不得不再次承认，培训师的自我要求也是有着相当大的差别的。

嘉琦经常合作的培训师中有几位来自湖北省、浙江省，论讲普通话的基础，他们并不如东北人好。刚到北京发展时，他们的普通话讲得并不标准。为了练好普通话，他们拿着一本《新华字典》，挨个字读、纠正读音，现在都说得一口漂亮的普通话，根本听不出任何的口音。

李老师讲的是“阿米巴经营模式”，他在台上侃侃而谈阿米巴的好处和模式。

嘉琦对这个课程也有自己的理解。她知道，现在“阿米巴经营模式”这个话题挺热的，企业对这个课程的需求也很大，经常有机构向她推荐这个课程，建议她多推广。

嘉琦想，这个课程能火起来，有可能是很多人对阿米巴经营模式感兴趣，想学习，却又不是真正了解它吧。阿米巴经营模式具有自己的独特性，和稻盛和夫本人，和日本的文化、教育、管理风格、员工的投入度和统一度等都是息息相关的，并不是其他国家、其他企业可以轻易模仿的。要知道，阿米巴经营模式对于企业和个人的要求都非常高。而中国企业的领导者和管理者，又有几人会如稻盛和夫一般呢？

稻盛和夫也没有模仿别人的管理模式。也许，他真正想告诉经营者的是，管理要靠自己，谁的问题就由谁解决。别人只能给你启示，自己的路还是要自己走。许多学习管理知识和技能的人只是一味地希望走捷径，巴不得照搬一套东西过来，从别人那里直接找到解决自己问题的方法。可是，这可能吗？

阿米巴模式和平衡计分卡一样，可以学习、可以借鉴却不适合在中国企业内推广。正如一位研究平衡计分卡的老师曾经讲道的：平衡计分卡是“皇冠上的明珠”。

其实，国内很多热炒的管理理念和话题都是有培训公司在做推手。有些培训师和培训公司把这些热点话题、吸引眼球的课程作为挣钱的工具，不管是否合适，先挣钱再说。而有些培训师更是什么热就讲什么，有些企业也是什么热就采购什么。

嘉琦说：“中国的管理，基础性工作还没有做好。好多企业，连最基础的管理技能培训都没有做好，就忙着追求热点课程。”

高飞说：“追热点，多省事、多有感觉啊。现在，有些机构也愿意热炒这些课程，都巴不得快挣钱、挣快钱。每隔一段时间就会出现一些热点话题和课程，但估计过段时间都会过去的。”

嘉琦说：“这倒是，凡是喧嚣的必不长久。我感觉现在的培训师不如几年前讲得好了。以前这样的培训师哪能出来讲课?”

高飞说:“是啊,现在的培训师太多了,滥的培训也太多了。是个人,包装包装就能出来讲课。大概是觉得这个行业好挣钱吧。反正什么样的滥老师、什么样的滥课都有人请。现在挑老师,真的得睁大眼睛。”

嘉琦说:“是啊。我也有这个感觉。这个行业,现在捣乱的人太多了,越来越不好干了。”

高飞说:“没办法。这个行业,十年没成长,还在退步。”

7

下午第一位讲授的培训师姓曹,他的出现又让嘉琦惊呆了。今天想不到的事情太多了。嘉琦甚至感觉这么些年自己在培训界好像白“混”了,怎么不知道、不理解的人和事有这么多。

曹老师年纪稍大一些,看外表应该有六十多岁。他是坐着讲课的。他介绍说,自己经常在院校的总裁班讲授《易经》等国学课程。

曹老师讲道:“培训公司不要只会和客户说培训师讲得好,而是要多了解培训师的课程内容和风格。”对这一点,嘉琦是赞同的,她也始终是这样做的。但他继续讲到的内容,却很出乎她的意料。

曹老师在讲述中把《易经》说得很神,把其讲成了卜卦算命的工具。他举例说他曾经为一位孕妇判断胎儿性别和出生日期,当时他只是按《易经》一掐一算,就推断出来了,而孩子的性别和出生日期果然如他所料,比B超还准。

曹老师斩钉截铁地说:“不需要B超,只要学好《易经》就可以了。”

嘉琦想不到,在21世纪的北京,在高等院校里,居然还有人在讲这样反科学的内容,并且振振有词,而居然还有人请、有人听。她彻底无语了。

8

这个时候，嘉琦接到一个电话，显示为南方的号码。

嘉琦走出会场，接起电话，说："您好！"

电话里对方说："请问你是××公司的安老师吗？"典型的南方口音，听着很年轻。

嘉琦问："麻烦问一下，您是哪里？"

对方说："我是×××老师的助理。我们老师主要是讲互联网思维的。"嘉琦并没有听清楚老师的名字。

嘉琦说："不好意思啊，我们不怎么做这方面的培训。"

对方说："我们大概有二百位合作的老师。老师您需要哪方面的课程？"

嘉琦问："你是××经纪吧？"

对方说："是的。您知道我们啊？"

嘉琦说："你们已经有好几位同事与我联系过了。你们的资料我都有。"

对方说："噢。能问下是哪位同事吗？"

嘉琦说了一个名字。

对方说："好的。打扰老师了，如果有需要可以继续与我们同事联系。谢谢对我们的支持！"

这样的电话和对白，嘉琦已经记不清说过多少次了。时间久了，通过电话号码的归属地和说话方式，嘉琦就已经能猜到是哪家讲师经纪了。她经常会接到讲师经纪的电话。估计，所有的培训公司也都一样吧。据说，目前全国的讲师经纪有两千家。

有的时候嘉琦也很烦。可能是她"毛病"多吧。她觉得对方打来电话，永远先问她是谁，而从来不首先作自我介绍，很没有礼貌。而且，这些讲师经纪有很多人的普通话并不标准，声音也不入耳。嘉琦承认自己多少是有些"职业病"的。现在一接讲师经纪的电话，她就会下意识地快速分析出电话中专业和不专业的地方，这让她自己也很无奈，她觉得自己也应该反省一下。

很多时候，接到这样的电话时，嘉琦都努力地克制自己，保持礼貌，但其实她也很不耐烦。同时她也提醒自己，自己如此容易受刺激，大概是因为修养还不够。

还有一家讲师经纪，曾经也有好几个年轻人打电话与嘉琦联系，讲的全都是不标准的普通话。他们介绍自己说与他们合作的培训师有两千位，好像很为自己有这么多的合作培训师而自豪。

当时嘉琦觉得受到了惊吓。难不成，要她看这两千位老师的资料？

量多，永远代表不了质高。

更有意思的是，那家讲师经纪打来电话，经常是自我介绍后，紧接着就问："老师，最近有需求吗？"

嘉琦头一晕。这是销售的大忌，在信任关系尚未建立前，就开始要需求、要单、要合作，好像嘉琦就应该马上给他们需求似的。这怎么可能呢？嘉琦感觉很无奈。

培训行业，成天为企业、为他人提供培训、组织培训，但很多的从业者却连最起码的电话沟通都如此的不专业。培训行业的从业者真应该先给自己培训一下，提升一下自己的电话沟通技巧。

9

对这些讲师经纪，嘉琦一般都同意加 QQ、加微信，但平时基本也不联系。

有时会有南方讲师经纪给她留言，这时嘉琦会比较耐心地说明，她们公司基本只与北京的培训师和讲师经纪合作。毕竟两个地域的培训师在课程内容、授课风格上还是有些不同的。现在，南方的培训经常还会有励志、成功学、"打鸡血"类的培训；而在北方，这样的培训基本已经很少见了。而且他们做培训多年，也有经常合作的培训师和讲师经纪，目前的顾问资源基本是够的。

很多的讲师经纪习惯于每天发来问候。还有的经常发来跪下乞讨的图片："老师，有需求吗?"曾经有一个讲师经纪连续几天发来图片说："本月我们团队还差两万可以完成业绩，请帮忙。"也有讲师经纪天天发来讲师的讲课日程和课程题目，等等。

这些时候，嘉琦基本就只是保持沉默。

10

但有些时候，嘉琦也确实忍受不了。

曾经有一个讲师经纪的小女孩突然给嘉琦发来一个笑话：二十年前爸爸抱着你在等车，人都笑话孩子长得难看，爸爸哭了。一个卖香蕉的老大爷拍拍爸爸说："大兄弟别哭了，拿只香蕉给猴子吃吧！真可怜，饿得都没毛了。"还有一次，一家讲师经纪发来笑话：幼儿园小班在排练"六一"节目，父母都要参加，进场的时候喊口号。小一班喊：小一小一，勇夺第一。小二班喊：小二小二，独一无二。小三班喊：小三小三，爸爸喜欢！

收到这样的消息时，嘉琦直接就会把对方删除了。嘉琦能理解这些讲师经纪想做事、想做成事情的心情，也欣赏他们的工作热情，他们多是年轻人，想和客户拉近距离、建立联系、达成合作。只是，她还是有些反感于他们这些不专业、不职业的做法。她非常的不理解，这样浅薄的甚至有些侮辱性的笑话，连有意思都谈不上，更何来的有意义？他们就这样发给客户，自以为会给自己加分，实际效果却是给自己减了分，更加远离了合作。嘉琦想，也许他们还是太年轻吧，经验少，对人生、对人性的理解还是偏少、偏弱又没有高人指点，才会给客户发来这些不恰当的内容。

有的时候，嘉琦也想指点一下这些讲师经纪，但转念一想，何必呢？所处的环境不同、接触的人不同，对培训、销售、课程和培训师的要求都不尽相同，估计她说了也是白说。

11

有家讲师经纪有个女孩叫甜甜，差不多每隔两三天就发来一张图片“只提供性价比最高的讲师。你不约，我不走”。对此嘉琦一直保持沉默。有一天下午，甜甜又发来同样的图片，当时嘉琦正好闲来没事，也是好奇心发作，就在 QQ 上问她：“你这样发的效果好吗？”

甜甜回复说：“效果一般般了，可是也没有别的办法。”

嘉琦说：“所有的讲师经纪都说自己的培训师是‘性价比最高的’，还有些说自己是‘最靠谱’的。”

甜甜说：“是啊，都没有什么差异化。”

这也很正常，现在每天收到的广告越来越多了，人们对此也变得越来越无动于衷了，很多的广告都变成了无意义的背景，而不会吸引人们的注意力。

嘉琦说：“我们自己合作过的培训师也挺多的。新合作的培训师是一定要听课的，不然真的不敢轻易合作。”

甜甜说：“现在主办方都不太安排课程试听。不过，您可以跟我们的老师提前沟通下，或者您到我们公司跟老师面谈都没有问题。”

嘉琦说：“我明白。其实，即使听了课，也不一定会有合作。我们对培训师的要求还是比较高的。”

甜甜说：“嗯，能理解。现在市场上的培训师鱼龙混杂。您有担心很正常。”

嘉琦一下子乐出来了，她忍不住说了一句：“哈，开个玩笑，培训行业，所有的人都说‘鱼龙混杂’，但所有人都认为自己是‘龙’，而不是‘鱼’。”

《U 型理论》中有一句话讲得很到位：“你们就是这个系统，但是为什么你们集体制造了没有人想要的结果？”

12

嘉琦放下电话，一抬头，在会场门口看到了培训行业的一位朋友——章驰。两个人有一段时间没有联系了，都感觉有些意外，也都很高兴能在这里见面。

章驰是1985年出生的，中等个儿，人长得比较帅，五官和气质都有些像刘德华。他的性格比较外向，喜欢说话，也很会说话。虽然年轻，但已经有了自己的培训公司，而且培训业务开展得也很不错。

章驰曾经在国内一家最知名的睿略咨询公司工作过。也是由此，他开始进入了培训行业。他刚刚进入睿略公司工作的时候，对培训并不了解，也没有什么感觉。好在，睿略公司在国内和行业内都很有知名度，有着很不错的客户资源和业务基础。章驰也非常的聪明好学，因此做业务上手很快很顺。

刚到睿略时，公司的那些老销售们对章驰和新来的销售人员并不太友好，中午吃饭的时候也不带他们这些新来的人。可能是老销售们对新来的销售都有戒备心吧，毕竟彼此间存在着竞争关系。

第一个内训项目，需要给客户提供培训建议书。当时章驰还不知道如何写培训建议书，他感觉有些蒙。比他先来公司的一个女孩子比较善良，看到他无从下手，就发给他一份睿略公司的培训建议书模板。这时候，章驰才知道原来企业内训的建议书是有模板的。

当时，睿略公司负责管理销售团队的是公司副总张雪。张雪将近四十岁，在睿略公司里工作了很长时间，一直是老板的得力干将和助手。

章驰对张雪的印象和评价并不高。他觉得张雪有种“职场滑头”的感觉，是“精致的利己主义者”，很会装、会忽悠，并不是他欣赏的风格。

他曾经请张雪以睿略公司领导的身份一起去拜访客户、洽谈合作。业务员和客户见面谈业务时，有时需要公司领导出面，让客户感觉受到重视，更有利于达成合作。

张雪和客户沟通时，很会和客户拉近关系，哥哥长姐姐短的，显得很热情、很真诚。可会面结束，客户离开后，她马上就会变脸，直接对业务员说这张单子要如何如何做，怎样做才能多挣钱。

章驰不喜欢张雪的两面性，感觉她太功利了。他觉得，对客户要真诚些，而不能只是单纯地利用客户的情感来达到挣钱的目的。

章驰一直在思考自己的事业和未来。他觉得自己不适合在别人手下干，将来一定是要成立公司，发展自己的事业的。在睿略公司工作满两年的时候，他对培训业务已经比较熟悉，也有了一定的业务基础和客户资源。他想，既然早晚要成立公司，那就现在出来自己干吧，也可以尽早地按照自己的想法来做事情。于是，他从睿略公司辞职，成立了自己的培训公司，他作为主要经营者，和以前的两位同事合作，一起开展培训业务，到现在已经有三年了。

13

章驰和嘉琦没有进入会场，就坐在大厅里聊天。

章驰告诉嘉琦，前段时间他和成老师见了一面，他主要是针对自己公司的未来发展向成老师求教的。

章驰觉得，成老师确实有水平。他说明了自己的情况和一些模糊的想法，成老师只是简单地讲了几点，他马上就对一些问题有了理解，思路也清晰了许多。

还在睿略公司工作的时候，章驰与成老师曾经有过几次合作。虽然次数不多，但章驰已经很清楚，成老师讲的多是“道”。而其他培训师也有讲得很不错的，但讲的多是“术”，和成老师还是有些距离的。而他最近和成老师基本没有合作，主要是因为费用问题。他的客户目前对费用高的培训合作还是有些压力的。

章驰曾经与成老师合作过一个培训项目，客户是新疆的一家大型央企，课程是“有效的变革管理”，参加人员是企业的中高层管理者。这家企业很重视这期培训，联系了将近十家国内最知名的培训公司和咨询公司，进行反复的沟通和比较。章驰向客户推荐了成老师。客户要求一定要看培训师的讲课视频，看过之后才能确定是否合作。可是，成老师从来也没有视频，章驰提供不了。当时，他还以为这个项目都没戏了。很幸运的是，他的一位同事前不久刚刚和成老师合作，偷偷地录了一小段成老师的讲课音频。章驰拿到这段音频，如获至宝，赶紧发给客户。客户听到成老师的声音就决定选择成老师，与睿略公司合作。

客户对成老师的课程评价相当高，而成老师后面的那位培训师却讲"砸"了。成老师在课程结束的第二天要返回北京，在他还没有到达乌鲁木齐机场时，客户就打来电话，和他约定下个课程的时间。

嘉琦笑着说："是啊，能想象得到，在成老师后面讲课的老师确实压力会有些大。没有比较还好说，如果有了比较，客户对培训师的要求也会提高的。如果是几个课程的培训，我们一般都会把成老师的课程放在最后讲。"

章驰说："就是成老师的费用有点儿高，现在不好推广。"

嘉琦说："是，课程讲得好，费用高些倒也正常。成老师现在也在有意控制讲课的天数，更多的是在做研究。"

章驰说："姐啊，哪天你能不能和成老师商量下，请他降低些讲课费用？但是千万别和成老师说是我说的啊，不然，以后我都不好意思见成老师了。"

嘉琦笑："我看机会，和成老师提议下。我也希望他的费用能降低些。"

虽然嘉琦很明白，成老师的课讲得好，信息量大，费用高些是应该的，而且与其他同样费用的培训师相比，成老师的课程还是很超值的。只是，从销售的角度，从市场推广的角度，她还是希望成老师的费用能够稍微低些。这样客户经济上的压力会小一些，也更容易达成合作。

14

其实这两天，章驰正好有件事情想和嘉琦说的，没想到居然在这里遇上了。

还在睿略公司工作的时候，章驰就从公司同事那里得知，成老师讲授“卓越的自我领导力”这个课程是非常好的，与睿略公司经常有系列的项目合作。今年，他的一些企业客户想要举办这个培训，他有心推荐成老师，可是成老师的费用高于客户的预算，他就向客户推荐其他费用低的培训师来讲授这个课程。

下个周末，他认识的一位培训师罗永青会在北京讲授这个课程，是公开课。他觉得罗老师讲得不错，但是罗老师是刚刚开始讲授这个课程，不知道和成老师所讲授的相比会有多大的差距。于是他问嘉琦下周末是否有时间，能否去参加这个公开课，听一听罗老师讲得怎么样。章驰觉得，嘉琦听成老师讲授这个课程比较多，一定会有些建议可以提供给罗老师的。

嘉琦说：“好的。我到时候过去听听。”

章驰说：“早就听同事讲过，成老师的这个课程讲得非常好，可惜一直没有机会听到。”

嘉琦说：“是的。这个课程，成老师讲得确实非常好。我听过成老师讲这个课程，再听别人讲，就有些听不下去的感觉。而且这个课程确实挺棒的，关于人生、事业、工作、家庭中的大部分问题几乎都可以在课程中找到答案。”

章驰不太相信，怀疑地说：“我听其他老师讲过这个课程，只是觉得还不错，并没有觉得有这么厉害。”

嘉琦笑：“能理解。以后有机会，你听听成老师是如何讲授这个课程的，看看是否会有与我同样的感受。这个课程，表面上看，谁都可以讲，谁都可以听。但是，它有个神奇的地方，就是遇深则深，遇浅则浅。”

章驰说：“有这么神奇？那以后我一定要找机会听听。”

15

下个周六，嘉琦去参加章驰推荐的“卓越的自我领导力”的培训。

讲课的罗永青老师，三十五岁，高高瘦瘦的，比较帅气，戴着眼镜，是很典型的知识分子。

嘉琦听了一上午，感觉罗老师讲授的内容偏浅一些，只是按照书中的体系和内容，自己再加些小故事、小案例、小活动等。可能大多数的培训师都是如此理解这个课程，也是以这样的方式来讲解这个课程的。

曾经有一位培训师，比较资深，在业内也是有些名气的，公开在课堂上说："'卓越的自我领导力'这个课程，只要看看书，谁都可以来讲授。"

对此嘉琦心下很不以为然。在她的心目中，"卓越的自我领导力"这个课程还真的不是看看书就可以讲授的。这个课程的内容和价值是超时空的。那位培训师这样说，只能说明他要求得太低，理解得不够，对课程的价值和力量都没有真正认识到。他们只是觉得课程内容不错，市场和客户对这个课程有需求，可以借这个课程挣到钱；但却并没有真正地研究过这个课程，没有把课程内容和中国人的思维特点、管理特点、管理现状等结合起来。他们更多的只是就课程讲课程，把这个阐述"道"的博大精深的课程讲成了关于"术"的课程。所以，嘉琦始终觉得，这个课程在中国并没有发挥它真正的价值和作用。而且，即使听过这个课程的人，真正坚持修炼它的也并不算太多吧。

嘉琦曾经向一家企业推荐成老师讲授的这个课程。企业的培训经理为组织这个培训还真是下了很多的功夫，到处地打听，到处地听课。与嘉琦联系前，她已经通过朋友得知，成老师讲授这个课程非常好，她也很希望可以请成老师为自己的公司讲授这个课程。但是，和嘉琦见面沟通的时候，她却说，她认识的一位培训界的"大咖"建议她，这个课程的体系非常完整，像这样体系完整的课程，讲授者之间的差别不会太大，没有必要请那么好、那么贵的老师来讲授。

嘉琦当时感觉特别的无奈，有种深深的无力感。她不知道如何才能够向已经接受"大咖"这个观点的培训经理解释，不同讲授者的阐述会产生多大的差别。面对客户，尤其是第一次拜访的客户，她无法说得更多。在信任关系还没有真正建立起来的时候，客户的戒备心比较重，一不小心，就有可能让客户产生"被说教"的感受。

嘉琦心想，那位所谓的培训界“大咖”多少局限于自己的眼界，有些自以为是了。

16

公开课上，嘉琦注意到参加培训的人都很喜欢做游戏，也都很开心。

她问同组的几个人：“你是因为什么原因和想法来参加这个培训的?”

大家都表示是因为以前看过这本书，感觉不错，现在听说有这个培训，有听课的机会就前来参加了。

而他们感觉课程不错，主要缘于这个课程的体系是相当完整的，课程内容也是相当有益的。书中的很多话语是比较有力量的。因此哪怕只是按书中的内容讲授，学员们亦会感觉很有帮助。

中午，嘉琦和罗永青一起吃饭、聊天。

罗老师现在还在企业中担任培训经理，他准备明年辞职，成为专职的培训师。他目前以讲 TTT、管理技能、沟通技巧等课程为主。他很早就听说过“卓越的自我领导力”这个课程，虽然一直想讲这个课程，但一直没敢讲，只是看书。后来，他听到一位培训师讲授了这个课程，他觉得那位培训师能讲，他也能讲，而且他相信，自己一定会比那位培训师讲得好。于是，他开始真正准备讲授这个课程。而在准备的过程中，他自己也确实学到了很多、悟到了很多；他也很愿意推广这个课程，希望有更多的人可以听到这个课程。

嘉琦又一次认识到，这个课程，确实被大多数人理解得浅了、讲得浅了。这就难怪有很多人听过某些培训师讲授这个课程后，结论就是“听过，还行”，或者是“不过如此”。很多企业认为这只是一门职业素养的课程。这样的理解也是有些奇怪。如果仅仅是这样，为什么很多世界著名企业的高管们、企业家们都在推崇、修炼这个课程呢?

当然，万事万物，分人讲、分人悟、分人修。说到底，是外行看热闹，内行看门道。

嘉琦不由得联想到“七巧板游戏”，那是一个非常不错的管理游戏。她曾经听过不同水平的培训师来总结这个游戏，差异很大。

有的培训师的总结和讲解只是表面功夫，不痛亦不痒；而有的培训师的总结和讲解却仿佛一根针，直接扎在了问题的要害部位。

曾经有一家企业的人力资源总监就说过：成老师所讲的内容，“赤裸裸地扎在了他们的痛处”。

第六章　渐行渐远的同行朋友

1

2015年11月，一天下午，江千慧去参加一个关于“行动学习”的研讨活动。

主讲人刘远征，四十出头，文质彬彬的，是一家知名公司的企业大学校长，在国内的培训界，至少在北京是比较知名的。

刘远征介绍说，由他们企业大学主导，公司在内部开展、推广“行动学习”已经有五六年的时间，在推广过程中，他们有很多的收益，也有很多的感悟。公司和管理者都切实感受到了通过“行动学习”带来的整体提升和成长。

听得出来，刘远征博览群书，也很善于思考和学习。

他们带领团队开展“行动学习”项目，基本是依靠阅读相关书籍、借鉴其他企业的做法，通过自己的思考、理解、创新、摸索而逐步开展的。他们在公司内部实施“行动学习”项目时，先从小的范围开始试行，然后逐步扩大推广的范围，目前在公司内部已经实现了全面推广。现在，公司内部开展团队工作的时候，“行动学习”总是能够派上用场。

刘远征带领团队在公司内部开展“行动学习”时，始终强调“专业、系统、规模、持续”。他们采用“农村包围城市”的方式，先建立群众基础，有了群众基础才可以持续推进。刘远征认为，“行动学习”要依靠组织内生力量进行，培养催化师队伍，并且培养得越多越好。他也承认，“行动学习”的开展对催化师是有一定挑战的。

刘远征建议，如果企业开展“行动学习”，要边学习、边创新、边发展、边实践。他们公司开展“行动学习”的项目很有效。他本人更提倡“微行动学习”，现在，他们公司里的业务主管们自己就可以开展“行动学习”。

刘远征还特别强调，“行动学习”更适合企业自己来推行运用，并不适合商业推广。“行动学习”不能是产品，只能镶嵌到其他产品中，“只能为‘用’，而不能为‘体’”。GE 也是自己来实施“行动学习”的，没有借助于外部的公司。

刘远征讲道：

依赖外力进行的行动学习是没有引擎的飞机。

如果在企业内部推行“行动学习”，一定要从小范围开始。所有的伟大变革都是静悄悄的。如果首先高调地唱“概念”，将来会“死”得更快。

中国人擅长炒“概念”，一个阶段炒一个概念；这些年，国内炒过很多的概念，如第五项修炼、平衡计分卡等，多是不了了之。国人往往是“知其然而不知其所以然”。现在“行动学习”也有些炒概念的成分。

对刘远征所讲的，江千慧深以为然。

好在，对管理、对培训有比较清醒认识的人，还是有的，也在尽力地发出自己的声音。

2

在活动中，有人提议，能否现场演习一下，让大家感受一下“行动学习”中所运用的方法。于是，在刘远征及其助理的组织下，坐在附近的五六个人很快就组成小组，开始简单地演练、研讨。

研讨的过程很简单，研讨时间也并不是很长，而江千慧马上认识到一点，即为什么会说“个人学习一定要在组织学习之前”。任何一个集体项目对个体的要求还是挺高的。个体的水平和思维对整体效果是有一定作用和影响的。千慧更加清楚地认识到，唯有先提升个人能力和个人水平，才能确保这些项目的学习和运用的效果。

当天下午来参加活动的，有来自企业的，亦有来自培训公司的，多是不认识的。千慧所在的这个小组有六个人，共同讨论一个课题，每个人就这个课题提出自己的三个想法。千慧发现，小组中个人的水平和思维是有很大差异的。有些人的想法有些偏、有些自以为是。只是碍于当时的情况，其他人即使认识到这一点，也知道有可能会出现一些问题，但大家只是对视一下，都选择了沉默，并不指出来，可能是感觉没有必要，或者不好意思吧。于是，整个课题的讨论过程和结果就有比较多的不尽如人意的地方，甚至有可能偏离方向。

千慧可以想象得到，这种没有个人的提升就首先开始一个团队的活动，团队决策的结果不会太高，甚至可能会很低。所以，有那样一句话："卓越的组织是由卓越的个人打造的。"

3

课间休息时，在走廊里，江千慧看到了段楠。两个人都感到有些意外，没有想到会在这里相遇。

可以说，段楠是江千慧在培训圈交往时间最长、交情最深的朋友之一。

段楠身高一米六五，喜欢扎马尾。她的身体一直偏瘦、偏弱，皮肤也不是很好，脸色有些暗，眉心和下巴经常起痘痘。这次见到她，江千慧感觉她的脸色比以前要好很多，胖一些了，脸上的痘痘也少了。

段楠笑着说："我来得晚，一进来就看到你那帅气的短发了。你一点儿都没有变。"

千慧笑着说："你好像比以前胖一点儿了，气色和皮肤都好得多了。你一个人过来的？最近忙不忙？"

段楠指了指后面说："和几个朋友一起过来的。最近挺忙的，到处听课，一会儿下了课，晚上还要去清华听课。"

千慧说："你还这么用功，真是厉害。"

段楠说："没办法。以前做的多是关系销售，在专业方面欠缺的太多了。现在需要恶补，只有多听课。"她问千慧："你还好吧，现在在哪里工作？"

千慧说："还好。和一个朋友合作，主要还是企业内训。"

段楠说："那你们也需要培训师吧？我们现在也有师资推荐。不过，我知道你对培训师的要求比较高，怕达不到你的要求。等过两天，我把培训师的资料整理下，发给你。”

千慧笑，说：“行啊。到时发给我啊。”

最近一年，江千慧和段楠基本没有联系和沟通，更谈不上见面。一是两个人都比较忙，各忙各的事情；二是两个人也都意识到了双方的分歧，现在不能再像以前那样轻松自如地谈天说地了。

两个人都有感觉，彼此间的沟通越发的客气和小心翼翼，可能是因为两个人都能感受到彼此之间的渐行渐远。

曾经有很长一段时间，江千慧和段楠几乎是无话不说，经常在 QQ 上聊工作、聊销售、聊生活，而且两个人每隔一段时间就约着见面吃饭。只是，不知道从什么时候开始，两个人变得少有联系了。

可能就是因为那次差点儿达成却最终没有达成的合作吧。通过那次合作，暴露出两个人对培训和培训师理解和认知的不同；如果再见面，两个人多少都会感觉有些尴尬吧。

同行者，长久的同行者，大概只能是价值观相似或相同的人吧。价值观不同的人，即使可以同行一段时间，终究还是会分道而行、渐行渐远。

4

认识段楠，是在几年前的一个培训界同行的聚会上。

江千慧当时刚刚进入培训行业，她认识的培训界同行并不多。事实上，她现在认识的培训界同行也不多。

而段楠，那个时候，就已经在培训行业干了许多年。当时，段楠刚刚被提拔为中辰公司的总经理，负责公司全面的业务推广和人员管理，直接向老板张杰汇报工作。

江千慧和段楠有位共同的培训界朋友叫张蒙，两人第一次见面前，彼此都通过张蒙对对方有所了解，却都没有想到两个人会在这次的同行聚会上见面认识。

更难得的是，江千慧和段楠一见如故，很是合拍默契，刚一见面就能聊很多。两个人聊得很开心，都感觉到似曾相识的熟悉和亲切。

江千慧比段楠大几岁。段楠说，一见到江千慧，就有种见到姐姐、母亲的感觉，让自己感觉很温暖、很踏实。

5

段楠当时所在的中辰公司，是国内开展培训业务比较早的培训公司；而且，几乎从成立伊始，中辰公司的培训业务就开展得非常好，知名度、影响力都相当不错。可以说，在当时的北京培训行业，中辰公司尽人皆知，也让其他培训公司很是羡慕。

中辰公司以管理类公开课为主，每月在北京举办一至两期的培训课程；同时也提供企业内训。中辰公司的客户大多是企业，每年年初缴纳一年的费用即成为培训会员；而根据企业所缴纳的费用额，中辰公司会提供一定数量的名额免费参加公开课。这种方式，是很多培训公司经常采用的模式。当时，国内进入培训行业比较早的、有些资历的培训师基本都和中辰公司有过合作，以讲授公开课为主。

段楠可以说是中辰公司的老板张杰一手培养出来的。她大学本科学的是审计专业，毕业后来到北京，曾经在其他公司从事行政工作。她进入中辰公司工作的时候，并没有做过培训和销售。

进入中辰公司后，段楠从电话销售开始做起。可能和这段经历和经验有关系，她的电话沟通水平始终很高，在电话里听她说话，让人感觉很舒服。

中辰公司的课程设计、培训师邀请，都由张杰一个人负责。销售人员只是拿着现成的课程和客户联系、销售。张杰对段楠和其他销售人员的培养，更多的是在销售技巧方面。而更深层次的课程设计、培训师选择，如何理解课程和管理等，段楠并没有很多机会接触和学习。

但段楠是完美主义者，她不断地要求自身的提高。担任中辰公司的总经理后，她曾经尝试着自己设计培训课程，只是她设计的培训课程大多被张杰否定了。经过几次否定和打击后，她也就放弃了自己设计课程的想法。

那几年，中辰公司的业务每年稳定上升。段楠也干得很起劲儿，并且越来越自信，越来越能干，也越来越呈现出职场精英女性的干练气质了。

那个时候，张杰对段楠确实很不错，在业务和管理方面都给予了她比较大的授权。

春节，段楠回家过年，张杰有时还会开车去机场接送她。

这一切，都让段楠感觉很不错，她视张杰为生命中的“贵人”，始终非常尊重和感激他。

尽管有其他培训公司不断地向段楠抛出橄榄枝，邀请她加盟，她却始终没有想过要离开中辰公司。

对此，段楠的一些同行朋友都不理解，说她太“忠诚”了。

6

最终，段楠还是决定离开中辰公司。她作出这个决定，是经过很长一段时间的前思后想和犹豫的。

到了合作后期，段楠和张杰对中辰公司的经营思路和管理都产生了一些分歧。

开始的时候，中辰公司公开课的授课老师和课程品质是比较有保障的，客户也比较满意，每年的续签率很高。

后来，好的培训师的讲课费用在逐步提升，而张杰出于对经营成本的考虑，开始选用讲课费用相对比较低的培训师，但这些培训师的讲课效果就稍差一些了。于是，公开课的品质开始明显下降。

殊不知，这是犯了企业经营的大忌。

客户都是很精明的。参加的培训多了，他们对课程、对培训师是有所比较的，并且越来越挑剔。而且，客户的学习、成长速度也是很快的。他们对于管理、培训课程、培训师的要求和理解，甚至有可能是会超过培训公司的。

再加上培训行业的竞争逐步加剧，有越来越多的培训公司推广公开课、提供内训，客户的选择余地更大，自然也会有新的选择和比较。而随着培训市场的分化和竞争越来越激烈，很多外地企业出于成本考虑，选择不来或少来北京参加培训，更多地在当地参加培训。

于是，中辰公司的老客户逐渐流失，业务量也逐步下降。

在这样的情况下，张杰还是坚持沿用原来的做法；而段楠则认为，应该有些创新和突破了。

于是，两个人开始产生一些分歧，经常有争论。

可能，张杰这个时候也有了一些危机感吧，他开始逐步插手业务和管理，有时候连招呼都不打，就越过段楠直接找她的下属布置任务。这种做法，让段楠感觉不是很好。张杰这样做，会直接影响段楠在下属中的威信和影响，而且下属也会左右为难。

想来想去，段楠向张杰提出了辞职。她觉得自己在中辰公司工作了这么多年，也需要换换环境，了解了解外面的情况；而且，她的身体向来比较弱，一直在喝中药调养，加上这些年她一直超负荷运转，身体有些透支，她希望可以休息、调整一段时间。

7

离职的时候，段楠和张杰谈得很好，双方都表达了对对方的感谢和祝福。

当时，段楠的内心深处仍然是很尊重和感激张杰的。她希望并且相信他们之间可以“好聚好散”，将来也许还有合作的可能。

只是，离职一段时间后，段楠意外地发现了一件她根本没有想到的事情。

在中辰公司工作期间，公司给所有员工缴纳社保、住房公积金等，每个月都有相应的扣款。

段楠一直以为公司是按时给自己缴纳社保和住房公积金的。后来，她要买房子，办理公积金贷款时，她才发现，原来中辰公司并没有给她缴纳住房公积金。

这个发现，真的是让段楠太愤怒、太失望了。

她随即去找了张杰，与他当面理论这件事。她极力控制着自己的情绪，没有冲动，她想着，一定要先让张杰同意补缴住房公积金。

结果还好，张杰让公司给段楠补缴了住房公积金。但段楠仍然感觉到一种深深的伤害和失望。

这件事情，把段楠和张杰的关系彻底给破坏了。从此，两个人也是相忘于江湖了。

而中辰公司，随着课程品质的下降、客户和业务员的不断流失，后来也没有办法继续经营下去了。张杰转型成了培训师。

8

还在中辰公司工作的时候，段楠曾经与一位来自 TW 的培训师李海合作过公开课和内训。李海主要是讲管理技能、领导力、创新思维课程的。

从中辰公司离职后的一段时间，段楠的情绪和状态都很不好，经常想哭，她感觉自己有些抑郁和焦虑。李海为段楠提供了一些发展建议，同时运用自己的心理学知识帮助段楠从情绪低谷中逐渐地走了出来。

其实，李海讲课的水平谈不上有多好。只是，段楠很感谢他曾经给予自己的帮助，也非常珍惜彼此间的信任。

于是，段楠和李海达成了合作，段楠作为李海的业务助理，专门推广李海的培训课程。

段楠做事情向来要强、认真，并且能吃苦，也擅长电话沟通。她随即开始打电话联系、拜访各家培训公司，邀请他们试听李海的课程，同时也联系为李海录制讲课视频等相关事务。

李海的讲课费用是在一天万元以下。相对而言，这个费用的培训师，培训公司比较好推广。

经过段楠的努力，李海在国内的培训市场逐步打开，与他合作的培训公司也越来越多。

李海对段楠的要求还是蛮高的，而他本人也很挑剔，并且自大。他曾当面和段楠说：“你做得并不算太好，有待提升和改进的地方还有很多。”

他认为段楠的专业度太差了，并没有真正认识到他课程的价值，甚至不负责任地对段楠说：“你的性格，并不适合做销售，更适合做行政、做客服。”

段楠感觉压力很大。有的时候，她被李海说得气不过，就直接说：“你既然如此不满意我，那我们就不要合作了吧。”

可李海却又不愿意放弃与段楠的合作。

李海的这些行为可能和培训师的职业特点有关系，“好为人师”，总是下意识地挑剔其他人的问题和缺点，总是要求其他人做得更好。其实，在很多培训销售看来，有些培训师是很自恋的，但他们往往是高估了自己的水平。很多培训师并没有真正思考过自己是否真的做到了“好、很好”，或者是以为自己已经做到了“好、很好”，而这很多时候只是培训师自以为是、想当然的想法。

后来，段楠介绍李海到其他培训公司试讲，李海观察其他培训销售的表现，又和他们进行了简单的沟通，他终于发现，相比而言，段楠的销售技巧、沟通技巧和专业能力还是挺不错的。

其实，段楠原来也不是很自信，但她去拜访培训公司时，通过观察其他公司的销售，发现他们对管理、课程、培训、客户的理解还不如自己到位。渐渐地，她逐渐积累经验，也就有些自信了。

只是，段楠仍然会经常处于一种焦虑的状态，因为她对自己是有要求的，挣钱的欲望也很强，经常觉得自己做得不够好，挣得不够多。

9

和李海合作一段时间后，段楠告诉千慧，她作为助理正在推广李海的课程；同时也向千慧推荐李海，希望双方可以合作。

而千慧对此是有自己的理解和想法的。她和安嘉琦从来不与 TW 的培训师合作，两个人都不接受、不欣赏 TW 培训师的讲课风格和课程内容等。在千慧看来，TW 培训师对大陆企业的文化和管理是缺少了解的。TW 的企业大多是民营企业，其管理和文化与大陆企业还是有些差异的。很多 TW 培训师来大陆，更多的是看中了大陆的培训市场。大陆的培训需求量很大，加上“外来的和尚好念经”；至于讲得对不对，所讲的内容是否适应大陆的文化和管理风格，他们是不考虑的。当然，TW 培训师也不需要考虑更多，应该是大陆的培训公司和企业来考虑这些。

千慧也承认，自己这样的选择可能有些极端、有些绝对；但是，这是她的权力，亦是她的责任，她有权力选择自己是否与 TW 培训师合作。

10

听了段楠介绍的情况，千慧直接和段楠说：“我从来不与 TW 培训师合作的。”

随后她和段楠说明了她对 TW 培训师的看法。

而段楠更是直接，说了一句：“可是，姐姐，我挣到钱了啊。”

于是，千慧就彻底无语了。她说：“你既然这样说，我也不能多说什么了。我只能尊重你的选择。”

这个时候，千慧才意识到，有时候表面上看上去很合拍的两个人，其实在价值观上还是有些区别的。她能够理解段楠的选择，毕竟她要面临着房贷、车贷、孩子教育等许多的现实经济压力。只是，她可以理解，并不意味着她可以接受。

人和人的差别，也正是在于此。

从此，千慧与段楠联系得越来越少，更谈不上更多、更深的交流了。

11

千慧曾经高估过段楠的专业水平和两个人的友谊，也差点儿因此让自己付出惨痛的代价。那是非常危险的一步。事情过去很长时间，千慧再回想，都还会感觉非常的后怕。

一次，千慧的一个合作多年、关系非常好的老客户，是一家央企的下属公司，要组织“金字塔原理”的培训。

千慧知道李海是可以讲授这个课程的。当时，她还是很相信段楠的专业水平的，或者也是源于千慧自己的“想当然”的认知。

千慧想，段楠比自己进入培训行业早很多，听过的课程、了解的培训师都比自己要多得多，即使她对培训师的要求没有自己那样高，但至少对许多培训师还是会有所比较的，一定会从中选择讲课比较好的培训师来合作的。而段楠曾经也和千慧讲过，她和李海曾到过多家培训公司试讲，有些还是国内很知名的培训公司、培训网站，反馈都很不错。有些培训公司和网站当场就和李海签订了合作协议。

所有这些，都让千慧感觉李海讲课应该还是可以的。也许谈不上有多好，但也不会有多糟吧。还有一点就是，千慧很珍惜与段楠的友情。如果培训师们讲课的水平都差不多，那么不妨与朋友合作，沟通起来也方便。

12

千慧向段楠了解了李海的讲课风格，包括普通话是否标准等。

段楠说：“李海讲课很生动，加入了许多的故事和游戏。他接受过思维课程的专业训练，普通话也很标准。”

千慧问：“李海讲课时有案例分析吗？”

段楠一愣，问：“案例分析？指的是什么案例分析？”

千慧心里也是一愣。她解释说：“一般是这样的，培训期间，老师会向培训人员提供一个案例以及和案例相关的几个问题，培训人员以小组为单位，就这个案例和问题进行讨论，然后各组把自己小组讨论的结果展示出来，老师再对各小组讨论的结果进行分析、点评，并给出相关建议，等等。”

段楠说：“这样啊。李老师讲课时一般只是做游戏、讲些小故事或企业案例等，但没有做过你所讲的这种案例分析。”

千慧心里大致有了数。估计李海不会讲得太深。

她又问：“我是否可以去听李老师讲课？”

段楠说：“正好这个月的月末李老师在北京有一天的公开课，是其他培训公司主办的。我和他们商量一下，你到时候来听听。我也希望你能帮我做些分析，就李老师讲课的内容和方式等，给我和李老师提些建议。”

13

事后，千慧非常庆幸当时有机会去听了课。也许冥冥中这是老天对她的一种保护和厚爱吧。她后来复盘这件事，如果当时李海没有在北京举办公开课，如果当时段楠没有同意她去听课，如果她直接向客户推荐了李海，那么她一定会“死”得很难看的。

因为她们都没有想到，李海在那个公开课上讲得非常差。

那是个一天的培训课程，培训的内容是“管理者的沟通技巧”。商量之下，培训公司勉强同意了千慧来听课，但要求她只能十点钟以后到会场，而且听课期间不能与参训人员进行任何的交流。

千慧到达培训会场的时候，正赶上李海带着参训人员做游戏。他的语调有些高而尖，语速也是极快的，普通话并不是很标准，千慧甚至有些听不清楚。

千慧坐在会场后面听课。过了一段时间，她看到段楠从外面进来。她克制着自己，和段楠打了招呼，随后指了指大门，段楠点了点头。

两个人走出会场，段楠问千慧：“听了有一段时间了吧，感觉怎么样？”

千慧说：“李海的普通话也不标准啊。”

段楠很快很直接地说："在我心中，这就是 TW 人能讲的最好的普通话了。"

千慧说："李老师这样的风格根本不符合客户的要求，客户是央企。"

段楠说："我知道李老师和成老师没有办法比较，他水平只处于中游。只是，我向客户推荐的时候，只能说他是讲得最好的老师。确实有讲得好的培训师，可是，讲得好的培训师也未必会与我合作啊。"

她继续说："李老师教会了我很多，也帮助了我很多，不论是工作上还是生活上。我心理上很多负面的东西是通过他的帮助、指点而得到改变的。"

千慧没有办法再多说什么了。段楠反应如此之大，让千慧心中产生了一种"上当"的感觉。她知道，这些年段楠主要推广中低端课程，自然对课程和老师的感觉与自己是不同的。而既然段楠如此认同李海，如此需要与李海的合作，那么无论她现在说什么，估计段楠也不会听得进去。她只会更加努力地为李海、为自己辩解，这也是一种下意识的自我保护。

李海对段楠的帮助，到底是真的对段楠好，还是一种控制的方式，千慧并不了解，更没有资格去评说。但看到眼前的段楠是如此的敏感和激动，千慧决定还是什么也不要多说为妙。何况，她又有什么资格可以说更多呢？

千慧也能理解段楠，毕竟每个人有每个人的命运和轨迹，每个人受眼界和水平所限，对人生、对生活、对钱财、对价值、对品质的理解和要求都是不同的。

14

千慧没有再和段楠多说，她决定留下来继续听课，直到中午课程结束。这是一种应有的礼貌和尊重。同时，她也需要多听些内容，印证自己对李海的结论是否正确。

课间休息的时候，有两位参训人员走过来，和主办方的小女孩说："麻烦你，一会儿能不能和老师说一下，不要再领着我们做游戏了。我们知道TW老师培训的时候愿意做游戏，可这一上午，他也没有讲什么，净领着我们做游戏了，好像我们是幼儿园大班的孩子。而且，这些游戏我们以前都做过。”

段楠后来稍稍平静下来，和千慧解释说，这次课程李老师的状态确实不如以前，她也不知道是怎么回事。今天早上，培训开始前，她和李海还在会场里有过激烈的争执。段楠又说，内训和公开课的讲授方式也不一样。现在距离内训还有一段时间，千慧可以把客户的情况和需求等再和李老师详细说明下，请李老师配合调整，相信到时候培训效果会好的。

千慧说：“好的，我想想，回去我们再联系。”

而在回去的路上，千慧已经决定，一定要换老师，回到公司就赶紧联系其他老师，坚决不能冒这种风险。培训师一旦上了讲台，就只能听凭他做主了。他会认为自己讲得对、做得对，轻易不会接受培训销售的建议的。

而且，培训行业的很多培训师并不能做到灵活调整培训内容。即使是一些很知名的培训师，也是经常拿着一套课程到处讲。

千慧并不相信这位李海老师可以按照自己的建议去调整课程内容和授课方式。李海的普通话，他的语调、语速，也实在是让她担心。而如果李海再任性，领着参训人员在培训期间做游戏，就更加不可控了。这个客户对课程内容的要求还是很高的。

千慧一边庆幸能够尽早发现这些，没有与李海和段楠合作；同时亦在反省，为什么这次没有坚持住自己“不与TW培训师合作”的原则。或者，是她自己有些偷懒，图省事，与更容易联系上的培训师合作；又或者，是她太相信段楠，但却忽略了一点，个人水平和品质要求的差异。从此，千慧更加坚定于还是要靠自己来选择培训师。也是通过这件事，她更不敢轻易相信任何一位讲师助理和讲师经纪的推荐。今后还是要多听课的。

第七章　有为青年在焦虑中成长

1

2015年6月，一个周日的晚上，安嘉琦和一个老客户——叶子鹏相约一起吃饭。叶子鹏和安嘉琦从认识到现在已有六七年的时间，两个人始终保持着比较好的合作和沟通。

叶子鹏三十六岁，身高一米七五厘米左右，偏瘦一些。从认识至今，两个人的外表几乎都没有什么变化。

叶子鹏是昨天与嘉琦联系的，他是借下周出差来北京的机会，提前到几天，参加一个为期三天的培训。

培训是由国内一所著名大学管理学院组织的人力资源系列课程，包括“领导力提升”、“劳动合同法”、“薪酬管理”，分别由学院的三位教授讲授，每位教授讲授一天。参加这次培训的一共有三十五人，很大一部分学员来自央企、国企，大多是从事人力资源工作的。叶子鹏也注意到，其中一家央企有十五位管理者来参加，占了将近整个培训班的一半。从职务看，这十五个人中只有五个人是从事人力资源工作的，其他十个人是各个部门的中层管理者。

听了叶子鹏的介绍，嘉琦分析说：“是不是有这样的可能，管理学院的毕业生现在在这家央企工作，负责人力资源工作，所以可以组团来参加学院的培训。”

这所大学管理学院的人力资源管理专业在国内是比较权威的，很多央企、国企都认同。这里的毕业生很多都是大学一毕业就进入央企、国企，多是进行人力资源管理工作的。这确实是个比较好的资源和条件，因此学院有些老师、教授会利用这些学生资源，开展自己公司的业务。

2

安嘉琦一直以为，现在央企、国企的外派培训控制得挺严的。没有想到，这家央企还能派出这么多人来参加费用这么高的外部培训。要知道，这家央企的企业大学在培训业内也是很有名气的。该企业大学坐落在北京北部郊区，是一个环境优美、空气清新的地方。

而叶子鹏所了解到的是，央企的培训一直没有减少。只是，现在央企集团总部多是成立自己的培训中心或培训学院，自己组织下属企业的各项培训；有些培训中心或培训学院也参与市场竞争，向其他公司提供培训。

他自己也参加过他们集团培训中心组织的几期培训。有的时候，一期培训会安排五至七天的课程，由总部培训中心下通知让下属企业派人来参加。单个人的培训费用并不算高，但是一个班的培训人数很多，有时会有一两百人一起听课，算下来，一个培训项目的总费用是很高的。

被集团培训中心邀请到培训班上讲课的人，有集团的领导、集团内部的培训师，而主要还是以合作的自由培训师，院校的老师、教授为主。在叶子鹏看来，总体而言讲得好的人并不多，有些人讲得浅、讲得浮；有的人讲得带有错误和偏见；有些院校的老师讲得偏理论性，和实际有些差距。

就课程而言，有些叶子鹏根本听不下去。但出于礼貌，每次培训评估时，他的打分都是“好”。他不能理解集团总部的培训中心为什么要请这些在自己看来讲得很滥的老师、培训师，并且有些还会反复邀请。他分析，培训组织者之所以这样做的原因可能主要有三点：一是培训组织者的水平确实有限，对教授、培训师的判断、分析和选择能力不足；二是在意费用，只邀请那些费用低、表面上又能说得过去的老师、培训师；三是可能存在利益上的合作。

而培训本身也确实是“众口难调”。

前不久，他们行业内非常知名的一位院校教授举办公开课。叶子鹏和下属企业中的三位人力资源经理一起去参加。这三位经理对该教授的评价都相当高。其中有一位经理对叶子鹏说："这是我参加过的培训中，老师讲得最好的一次。"叶子鹏当时有些讶异。他认为，在自己组织的培训中就有些老师比这位教授讲得更好一些。而集团总部的人力资源部副主任则对他说："这些年，这位教授的课程没有一点儿进步，讲的还是几年前的那些内容。"

叶子鹏笑着说："你看，就这么同一位老师，不同的人会产生不同的印象和评价。人与人的认知差异和水平差异总是存在的。"

嘉琦表示赞同，说："是啊。人与人的认知和水平是有很大差异的，经常会超乎我们的理解和想象。"

正因如此，嘉琦时刻不忘要多了解课程和培训师。她问："这几天的培训，这些老师讲得都不错吧？"

几年前，叶子鹏和嘉琦都分别参加过其中两位教授的培训。只是最近两三年没有再听过他们讲课。

叶子鹏认为，讲授"劳动合同法"、"薪酬管理"的两位教授所讲的内容和以前变化不是很大。但讲授"领导力提升"的李智松教授讲得很不错，理论基础扎实，也有自己的思考，课程内容有新意、有深度，还有很多的案例。李教授也为参训人员提供了很多电子版的学习资料和案例。看得出来，他一直在很踏实地做研究。

在课程中，李教授直言，他并不太赞同现在经常鼓吹的互联网公司的经营模式和管理模式。他认为，现在互联网公司数量多、影响大、比较吸引眼球，但当下不断涌现的许多新理念、新词语，大多是"快餐"，眼下可以吃饱，却未必能吃好，更有可能在未来产生不好的影响。他建议大家尽可能地多一些思考，走得稳一点儿，哪怕慢一点儿。

李教授讲道："不论一个组织还是一个人，开始的时候，发展得过快都未必是件好事，往往根基不足，缺少发展的后劲。不要别人说什么你就信什么、就要跟着学什么。现在，很多互联网公司成立的时间都偏短，目前还处于创业期。创业期的管理与成熟期的管理还是有些不同的。一些互联网公司所推崇的理念和热词，现在看上去很热闹、很有道理，却未必能经得起时间和市场的检验。成熟企业、传统企业要学习如何更好地运用互联网，但未必一定都要向他们学习，更不能不加思考地跟风跑。毕竟，后果是要自己承担的。”

李教授建议，如果真正想学习管理，还是要多向联想、海尔、华为这样的企业和领导人学习。这三家企业是真正体现了“管理创造价值”的企业。而这些企业也存在不足，这很正常，哪家企业都会存在或大或小的管理不足。打个比方，就好像你看见一个人在六千米的海拔上走不动路，你就敢嘲笑他吗？不能吧。除非你更高，在七千米上行走。

3

嘉琦问叶子鹏：“你呢？最近在忙什么？是否已经开始准备培训课程了？”

前段时间，叶子鹏向嘉琦要了一些课程的资料考虑先准备、开发一两个课程，可以先在公司内部讲，待有些基础，有机会的话，再到集团讲，甚至可以到外部讲。很多的企业培训师就是这样逐步发展起来的。即使将来不讲课，他相信，在准备课程的过程中，对自己的成长和发展也是会有很大帮助的。

只是，叶子鹏和整个人力资源部最近都太忙了，他还没有时间和精力来准备课程。他想着，等到忙过这段时间，再开始好好地准备。

他说：“现在的好老师讲课费用都太高了。我们组织培训时，在费用上的压力比以前要大很多。”

嘉琦说：“是啊。我能理解你的这种感受。有些老师的费用确实有些偏高。关键是现在讲得一般甚至很差的老师太多，他们的费用在那儿摆着，如果好老师的讲课费用不高一些，也体现不出来差距。可能，讲课好的老师在心理上也需要这种差距。”

叶子鹏说：“最近忙的都是一些没有意义的事情。但是有上面的指示和要求，不得不忙，先得把这些任务应付过去。现在整个部门的人分身乏术，天天加班加点地干；还经常在外面出差，收集各种资料。等忙过这段时间，再开始做一些对组织有意义、有价值的事情。我们做人力资源的，苦啊！”

嘉琦笑着说：“人在江湖，身不由己。想开点儿，谁不苦呢！活着就是受罪。你们是确定性的苦，只是忙些、事情多，但是稳定呀。我们这些浪迹天涯的，才是真正的苦，不确定性太多。”

叶子鹏笑着说：“现在让你去其他公司，你也只有不适应了吧？估计即使能待一段时间，早晚也得撤出来。”

4

在 2015 年 3 月，叶子鹏和嘉琦也曾经一起参加过一个会议。

当时，嘉琦和叶子鹏说：“今后，对管理者的管理能力和领导力要求只会越来越高了。可能，将来会是一个巨大的挑战。只是，现在有些企业管理者还没有真正认识到这个挑战，还是按照原来的思路和方法去管理、去做事，这样将来有可能会付出代价的。现在的年轻人，越来越有思想和主见、越来越有个性，也越来越不好管理了。可是，很多的管理者还在继续挑剔年轻人的毛病和不足，殊不知，管理的巨大挑战已经近在眼前。”

嘉琦说出这些话，也是有感而发的。

当天参加会议的人很多。下午，会议快要开始时，他们两个人好不容易才找到两个空位子。刚刚坐下，叶子鹏就接到个电话，是单位打来的，他习惯性地用当地话说了几句，就赶紧把电话放下了。

嘉琦旁边坐着的是位二十岁的小伙子，个子不算太高，白白净净的，很秀气，他马上说：“你们是成都人？四川人？”

嘉琦但笑不语。叶子鹏很是无奈，说：“我的成都话有这么明显吗？”

小伙子自我介绍说，他也是来自成都的，对成都话格外敏感。他现在是北京一所著名大学金融专业大二的学生。

嘉琦很佩服地说：“你读高中时，在成都，一定是响当当的学霸。”

小伙子很是谦虚，说：“还行吧。”

这位大学生也已经参加了上午的会议。他感慨，中国的演讲嘉宾和国外的、外资企业的演讲嘉宾之间还是存在着很大的差距的。外国人的活力是中国演讲嘉宾所不具有的。一位外国演讲嘉宾，个子不高，五十多岁，讲到兴奋处，从讲台上一下子跳下来，走到观众中间讲解；然后讲着讲着，又一下子跳回到讲台上，继续讲。跳上跳下很是灵活敏捷，演讲期间充满活力。而此次出席会议的中国演讲嘉宾全部来自国内知名企业，都讲得中规中矩，照本宣科，缺少活力和新的内容，仿佛只是在为自己的企业和产品做宣传、打广告，而且显得很生硬。他还注意到很多细节，比如参加论坛的外国嘉宾在其他嘉宾发言时，听得最为认真，还不时地记录。

上午会议结束的时候，叶子鹏也和嘉琦说，外国嘉宾讲的是“道”，中国企业嘉宾讲的是“术”，这种落差有些太大了。他更愿意听“道”。看到这些中国企业高管们的水平，就知道这些企业为什么“今不如昔”了，甚至有可能“明不如今”。

嘉琦对这些中国企业嘉宾的表现理解得相对多一些。除了水平和能力所限，可能还有一个原因，让他们只能如此表现平常：现在的信息传递是如此之快，这些企业中人出席这样的大型会议也是不敢多说话的。最怕稍不留神，说出一句引起媒体和网民热议的话语，出现公关危机，反而影响了自己和企业。可能他们的想法就是先求安全，发言时采取相对保守保险的做法，把出席论坛演讲只是当作完成一项任务，中规中矩地讲，不求精彩，只要不出差错就是成功。

下午的会议开始了。一位演讲嘉宾走上台，是一家知名国有企业的人力资源总监，四十多岁。他一开口，大学生和叶子鹏就不约而同地笑了起来。该嘉宾也说着一口带有浓重成都口音的普通话。

他的演讲也和其他中国企业的嘉宾一样，中规中矩，缺少活力。

大学生说话也很直接，说一看他的形象和气质，就是典型的国企干部，讲话也是一板一眼的。这种国企干部的气质和外国人、外企人太不一样了。

他说：“今天回去我就要写一篇论文，内容就是有关今天会议的中外演讲嘉宾的风格差异。”

嘉琦很是意外，笑着说：“现在，要成为一位好的领导多不容易啊。估计，将来你们毕业后，如果在工作中遇到这样的领导，恐怕也不会喜欢吧。”

大学生说：“那是。我们肯定不会喜欢这样的领导的。他就像我们学校的党委书记似的，成天地开会、说教，我们都不喜欢听。”

这时，又有一位演讲嘉宾上台，是一位女士，她是一家国外知名企业中国公司的人力资源总监。看外表大概有五十岁的样子，很瘦，短发，脸色略有些苍白。她自我介绍说在这家公司工作已经有二十年了，一直从事人力资源工作。她主要讲的是有关“领导力”的内容，她的PPT是全英文的，而且每一页上的内容都很多。

叶子鹏说：“压力好大，看不懂英文。”

他对这样的做法心下是有些不解的。一个中国人，一位资深的人力资源从业者，为什么会在这样一个举办地在中国、举办方是中国公司、参会人员基本是中国人的会议中，使用全英文的PPT？这未免有些以“自我”为中心了，属于低级的错误。这让参会人员，特别是如他这样平时不使用英文，英文也不算很灵光的人如何想呢？他不久前参加了一个大型人力资源论坛，世界人力资源之父戴维·尤里奇教授出席论坛并进行了将近两个小时的全英文演讲。那个论坛的主办方就很用心，戴维·尤里奇教授的演讲PPT是中英文并用的。

叶子鹏想，也许这是她以前在公司内部授课时所使用的PPT，现在只是直接拿来一用，却并没有意识到，出席论坛时需要改成中文的或者中英文并用的。

5

去年12月，叶子鹏和嘉琦参加过一所大学经管学院的年会，其中有项会议内容是一位美国管理学家通过视频进行演讲，并与中国嘉宾对话。

这位美国管理学家是美国一所著名商学院的教授，也是世界知名的领导力变革专家，被《商业周刊》评为“世界最有才华的十位管理大师”之一。

在视频演讲中，美国管理学家主要讲解了有关领导力、决策、变革、培养人才等相关内容。讲到“行动中的价值观”的时候，他结合了GE前后三位领导人的不同进行阐述。

美国管理学家讲道：

决策是有效领导力的精华所在。它包含了三个方面：人、战略和危机。在每个方面都包括三个过程：准备、命令和执行。良好的领导力决策取决于自身、社交网络、组织和利益相关者。领导者应该有效地做出领导决策。领导力的核心是“始于想法”。成功的企业具有强大的价值观；成功的领导者将践行公司价值观——无论是私底下，还是在公众场合。

同时，教授也讲道，知识创新呈螺旋式上升，知识解构呈螺旋式下降。

而与美国管理学家对话的中国嘉宾则始终更关注国内目前比较热闹的话题：互联网思维、互联网带来的变化和影响、碎片化学习等内容，询问的多是有关谷歌、脸谱这些美国互联网公司的内容。感觉上，双方的对话仿佛不在一个空间和时间上。

美国管理学家的视频演讲和对话结束后，是中国院校的教授对该管理学家的讲授内容进行点评的环节。一位教授说：“我感觉有些失望，今天并没有得到我希望得到的答案。”另一位教授直接说：“我感觉这位美国管理学家有些落伍了。”

听到这里，叶子鹏笑着说：“这些院校的教授也挺有意思的，自己学院组织的活动，自己却来挑毛病，分明是来砸学院的场。也许就是想显示他自己吧。明明是他们理解不了管理学家所讲的内容，还自以为是地点评。管理学家讲的是基础内容、是原则、是常识，他们却只能看到表面的，只想追热点。”

嘉琦说：“是啊。中国人有些太热衷于谈论热点话题了。中国的大部分企业，管理的基础工作都没有做好，就只是着急往前跑、追热点，也不好好考虑一下，这些热点内容是否适应自己的企业。有关注这些热点话题的功夫，真不如做些基础性的管理工作。”

叶子鹏说：“做基础性的管理工作多难呀，还不容易在当下看得到成果和业绩。追这些热点话题，至少对内对外都好说，都有个说法。”

6

嘉琦和叶子鹏刚认识的时候，叶子鹏是这家央企省公司总部的培训经理。

当时，叶子鹏说他们省公司计划为下属企业的班子成员提供系列的管理和领导力培训，请嘉琦推荐好的老师和课程。费用上的考虑倒还在其次，关键是课程效果一定要好，老师一定要有水平，要能“震”得住这些班子成员。

嘉琦请叶子鹏把他们的情况、具体的想法和要求等尽可能多地告诉自己。叶子鹏介绍说，省公司和人力资源部在培训需求上已经有了一些初步的想法和要求，主要是面临现在的急剧变革的时代，希望公司的高管们能够从外部获得更多的新信息、新思维、新启发，增加忧患意识和竞争意识；希望高管们对自己、对团队、对业绩都能有更高的要求和追求；希望课程中包括如何理解和应对变革、如何加强组织内部的沟通、如何提升组织的效率、如何提升组织绩效，等等。尽管现在公司高管们的业绩和能力都还是不错的，但省公司的总经理认为，这些高管们完全可以做得更好，他们目前还是有些安于现状，缺少进取，距离总经理的想法和要求还是有些距离的。

同时他还说，他们是整个集团中成立最晚但发展最快的省公司，现在他们公司的利润率在整个集团中名列前茅。参加这次培训的高管大多四五十岁，多是技术和业务背景出身，业务能力和技术能力都很强，而且也都比较有个性。他们经常参加集团组织的各项培训，以视频培训为主，听过不少老师讲课，对课程和老师相对也比较挑剔。所以，对于这次的培训，总经理和人力资源部门都很重视，要求也很高。

嘉琦说："没问题的。我能理解您的想法和要求。我们不怕您对培训的要求高，我们最怕您对培训没要求或要求太低。我们一定会推荐让您和领导们都满意的课程和老师。"

嘉琦首先推荐了"卓越的领导艺术"课程，又根据他们对课程的要求和想法，提供了"绩效管理"、"非财务人员的财务管理"的课程和老师。同时对每个课程都提供了详细的说明和建议。

叶子鹏一眼就看好"卓越的领导艺术"，他认为该课程的内容挺全面的，比较适合高管们同时参加。

"卓越的领导艺术"是专门针对高层管理者的课程，是一门集大成的课程，包括战略管理、学习型组织建设、领导力提升、领导者的教练技术等内容。

7

之前叶子鹏对课程讲授的时间还有些担心，觉得三天会不会太长，高管们会不会坐不住。

嘉琦告诉他，"卓越的领导艺术"的课程内容比较丰富，每天下午会组织一个案例研讨，老师讲得也很好，信息量很大，高管们不会坐不住的。如果叶子鹏确实认为讲授三天时间有些长，他们可以一起商量，根据公司和参训人员的情况，对课程内容进行调整，也可以删减某个模块。只是这样一来，内容就不会讲得那样完整，在深度和广度上都会有些欠缺。

听了嘉琦的话，叶子鹏反复地看"卓越的领导艺术"的课程内容，课程中任何的内容他都舍不得放弃，于是他坚定了讲三天的选择。

突然，他问嘉琦："今天上午，单位里发生了件事情想咨询你一下，你能否帮着提些建议？你们经常参加培训，对管理应该也有自己的理解吧。"

嘉琦感到很突然，说："说来听听，我尽力而为。"

叶子鹏讲到单位里一位员工的一些问题，问嘉琦，出现这样的情况，应该如何处理比较好？

嘉琦心里清楚，对叶子鹏提出的这个问题，要回答得很谨慎，既不能说自己都不懂，也不能说得更多。毕竟，对面前的这个人她还不是很熟悉，他的水平、他的想法，都决定着嘉琦回答水平的高与低。

嘉琦没有直接给出答案，她也不可能直接给出答案。

企业中的管理问题，往往不是表面上看得那样直接、简单的，背后总有些更深层、更复杂的原因。

嘉琦又向叶子鹏提了几个问题，了解到更多的信息。然后，她建议叶子鹏从几个角度去考虑。

嘉琦这样做，是相对比较安全的。显得她既懂管理，对管理有理解，同时，又不是自以为是地断然下结论。她并不想显得自己比客户的水平更高、见识更广、认知更深似的。她的专业水平是来帮助客户做得更好的，而不是用来在客户和其他人面前显示、炫耀和找感觉的。

如何让客户既感觉到培训销售有水平、懂管理，同时又要让客户自己感觉好，这是门学问，是门高深的学问，是需要用心领悟、需要经验、需要对人性和心理的了解和思考的。

事隔多年，一次培训期间，嘉琦听到叶子鹏和邓毅、任洪波谈起他们第一次的合作。

叶子鹏说："我选择培训公司时，一定会问培训销售一个管理问题，看其是否懂管理，如果销售不懂管理，我是不会与他们合作的。"

8

叶子鹏还是有些担心，担心嘉琦推荐的成老师讲课是否真的如她所说很好，是否能"震"得住他们的高层管理者们。

他平时和公司的高管们经常交流，也比较了解高管们的情况。这些高层管理者，基本都是凭借自己的业绩和能力走上来的。他们对业务、技术都很精通，在管理方面也有多年的经验，其所在公司的业绩也都不错。因此，相应地多少都有些傲气，不会轻易服气于某个人。平时参加集团组织的视频培训，如果老师讲得一般，他们经常是要么请假，要么接个电话说单位有事情就提前走了。如果老师讲得不好，那就更不客气了，以前视频培训时就曾经发生过老师讲得不好，他们站起来直接“走人”的情况。

嘉琦明白，这几乎是所有的培训组织者都会有的担心。越是高管们参加的培训，培训组织者的压力越大。她唯有尽可能地让培训组织者了解老师更多的情况，也尽可能地减少培训组织者的顾虑和担心。

因此她请叶子鹏放宽心，同时，她更有信心成老师的课程不会出现叶子鹏担心的情形。

成老师平时不仅讲课，也为一些企业的高管团队提供辅导，他对高管们在工作中的压力和经常遇到的各种问题是比较了解的。在嘉琦看来，成老师的课程更适合高层管理者、高水平的人来听。越有水平、越有管理经验、越有丰富人生阅历的人，听成老师的课程会越过瘾，越容易产生共鸣。如果参加培训的是相对年轻、管理经验少的管理者，嘉琦反而会担心得更多一些，担心成老师课程中有些地方会偏深，年轻的管理者缺少更多的体会和经验，理解得不够深。

以前，嘉琦曾经和同事讲过，通过听成老师的课程，可以判断自己的水平。如果很有感觉，很是受益，说明自己的水平和悟性还是不错的。如果有些吃力，感觉很多地方听不懂，说明自己的功力还是稍浅了些，更需要多读书、多学习、多思考。

嘉琦曾经为一家央企的下属公司提供培训，该公司是半军工企业，当时的这个管理培训是其总经理提出组织的，要求中高层管理人员必须全部参加。这也是该企业第一次自己组织这样大型的管理培训，培训部非常紧张，很担心培训效果。为了组织好这个培训，培训前，培训部专门召开了几次会议，就培训内容、培训需求等情况进行讨论，也向嘉琦提出了很多想法和要求。嘉琦对培训部部长李梅说：“李部长，我可以负责地跟您讲，如果到培训的时候，您说成老师的课程讲得不好，那中国的培训就都可以不用听了。”当时李梅还觉得嘉琦未免口气有些太大，半信半疑的。而听过成老师的课程后，李梅认可了嘉琦的说法。后来，她还向同系统其他单位的同事推荐了成老师的课程。

9

叶子鹏问嘉琦："向你请教一个问题，可以根据哪些信息和内容来分析哪位培训师更有水平、讲得更好呢?"

嘉琦心下更是明白，叶子鹏是非常聪明、会学习、会利用外部资源的人力资源从业者。她联系过的人力资源从业者不算少，除了叶子鹏，没有一位会直接问出这个或类似问题的。大部分的人力资源从业者更愿意根据他们接触、了解的信息和观点来阐述、强调他们自己对培训和培训师的认知和理解，而且，很多时候是不容置疑的。对于这些，嘉琦都可以理解。人的认知来源于经历，而这些是最难改变的，或者说是其他人轻易改变不了的。

嘉琦不紧不慢地阐述自己的理解：要分析一位培训师的水平，可以看培训师的课程体系，是处于高中低端哪个层次；可以看培训师的课程大纲，是否符合逻辑；同时也要了解培训师的工作背景、合作案例、合作企业的水平和规模、合作的培训机构的水平等。如果一位培训师与多家顶级培训机构都合作过，那他的水平和课程品质是基本可以保证的。就嘉琦目前所了解的中国管理顾问，还没有一位管理顾问可以如成老师这样，和多家世界知名企业、知名企业的管理学院、国内知名的培训机构都合作过。要知道，这些世界知名企业管理学院的客户，大都是我们国内相当有水平、有实力的大企业和行业。

嘉琦说得看似很轻松、很简单，其实，这真正考量的还是一个人的水平和功力。如果水平和功力不足，即使看培训师的课程大纲和资料，也依然是：好，看不出来好；不好，也看不出来不好。还是那一句，"再好的东西也需要识货人。"

嘉琦又向叶子鹏提供了一份成老师的详细介绍。她以前并没有准备这些。还是因为前不久，她在洽谈一个培训合作时，一位客户提出来的，能否把成老师的介绍内容提供得再详细一些，更有利于她向领导说明和推荐。

叶子鹏看过这份详细介绍后，说道："安嘉琦版的成老师介绍，能感觉出你对老师课程和风格的个人化体验和总结，无处不体现着你的洞察力和细心。"

他发出一个"强"的表情。

嘉琦对成老师的介绍都来源于她的真实感受。她是听着成老师的培训课程成长起来的，是"培训有效"的践行者。她能有今天的见识、成长，始终非常感念于成老师的指点。这么些年，她和成老师无数次合作，在无数次的课程中，她经常被成老师所讲的内容感动和激发。对嘉琦本人而言，她是非常乐于向更多的企业和管理者介绍、推荐成老师的课程的。多少地，她有些使命感。

10

培训实施时，叶子鹏亲自到机场迎接他们。

虽然叶子鹏和嘉琦是第一次见面，可能是因为之前聊得比较好，双方都没有多少陌生感，一见面就像老朋友一样很自然地交流着这次培训中的工作。

而他和成老师也没有丝毫的陌生感，成老师对叶子鹏也是欣赏有加。这期培训结束后，成老师对叶子鹏说："好好珍惜自己的机会，珍惜自己的聪明、细心、用心。只要踏实地好好干，你将来一定会有很好的发展。"

晚上，叶子鹏的直接上司罗主任特意赶过来和成老师一起吃饭，并进行沟通。

罗主任四十岁，中等个儿，也是个帅帅的男人，也非常注重礼貌和细节。他的父母都在当地市政府机关工作。

一见面，罗主任就和成老师一见如故，两个人的性格都比较豪爽、阳光，仿佛是多年的朋友，相谈甚欢。

罗主任把省公司的成立情况、结构、业务、发展、人员等情况又一一介绍给成老师。他对省公司总经理的评价相当高，说总经理有想法、有能力、想做事，他非常感谢总经理对他的任用和信任。同时，嘉琦也能看得出罗主任对叶子鹏的欣赏和两个人的默契配合。

罗主任很真诚地说，叶子鹏是个很细心、很用心的人。他有什么事情交给叶子鹏都很放心，叶子鹏在很多方面考虑得比他更细致、更全面。在工作中能有这样一位好助手，实在是件很幸运的事情。

11

这是他们省公司第一次为下属各公司的班子成员组织管理培训，一共六天课程。

总经理很重视这次培训。培训第一天上午，在开学典礼上，省公司总经理致辞，他讲了整整一个半小时。

总经理讲道：

我认为，一个单位的形象主要取决于单位的干部队伍的形象。我们干部队伍的素质要始终不断地提高，没有干部队伍的提升就没有单位的发展。

如何打造一支高素质的干部队伍，主要有几个方面，比如干部日常管理的创新、干部预警、干部的学习等，这都是干部管理很重要的内容。我希望我们大家能够把自己的经验进一步地去粗取精，进一步地沉淀起来、丰富起来。

我一贯认为，工作到了我这里，如果我做不到名列前茅，我就会感到一种耻辱，感到对不起组织和我自己。可是，我们中间总有一些人对自己没有这么高的要求。例如，有些人想的是，其他人还没有我干得好，我干吗要干得这么好？有些人不是“见贤思齐”，而是“见不贤而思齐”。有些人觉得，干这么多的工作犯得着吗？这不是犯傻吗？这个事情又不是我干的，再说我也干不完，干了也没有什么成绩。

如果我们总是强调客观的薄弱环节、阴暗面，把它们作为支撑我们不作为、少作为的基本依据和理由，我们的社会就会整体往下颓废。如果我们能“见贤思齐”，把社会的优秀面作为看齐的标杆的话，我们就会整体地走向进化。

我们当领导的，可千万不能颓废、不能消沉啊。在任何时候，我们都要始终保有一种精神，一种能够迎难而上、克服困难的精神。

12

举办开学典礼的时候，成老师和嘉琦按照罗主任与叶子鹏的要求和安排，在教室外面等待，他们并不知道总经理讲了哪些内容。

第一天下午，课程结束时，罗主任就有些出乎意料的惊喜。他没有想到，成老师今天所讲的内容和上午总经理所讲的内容相互呼应的有很多。就仿佛成老师知道总经理上午在开学典礼上讲了哪些内容、提了哪些要求，而他在课程中有意呼应、配合一样。

晚上吃饭时，罗主任丝毫不掩饰自己的情绪，略有些激动地说：“这可太神奇了，成老师是怎么做到的?”

成老师和嘉琦都只是微笑，并不多说。成老师几乎从来不与客户介绍自己的事情，也不会刻意强调自己曾经为哪些企业提供过培训。他和客户交流时，更多的是谈论人生、社会、经济，更多的是分享与管理和领导力相关的内容。

嘉琦知道得更多一些，类似的情况也曾经发生过。

成老师曾经为深圳的一家大型国有企业提供培训，当时，该企业的董事长和总经理没有参加培训。第一节下课，企业的人力资源部部长给总经理打电话，说：“这位老师太厉害了。他把您平时想讲的，却没有讲出来的话都讲出来了。”接着他在电话中向总经理转述了成老师课程中的部分内容。总经理听后精神一振，告诉人力资源部部长：“你好好听课，好好记，每次课间给我打电话，把老师所讲的重点内容转述给我。”

成老师在培训期间可以观察、分析和判断出企业中存在的一些问题。出于对客户的尊重，在每次的培训中，他都只是比较含蓄地表达自己的建议。在那一次的培训中，成老师第一次也是唯一的一次，在白板上写下了“老而不尊是为贼”这几个字。

13

在培训中，成老师讲道：

杰出管理者的三大意识，是指效益意识、风险意识和资源意识。我们大部分人在乎的是风险，首先考虑的也是风险，而卓越人士追求的则是高效益。卓越人士在痛苦面对高风险的同时，能够有效地抗住高风险，并且通过自己的努力把风险降下来。其终生追求的都是高效益、低风险。而降低风险的艺术就是管理。“资源意识”指的是，我们要想方设法地开发能开发的所有资源。

讲到这里，成老师问：“大家说，21 世纪，最宝贵的资源是什么呢?”

所有人异口同声地大声说：“人才。”

成老师笑了。这在他的预料之中。

每次在培训中问这个问题时，他最怕听到这个回答，但往往得到的都是这个回答。所有企业、所有管理者对于这个问题的回答永远都是如此的快速而一致。

成老师半认真、半开玩笑地说：大家这样回答，我就知道，各位是在“灵魂出窍”，根本没有经过自己的思考，没有结合自我来思考。我从课程一开始时就强调，听课时，要更多地结合自我来思考。

他继续讲：

我问大家，人，真的是资源吗？其实，人首先是最昂贵的成本。人只有在管理有效的情况下才是资源。企业最宝贵的资源绝对不是人才资源，企业是不拥有人才的。越是重要的岗位，它的流失性越强，未来的人才流失只会越来越严重。结合我们个人，21 世纪，最宝贵的资源是机会。对企业而言，最宝贵的机会就是战略资源——我们的客户在哪里？

对于我们个人而言，再也没有什么比机会更宝贵、更稀缺的了。机会不仅难得，而且转瞬即逝；机会不仅难得，而且容易被浪费。机会是相对于愿景而言的，对于一个无所求的人而言，机会对于他毫无意义，他不会感到有机会在他身边。一个人，如果见识和眼光不足，也很容易丧失掉最宝贵的机会。而学习能力强，自我改变、自我塑造快的人在21世纪的机会会更多。

而一个有所追求的出色的人，是如何理解机会的呢？1992年，邓小平当时已经是八十八岁的高龄，他在南巡讲话时还说："要抓机会。我就担心丧失机会。不抓呀，看到的机会就丢掉了，时间一晃就过去了。"

邓小平又是如何认识机会的？邓小平的女儿问他：长征时你都干了些什么工作？他说：跟着走呗。1973年，邓小平从江西回到北京，毛泽东第一次召见他，问他：你在江西这么多年做什么？他说：等着呗。加拿大总理特鲁多问邓小平三落三起、最终能够重返政坛的秘诀是什么？他的回答只是两个字：忍耐。

所有的伟大都是"熬"出来的。而大部分人却是在"混"。"混"和"熬"是有本质区别的。人性的力量是通过"熬"体现出来的。

14

成老师在课程中曾经无数次地讲到"机会"，讲到机会的重要性和稀缺性。参训人员听的时候都觉得很有道理，也听懂了；但在现实中，却往往仍是一不留神就会错过机会，忘记了机会的稍纵即逝。而到底能够抓住机会还是错过机会，和年龄、经历等并没有太大的关系，更多地只与自己的意识和见识相关。

在培训中，嘉琦曾经听到参训人员讲过这样一件事：

一位管理者，五十岁出头，担任一个部门的副职。公司领导找他谈话，准备提拔他到另一个部门担任正职。而那个部门的现任副职，恰好是这位管理者最好的朋友。管理者觉得，如果自己过去担任正职，会影响朋友的提升，有些太不够"哥们儿"了。他就直接拒绝了。可他却没有想到，过了没有多久，他的那位朋友调到了他所在的部门担任正职，从此成为他的直接领导。而以这位管理者的年龄和资历，在企业内部可以再被提拔的机会已经很少了。这样的机会，很有可能是他退休前遇到的最后一次。这件事情发生后，他也陷入深深的懊悔中。

15

至此，罗主任对成老师的水平和功力已经很信服了。

这些年，成老师通过不断地研究、交流、观察，对各类型的企业、企业管理中常见的问题、企业高管的相关情况等都比较了解。他通过罗主任和叶子鹏的介绍、通过自己的观察和分析，就基本能够了解到总经理的风格和要求，以及企业目前的情况等。

而罗主任和叶子鹏最担心的事情也并没有发生。

这些高管们听得很认真，笔记也记得很认真，并积极地参与和配合案例研讨。课间休息时，还主动和成老师一起聊天，咨询和沟通管理工作中与教育孩子上碰到的一些问题和困惑。

多年后，叶子鹏还拿出当时培训现场的照片对嘉琦说："看，这些人听得多认真啊，平时都是那么牛的人。"

罗主任在培训结束后说道："我们这是自己给自己出了个难题啊。这次的培训搞得这样好，以后再想要超越就难喽。"

同时他认识到一件事情，如果以后再安排其他老师和成老师一起讲课，一定要将成老师的课程放在最后。嘉琦明白，罗主任说这话是有原因的。这次"非财务人员的财务管理"和"绩效管理"的课程都安排在成老师的课程后面，老师们讲得亦不错，当然和课程内容也有些关系，能明显看出来部分高管有些坐不住。学员们听过成老师的课，品味调高了，再听其他老师的课，就都感觉有些不过瘾了。

16

过了三个月，叶子鹏又与嘉琦联系，请她为没有参加上次培训的另一批高管提供第二期的培训。

这次，他们直接指定成老师的"卓越的领导艺术"课程；同时，也提出新的课程需求，希望讲授一门思维方面的课程，提供思维创新的理论，同时也提供一些技巧和工具方面的内容，帮助这些高管们实现思维创新、有效分析与决策等。

嘉琦根据他们的要求推荐了“理性管理思维流程”，讲授两天。课程效果依然都很好。

由此，叶子鹏对嘉琦更加信任了。在组织这个培训前，他并不知道还有“理性管理思维流程”这个课程。该课程是国外授权课程。课程中强调主动管理，也是培养主动管理的思维、行为方式的课程。课程共分为四个模块，每个模块讲授半天。每个模块分为两部分——基础部分和结构部分，基础部分主要是讲解理念与思想，结构部分是提供具体的工具。

嘉琦推荐的秦思源老师，主要只讲授这一门课程。秦老师在这个课程上研究得比较深，讲授时，他把中西方的文化和思想结合得很是巧妙，亦有对现实案例的理性分析。

秦老师在课程中讲道：

主动管理很重要，前提是了解工作的流程；如何了解工作的流程，前提是自己有清晰的思维流程；而清晰的思维流程恰恰是主动管理、有效执行的前提。主动性最强的是预防措施。要准确地判断对自己来说最重要的事情是非常难的。

做一个决策，首先要明确目的是什么，想干什么，目的、手段和结果之间有没有一致性；同时，也要克服自己的恐惧、贪婪。而现实生活中，好多人不知道自己的目的是什么。

他讲到“羊群的案例”：

一只领头羊率领羊群四处找水喝，当它在高山上发现山沟里有水渠时，不小心失足跌落百米山崖，身后几十只羊不知就里，跟着一只只往下跳。于是，悲剧发生了，大多数羊当场死亡、少数羊身受重伤。

羊群在觅食的过程中，需要不断地寻找新的草地和水源，如果找不到，就会被饿死、渴死。这时候，谁能带领羊群找到草地和水源，谁就会在羊群中确立领导地位。而领头羊的这种领导地位一旦确立，它所做的一切便都是最具权威、不容置疑的。所以，在领头羊因为不小心失足坠崖后，群羊尽管明知前面可能有危险，但在从众心理的作用下，还是毫不犹豫地跟着跳了下去，造成了不该发生的悲剧。

而从众心理也是人的天性。有的时候，人比羊还要傻，现实生活中，这种“非理性的疯狂”经常可见。

秦思源是浙江人，他的讲课风格和外形于成老师都有些相近，人高大帅气，讲课亦是内容充实、思维发散、深入浅出、不紧不慢地娓娓道来，却始终不断地触动你、启发你。

秦老师也有自己的原则，根本不做任何宣传。曾经，有一家知名的培训公司邀请秦思源合作，说合作后他们一定会捧红秦思源，扩大他的知名度，并且提高他的讲课费用。但秦老师坚决不同意。他看人、看事很长远。如果过度炒作，提高费用，表面上看，当下收益很不错，名利双收，却很容易透支了他的后半生。

秦老师很享受目前的工作和生活状态，自由、轻松，做着自己喜欢的事情。他和成皓霖一样，更专注在研究和讲课方面，对名和利看得比较淡。

秦老师平时不怎么谈论培训行业。只是，有一次偶然说起来，让安嘉琦印象很深。他曾经为一家央企提供了两天的培训。后来，他和嘉琦说道：“平时一直听说那家央企经常组织培训，组织得有多好。我这次一接触、一了解，才发现他们并没有听过好课程。”

17

在这次的课程中，成老师讲道：

管理者一定要拥有权力。

我们不要畏惧权力，不要迷信权力，但是一定要尊重权力。而且，在事业的发展中，我们要努力地获得权力；但是，不要像贪官污吏一样地滥用权力。只有获得权力后，我们才能承担更大的责任。责任是权力向管理者靠拢的源泉。管理者必须勇于承担责任。权力就是机遇，权力源于业绩。

为了更好地理解权力和责任，我给大家讲一个案例。

我有一个好朋友，真的就是“自古英雄出少年”。他不到四十岁，已经成为一家银行的分行行长。整个总行里像他这样的，凤毛麟角。比他稍微年长的，也就是全行倒数第二年轻的分行行长，是五十多岁的人，可见他发展得有多快。这小兄弟超级可爱，他是党委书记兼分行行长，有了权力之后，他召集分行全体党员开会。他说：“如果对中国共产党缺乏信仰，我劝你马上写退党申请书。”这在我们传统做法上是很不可思议的吧？但他拥有权力后就敢这么干。他说：“第一，对共产党没有信仰的，建议你退党；第二，今后取消共产党员的一切福利活动；第三，今后但凡是需要牺牲、需要吃亏的活动，都是党员带头上。”

如果我们共产党各个部门的书记都能像他这样，相信，这个党组织还是会更有希望、更有发展的。各位，希望你们能成为这样的人。

我们都有过挤公共汽车的经验吧？想象一下，公交车门口已经挤满了人，你站在车下，上不去，你又有急事，着急上车。上面的人怎么说？“等下一辆吧。”你说：“挤一挤吧。”上面的人抗不住你的请求，就往里挤了一下，你就上来了。在一般情况下，你上车后，你转过身就对下面的人说什么？

参训人员回答：“别挤了，等下一辆吧。”

成老师继续讲：

你见过多少人上车后是这么说的：“里面好空啊，我们都往里走一走，挤一下，让下面的人上来。”

有没有这样的人？有，但是这样的人很少。我希望你们做这样的人。

我们加入一个组织，不是让我们受害于这个组织，而是让我们来改善、完善这个组织的。

上车之后，如果你转过身来就对下面的人说：“别挤了。”你这是受害于一个组织。

终于挤上车了，你才有权力说：“往里走走吧。”如果你没上车，你在下面说：“往里走走吧，里面有的是地方，你们就是不让。”车上面的人会怎么说？“我就不让，怎么着？”但是你上车后，你再说这话，就是很有分量的。

我们加入一个组织后、我们在赢得权力后，比我们上车后说这句话的分量会更大吧。我看我们国家的前途，虽然整体上看是相当的复杂，但是我相信，只要我们大家齐心协力，我们国家还是很有希望的。这就体现了“共创未来。”

18

从第一次培训合作开始，嘉琦和叶子鹏始终保持着很好的联系和合作。嘉琦对分公司的情况也越来越了解。叶子鹏再提出培训需求时，只需告诉嘉琦他们对培训的想法和要求、公司和参训人员的情况等，推荐哪位培训师来讲课基本由嘉琦决定，而他只是看看培训师的简历。

叶子鹏这样决定，自是有他的考虑的。

选定与一个负责任、懂管理、懂培训的培训公司和培训销售合作，沟通起来很是顺畅，可以减少很多的沟通成本和选择成本。虽然现在的培训公司很多，培训师也很多，但在叶子鹏看来，选择多未必有利于做出真正好的选择。

也有许多培训公司经常与叶子鹏联系，不断向他推荐培训师和课程。只是，叶子鹏始终有自己的评判标准。管理培训这项工作，公司规模、人员数量等硬件并不是重要的，以及从业经验、从业时间长短都不是最重要的。有那样一句话：“做过、做得好、做到极致是有本质区别的”。这项工作，最重要的是软实力，是从业者的水平、专业和用心。

虽然培训行业的从业者都认为自己是有水平的、专业的，但是接触下来，大多数并非如此。有些培训公司的知名度的确很高，但却没有行业的美誉度，课程和老师都很一般；有些培训公司人数很多，课程很多，市场份额很大，年销售额很高，却经不起了解，课程和老师都偏向中低端。这些都达不到叶子鹏公司的要求。

更为关键的，是出于对嘉琦的了解和信任，让叶子鹏更放心于嘉琦推荐的培训师。在与嘉琦的接触和交流中，叶子鹏注意到她做事情很用心、很细心，自我要求很高，她对培训师的要求甚至比自己还要高。她博览群书，有思想，思考问题很有深度；她为很多企业提供过管理培训，见识不算少，对管理也有研究；对一些问题的认知，有自己的深刻见解；但她又是如此的内敛平和，从来不显示、不炫耀，只是专注在做好所有的工作和个人的成长方面。

而嘉琦也确实没有辜负叶子鹏的信任。每次培训，她推荐的老师，都在叶子鹏原先的期望之上。

19

叶子鹏后来又邀请成老师为下属各公司的中层管理者讲授“核心管理技能提升”，为全部的中层管理者提供轮训。他的出发点很简单：高中基层管理者接受同一位管理顾问的培训，容易在上下形成统一的管理意识和管理语境，平时工作中也易于沟通。

确实如他所想，管理者们平时工作沟通时，有时会讲到成老师在课程中提到的小案例、小故事，这时所有人都会心一笑，就此展开讨论。

有时，工作讨论中出现不同想法和分歧时，管理者会不自觉地说：“成老师上课时是这样讲的。”以此来说服对方。

大家一起观看足球比赛时，有人会一边看球，一边问其他人：“你们说，如果成老师看这场比赛，他会如何分析这场球？”

20

在培训中，成老师讲道：

人生的头半段，成功的经验是埋头拉车；人生的后半段，和埋头拉车关系不大，成功的经验是“抬头看路”。而“抬头看路”是我们很不擅长的。

我挑战你们一下，今天是几号？

学员们大多数说：“×月××日。”

成老师说：

回答得正确，但不精确。今天是××××年×月××日，现在是十点三十分。回答我三个问题，你准备一年后，××××年×月××日十点三十分，你是什么样子、坐在什么地方？三年后，××××年×月××日十点三十分，你是什么样子、坐在什么地方？十年后，××××年×月××日十点三十分，你是什么样子、坐在什么地方？

他继续启发大家思考：

如果你们看到十多个年轻人在一艘船上说：“要解放全中国”。你会说什么？大部分人都会这样说吧，“有病，神经病”。可是，这是你们所在党组织的开创者在1921年所做的事情。第一代共产党人从中国共产党成立开始，艰苦奋斗了二十八年才解放全中国。我问大家，这二十八年的一半是哪一年？

学员们回答：“1935年。”

“1935年中国共产党在做什么？”

学员们回答：“长征。”

成老师继续讲解：

现在我们大家说“长征”，感觉是件很浪漫、很煽情、很高尚的事情。而“长征”，当时真正的历史环境下是什么？可以说是在“亡命天涯”。大家好好地想一想，这可不是一个人的事情，这是一个组织为了一个信仰，已经苦苦奋斗了十四年还在“亡命天涯”，这在意志上需要多么的强大。

建议大家多了解了解“长征”。红军长征是人类发展史上的奇迹和史诗。长征历时之长、规模之大、行程之远、环境之险恶、战斗之惨烈，在中国历史上是绝无仅有的，在世界战争史乃至人类文明史上也是极为罕见的。我每看一次长征，对自己都是一次心灵的洗礼，深深地感受到人性的力量和光辉。第一代共产党人是如此的信念坚定，忠实于自己的选择。

长征中的艰难困苦自不必说，而它最大的好处是淘汰了红军中的投机分子。不知道你们是否了解，在长征途中，叛逃的团级以上干部有四十多人，军、长师长有十二人；最高级别的叛逃者是当时的中央红军代总参谋长。当官的要叛逃，很多时候，不可能一个人孤零零地走，总要带着自己的一些手下一起走？红军长征中人数的减少，不仅仅是因为牺牲，有很多是因为叛逃。长征中能够坚持到最后的，可以说是当时身体素质最好、对党的信仰最坚定，同时也是运气最好的一批人。所以，在长征结束后，毛主席说："坚持走完长征的，不是党员的，就地一律入党。"还要什么入党申请书啊，还要什么考察啊，长征就是最好的考察。

长征结束时，原来的三十万红军只剩下了三万。但这三万红军都是中国革命的火种。可以说，任何一个人至少都可以带起一个连队。

所以说，不管客观环境多么恶劣，那也只是限制性因素，不是决定性因素。目标、愿景才是真正能激发我们潜能的力量。第一代共产党人，在最恶劣的条件下带领当时最底层的人，从办农民讲习所开始，从教识字开始，最终打下天下。他们的成功，就是管理创造的奇迹，是管理创造了价值。

杰出领导人的最高境界是："我永远尽全力想在前面"。第一代共产党的领导人，他们出色的原因是他们永远走在时间的前面。如果管理者的素质高，这个组织就有前途。

如果你们有心的话，刚才我问的三个问题，一定会给你们带来帮助。过一年、三年、十年，你准备坐在什么位置？大部分人不敢想这个问题，而事实上，只有考虑这些问题的时候才最能考验你的心力。

21

安嘉琦比叶子鹏年长几岁。这些年从事管理培训工作，她所接触的各类型企业和各级管理者更多些，对个人与组织、对管理的理解、更全面、更细致一些，有时也会对叶子鹏提出自己的一些好建议。

一次，一家知名央企的董事长出了个大新闻，叶子鹏在朋友圈发了一篇关于此事的热文，主题是"央企高管的职场危机。"

嘉琦看到后，马上联系叶子鹏说：“建议你不要发这样的文章，毕竟你现在是在体系内，要尽量地谨言慎行。这些文章，这样的题目，往往是一些媒体用来吸引眼球和点击量的。你现在发这样的文章，你的领导、同事看到了会怎么想？好像你是在替他抱屈似的。他的问题，我们都不真正清楚，很有可能不是表面上看得那样简单的。但无论怎样，他个人肯定是有问题的。不然，也不会处理得这么快了。”

叶子鹏意识到嘉琦说得很有道理，立刻就把文章删除了。

嘉琦至今仍清楚地记得与成老师第二次培训合作的时候，成老师在课程中讲到的那一句：“高尚的情操和价值观是精英的守护神。”每当看到有关一些职场精英们的负面新闻时，嘉琦就会不由自主地想到这一句话。

成老师在课程也经常讲道：

“其实一个人，最终拼的还是道德品质。有出息的人，最后一定是需要有道德品质来为自己保驾护航的。如果你志在成为一位出色的管理者，就一定要有坚定的价值观。它可能没有给你带来任何收益，但它一定会让你在最危难的时刻，保证你不受灭顶之灾。一个人过于优秀，他最大的敌人往往不是别人，正是自己。越是出色的人越要自律，越要坚守价值观。如果想要享受高速驾驶的乐趣，那就一定要系好安全带。时间越长久，诚实正直的价值观带来的回报就越大。”

有位年轻的培训经理，在听到成老师的课程之前，和培训公司是有私下交易的。有一家培训公司知道了他的个人隐私，并且以此来要挟合作。而他听了成老师的课程后，深受启发，主动向公司提出换岗，不再负责培训工作。他以这样的方式主动隔断了与培训公司的联系。

但现实往往更为残酷。成老师在课程中很用心地讲授了许多有价值、有提醒、有帮助的内容，却依然抵不过现实的残酷。有一些管理者，尤其是一些企业的高层管理者，曾经参加过成老师的培训，也听了他在课程中所讲到的这些内容，但仍然会不时传来这些高层管理者“出事”的消息。每次听到这些，成老师的内心也是五味杂陈，为这些高管们感到深深的惋惜。

22

不得不承认，坚守价值观、坚守职责，在现实面前往往要经受巨大的考验、承受巨大的压力。如果价值观不足够坚定，心力不足够强的话，很容易向现实屈服。好在现实中，也有很多杰出的管理者和领导者可以承受住重重压力，坚守住价值观和职责要求。

成老师在培训中讲道：“只要坚守良知、坚守诚信、坚守勇气，你的世界就是强大的。”

成老师曾经为一家航空公司提供培训。航空公司的飞行部经理路隽英是一位非常优秀的领导者。单从技术水平而论，他不是最好的，但是他的素养和为人在公司上下却是有口皆碑的。

当飞行部总飞行师的职位出现空缺时，飞行员们一致推举路隽英担任飞行部总飞行师。他们公开说，对其他人不服气，就服气于路隽英。谁来干总飞行师都不行，唯有路隽英来干，他们才接受。

而路隽英担任飞行部总飞行师期间也确实是“得罪”了不少人。

路隽英对飞行员是否能上机飞行具有决定权。有些飞行员就给他送礼，找关系说情，希望可以尽早上机飞行。要知道，能否上机飞行对飞行员的收入水平是有着巨大影响的。

但路隽英始终坚持严守规定，如果不符合上机飞行的要求，就不允许任何一位飞行员上机。谁来说情、谁来送礼、送多大的礼，他也不收，从不破例。

很多人因此在背后说他无情，不通人情世故，因此他承受了非常大的心理压力。

路隽英和成老师讲到这里时，成老师斩钉截铁地说：“路总，我绝对地支持你，绝对地理解你。你做得对。你想想，因为你的严格要求，有多少人、有多少家庭每天可以踏实睡觉，可以保证平安，可以不用担心出行的亲人出事情。”

听到这里，路隽英再也控制不住，四十多岁的大男人大哭起来。

成老师不再说话，默默地陪着路隽英。等到他渐渐平静下来，成老师很真诚地说：“路总，相信我，你现在所承受的压力和误解都是暂时的。虽然现在有些人不理解、不接受，但相信随着时间的推移，他们一定会理解你的用心和坚持。到那个时候，他们一定会更加敬服你的为人和职业操守的。”

而事实也确实如此，慢慢地，越来越多的飞行员们明白、理解，也敬服于路隽英。

23

这些年，叶子鹏通过努力，在工作中不断地取得成绩和得到成长，发展得也比较顺利。

安嘉琦和叶子鹏刚认识的时候，他是省分公司的培训经理。而现在，他担任分公司的人力资源部主任也有三年了。罗主任则在三年前到省公司下属的一家企业担任党委书记。

随着工作的进展和配合，新来的省公司总经理对叶子鹏越来越信任、越来越器重。但是，也确实出现了一个情况，分公司总经理对叶子鹏始终不放手，谁来要叶子鹏都不放，即使是集团、总公司也不行。总经理说，叶子鹏如果不在这个岗位，他就缺少了一位得力的助手，别人轻易顶不起叶子鹏的工作。

叶子鹏不仅自己成长和发展，也在有意地培养自己的下属，培养公司里的年轻人。部门里的培训主管雅晴在叶子鹏的培养下也很快地成长起来。雅晴本科读的是中文专业，大学毕业后分配在人力资源部担任培训主管。刚来公司的时候，她对企业管理、经营和人力资源各个领域一点儿都不了解。而叶子鹏则在给她分配工作和任务的过程中逐步指点她，教她如何更好地沟通，带着她一起读书、参加外部培训、学习相关专业知识。雅晴聪明、好学、悟性强，做事情也认真踏实，她一边认真工作，一边努力学习管理、人力资源的相关知识；并在组织培训、各项活动和竞赛中逐渐获得越来越多的经验、心得和成长。工作没有几年，她已经可以为分公司里的其他人讲授人力资源的相关知识了。分公司也看到雅晴这些年的努力、成长和业绩，破格把她提拔为一家下属公司的人力资源主任。

雅晴很庆幸自己一毕业就遇到了好上司，她说，“再也没有比遇上个好上司更幸运的事情了”。她也庆幸自己负责的是培训工作。组织培训是一项具有创造性的工作，也是最锻炼人、最有利于学习和成长的人力资源工作。而且，相比人力资源的其他工作，组织一次好的、有价值的培训，在公司内部也比较容易出业绩，影响也更持久、更广泛。

24

叶子鹏对自己始终是有要求的，他也想在工作中做出些业绩。只是，他感觉自己经常会处于一种焦虑的状态。有时候他想，如果他对自己没有要求，不想着做些事情，可能也就不会有这些焦虑感了。这个时候，他才真正理解成老师在课程中所讲的那一句：“管理者只有未来，没有过去”。

他总是会寻找一切机会向成老师请教。成老师说他是“有志有为的好青年”。而他的这种状态也是很正常的，说到底，他对未来还是有着憧憬和想象的。

他以前也曾经考虑过，是否要离开这个系统，毕竟外面的薪酬看上去还是很吸引人的。但是，虽然从事人力资源工作多年，叶子鹏却还是没有太大的自信。他感觉很多企业并不太愿意任用从央企出来的人。现在，社会上戴着有色眼镜看央企的人不在少数。央企相对来说还是比较封闭的。到了人才市场上，从央企出来的人刚开始未必有职业优势。而且，他也知道，企业文化和价值观是否相符从表面上是看不出来的。此外，在当地做猎头的朋友也都劝他：千万不要从央企中出来，央企稳定，有收入、有地位，挺好的，比外面强。

25

成老师能理解叶子鹏的想法和选择，也从自己的角度向叶子鹏提出了一些发展建议。

他对叶子鹏说："要想做事，就要成为与众不同的人。"

他向叶子鹏介绍了几位成功者的案例，其中每个人都各有特点而他们的共同点是都很早就对自己的职业发展有所规划。有些人开始时并不被总部重视，但他却能够自己想办法，做出业绩，最终被总部和外界看到，从而个人获得了更大的发展。

成老师建议说："先不要想你希望达到的目标是否能实现，因为这最终并不取决于你。建议你着力在能实现目标的方面下些功夫，努力做出业绩，做出与众不同的业绩。即使你希望的目标没有实现，在做事情的过程中你的心里也是踏实的。总好过平时与大家没什么区别，也不做与众不同、创造业绩和价值的事情，等到机会真的到来时，你却没有资本和能力把握住机会。而世间的事实证明，你做事了，一定是会有回报的，只在于回报的早与晚。很多人，心理素质不够强，信念不够坚定，做点儿事情就急于看到回报，一时没有回报就选择放弃或者走向歪门邪道。现在的职场越来越凭借能力和业绩说话，不要想着靠别人提携，那样是有风险的，没有人可以一言九鼎。而靠别人提携你的心里也是不踏实的。记住这句话：为未来加分的成功才是真正的成功，为未来留下隐患的成功都不算是真正的成功。"

第八章　有想法有担当的管理者

1

2014 年 9 月的一天下午，安嘉琦接到一个电话，打电话的是一位叫林倚江的女士。

林倚江问："你还记得任洪波吧？是他把你的电话给我的。"

安嘉琦自然是记得任洪波的。任洪波是叶子鹏的学长和朋友。大学毕业后，他和叶子鹏分别进入了两家央企在当地的分公司，都从事人力资源工作，两个人的私人关系一直非常好。

几年前，成老师为叶子鹏所在的分公司提供过"卓越的领导艺术"培训，当时，叶子鹏还特别邀请了任洪波去听课。

三天的课程听下来，任洪波对成老师的评价很高，并表示希望今后可以有机会合作。

任洪波大学毕业后被分配在博远集团省公司的人力资源部门工作。而最近几年，他并不负责人力资源工作，很是清闲，因此职业发展相对缓慢、停滞。这让他多少有些消沉和纠结，他想过跳出这个系统，但又没有勇气和资本。有时他也想过，要么就在系统内这样混下去吧，可是在内心深处他又不甘心这样放弃自己；如果真的就这样混下去，他可能就会成为自己一直看不起的那种人。

任洪波有时会给成老师发邮件，诉说自己的困惑和自我怀疑。而成老师的邮件内容，总是能让任洪波跳出自己原有的视角去重新理解、分析当下的现状和困惑。

成老师始终很欣赏任洪波，他相信以任洪波的为人、能力和水平，不会永远被埋没的，目前的状况只是暂时的，只是因为时机还没到。他鼓励任洪波，越在这个时候越不可以放弃自己，要多看书、多学习、多思考，不要停止提升自己。职场发展停滞的时候，也是对一个人考验最大的时候。他希望任洪波一定要经受住考验，要相信机会一定会到来的，他一定会有发挥自己能力和才华的时候。

就在前不久，任洪波被任命为宏广公司的副总经理，负责人力资源工作。宏广公司是博远集团省公司的下属公司。林倚江是宏广公司的人力资源部主任，任洪波的直接下属。她给嘉琦打这个电话，是希望能邀请成老师为宏广公司的中高层管理者提供培训。

这个培训是由宏广公司的总经理邓毅提出来举办的。邓毅和任洪波是同时来到宏广公司就职的。两人虽然之前同在博远集团省公司，却并不认识，也不了解。来到宏广公司后，刚开始工作上的合作，他们就发觉彼此非常合拍，不仅性格相投，沟通起来很顺畅，而且在对很多事情的认识和理解上，两个人也经常是一致的。他们相互欣赏、相互配合，很快就建立起了信任感。任洪波的状态也慢慢好起来了。

一天，邓毅对任洪波说："洪波，我考虑要为咱们公司的管理人员提供一期管理培训，你在这方面的经验和资源都比较多，在课程和老师的选择上一定要把好关，多提些建议。"

任洪波下意识地问邓毅："邓总，您是准备组织真正的培训，还是只是走走过场？"

邓毅瞪着任洪波，对他能提出这个问题稍稍感到意外。但是，他并没有多说，只是直接回答："我说要做培训，当然就是要做真正有帮助的培训了。"

于是，任洪波心中有数了。邓总对培训的要求和想法是最重要的，这将决定任洪波如何推荐和选择。

要组织真正有帮助的培训，任洪波首先想到的就是成老师。

后来，任洪波告诉嘉琦，他听过许多的培训课程，但他感受最好的只有两位老师，就是成老师还有另外一位李老师。但李老师的课程面比较窄，不如成老师讲课收放自如、信息量大、涉及的领域广。

任洪波对成老师的课程和他曾经给予自己的激励，始终是念念不忘的。成老师这些年始终相信他、鼓励他，让他在最为消沉的时候，内心深处还始终保有一份自信："成老师这样的高人还如此高看我，大概，我也不会很差吧。"也正是因为有这种信念在心，任洪波才没有放弃过自己。

任洪波曾经向林倚江及人力资源部介绍过成老师，说成老师的水平很高，课程讲得非常好。林倚江一直记在心里，也希望有机会可以听到成老师的课程。这次，邓总提出培训的要求后，林倚江和任洪波两个人不约而同地想到了要请成老师来讲课。

2

林主任向嘉琦介绍了公司的情况和对培训的想法：目前，宏广公司的管理人员大多是从参加工作开始就在这个系统内，与系统外的联系并不多，习惯了循规蹈矩，思维普遍偏保守，缺少创新思维，很多人在工作上、个人发展上也没有什么想法和要求。虽然邓毅担任宏广公司的总经理只有不到半年时间，但他是个有想法、想做事、要求高的人，他希望通过培训能够帮助管理人员跳出原来的固化思维，改变现有的一些保守观念和想法，同时更加明晰管理者的定位，提高相应的管理能力，提高执行力。以前宏广公司的管理者只参加过集团或省公司组织的培训，包括视频培训，效果并不算太好，大都只是走个过场。

林主任说："我们公司以前没有自己组织过培训，我也是第一次联系培训的事情，可能有些地方说得不全面，你可以根据你们为其他企业提供培训的经验向我们提一些建议。还有更具体的，可以等项目定下后我们再沟通。"

嘉琦说："明白。麻烦您，能否举例说明下，比如管理者有哪些表现、公司有哪些情况是您认为需要改善的，您认为这些问题产生的原因有哪些？"

林主任又简单地介绍了些情况，嘉琦就大致心里有数了。

嘉琦和林主任商量，因说到需要提高执行力，可以把培训课程题目定为"有效的执行"，同时，她告诉林主任，成老师对"执行"的定义是"建设性地完成任务"。

林主任说："建设性地完成任务，这个定义很好，正是我们希望管理者可以做到的。”

嘉琦又说：“麻烦问一下，以前咱们的管理者参加过哪些培训？有没有印象比较深刻、讲得不错的课程和老师？感受如何？”

林主任说：“以前有位老师大家感觉讲得不错，叫×××。”

嘉琦下意识地说了句：“他讲得好吗？”

嘉琦之所以这样问，是因为她听过×××的课，她并不认为他讲得好。课程内容偏浅，更多的是介绍概念，课程中有很多的小段子。

林主任很敏感，马上问：“他讲得不好吗？”

其实，嘉琦话一出口，也马上意识到，自己说得有些太快、太多了，这个时候是不应该评判老师和客户的，说客户认为好的老师讲得不好，岂不就是在变相地说客户的水平不够？

嘉琦赶紧解释说：“不是说他讲得不好，只是想说比他讲得好的老师有很多。”

林主任没有再说话。这个话题就算过去了。

嘉琦心下有些后怕，提醒自己，一定要以此为戒，今后在客户面前说话更要小心谨慎。

随后嘉琦和林主任商量决定，先按照三天的培训时间来提供课程内容，如果到时有变动，她们再一起商量调整。林主任还顾虑三天的时间太长，这些管理者们会坐不住。嘉琦对此毫不担心。之前成老师每次所讲的两天的课程，学员都会反馈时间太短了，即使是三天的课程，也依旧会有人反映说没听够。

另外，由于参加培训的人员大多属于中层管理者，林主任希望成老师不要讲得太深。其实她也觉得自己可能有些杞人忧天了，但出于职责，她觉得还是有必要提前强调一下。

嘉琦完全能理解林主任的担心和考虑，第一次与他们合作的客户多有类似的担心。她说：“请您放心，这个不用担心，成老师为各个层级的管理人员讲课，分寸都把握得比较到位，效果一直都很好。他讲课，从来都是深入浅出的，会结合很多案例、故事让大家理解的。麻烦您和任总说明下，现在成老师的课程比他以前听到的讲得更加精妙了。”

林主任其实并不太担心课程效果，她相信任总的眼光。令她压力比较大的在于合作费用，她担心嘉琦报价太高，她不好向邓总和任总汇报。毕竟这是宏广公司第一次组织培训，而且邓总和任洪波都是刚刚开始担任新的领导职务，费用太高会有压力，因此希望嘉琦在费用上尽量照顾下。

嘉琦说："明白。您放心，一定会是最低的合作费用。"

放下电话后，嘉琦上网仔细地查了宏广公司的介绍、业务模式等，这对把握客户需求是极有帮助的。通过了解公司的业务内容，结合林主任介绍的情况，她就能大致估计出人员的情况、管理中可能存在的问题等。

对于嘉琦提供的培训建议书，林主任觉得很满意，课程内容正是他们所希望的，她几乎不需要有任何的调整。就是费用上，她还是希望能尽可能地给予优惠。

嘉琦说："我完全能理解您的想法和要求。您看这样行不行，在培训期间的一个晚上，让成老师和我们的管理者们一起座谈。各位管理者有管理上的困惑和问题都可以提出来，成老师当场给予解答，提供一些建议等。而在费用上，我们确实只能做到如此了，成老师对合作费用亦是有要求的。"

林主任说："好的，我明白了。我向邓总和任总汇报一下。"

3

培训在 11 月举办。此时的北京已经有些寒冷，而当地还是很舒服的，能让人感受到春天般的温暖。培训地点是在一个酒店里，周围树木郁郁葱葱，满目绿色，空气清爽。巧合的是，成老师以前也曾经在这个酒店为当地另一家企业提供过培训。

任洪波见到成老师很高兴，说："我们是诚心邀请成老师来我们这里好好洗洗肺、润润肺的。"

总经理邓毅也提前赶到酒店，和成老师进行沟通和交流。

邓总将近五十岁，是当地人，普通话说得很标准。他性格豪爽，说话、做事非常的干脆利落，双目炯炯有神，一看就知道是一位有思想、有魄力、有胆识的男人。

他和成老师亦是一见如故，谈得极为投机。而从他们的交谈中，嘉琦能感受到，这位邓总是有些与众不同之处的。

博远集团省公司最近的人员变动很大，现任的总经理是不久前从外省调过来就任的。而原来的总经理五十多岁，有水平、有魄力，是个典型的工作狂。在他担任总经理的这几年，省公司总部的各级管理者大多处于一种紧张、焦虑的状态。他对各方面的工作都要求得非常高，如果做得不好，他会直接指出来，并严厉批评，管理者们都害怕出错挨批。但这位总经理很欣赏邓总，从来没有批评过他，并且愿意咨询和采纳邓总的建议和意见。

因为有这样一位总经理，省公司的员工每天加班已经成为了一种常态，经常是到了晚上九点，公司的办公大楼依然灯火通明。在得知总经理要被调离到其他省公司任职的时候，公司总部的所有人都稍稍松了一口气。那天到了下班时间，所有人全都按时下班走了。那是大家几年来唯一没有加班、可以按时回家的一天。

但高兴的日子也只有一天。第二天上班，当得知新来的总经理刚到五十岁时，整个办公楼里的气氛又变得有些紧张了。五十岁的男人，已经干到了省公司总经理的位子，按正常逻辑，肯定是有想法、有意愿要继续向上发展的；而他只有在工作中做出事情、取得业绩才有可能继续向上发展。他们估计，可能又要开始加班的生活了。

4

课程中，成老师讲道：

管理者有三个层次：优秀的管理者，兢兢业业，把重心盯在员工的行为上。聪明、出色的管理者，善于关注员工的思维，引领员工思维的改变。而超一流的管理者会设计结构，“结构决定行为”，当结构和系统发生改变后，思想和行为也将发生改变。

成为管理者，一定要有责任感，要有敬畏心。强烈的责任感是管理者成长的基础。我们干得好坏，不仅影响我们自己，也影响我们的部门、我们的手下，还有可能影响公司的前途。我们要不断地开发自己的潜能，成就了自己，也成就了对部门、对下属的责任。

不要让别人为自己负责任。我们身为管理者，要不断自问：我们对自己负责任了吗？我们对公司负责任了吗？我们对员工负责任了吗？我这个部门存在的价值是什么？我这个部门创造的价值是最经济的吗？员工叫我们经理意味着什么？员工谈论我们时的语气是尊重还是轻蔑？我们的存在是让员工感觉到害怕，还是让员工感觉到有活力？能否做到让员工想到我们时，感受到的是温暖、是力量、是品质？

聪明的经理人员一定会问自己一个问题：如果明天我不是经理了，走在路上，员工还会正眼瞧我吗？

自我反省、自我控制是非常艰难的，但也是意义重大的。建议大家每年都要做。

我们往往大大低估了有勇气的个体给组织带来的变化。给大家讲一个有关杰克·韦尔奇的小故事，希望有助于大家更好地理解这句话。

杰克·韦尔奇进入 GE 后，极其不习惯、不喜欢 GE 的官僚作风。因此在 GE 工作一年后，他就提出了辞职。

当时 GE 有一位年轻的主管加托夫，他是杰克·韦尔奇上司的上司，平时他就比较关注、看好杰克·韦尔奇。而他当时也意识到了 GE 存在的官僚作风。

当他知道杰克·韦尔奇准备离开 GE 时，他就请杰克·韦尔奇吃晚饭。在四个小时的过程中，加托夫拼命地挽留杰克·韦尔奇，希望他能继续留在 GE，并作出保证，发誓一定会杜绝公司的官僚作风。

但在那次晚宴的过程中，杰克·韦尔奇并没有承诺留下来，而加托夫也并没有放弃。在回家的途中，他把车停在高速公路旁，然后在路旁的一个投币电话亭里给杰克·韦尔奇打电话继续劝说，请他留下。而那个时候已经是凌晨 1 点了。

因为加托夫的努力，韦尔奇于是选择继续留在 GE，并逐步地脱颖而出，这才有了我们今天所能看到的 GE 和杰克·韦尔奇。

韦尔奇后来讲到，他自己从这件事情上也认识到一个道理：成功的团队来自于区别对待，要保留最好的，剔除最弱的，而且总是力争提高标准。

加托夫这样一位年轻的主管，出于强烈的责任心，出于对人才的爱惜，做出巨大的努力，从而决定和影响了企业的命运。

员工在进入公司之前，是公司在起作用；员工进入公司之后，是经理人员在起作用。员工进入企业之后，他天天感受到的主宰因素是他的直接上司，是基层经理。据调查，80% 以上的员工离职，是因为跟直接上司之间的关系不好。而当员工总是在循环的时候，公司也容易让客户产生不利于达成合作的印象和影响。

一个好的管理者，要有爱人之心、容人之胸、识人之才、用人之能。我们有多么宽广的心胸，就能开发多么能干的人才。

5

培训第一天的晚上，成老师和参训人员进行座谈。

邓毅、任洪波都没有参加座谈，只说晚上有事情要回单位。其实他们两人是有意地避开。如果他们在场，估计管理者们会有些顾虑的。

晚上的座谈由林主任主持。

林主任说：“今天，成老师的课程讲到了很多我以前没有听过、没有想过的内容，也引发了我很多的思考，使我收益很多。难得今天这个晚上成老师与我们一起座谈交流，我们大家好好利用这个机会，把平时工作中遇到的问题、困惑讲出来，成老师见多识广，为很多的企业提供过培训，相信他可以帮助我们跳出惯有的思维，从多个角度为我们提供建议和帮助。”

一位副主任说：“成老师的课程确实让我受益匪浅。成老师，我们这个系统相对比较封闭，与外界联系的不多。有的时候，我感觉国企和外企、民企的管理风格、管理重点是不一样的，中层管理人员的管理方向和侧重点也不同，不知道这样想是否对。是不是如外界所说，我们国有企业的管理水平不如外企?”

嘉琦很清楚，成老师是比较了解外企与外企人的管理和作风的，以前他经常为外资企业提供培训，但现在他却主动选择不再与外资企业合作。

成老师慢慢地阐述：

国企、外企、民企的管理风格差异性虽然很大，但是现在正在逐步变小。而且，以我的观察和研究，如果一个人能够在国有企业成为很好的管理者，到了外企一定也能干得不错；而外企中好的管理者，到了国有企业却不一定能够成长发展。因为，在国有企业成为好的管理者比在外企成为好的管理者更加困难。而在国有企业做员工却比在外企做员工舒服得多。但是员工舒服了，管理者就要多担当。同时，大家想一下，我们能够因为在国有企业做员工比在外企舒服，就永远在国有企业做员工吗？我们是愿意永远做舒服的员工还是要成为管理者，哪怕管理者很辛苦？现在，我们能够成为管理者，已经说明，我们是有追求的人。

我承认，体制内外对从事管理工作是有一定影响的。只是，我们有时把这个影响过分地夸大了。结合今天的课程内容，我们思考一下这个问题：体制，是我们成为一位出色管理者的绝对性因素还是限制性因素？绝对性因素是指，对成为出色的管理者这件事，我们是无能为力的；限制性因素是指，虽然环境变得恶劣，但并没有扼杀我们，我们还是有可能成为一位出色的管理者的。我们始终是可以选择的。记住这句话：管理中没有障碍，只有资源。

我也为一些猎头公司当过高管猎头顾问。说心里话，我更愿意从国有企业挖人。有勇气从国有企业跳出来的人，能够在任何企业都发展得很好。外企是把员工慢慢地培养成为管理者；而在国有企业，如果不经过重重的考验，你是走不出来的。我始终认为，国有企业是人才的炼狱，精英的摇篮。在国有企业，想要做成事更加困难；在国有企业，做成事的含金量更大。因为在国有企业，对做事的人有些过于苛刻。

千万不要误会，我并不是鼓励大家跳出系统。我们可以不跳出这个系统，但要尽可能地具有可以从系统中跳出来的实力。我们也不要把外企想得太美好，论资排辈、拉帮结派，在哪里都一样。我们羡慕外企，外企也在羡慕我们。

国企人很优秀，但总是“怕”字当头。如果，国企能像民企一样多一些想象，民企能像国企一样多一些规范，双方都会有所收益。建议大家主动地、尽可能多地和系统外的人接触、交流，从而开阔视野和格局。

6

一位部门经理说：“成老师，我们部门里有些员工的工作能力很差，怎么说也说不通，教也教不会，工作中一有问题就来问，也不动脑子，有的时候真想换人。可是，我们这样的系统，基本是没有动人的权力的。”

成老师分析道：

我们尽可能全面地思考这个问题，我也尽量帮助大家打开思维。

首先给大家一个建议，任何时候，都不要假设员工缺少能力，最起码，不要首先就提出这种假设。这种假设是很危险的。身为管理者，辅导员工的第一步并不是提高员工的能力，而是提升员工的站位。

国企里开掉员工是不容易，其实外企也是一样的。外企开人的补偿金是很高的；而且，在外企，如果总是开掉员工，意味着自己的管理水平很低。国企轻易不开掉员工，在保护员工的同时，其实也是在保护管理者自己。而在外企，开掉员工容易，开掉高管也容易。

还有，为什么要让糟糕的员工浪费我们的精力呢？对于那些确实很糟糕的员工，忽视他，就已经是对他最大的惩罚了。要注意的是，要么我们赢过员工，要么我们就被他污染。当我们说“没法干了”，实际上糟糕的员工就已经占了上风，他已经在影响我们了。

之后，成老师讲了一个他亲身经历的小故事：

成老师在原来的公司组织关于领导力的培训，每期课程结束时都会请每位学员讲讲自己对培训课程的理解、感受、收益和下一步的计划等。

一次，一个刚来公司不久的二十五岁的女孩子走上讲台，大大方方地表达了自己的感受："这三天的课程非常好，给我的帮助很大。我准备在今后的工作、生活中认真践行课程中所讲的内容。说到目标，我也没有什么更长远的目标，就是希望做到，三年内让我的上司对我汇报工作。"

教室里一片惊呼。成老师也笑着说："你是真的敢想，也是真的敢讲啊。"而那个女孩子后来果然也做到了。

成老师继续说：

不要说上司不行，上司不行的话，我们稍微有点儿进步，那就是成绩；上司很行的话，我们就会累得半死，上司还觉得我们没有成绩。也不要抱怨下属水平不行，下属水平真行的话，他天天想着干掉我们；我们应该趁他们都不行的时候，赶紧把自己修炼起来。

7

一位管理者说："成老师，现在都在讲'制度管人流程管事'，追求'无为而治'。应该如何理解这个'无为而治'？我理解的'无为而治'，是不用亲力亲为，不知道对不对？"

成老师说道：

有句话是，"有为才能有位"。这里的"为"是指业绩，有了业绩才能有自己的位子。这是客观规律。要做到"无为而治"，那需要更高的境界。做同样一件事，如果我们做得更少，其实心更累。说"不用亲力亲为"，这要么是不负责任，要么是极高的管理水平。

我们在管理中也要特别小心，不要以为可以只管大事，不用管小事。该管的小事也还是要管的。解放战争期间，我军的一位领导人在战争最紧张的时候，一天最多发一百五十多份电报，字数最多的一份电报有五千多字。相信大家可以从中悟到些东西出来吧！不亲力亲为，是说"我不做这件事"，但不是说"我不知道、不考虑这件事"。

8

第二年九月，林主任与嘉琦联系，再次邀请成老师为公司的管理者们讲授“卓越的自我领导力”课程。

成老师讲道：

“至乐莫若读书，至要莫若教子”。李嘉诚讲过：一个人事业上再大的成功也弥补不了教育子女失败的缺憾。

最朴素的领导力就体现在教育和培养孩子身上。平常父母传承的是财富，聪明父母传承的是人脉，而出色的父母传承的是坚定的价值观。林则徐有句名言：“儿孙若如我，留钱做什么？贤而多财，则损其志。儿孙不如我，留钱做什么？愚而多财，益增其过。”

身为父母，要尽力地培养孩子的责任感、乐观和创新，要尽量让孩子有一个爱好，要让孩子受益于你的培养。出色的父母，从来不数落自己的孩子。出色的父母，会在爱孩子的过程中完善自己，在完善自己的过程中还能让孩子健康成长。出色的父母是努力去理解孩子的。

中国人教育孩子最大的问题是有道德优越感。中国父母多是喜欢以自我为中心的。我们总是以为自己对孩子好，可是这时候就要问自己一句：“我是真的对孩子好吗？”我们往往会说“一切都是为了孩子”，其实大多数时候是为了自己。而孩子最大的天赋就是敏感，孩子对父母的心理活动是有感觉的。而孩子的想法才是单纯的，才是更近乎自然原则的。

世间的笨鸟有几种选择：笨鸟先飞、笨鸟后飞、笨鸟乱飞、笨鸟不飞，然后下一个蛋，把希望寄托在下一代；还有第五种，笨鸟后飞，然后乱飞，自己飞不动了还要制造困难和麻烦不让自己的下一代好好飞。

我们，为什么不鼓励孩子去做他喜欢做的事情呢？我们，为什么非要让孩子去做我们喜欢他做的事情呢？

建议大家，在工作和生活中，都要尽量地做到多鼓励、少挑剔。

“望子成龙”不算本事，“望己成龙”才是真本事。

9

课间休息时，邓总对任洪波说："听了成老师的课程，我想了很多，想到以前的一些事情。我发现，我以前有些地方是太自以为是了。"

第二天中午吃饭时，财务总监讲述了自己通过昨天的课程而发生的改变。她的儿子正在念初中。以前，她和儿子的沟通不算太好。儿子经常与她顶嘴，不听她的话，她对此一直很苦恼。成老师在昨天的课程中，有些内容是结合教育讲解的。她当时就深有触动，意识到自己平时在与儿子的沟通中缺乏耐心。尤其是成老师在课程中讲到的那一句"聪明的父母深深懂得在教育孩子的过程中完善自己，把教育孩子当作是完善自己最宝贵的机会"。她不禁开始反省、思考自己和儿子的沟通方式。

昨天晚上，她回到家里，看到儿子正在生气。儿子说，他再也不去上学了。如果照以往，她就会马上发脾气，指责儿子，然后会要求儿子要怎么做。昨天，她想到成老师所讲的内容，并没有马上指责儿子，而是问他发生了什么事情，为什么不想去上学。原来，是老师和同学因为一件事情对儿子有一些误解，不允许他参加运动会的一个项目；而他很想参加这个项目的比赛，平时做了很多相应的准备。她静静地倾听儿子的讲述，又继续问了儿子几个问题，然后帮着儿子分析。后来，儿子自己也想明白了，说："我明天再和老师、同学说明、争取一下。"今天一早，儿子就像个没事儿人一样，高高兴兴地去了学校。

财务总监很清楚，如果昨天她没有听到成老师所讲的内容，没有反思，估计她不会向儿子了解情况，很大的可能是和以前一样，直接给儿子下结论，说是儿子的问题，训斥他没有出息。很可能的结果是她和儿子又会大吵一顿，一家人的心情都会很糟糕。现在，只是因为自己有了一点儿改变，儿子也马上有所改变。她感觉，儿子好像一下子懂事了许多，会像个大人似的自己去面对、去解决问题。

这件事情让她更加有所反思。以前，她总觉得儿子不听话、爱顶嘴，是因为到了青春期，是男孩子的天性；现在仔细想想，很有可能是因为自己首先做得不够好，没有足够地倾听孩子、理解孩子，只是出于自己的想法、自己的愿望而直接给孩子下结论、提要求，而且下的多是负面结论；在表达方式上也有些直接。其实，孩子心里是有委屈的。现在看来，孩子是很善良、很通情达理、很宽容的。

邓总说：“一天的课程就让你就有了这样的反思和改变，这个课程真是值得的。我们都是幸运的，能够听到这个课程。”

10

课程结束时，按照惯例进行培训总结。

这次的培训总结人是邓总。他走上前台，非常真诚地讲道：

这个培训总结，我们要沟通三个问题：一是，为什么今年的培训选择这个课程？在集团提出的管理体系下，我们要如何找准我们宏广公司的定位？现在，我们正处于公司转型和经营转型的关键期，但是，在日常的工作和管理中，暴露出了我们自身的很多问题。可以说，在公司的经营转型中，我们的管理并没有跟上发展要求。很多经理是来自系统内的，始终带有很多以前惯有的思维。我也在反省，我们最大的问题都是活在当下，而非活在未来。只看到眼下、眼前，而没有认真思考未来和前途。我相信我们大家的目标都是一致的，但因为个体的差异，我们对于管理都有自己的想法。所以，今年公司就考虑引进一门培训课程，帮助大家打开心胸、开阔眼界、开启未来、想象未来，于是，我们选择了这个课程。可以说，成老师讲授的这个课程，完全达到了我们的预期，也超出了我的预期。

二是，我要谈谈我对这个课程的感受。

第一个感受：现在的培训一般有三种风格：院校式、互动式、演讲式。成老师的讲课，是真正意义上的互动，这种互动不是场面上的热闹，而是心里的互动，是对心灵的启发。成老师在课程中通过对比，促进了我们的思考。特别是在与大家的互动中，成老师进一步提出第二个、第三个问题，把我们引向更深入的思考。这种思维上、心理上的互动，对我们的启发很大。跟着成老师，我们都变成了参与者。

第二个感受：这次培训，我们经历了一场思维之旅。虽然我们人坐在教室里，但思维却在跟着成老师到处走，一会儿到了长征时期，一会儿到了足球场儿，一会儿又到了国外。非常的过瘾。

同时，我们也要意识到，我们在工作中往往都守着自己的一亩三分地，对确定性事物我们能很快处理好，但是面对不确定性，我们就往往处理不好。这三天，成老师带着我们从自己的一亩三分地走出来，让我们切实感受到外面的世界很精彩。而通过成老师深刻的分析，我们也认识到，原来我们的思维太小了，太局限了。在这三天的培训中，我们学习了运用不同的思维方式，体会到了思维的魅力。

我们在慢慢地改变思维方式，慢慢地积极主动起来。这个课程给我们带来了力量，让我们明白，无论外部环境怎么变化，我们都有终极的选择权。

我切身的体会是，在这短短几天的课程中，让我一次次的震撼，一次次的反省。

三是，我代表公司提出几点要求。

1. 我们宏广公司面临的挑战，不亚于系统内的任何一个单位。我们的路是要靠我们自己走出来的。我们的事业没有固定模式，只有目标和方向，需要大家一起思考。在这个过程中，我们要继续学习和修炼课程内容，要把员工发展、公司业绩、个人成长很好地结合在一起，不断享受奋斗和创造带来的乐趣和成就感。

2. 我们要进一步提高职业素养，遵守相应的规则，遵守重要性原则。

11

通过这两次培训，任洪波对邓总更是敬佩有加。

他没有想到，邓总能连续两年邀请成老师来讲课。省公司的其他下属公司并不会自己组织培训，他们只是参加集团或省公司组织的培训。

任洪波很清楚，如果自己是公司的总经理，也会和其他公司一样，不会考虑自己组织培训。在这个系统里，自己单独组织培训，来自各方面的压力还是会有的。

任洪波就此更加认识到，邓总确实是很有魄力、很有想法、很有担当。相比之下，自己就太缺少这些魄力和担当了。

邓总的想法说简单也简单，他只在乎做事的成效。只要他确信自己做的事情是正确的、有价值的，那他就会去做。他不会因为其他人的议论就放弃做他想做的事情。而且，邓总相信，只要他做的事情是正确的、有价值的，其他人就算当下认识不到，总有一天他们会认识到的。

12

想做事、敢担当的领导者总是会有的，虽然风格各有不同。

博远集团的总经理宋一平就职还不满六个月，就带来了与前任总经理们很不同的做法和变化。

宋一平五十七岁，是技术人员出身。就任博远集团的总经理后，在许多公开场合，他一再表明，非常感谢上级领导给予他的机会，让他在这个年龄还能够担任这个职务。

宋一平公开表明："这基本上是我退休前的最后一个工作岗位了。我一定要画个圆满的句号。"

他说："我只负责管理各分公司的'一把手'，我会对你们严格要求的。分公司做不好，分公司里其他人做得不好，在我看来，都是你'一把手'的问题。"

博远集团每个月初都会举办视频全体会议。宋一平要求，在月度视频会议中，上个月业绩排在倒数后三位的分公司总经理要当众汇报工作、分析原因，并说明解决办法。而在集团所有人看来，这相当于是让三位分公司总经理当着集团全体人员的面做工作检讨。

分公司总经理汇报、总结结束后，宋一平不会让其马上坐下，而是继续站着，听他的分析和总结。他当众直接指出来他认为他们分公司在工作中存在哪些问题，总经理在哪些方面做得不到位，等等。有的时候，讲着讲着，他控制不住自己的情绪，会冒出一两句脏话，但他会马上当众道歉。他解释说："我不愿意骂人，我也是个文明人，但是，光靠文明的方式就能解决问题吗？如果你们干得不好，我就可以撤了你们。当然了，该走的组织程序还是一定会走的。"

宋一平以前的下属说，他现在比以前已经要文明许多了。以前在基层公司时，宋一平更敢训人、更经常训人。

成老师一边听，一边笑，这位宋一平总经理还真是很有想法、很想做出些业绩的。他当"老大"当得真有些霸气。

成老师分析，这位宋一平总经理一定是从基层一步一步发展起来的，他一定深谙基层人的心理。他敢于当众批评分公司的'一把手'，这种做法反而更能赢得基层人的心。关键是，他虽然是当众批评，但并不是毫无理由地乱批，而是基于集团对分公司'一把手'的工作要求和职责要求。只要是为了工作，而且说得有道理，即使是这样的方式，大家也都可以接受。

第九章　不拼价格不降品质

1

2016年4月的一天下午，江千慧和安嘉琦说："姐，有个单子估计不成了。"

江千慧的声音听上去有些郁闷。

安嘉琦心里一动，抬起头看她，问："哪个单子？"

江千慧叹了口气，说："就是佳创公司的那个单子，本来去年已经定好了，当时说今年实施的。刚才于芳和我说，她们公司有可能通不过费用，估计是够呛了。"

对于和佳创公司的这个项目合作，安嘉琦也是了解一些的，她曾经听千慧讲过整个的合作过程。

去年秋天，江千慧和成老师曾经为佳创公司提供了一天的"领导力提升"的课程。

这是他们和佳创公司的第一次合作。培训前双方反复沟通了许多次。佳创公司的培训经理于芳当时很紧张，压力很大，主要是因为公司的董事长和总经理都会来参加这次的培训。佳创公司的董事长和总经理都是国内知名商学院的EMBA，听过的好课程无数。

培训当天，千慧早早地到了培训地点，看到于芳已经在培训会场了。于芳三十岁左右，个子很高，略有些胖。每次和于芳沟通，千慧都有种仰视感。

她看到桌椅的摆放，好意给于芳提了个小建议，但是于芳马上表现出了"一脸嫌弃"，她便吓得不敢再多说一句话。

培训开始前，于芳看到千慧准备好的案例，直接说了句："这个案例我们以前做过。"

千慧又有些紧张了，问于芳："不好意思，我考虑不周到。您看，是否需要更换案例？如果需要，我和老师说一下，换个案例。"

于芳想了想，说：“不用了。这批学员中做过这个案例的并不多，也就两三位。不同的老师会从不同的角度阐述，也行。”

但千慧还是把这个情况提前和成老师说明了，成老师也说没关系的。

事实证明，于芳的担心和紧张都是多余的。董事长和总经理比当天参加培训的任何一位管理者听得都更认真。千慧在后面观察着，两个人在整个培训期间基本没有说过话，只是坐在后面。一边听课，一边做记录。

千慧对董事长和总经理的印象都很好。两个人年龄都不大，不到四十岁的样子。从外表和举止看，都很儒雅、温和。当天，他们都穿着中山装。千慧想，难得在生活中见到穿中山装的男人，还穿得这样好看，而且，还同时看到两位。千慧当时感觉自己真的是好有“眼福”。

大概是培训开始之后对成老师的课程效果也放心了，心里没有了压力和担心，于芳对千慧的态度有了明显的改变，变得友好、客气了许多，不像课程开始前那样强势了。

说到于芳，她几乎是千慧遇到过的最强势的培训经理了。后来千慧了解到，于芳毕业于一所著名高校，以前曾经在一家知名的咨询公司工作过，是佳创公司的总经理把她“挖”到公司来的。有着这样的经历，千慧也就多少理解于芳为什么会这样强势了。

课程结束后，董事长和总经理分别走上讲台和成老师握手致谢。总经理说：“感谢成老师，您辛苦了。您的课程非常有水平，今后还会再请您来讲课的。”

下午，成老师组织参训人员进行性格测评。课间休息时，董事长、总经理和大部分参训人员都走出教室，大家在离开座位前，多是把自己的性格测评表正面向下放在桌子上。有一位女经理带着两个人翻看着部分人的测评，大概是自己部门的。只见这三个女人一边看，一边笑，一边议论。这让千慧很惊讶，她还没有在任何一次培训合作中看到这样的情形。

培训结束后，回来的路上，千慧把看到的这个情形讲给成老师。成老师说："所以我一直和你们强调，任何时候都一定要自律。"

培训后一周，佳创公司的总经理邀请成老师一起吃饭，席间他们就管理、经营、经济等各领域进行了很不错的交流。同时，总经理也向成老师介绍了佳创公司的情况，为第二年的培训合作提供更多的信息和想法。

总经理说："我听过的课程太多了，还确实没有一位顾问像成老师这样有水平有功力。"

之后根据佳创公司和于芳的要求，千慧提供了第二年两期共计四天的管理和领导力课程的建议。去年年底的时候，于芳告诉千慧说，佳创公司已经通过了这个培训合作项目，具体的合作时间到时她会与千慧联系确认。

2

嘉琦对千慧说："怎么回事？别着急，慢慢说。"

原来就在刚才，于芳告诉千慧，佳创公司的财务总监和内审部没有通过他们的培训费用。于芳说，今年公司的相关制度、部门负责人都有一些变化，现在公司要求每天的培训费用不能超过一个数额，而成老师的合作费用已经在这个规定数额之上。她想和千慧争取，能否将合作费用降低到佳创公司的标准，以达成合作。

只是，千慧的报价已经是最低的了。千慧和嘉琦都知道，不能向成老师争取费用的事情，他向来不谈费用，而且对合作费用亦有自己的要求。

千慧只好向于芳耐心地说明这些情况，还建议说除了提供培训，她们也可以为佳创公司进行其他的增值服务，比如成老师的座谈、高管辅导等。于芳觉得这样也不错，毕竟公司的高管们对成老师的评价是相当高的。

而于芳从自己的角度考虑，也很想促成佳创公司与成老师的培训合作。与成老师合作，在培训效果上她几乎是没有任何压力的。她不用再花时间和精力去联系其他培训公司和培训师，也不用到处去听课。但是，她向公司汇报后，公司新上任的人力资源总监却回复说：“现在不考虑这些增值服务，只强调费用要求。”

千慧听于芳的口气，估计她在公司内部也有很大的压力。千慧想，也许因为新领导上任，于芳也不敢马上提出太多自己的想法。所以她已经做好了放弃与佳创公司合作的心理准备。她还能怎么办呢？唯有接受客户的选择和决定。

3

千慧的心情是受了些影响的。她对嘉琦说：“我确实不知道他们是怎么想的，总有些企业要设定每天培训费用的标准，上次那家风电集团也是。我就不明白了，公司里的高管、中层、基层、员工的薪酬是不同的，对此，大家都接受，认为是合理的。为什么在培训上就没有那样明晰的认知呢？”

她继续说：“好老师和一般的老师讲课费用能一样吗？他们讲课的效果和所创造的价值是不同的。我们念书时都想找好老师，给孩子补课还有人专门挑好的培训机构、好的老师呢，哪怕明明知道价格更高。就像老中医开药似的，一个高水平的老中医开的药方是有效的，即使贵些也值得；一个低水平的中医开的药方就可能是错的，而最终付出代价的还是求医者本身。”

嘉琦给千慧倒了杯水，说：“别激动，别着急，慢慢说。”

千慧说：“我也不是激动。只是，我不能把这些话直接讲给客户听，有些憋得难受。如果我给客户讲这些，一不小心，就有教育客户的嫌疑。我不敢多说一个字，不希望客户感觉不好。可是，这也是我的心里话啊。”

嘉琦说：“是。我能理解。换个角度想，可能是她们公司内部有什么矛盾，才呈现这些变化的。毕竟，去年是达成了合作的。我们做好自己应该做的事情就可以了。合作成与不成，到底不是由我们说了算的。”

千慧意识到什么，说：“对啊。我还真没有想到这点呢。是不是她们公司内部的人际关系过于复杂？是不是有内部矛盾？是不是别人故意给她制造麻烦的？啊，对啊，于芳那样强势，真的保不齐啊。”

嘉琦说：“什么可能都有的。也许不是表面上看到的那样简单。”

千慧说：“嗯。我现在也只有等待了。也许，于芳确实也挺难办的，毕竟她在公司内部，还是要遵守公司制订的制度和要求的。”

嘉琦说：“是啊。可能也有一件事，于芳并没有真正意识到。我们提供的培训，是帮助她成功、提升业绩的好事情，但她未必能意识到。只是身为乙方，我们不能把话说得那样直接。说得太直接了，于芳也未必会接受。她甚至会以为，我们只是想做成单，想挣到钱才说这些话的。这个时候，只能看缘分了，如果不行，就是缘分未到。也许是她们没有这个福气。”

4

千慧还是感觉有些失望的，声音也比平时略高，说：“对啊，姐，我有好多话想和她说，都不敢直接说。如果我是甲方，我会确定培训费用的总额，只要一年不超过这个总额就行。我才不会限制每天的费用标准呢。单期培训费用，可以根据培训人员、课程的重要性、老师而有所不同，有些课程，就得请好的、费用高的老师去讲，费用低的老师那也讲不了啊。在确保培训效果的情况下，只要总额不超过计划，就可以了。这样对培训组织者也有选择的空间，可以选择好的课程和老师，更有利于发挥他们的积极性，也能在培训的事情上考虑得更多一些。如果单次培训费用有限制，还比较低或中等，那已经基本确定了培训师的层次所在，并不利于培训组织者挑选好的课程和老师。时间久了，培训组织者很容易会产生培训就是个差事，应付着做了就得了的感觉，他们也不会琢磨如何把培训做得更好、更有价值，不自觉间，对培训和培训师的品质要求就会下降。可想而之那样的培训对企业的帮助能有多少。”

千慧继续说：“如果我当培训经理，我宁可一年只办少量的、较好的培训，邀请好的老师，也不要图便宜、求量。一个差劲的培训还不如不举办。老板并不是怕花钱，如果怕花钱，他就不用组织培训了，老板怕的是花错钱，怕花了钱、花了时间却组织了一个没什么作用的培训。而参加培训的人，只是在乎课程的好坏，在乎自己听到多少有用的内容，他们又不知道费用是多少。在乎费用的只是培训组织者。可影响大、时间长的却是培训内容和效果。这些道理都挺简单的啊。”

嘉琦能理解千慧的所有感受，她也表达了自己的理解和感受，希望可以安慰到千慧。

嘉琦说：“你说的这些，我都同意。这也是我们需要接受、需要突破的地方。客户不同，对培训的理解也不同，对培训的重要性认识得也就不一样。我们认为好的课程和老师，可能客户并不觉得好；而客户觉得好的课程和老师，可能我们又不认同。对于合作和费用，客户也有他们自己固有的想法和理解。这些，我们轻易改变不了。因此，我们所能做的，只是尽可能地呈现我们的专业、我们的服务，让客户自己逐步理解并接受。而且，客户组织培训的理由也是不同的，我们要寻找和期待与我们价值观一致的，水平更高、更明白的客户。同时，我们也需要等待客户的成长。”

5

嘉琦继续说：“你还记得以前××公司的一个培训吧，当时我和你讲过一些的。刚开始，说要做培训，要得很急，要求也很高，他们的课程和培训时间都已经确定了，只需要老师，并且说不要给他们推荐讲课一般的老师，他们只要水平高、讲课好的老师。我当时还说，没事儿，我们只怕要求不高。听上去挺靠谱的项目吧？但实际上，他们调查了一圈儿，也承认成老师讲得很好，但又觉得成老师的费用有些高，要求换费用低的老师。好的，我们再推荐其他老师，费用低一些的，他们也接受了，却又说工作任务重，培训时间要延后一个月，要我们与老师确定培训时间，这也没问题。可过了几天，却又说那个培训时间总经理休假，参加不了，于是又把时间向后拖。我只能向老师道歉。结果，拖来拖去的，就不了了之了。刚才他们的培训经理告诉我，她已经离职了。”

千慧感觉很意外，说：“啊，她离职了呀？真是没有想到。她也挺有勇气的，能离开那家公司。不用想就知道，那家公司的薪酬一定不低的。记得当时你还是很欣赏她的。”

嘉琦说：“是啊。现在，我也挺欣赏她的。年轻、漂亮、聪明、好学、有想法，完美主义者，也很想做事。只是，有的时候，我们会高估自己的想法和意愿吧。要求好的课程和老师，却过不了费用这一关；过了费用这一关，却又过不了内部这一关。想做事的人，在组织内部多少都会遇到些阻力和压力吧。她想做事，并不意味着公司里的其他人也想做事，更不意味着其他人会按照她的想法和意愿去做事，即使她的出发点是好的。”

千慧叹了一口气，说：“唉，都不容易。所以，我们也只有接受。本来，与佳创公司的合作，我还想得还挺美的，现在估计以后再合作的可能性也不大了。”

嘉琦说：“我们做销售的，经常会遇到这样的事情，发生各种变化是很正常的。企业组织培训的原因是多种多样的，而因为培训负责人的变动而中止合作，因为效益不好不再组织培训，因为费用不能合作，也都是正常的。只是，你的这个项目也确实有些可惜了，前期基础还是挺不错的。”

千慧说：“是啊，真的是挺可惜的。也许，他们的遗憾更大一些，只是，他们也不会意识到这些吧。这个项目，是李总提出来的，李总想要的东西，于芳未必会很清楚。虽然她以为她很清楚。可是，我怎么和她说呢？我也不能和她直接说啊。”

嘉琦说：“是啊。我们不能直接和客户说这些的。这也是个阶段和过程。我们不能达成合作，可能只是因为缘分未到。那些客户对于培训价值和品质要认识得更加到位，也是需要时间和过程的，我们需要等待。因为培训没有组织好而吃过亏的企业和个人，我们经常会遇到，以后也永远都会有的。我们要相信，总会有一些吃过亏而最终明白过来的企业和个人。”

千慧说："对啊。于芳在组织培训上也吃过亏。上次见面时，于芳还和我讲，在成老师课程前，他们与一家培训公司合作过一次课程，那位老师讲砸了。于芳当时还说，以后再也不能与那家培训公司合作了。"

嘉琦说："是啊。所以，我们一定要想开点儿，再耐心一些。达不成合作对销售来说是正常的。也许，这张单就不是属于你的，那就让它们自然地离去吧，我们尽心尽力就好，哪个行业都会有这样的情况。有些客户，有水平、有能力，可以顺利达成合作；有些客户，可以看到我们的好，却抗不过内部的压力；有些客户，并没有水平和能力看到我们的好；有些客户，并不是真正想做成事的人，只是当作任务去完成，往往过于强调个人在过程中的感受，在找感觉，并没有真正考虑培训效果；还有些客户，有私心，只考虑他们个人的利益，这也并不是我们想要合作的客户。我们只能找到那些有志向、想做事、想成长的客户，帮助他们在无形方面有所收益，帮助他们成长和做出业绩，帮助他们走得更稳、更远，这对于客户在未来的回报是更大的。"

千慧说："我们只能做好我们能够做好的工作，相信一定会遇到那些有水平、有运气的客户。那个时候，让他们感受到我们的专业，就是我们的价值和成功了。我得去做做深呼吸，透透气。气死我了！"

听到千慧所讲，嘉琦不由得想起以前自己曾经经历过的、很相似的、最终没有达成合作的一个培训项目。

第十章　心有向往却无疾而终

1

与百舸公司的项目合作过程，给安嘉琦留下了很深刻的印象。和与佳创公司的合作有些相似，双方有过合作，也对彼此认同，互相都做了许多努力，最终却没有达成合作。

去年年初，安嘉琦和江千慧曾经举办过一期成老师的公开课。

课程和时间确定后，嘉琦和千慧开始在网络上发布课程通知，也陆续把邮件发给客户。第二天，嘉琦接到一个来自东北的咨询电话。

电话里的人自我介绍说他叫周冰松，是一家民营企业——百舸公司的人力资源总监。

周冰松主动介绍说，百舸公司是一个世界知名电器品牌的中国经销商，主要的业务范围在东北三省和河北，在整个东北还是比较有知名度和影响力的。公司现在已经做得颇具规模，正想着继续扩大市场范围和业务内容。

周冰松说他曾经在北京参加过成老师的培训，当时就感觉成老师的课程特别好，希望能够把成老师的课程引入公司内训。回去后，他就向公司的总经理推荐了成老师的培训，并建议总经理也来参加、感受一下，这样更有利于达成内训合作。而百舸公司的总经理也确实非常重视培训，只是因为当时的时间不允许，才没有同行。

从那之后周冰松一直关注着成老师的公开课。昨天，他在网上看到课程信息后，已经向公司总经理提出了申请，百舸公司计划先派十位中基层管理者参加这次的公开课；如果这十位管理者感受好的话，以后会再派人来参加；如果反馈都不错，会考虑明年引入成老师的系列培训课程。

在电话中，周冰松反复强调说："我们公司对引入培训还是非常慎重的。"

嘉琦没有想到，第一期的公开课，就有一家公司会派十个人来参加，而且还可能会有后续的内训合作，想想就让人开心。如果百舸公司的系列培训谈下来，未来一年将会减少很多压力。

这个时候，嘉琦想得也是有点儿简单、乐观了。

2

百舸公司派了十位中基层管理者来参加公开课，他们主要是各地区销售团队的管理者，都是三十岁上下的年龄，年轻有活力。

带队的是河北分公司的总经理徐刚。徐刚很随和，也很善谈，他讲了自己的经历：刚开拓河北市场的时候，只有他一个人来到石家庄，当时在石家庄他一个人也不认识。从给自己找住处、租房子、找店面开始，他逐步开展起河北市场的业务。现在，整个河北省的市场已经做得很有起色，所占的市场份额也越来越大。

那期公开课，还有几位参加者给嘉琦的印象比较深。

其中一位是南京一所大学管理学院的副院长。鲁院长三十岁出头，长相英俊，气质儒雅。他是自费来参加培训的，因为学院并不承担他的培训费用。而他自己比较了一下，参加一期培训的费用和与朋友们聚餐的费用差不多，与其吃吃喝喝，不如把钱花在培训上。

3

在公开课中，成老师讲道：

管理的本质是沟通，是有效沟通。

我们所讲的沟通，是以贡献为旗帜的。通过沟通，我们要传达一种感知、一种期望、一种需要。

有效沟通是建立在“关心的态度、了解的意愿”上。沟通，是个非常折磨人的过程，需要重复，需要耐心，要有逻辑。但事先预防永远好于事后补救。

沟通是用来展现人性的美德、人性的力量的。沟通传递的是力量，通过沟通实现激发员工的愿望，从而促使员工愿意奉献。有效沟通，能够让我们在员工面前展示自己的力量。而最有力量的事情就是责任感。我们要自问：我是基于责任感和我的上司沟通吗？我是基于责任感和员工沟通吗？这些问题极其具有挑战性，但同时也是极其具有建设性的。

沟通远比我们想得要复杂得多、危险得多。我们在沟通中，不是加强了信任，就是减少了信任。很多人对沟通掉以轻心，要知道“建立信任千辛万苦，失去信任一夜之间”。建议大家，如果没有想好、没有做好准备、不在状态中，就不要沟通。

身为管理者，我们要“多了解，少结论；多开发，少挑剔”。我们要多用描述性语言，少用结论性语言。管理中最忌讳的事情就是管理者做裁判。

千万不要把沟通当作玩弄别人的伎俩，沟通不是操纵别人，更不是能说会道。真心是沟通的基础。

我们经常说某个人“八面玲珑”。那么，八面玲珑是有效的沟通吗？你好、我好、大家好，这不是有效的沟通，而只是圆滑。八面玲珑的出发点是以自己为中心，这对组织来讲是很糟糕的。八面玲珑不是组织应该倡导的，而是要打击的。

傲慢与偏见让我们浪费了太多的时间。很多时候我们容易固执己见，如果对错概念太强，做管理也会非常辛苦。建议大家，要发自内心地换一个角度，说别人的想法是有道理的。

4

课程结束时，依照周冰松的建议，成老师请百舸公司的十位管理者留下，分别表达一下自己对此次培训的感受。

徐刚说：这两天的培训让我受益很多，对我自己的影响也比较大。我原来一直认为，做管理就是把人和事管好，通常是，出现什么事情就安排谁去干，关注的重点在事上，习惯当“消防员”“救火员”。通过这两天的培训，我进行了一些梳理，觉得管理工作的重心还是应该在人。

人是一切发展的动力。而要想管理好人，就要先管理好自己。我想先从自己的心态、心智改变开始，然后才能影响行为。今后我要做正确的事，正确地影响人。

一位来自长春的女孩子说：我从事管理工作的时间比较短。刚开始的时候，我对管理者的角色认知是比较模糊的。现在回过头去看，我做了很多应该是下属去做的事情。我应该首先明确自己的定位和职责，把工作内容清晰地罗列出来，哪些工作需要我做，哪些工作需要下属去做，在这个过程中逐步去考核下属。

从前面对下属的很多问题上，我也有些感情用事。现在我认识到，如果一味地忍让和纵容，对员工、对团队、对组织都是不利的。还有一点，我以前没有这个意识，就是作为管理者，首先要经常自省。

另一位女孩子说：我刚来参加培训的时候心里很乱。刚开始的时候，我都不想来参加。我做了五年的管理工作，今年的挑战是最大的。我感觉自己都有些不了解管理工作，也不知道如何带人了。现在带的人和我以前带的人太不一样了。

听了这两天的课，我不烦了，真的不烦了。我感觉我已经可以理顺思维，想明白自己想要的到底是什么了。成老师举了很多例子帮助我厘清思路。原来我们做事，因为个人能力、执行力强，习惯于单打独斗；现在意识到，还需要提升分析能力、决策能力。这两天让我明白了这个道理，我在分析能力上是有欠缺的。

而让我更有感触的是成老师讲到的“容人之胸，识人之才”。以前，我总是喜欢盯着别人的短处，是拿别人的短处和自己的长处做对比；现在我不会了。

很幸运的是，在我最困惑的时候，公司安排了这个培训让我清醒。除了感谢老师，还要感谢公司。

一个男孩子说：这些年我主要做销售工作，对团队的管理很少。我原来理解的管理，就是通过个人魅力和下属打成一片。如果我处在案例中张经理的位置，我一定也会像他那样，只强调我的个人能力很强，不会提前和下属进行沟通。通过这个案例分析，对我的触动和帮助非常大。现在，我知道了身为管理者的职责和定位，今后不会再在下属面前强调自己的个人业务能力有多强了。我首先要提升自己，然后才能去帮助下属、带动下属。并且，也不能光考虑情感，不能凭自己的喜好去武断地判断一个人的好与坏，得把每个人的表现放在他的特定环境下去分析、去理解。

最后，徐刚说："请成老师给一两句建议吧，给我们每个人，或者给我们这个团队。"

成老师说："我强化一下，如果想要更好地消化吸收课程内容，我们要非常努力地思考，要学会往前看。在座的各位，既有共性，也有独特的天赋和才华。有的时候，我们在工作中会感到事倍功半，也有各自的烦恼，原因往往在于我们不知道我们是为什么而干。建议大家好好地思考这个问题。只要有苦恼，就问自己，我为什么坐在这个位置上？想这个问题的最大好处是能够让我们意识到我们是在为自我而战。也建议大家思考这个问题：当我苦恼的时候，这件事对我意味着什么？"

5

公开课结束后没两天，周冰松给嘉琦打电话说，参加培训的这十位管理者对课程和成老师的反馈都特别好。他会来参加下期的公开课，同时公司的总经理和财务总监等几位高管也会一起来。如果大家对课程的感受都比较好，明年百舸公司会引进成老师的系列培训课程，到时还请嘉琦帮助他们公司设计培训课程体系。

嘉琦心里十分高兴，说："好的。那我们见面时再详细沟通，我们一定会根据你们公司的情况和要求做好全部的支持工作。"

第二次课程的反馈也是特别好。之前参加过第一期公开课的几位管理者，包括鲁院长，也都再次来参加。

培训休息的时候，百舸公司的总经理王鸿向成老师详细介绍了自己公司的情况。他们很自豪于自己公司代理产品的高品质和开拓市场的能力。

百舸公司始终专注于做事，不断地开拓市场，在公司品牌宣传上做得并不多，只在东北地区比较有知名度和影响力。目前，公司正在与一德国品牌洽谈合作，希望能够成为该品牌的中国经销商。王总一再强调，公司对代理产品的品质要求是非常高的。

同时也能看得出来，周冰松的思路是非常开阔的。他对同行业的各个公司、各个产品、市场情况等都比较了解，如数家珍般地为他们介绍行业的相关情况。

嘉琦认真地听，将这些信息记在脑子里，她说："感觉咱们两家公司比较相似，我们都不太做宣传，只是专注于做好自己的产品、自己的事情。"

周冰松不断地感慨于成老师的讲课水平与功力。如果是一般的培训师，他真不敢以这样的形式在公司内部推荐，他很怕培训师讲得会让领导和参训人员不满意。以前，百舸公司组织培训时，只是选择单一的课程，且分别邀请不同的培训师，没有形成体系。在组织这些培训的过程中，周冰松发现，不同的培训师对一些管理问题的理解是不同的，他们在课程中所阐述、提出的建议也有所不同。关键是，不同的培训师讲授的内容有时会产生矛盾，这让公司的管理人员经常会产生困惑，不知道

哪位培训师讲得更有道理，更应该采纳。

这些情况和问题都对周冰松有所思考和启发。他希望，可以请到一位真正有水平的培训师，通过一系列逐步提升的培训课程，可以在公司内部形成相对统一的管理意识、相对一致的管理语言，将来更有利于公司内部沟通上的默契。现在，他终于踏实了，他认为成老师就是他想合作的培训师。

嘉琦不由得赞道："周总，您的这个想法真是太好了。看得出来，您真是用心思考了许多。以这样的方式组织培训，效果会比零散的培训要好得多。课程内容可以持续，一次比一次更有针对性，深度也在加深。每次培训，都会对上次的课程进行复习、总结，并针对管理人员对课程的理解程度、改变效果再适时地调整课程内容。而且，这样的做法也会促进大家平时不断地复习和交流，在日常工作中更好地运用培训中的知识点。"

6

开始洽谈培训合作的时候，双方都感觉不错，也都有意促成合作。

百舸公司计划每个季度举办一至两期的管理培训，针对中高层和基层管理者分别组织逐步提升的系列课程。而且，王总还考虑，有可能为公司上下游的合作伙伴，包括客户、供应商等也提供合适的课程，以实现合作伙伴的共同发展。

只是没想到，很多没想到的事情发生了。

一天，周冰松和嘉琦联系。他说，公司的领导们希望成老师能够提前到公司与管理者进行访谈，他们认为，只有提前进行了访谈，才会让他们的培训更有针对性。公司计划在这个培训项目上投入几十万的费用，因而对项目本身要求格外高，不能光凭电话沟通和问卷调查就确定课程内容。他认为问卷调查是看不出来学员的真实情况的。他们会根据成老师的时间，安排他们的人员，确定访谈形式和时间等。交通费由他们公司承担。

嘉琦能理解周冰松的想法和要求。作为这个项目的推荐者和负责人，他自然是希望项目做得越漂亮越好。同时他也有他的内部压力，他当然希望顾问和培训公司尽可能地多付出、多支持。现在，成老师已经获得了百舸公司部分高管和中基层管理者相当高的认可，在这种情况下，如果周冰松还能够邀请到成老师于培训前到公司为管理者提供免费的访谈，他几乎就没有任何的压力了。成老师和嘉琦追求的是培训效果和价值，周冰松也在意培训效果和价值，同时他也需要通过培训前顾问访谈这种形式和过程来让自己和公司领导们踏实。

只是，嘉琦更清楚地明白，周冰松所要求的培训前访谈并不合适。她和成老师都不会同意这样的操作。因为效果也许并不会如周冰松所想得那样好，并且很大的可能会是事倍功半。

双方，尤其是管理人员对管理顾问并不了解，还没有建立初步的信任，他们很可能会抱有怀疑甚至反对的心理，在这样的心理状态下进行访谈，管理顾问会很辛苦，而且还不一定会达到预期的效果。而等双方建立了初步的信任之后再进行访谈，效果会更好。

嘉琦给自己的定位是促成培训合作的总负责人，她需要站在各方的角度来综合考虑整个项目。无论对企业、对顾问，还是对项目本身，她都要全面考虑清楚。而成老师始终固守培训前不拜访客户的原则，可以与客户进行电话、邮件沟通，但是不会拜访沟通。

嘉琦也能理解，销售和顾问各有各的职责，尤其是像成老师这样的高水平顾问。如果培训确定前，顾问去见客户谈项目，顾问就承担了销售的职责。对顾问而言，承担销售的职责是身份错位，顾问的感受不会很好。如果合作成功还好说，皆大欢喜。只是，如果因为某种原因，而且还不是顾问的原因，比如客户取消项目计划、内部有所变动等，没有达成合作，对顾问的心理影响就比较大了。而且也会影响到今后销售和顾问的联系与合作。

7

嘉琦想了一下，和周冰松说："我能理解您和公司的想法和要求。但以前听成老师讲过，培训前的访谈并没有优势，在管理者对他并不了解的情况，在双方还没有建立起信任的情况下，就做培训访谈，效果并不好。"

她继续说："和您商量下，您看这样行不行？如果可以，我们先请成老师给公司的管理们提供一次培训。大家听了成老师的课程，就会了解到成老师的水平、风格；而成老师通过培训，也能观察和了解到咱们公司和管理者的更多情况，这样双方建立起初步的信任与了解后，再做访谈，效果会更好。而且，成老师的访谈并不仅仅只是了解需求，他在访谈中就会给予管理者一定的辅导和建议。"

周冰松沉默了一下，说："我会考虑一下，同时也向公司领导汇报下。"

嘉琦能感觉得到，周冰松并不很高兴。

只是，嘉琦也只能这样做。有时候客户的想法和要求也未必是全对的。嘉琦要考虑项目整体的效果，包括客户、顾问，以及如何促成项目合作、实现项目价值的最大化。

8

百舸公司决定先采用安嘉琦的建议，让她先了解管理人员的情况和培训需求后，再根据他们的情况设计系列的培训课程体系。

考虑到管理人员比较年轻，管理经验还不足，嘉琦精心设计了一份她进入培训行业以来最为详细的需求调查问卷，除了有对总体需求的了解，对管理者的各个管理技能也都分为细类逐一进行了了解。在绩效管理方面，嘉琦分别问到了对绩效考核、绩效面谈与反馈、绩效改进计划等有多少的了解和运用等问题。

收到问卷时，嘉琦看到一个管理者写到："对绩效面谈与反馈、绩效改进计划毫无概念，从来也没有做过。"

嘉琦知道，这是很正常的反馈。中国开展绩效管理的时间不算长，做得好的更少。可能，这些年轻管理者的上司对绩效面谈与反馈都没有概念。很多管理者，一提到绩效考核，就觉得是通过这个来扣钱的，这其实是误读了绩效考核。很多企业对于绩效管理并没有全面的认识和了解，很多人也没有意识、没有技巧进行有效的绩效面谈，更谈不上通过绩效面谈达到激励和沟通、培养人才、提升业绩的作用。

9

嘉琦把培训建议书发给周冰松。周冰松对课程内容很满意，但是在费用上的反应却有些超乎寻常的强烈。他认为培训费用比他们预想的费用要高许多。

只是，嘉琦的报价已经是成老师最低的合作费用了。而且，他们每期培训的人数都比较多，平摊到每个人身上，培训费用并不算高。

嘉琦能感觉到，周冰松对自己是越来越不满意。可能是她的作法并没有让周冰松认识到价值；甚至，他有可能以为，嘉琦认为百舸公司诚心邀请成老师去讲课，而借此漫天要价。那还真是冤枉嘉琦了。嘉琦所报的费用已经低于其他培训公司的合作费用了。

周冰松说了一句："我们不在乎与哪家培训公司合作，我们只在乎与成老师的合作。"

嘉琦明白这句话的意思。她心里一阵长叹。要她怎么说呢！有些话她是不能直接说的。合作费用已经是最低的。同时，按照行规，成老师不会直接与百舸公司合作，也不会通过其他培训公司与百舸公司合作。

看到周冰松如此的反馈，嘉琦心下已经多少有些意识，项目有可能难以达成。

之后突然有一天，周冰松和嘉琦说他已经从百舸公司辞职，要到当地另一家公司就任，培训工作将由新上任的人力资源总监接手。

周冰松说："具体的工作，他会和你联系的。我已经把相关资料和情况都告诉他了。我还是希望，可以促成百舸公司与成老师的合作。"

凭经验、凭感觉，嘉琦知道，这种情况下能达成合作的可能性是极小的。

周冰松是有意促成，他做成此项合作的动力比较强；而新上任的人力资源总监，想促成项目合作的动力会弱很多，甚至会有意不促成合作。因为，即使合作达成，并不能算作他的工作成绩。新上任的人力资源总监告诉嘉琦，他曾经在咨询公司工作过，比较了解培训行业。一般情况下，在咨询公司工作过的人，都会有自己的资源和认知。他就任后，很大的可能性是按自己的思路来重新组织培训，而公司领导对新上任的人力资源总监也是会多提供一些支持的。

结果在嘉琦的预料中。

从中她认识到，客户呈现的急切需求，有可能并不全是真的。也许客户虽然自己感觉急需培训，但他们却并不一定想得很明白，在这种情况下，一切都还是会有比较大的变数和反复的。

所以，自己需要始终保持清醒、理智和不急不躁。

第十一章　心有余而力不足的无奈

1

2016 年 5 月的一天下午，安嘉琦意外地接到林文韬的电话。

林文韬曾经担任一家知名外企的人力资源总监。他还在外企工作的时候，就已经负责过该公司中国分公司的一个很知名的培训项目。对培训的了解，他比安嘉琦要早得多。后来，林文韬从外企辞职，在国内一家大型民企担任战略总监。最近几年，林文韬一直在上海工作，和嘉琦也没有更多的联系。

林文韬问嘉琦："你现在做什么呢?"

嘉琦说："培训，还在做培训。除了培训，好像也不会做其他的了。"

林文韬被嘉琦的这句话逗乐了，笑着说："只能做培训，说明培训做得不错。"

他接着说："我刚刚回来北京工作了，现在在一家企业担任总裁办主任兼人力资源总监。你什么时候有时间，我们见面谈谈培训合作的事情?"

嘉琦心里自是高兴的，说："好的啊。我的时间相对好安排，具体的时间和地点都由您来定吧。"

林文韬说："好的。到时我会提前发微信给你。"

2

林文韬和嘉琦约好周四下午在复兴门的星巴克见面。

周四的上午，林文韬在复兴门附近参加培训，是一家培训公司举办的公开课。

嘉琦也知道这家培训公司，他们主要是提供国外的版权课程。只是，她始终没有机会参加他们的培训，也不知道他们的课程讲得怎么样。

嘉琦问："是什么课程，老师讲得怎么样？"

林文韬介绍说，他今天上午参加的是"非人力资源的人力资源管理"的培训，参加这次培训的总共不到十个人。老师讲得很一般，和他的要求有些距离。没听课之前，他对这家培训公司的印象是相当好的，一直认为他们的课程会讲得很不错，本来是考虑与他们公司合作企业内训的，现在，也暂时放下了这个考虑。

上午，林文韬也了解到，这家培训公司每天的培训费用并不算太高，处于国内培训合作的正常范围，只是，参加培训的人员都要交课程版权费，每人每天的课程版权费比较高。这大概也是这家培训公司的一个盈利点。

3

最近几年，林文韬主要专注于战略管理方面的工作和研究，对培训行业并没有太多的关注和了解，因此并不了解现在的培训行业有哪些发展和变化。

他问嘉琦："你觉得，现在的培训行业怎么样？"

嘉琦说："怎么说呢？"

因为和林文韬相对熟悉些，嘉琦并没有完全把他当作客户，也敢于说得多一些、直接一些。嘉琦感觉，现在的培训行业比以前更"滥"了。她刚进入培训行业时，也就几年前，当时从整体而言，讲课的培训师还是有些水平的，讲课内容中也有不少的"干货"。最近几年，出现了很多讲师经纪，也出现了许多培训师，他们讲得不见得有多好，但讲课费用低，因此也能够在这个行业里生存下来。很多人感觉当培训师好挣钱，于是听听别人的课，看几本书，出本书，准备几个 PPT，包装一下，就出来讲课了。还有一些在培训公司做过销售的年轻人，听到一些水平很差的培训师讲课，也知道这些培训师就是在骗，但却架不住挣钱快的诱惑，也跟着学会了骗，即使自己一点儿管理经验都没有，也没有对课程进行深入研究，把自己包装包装，就出来讲课了。培训师是越来越多，但是好的培训师和管理顾问却越来越少了，或者也是因为好的培训师和管理顾问越来越不喜宣传自己了吧。反正嘉琦所了解的几位有水平的培训师和管理顾问就从来不做宣传。于是，这个行业越发的鱼龙混杂，甚至有些“劣币驱良币”的趋势。久而久之，因为见到的、听到的多是一些讲得一般的培训师，有些企业就会感觉培训、培训师不过如此，对于培训到底能产生多大的作用也会产生一些怀疑，因此选择培训课程和培训师时也更加谨慎了。

现在，嘉琦和千慧都有同样的感觉，每次要与新的培训师合作，都觉得有些害怕。看培训师的简介，感觉好像都不错。只是一听课，往往会发现，与她们的想法和要求还是有着太多的距离，甚至很多培训师所讲的内容是有些偏差的。

曾经有一次，嘉琦受邀去参加一位培训师的公开课。那位培训师，看介绍很不错，人也长得很精神很帅气，可嘉琦听了几分钟就发现他几乎是在直接喊口号似的讲课。嘉琦受不了，就直接起身走了。

出了电梯，嘉琦发现一楼也正在举办一个培训。正好，教室门口没有人，嘉琦就直接推门进去听课了。然后，她又是一阵“晕”。那位培训师，腆着个大肚子，普通话都说不清楚，讲的多是带有批评性、评判性的话语。他说，自己曾经为某个著名央企提供培训，该企业的一位处长说他讲得有多好多好。嘉琦寻思，如果这位培训师讲的是真的，那么那位处长的水平也着实令人“捉急”。嘉琦不好意思刚进教室就马上走，那有些太不礼貌了，她就继续坐在那里听着，直到课间休息。当时她还特意记下那位培训师的名字，回来上网查了查，看介绍也的确不错，也有很多企业高管们的培训感言，都是赞美之词。只是，不知道这些高管们的感言是真是假。嘉琦还看到有些讲师经纪和培训网站在推广这两位培训师，而且他们的广告都是打在网站首页上。

嘉琦经常想，如果不是她刚刚进入培训行业就遇到成老师，如果不是这些年始终与成老师合作，她也许早就离开培训行业了吧。因为遇到成老师，她知道培训行业还有这样的好课程、好老师，她还始终有成长，也就有些动力在培训行业继续做下去。

听完嘉琦的讲述，林文韬若有所思地说：“我也有同感。这次回来后我参加过一次培训，是一所大学的总裁班，培训者大多是外地的企业家。那个老师讲的很多内容都是错的，但这些老板们也听得很起劲儿。我当时觉得，中国的管理水平真是挺低的，好像连最基础的管理都没有。”

嘉琦没有想那么多，习惯性地问：“是哪位老师讲的？我记下老师的名字，以后不与他合作。”

林文韬有些迟疑，说：“老师的名字就不用说了吧，是我的一个朋友。”

嘉琦感觉自己不该问这个问题，有些不好意思。

4

林文韬与嘉琦联系，是因为他现在工作的容通公司准备为中高层管理人员提供系列的管理培训。

林文韬到北京容通公司工作还不到两个月。容通公司的总经理和林文韬是多年的好朋友，他特意邀请林文韬来公司，负责公司未来的上市和人力资源等相关工作。

容通公司是一家大型民营企业，成立已经有十多年了。而公司的中高层管理人员，包括总经理，大多是最近一段时间招聘来的。来到容通公司后，林文韬经过多方了解得知，大部分管理者的学历并不高，以前也基本没有接受过专业的管理培训。

容通公司的管理并不规范，管理基础比林文韬预想的还要弱。到目前为止，公司还没有完善的管理制度，大家都只是凭着感觉和经验做事情。有些事情做起来，特别的随意和想当然。而且公司没有明确的奖惩制度。一旦出了问题，责任人并不觉得自己有多少的责任和压力，往往说句“抱歉，我没有想到”就过去了。管理人员的随意、不负责任让林文韬感到有些不能忍受。

此外，容通公司的管理人员对绩效管理也没有概念，甚至以为现在的年度绩效考核只是用来打分和扣钱的。涨工资也比较随意，如果和总经理关系好些，就更容易涨工资。有时一件很简单的工作，林文韬认为一个刚毕业的大学生就完全可以完成的文案，却迟迟拿不出来。而负责做事情的人往往还振振有词，说："我最近很忙，以前我们也没有这样做过。"

公司的内部还分成了一些帮派，互相较劲、攀比。这样的做法，对公司的长期发展肯定是很不利的。容通公司计划未来三五年内上市，对此，林文韬感到并不乐观。以容通公司目前的管理状况和管理水平，如果不改变、不改善的话，将来肯定是无法上市的。

林文韬想了一段时间，决定还是向总经理提出组织培训的想法和申请。总经理原来是有些不同意的。容通公司从来没有组织过一次培训。

总经理说："我也知道大家在管理方面是有些偏弱的。但是，培训真的有用吗？培训还要花钱。你们组织大家看看书，学习学习就行了，何必花那么多钱培训呢？"

林文韬心里想，看书和培训的效果能一样吗！他继续向总经理说明目前的问题和培训的价值和作用。

总经理又说："有个问题，我们花钱给他们培训了，如果他们将来跳槽到其他公司怎么办？这不就等于我们在培训上的钱白花了吗？我们花钱，却给其他公司培养了人才，培养了竞争对手。"

林文韬说："我能理解您的想法。可是，换个角度想，如果我们不培训，管理人员始终是目前的状态，能力没有提升，他们将来都留在公司，还能总是这样的水平和状态吗？"

林文韬的这句反问对总经理是有些触动的。总经理当时没有再多说话。而抗不过林文韬的反复沟通和申请，他最终同意组织培训，同时也提出了对培训费用的限制。

林文韬不理解，怎么现在还会有人不重视培训？他看《创业维艰》这本书，书中专门有一章强调培训的重要性："不对人员进行培训，绩效管理就毫无基础，进而变得松散无序、前后矛盾。"人员辞职主要有两个原因，一是他们讨厌自己的管理者，缺乏指导，职业前景不明朗，收到的反馈多是负面的；二是学不到东西，公司没有投入资源，帮助员工学习新的技能。而一个出色的培训项目可以直接解决这两大问题。

英特尔的CEO格鲁夫也说过："管理者只有两种方法可以提高员工

的产出：激励和培训。培训应该是公司对所有管理者的最基本要求。在提升公司生产力方面，其他任何投入都比不上培训。”

林文韬想得很明白，一个企业一定要有培训和人才培养。企业发展和竞争，说到底都是人才的竞争。有了好的人才，才可以把不完善的地方做到位，才能创造市场和客户。只要是卓越的组织都会在促进员工的成长上不遗余力。

对培训的理解，嘉琦很赞同林文韬的观点。嘉琦还讲到另一件事：前两天，她和一位央企的 HR 叶子鹏在 QQ 上聊天，叶子鹏讲到他刚刚参加了一个 HR 论坛，会上所有嘉宾都在讲互联网思维或与互联网相关的信息，有些知名企业的人力资源管理者公开表示，自己非常认同《Netflix 颠覆 HR：我们只雇“成年人”》文章中的观点，认为说得很有道理，说他们自己现在也只招聘“成年人”，不再培养人，等等，让叶子鹏觉得莫名其妙。

林文韬也感觉这个想法有些莫名其妙。企业不培养人怎么行？都不培养人，哪来的人才？你不培养，人才就要走向培养人的地方，毕竟有想法的人才还是关心自己的成长的。只有那些没有想法只想混日子的人，才不想着学习，不想着成长。这就好像是给车加油，每过一段时间就需要加油。可怪就怪在，人人都知道要经常给车加油，却不知道给自己加油、补充能量。

个人的眼光不同、见识不同、水平不同、价值观不同，对培训的认知和辨别亦是不同的。现在，有很多人在说“培训没有用，培训完了也没有什么效果”。嘉琦认为不是这样的，不是培训没有用、没有效果，而是不好的培训没有用、没有效果。好的课程和老师，还是会给予人很大帮助的。

也许，只有那些从培训中得到收益的人，才明白一个好的培训对人的帮助有多大。嘉琦就是听着课成长起来的。她以前不懂培训、不懂管理、不懂销售、不懂人力资源，但现在逐步成长为专业人士了。所以说，培训还是有用的。

5

林文韬给嘉琦讲述了一件事情，一件多年来他反复回想的、促使他不断反思的、对他有着提醒和借鉴的事情。

多年前，林文韬曾经和同在外企工作的几位“牛人”一起小聚。当时，电子商务在美国刚刚出现，他们这几个人基本上是国内最早一批知道电子商务的。在这次聚会中，他们讨论了美国电子商务，并探讨电子商务是否有可能在中国发展起来。这些聪明人在一起研究了小半天，最后的结论是，电子商务在中国发展不起来。因为中国人缺少诚信，怎么能够做到把货品按时送到，又怎么能够确保把款付给卖方呢？他们当时得出这个结论的时候还都挺得意的，感觉自己高人一等。可现在看看，阿里巴巴、淘宝、支付宝、快递业等的发展，真的是给他们这些所谓的聪明人上了生动而现实的一堂课。

通过这件事情，林文韬一直在反思，他们那一批所谓的“牛人”“聪明人”，光考虑现状问题了，却没有去思考有可能的机会，更没有去琢磨如何解决问题。他们都没有意识到，问题就是机会。他们当时都把自己定位于旁观者、评判者，还自我感觉良好、自以为是。多年来，林文韬始终用这件事来提醒自己：做事情，不能仅仅看到困难和问题，更要多思考如何解决问题；不要仅仅成为旁观者和评判者，更要积极地参与和改变。

听到这些，安嘉琦也有了一种深深的触动和思考。

从那以后，林文韬所讲的这件事情，安嘉琦也时时拿来提醒自己。

6

林文韬继续讲他对组织培训的想法。

他对培训已经有了一些思路。他希望，通过培训，能够让容通公司的中高层管理者对管理和经营有些意识，希望大家能够站在经营的角度去全面思考自己部门的工作、成本、利润等；而不是像现在，在每次的月度会议上，好像念流水账一样，只是说明我、我们部门做了哪些事情，根本没有效益概念和全局观念；很多人只是为了做而做，好像每个月只做这些事情就可以了，就对得起这份工资了。

同时，林文韬也希望，通过培训提升管理人员的职业素养和职业形象，希望他们能够树立职业化的意识，把个人和组织的关系界定清楚，也明确自己身为管理者的职责和定位。

林文韬很清楚，就目前的管理现状和管理者的情况，并不能指望他们一下子就有很大的提升。管理的提升是需要时间和过程的，但一定要有个开始，他希望从第一次培训开始，至少让管理者们对管理、对工作有些专业意识和职责意识。

安嘉琦一边听一边点头，同时在脑子里迅速地记。

林文韬说："我考虑了几个课程，"非人力资源的人力资源管理"、"管理者的角色认知"、"卓越的自我领导力"、"非财务人员的财务管理"、"胜任力素质"。你觉得这几个课程怎么样？现在我初步的想法是每期两天，每个季度举办一次，或者到时根据进展情况再看。"

嘉琦说："林总，我直接说我的理解和建议啊，最终还是由您决定，我来配合您。咱们比较熟悉，我就说得更多、更直接一些；如果是不熟悉的客户，有些建议，我是不敢直接说的。"

林文韬说："直接说最好。"

嘉琦说："林总，您刚才说了，目前咱们公司的管理基础比较薄弱，大家对管理的意识并不强。现在刚刚推进规范化管理，在这个起步阶段，我建议课程内容以角色定位、强化职责、思维改变、开阔眼界作为开端。胜任力和非财、非人的这些偏技巧性的课程，我建议稍稍往后放一放。"

林文韬接着说，目前容通公司刚刚开始推进"目标与计划管理"。现在大家都不会制订目标、计划，总会通过各种方式推诿。比如，把责任推给其他部门；计划写得很含糊，根本达不到要求；更谈不上对员工的辅导、激励等。他也急于从如何制订目标和计划上开始着手。不然，以后每个月的工作计划，很有可能就只是人力资源部的事情，其他部门的管理者只会看人力资源部的笑话。

嘉琦很理解林文韬的这些想法。她以前也为其他企业提供过相关的培训，那家企业的情况和容通公司很相似。而那家企业的那个培训也给嘉琦留下了很深刻的印象。

那家企业刚开始推行“目标与计划管理”时，为了推行顺利，确保效果，规定总经理必须参加每月的计划会议，因为只有总经理参加了，管理人员才会认真一些。当时他们提出的培训要求，也是急于从制订计划的技巧入手。

嘉琦把客户反馈的情况和成老师进行了沟通。

成老师说，有关目标管理、计划管理、绩效反馈等问题的呈现，其实都是症状，主要是源于管理人员的定位模糊。要想真正解决这个问题，先不要着急，不要一开始就直接从目标和计划管理切入。如果从这两方面切入，就课程本身而言，大家会反馈说老师讲得好，大家也会有所收益。但是，这样的切入并不是真正解决这些问题、症状的有效方式。要想解决问题，首先需要的是针对管理人员的角色定位和职责要求等基础性的铺垫。中国管理者并不缺少技巧和工具，这些只是表象；中国管理者缺少的是，为什么要学这些技巧和工具，学这些技巧和工具能带来什么？因为大部分的中国管理者对自己的管理者定位并没有真正明晰，所以才会在管理工作中出现各种问题。如果管理者对于自己的角色定位没有认识到位，越是教他们技巧，他们越容易产生逆反心理，效果反而不好。而且，即使学会了技巧，如果管理者的角色认知和定位没有突破，他们也会有各种理由和办法故意不去运用这些技巧的。

嘉琦一边说，一边仔细观察着林文韬的反应，同时也调整着自己想表达的内容。

之后，嘉琦和客户沟通后，客户也接受了成老师的建议。第一期培训是“管理者的角色认知和有效辅佐上司”，成老师首先在课程中帮助管理人员明确定位，厘清思路，强化职责。管理人员通过这个课程会真正明白和理解管理者的职责所在；因为这份职责，他们需要站在部门与公司的角度和高度去思考问题。第二期培训是“目标与计划管理”。这两期课程讲下来，效果非常好，管理者的主动意识增强了许多，接受度也很高。客户反映说，这是把意识和技巧层面的问题都解决了。该公司原来是有些担心的，这些管理者都已经具有了很多年的管理经验，如果从管理意识的课程开始，担心管理者们会以为公司组织培训是要为他们“洗脑”，会产生抗拒心理。但是，成老师的课程从来不会存在这样的情况，大家只会感觉到这个培训对其个人的工作和发展是有很大帮助的。

听嘉琦介绍了这么多，林文韬心里更加明确、踏实了。他觉得嘉琦说得是有些道理的。他也想到了这些，也有类似的担心，所以他一直有些犹豫，始终拿不定主意。他在外企工作的时候，曾经与成老师合作过，他知道成老师确实更擅长抓住问题的实质，在基础上下功夫。于是，他决定，开始的两个培训课程以管理和领导力课程为主，先建立基础，然后根据培训效果和大家的反馈，再进一步确定后面的培训课程。

嘉琦说：“是的。这样就比较好。我们可以先举办培训，通过培训观察、了解管理人员，然后再根据情况调整。之前我们有些合作过的企业很有水平，培训前和成老师专门说明，请他讲授的时候重点观察、关注哪几位管理者的反馈，他们公司主要就是要培养、提拔这几位管理者。”

7

林文韬说：“这样吧，我们先确定两个课程，“管理者的角色认知和有效辅佐上司”和“卓越的自我领导力”。你看这样行不行?”

嘉琦很赞同林文韬的想法。以她的经验和对这两个课程的理解，“管理者的角色认知和有效辅佐上司”是所有管理者的基础课程，尤其是每次成老师讲到“有效辅佐上司”，都会给听课人员带来一些冲击和启发。“卓越的自我领导力”可以激发动力系统，帮助听课人员开阔视野、思考未来、做长远打算。嘉琦他们曾经为多家企业提供课程，经常是以这两个课程开始的。这两个课程，可以说是每位管理者的必修课，而“卓越的自我领导力”更可以说是每个人的必修课。只是，这两个课程的价值和力量还没有在国内真正发挥出来。

嘉琦对林文韬说，她理解林文韬目前的处境，他刚到容通公司就开始推广培训，可以想见在公司内部肯定会有一定的压力和阻力，包括课程效果、培训费用等方面。为了更利于达成合作，这两个课程，她会分别推荐两位培训师。除了成老师，每个课程还会推荐另一位讲得不错、费用相对低一些的培训师，这样也更方便于林文韬和容通公司进行比较和选择。

林文韬觉得嘉琦考虑得很周全，他让嘉琦尽快把课程内容和老师简介发给他。

8

第二天，嘉琦就把培训建议书发给了林文韬。

两个课程，除了成老师，还另外推荐了两位老师。嘉琦采用这样的做法，希望可以增加培训合作成功的概率。

嘉琦曾经有个误区，一个课程只推荐一位培训师。只是，在沟通过程中她发现，只推荐一位培训师比较有风险，有些客户更在意费用，也希望自己能有选择的机会，这个时候，推荐两位费用有差别的培训师是种保障。

林文韬收到建议书，又了解了另外两位培训师更多的情况，嘉琦一一做了说明和补充。

林文韬说：“好的。我会和总经理汇报，有消息后联系你。”

然而，之后一段时间林文韬都没有消息。

嘉琦一直在犹豫，问，还是不问，可想了想，她还是忍住没有与林文韬联系。毕竟林文韬和其他客户不同。而且，以嘉琦对林文韬的观察和了解，他做事有自己的节奏和方式，心中也比较有数，不需要催。如果有消息，无论合作成与不成，他都一定会告诉自己的。有时候，问和催反而效果不好。

9

提供建议书后两个月，林文韬通过 QQ 和嘉琦说，他刚刚从容通公司辞职了。

这让嘉琦有些意外，可转念一想，又觉得这也是情理之中。也许林文韬还是适应和接受不了容通公司的文化和管理。只是她没有想到，他会这么快做出离职的决定。毕竟在容通公司，林文韬的薪酬是相当高的。如果换作其他人，很大的可能是会继续留下。

确实如安嘉琦所分析的，林文韬始终无法适应容通公司的文化和管理。尽管他做了很大的努力，却仍顶不住公司内部原有的旧观念和复杂的人际关系。公司的管理者们从上到下，并不觉得管理有多么的重要，还是习惯于以前的做法，自然更不会有意愿、有意识要有所改变和提升。

通过这件事，林文韬对自己也有些反省，可能他有些过于着急，低估了容通公司内部的阻力和障碍。他来的时间不长，还没有真正了解公司的情况，也没有和管理者们建立比较好的信任关系，就开始插手一些公司管理上的事务，步子迈得有些过大了，这让公司的很多管理者们无法接受和理解。同时，这些管理者们也都有一种担心，害怕公司管理上的变革在今后会影响到自己的岗位和薪酬。既然如此，不如不变，维持现状。

而林文韬决定离开容通公司，还有最为关键的一点：他发现，来容通公司之前总经理跟自己所介绍的很多情况并不是真实的，包括经营数据、人员情况、公司发展目标等，这让他感觉到落差很大，也不敢再轻易相信总经理以前所说的内容和承诺。不要说以容通公司目前的业务发展和管理水平，公司上市的可能性很小。即使将来，他们能够上市，林文韬也将会承担很大的法律风险。而这是他坚决不会选择的。

嘉琦很能理解林文韬的想法和决定，虽然她对于无法合作还是有些小失望的。

嘉琦说："我明白，如果不能适应公司的文化，并且继续下去对个人的职业发展还可能有风险，那还是尽早离开为好。以您的水平和经验，找工作、做事情都不是难事。希望您早日找到新的工作，开展新的事业。有需要支持的，敬请随时联系我。"

林文韬说："好的。谢谢！保持联系。有机会约上成老师一起坐坐，看看能否一起做些事情。"

安嘉琦说："好的。希望可以一起做些事情。"

第十二章　两赴非洲提供培训

1

2016 年 8 月的一天，安嘉琦接到张彦哲的电话。电话中他告诉嘉琦，他们商谈过的那个培训项目，由他们公司的总经理自己与集团总部联系，总部派了集团的一位培训师来公司讲课，他们就不能与嘉琦合作了。嘉琦表示理解，心里也很平静。好像因为经历得多了，她已经习惯了这样的变动。

张彦哲是一家国际公司的人力资源总监。该公司在非洲，是他们系统在海外投资项目中最成功的项目，也是他们系统在海外投资的标杆项目。

该公司在非洲的知名度相当高，当地人都以能来该公司工作为荣。因为在这里工作，环境好，薪酬也相对比较高。公司里的所有中国员工都住在厂区，平时不能出去，每隔几个月可以回国休息一次。他们的员工经常说："坐飞机真是坐得够够的。"

该国际公司经常组织培训，既有技术和专业上的课程，也有丰富业余生活的，比如英语、瑜伽等。尤其是英语，更是他们的必修课。因为他们与当地人的沟通主要是依靠英语。

去年 12 月，张彦哲与嘉琦联系，说公司的现任总经理陈总曾经在国内参加过刘宇老师的培训。他认为刘宇老师讲得特别好，要求张彦哲联系刘宇老师，请他到非洲为公司的全体人员提供两天的培训课程。张彦哲想请嘉琦帮忙和刘宇联系一下。

于是，嘉琦给刘宇发短信说明了详细的情况。

刘宇回短信说："明年上半年的时间已经排满，下半年得看学校的安排。"

嘉琦问："麻烦告诉我，您的讲课费用是如何考虑的？"

刘宇回复说："到时再说。"

今年年初，嘉琦又联系刘宇，问他下半年的时间和费用等。

刘宇回复说："下半年的时间很紧，出国讲课的话费用会比在国内的高很多。"

嘉琦心里明白了，刘宇这样回复，说明他并不想出国讲课。嘉琦也通过同行朋友了解到，刘宇的时间安排并没有那么紧张，国内的培训基本还是可以请到他的。而且，张彦哲所在的公司主动提出要与刘宇合作培训，那么他的费用即使再高，他们都有可能接受；可他却连费用都不报，这说明即使是再高的费用，他都不会出国讲课的。当然，这也能理解。

于是，嘉琦随即和张彦哲详细说明了情况。为了便于他向陈总汇报说明，嘉琦把自己与刘宇的短信往来截屏也发给了张彦哲。

2

之后，张彦哲让嘉琦帮忙再推荐其他的课程和老师。现在，公司的员工们压力都很大，确实需要从心理上疏解一下。前几天，在公司附近发生了一些事件，有些危险，导致公司的整个气氛也有些紧张；有些员工晚上睡不着觉，出现了消极、抑郁和焦虑的症状。张彦哲很担心，万一员工们的状态不好，出了什么事情就麻烦了。他们公司是系统标杆，是不允许出现任何安全事故的。

嘉琦想，这样的课程对专业性的要求比较高，得推荐专业人士，不能随便联系培训师去讲授。同时，她也希望可以为国际公司提供更多的服务内容。于是她琢磨了一下，为该公司推荐了两位培训师，并且，主要推荐其中的一位心理咨询师丁向明。

丁向明是医科大学毕业，曾经担任过军医，后来又学习了心理学。现在，他与很多的心理咨询机构合作，经常提供心理咨询和培训课程。同时，丁向明为人谦和，亲和力很强，和他沟通使人感觉很舒服、很轻松。

嘉琦和丁向明说好，如果出国培训，他可以为国际公司的部分人员提供现场的心理咨询和辅导。这等于是为国际公司增加了服务内容。

嘉琦从来不敢忽略课程内容的正确性，即使业内名气再大的培训师，她也一定要亲自听过课，确保其讲得正确，才会推荐给客户。因此她经常参加培训，同时阅读了大量经典的管理类书籍，并且自己也不断思考和向高人求教。

收到嘉琦的建议书后，张彦哲就向陈总汇报了相关情况。但陈总迟迟没有任何的回复。

后来，陈总没和张彦哲商量，就直接与集团总部联系，总部派了一位集团的培训师去讲授，这样一来就不能再单独举办培训了。张彦哲也确实没办法。

在陈总担任国际公司的总经理之前，张彦哲曾经与三位总经理合作过。以前的总经理对他的工作都是比较信任的，一般只是布置任务，具体的工作都是由他和部门的同事一起实施。陈总上任后，有时会直接插手培训和其他工作，喜欢直接指派自己认识的培训师。张彦哲并不清楚陈总心里到底是怎么想的。他有时也在想，是不是陈总对自己的工作能力有些不信任、不放心？或者，是因为自己做事向来有个性、有想法，又不是陈总自己的人，所以他有意不支持自己的工作？于是，张彦哲只能一边琢磨一边逐步调整自己，努力适应陈总的风格和特点。

3

早在五六年前，张彦哲就曾经与安嘉琦联系过培训合作的事情。只是当时国际公司在培训费用上压得比较紧，没有成行。

两年前，严泽平就任国际公司的总经理。张彦哲又与安嘉琦联系培训合作。

他说："我们新上任的总经理严总非常重视培训，对培训的要求比较高。"

张彦哲在国际公司工作多年，严泽平是他辅佐的第三位总经理。在张彦哲看来，这三位总经理，一位比一位更爱学习，一位比一位更重视培训。严泽平是技术人员出身，个人综合素质比较高。在整个系统内，他的职业发展相对比较快、比较顺，三十多岁就成为了总经理助理。同时，他也是国际公司中英语水平最高的，可以熟练地运用英语与外国人无障碍交流。严泽平非常喜爱读书，当下正在读《第五项修炼》，并且他对这本书的评价很高。他很想把国际公司打造成“学习型组织”。严泽平的好学和高要求，让张彦哲既有动力又有压力。

张彦哲所介绍的这些情况让嘉琦马上意识到这位严总的水平很高。嘉琦曾经听成老师在课程中讲过，《第五项修炼》涉及的领域极广，它把心理学、管理学、宗教、系统论等联合在一起，对读书人的理解力、思考力、经历、阅历等各方面的要求是非常高的。成老师自己也是从1999年开始阅读、研究《第五项修炼》，整整研究了十年后才开始讲授的。“学习型组织”的精髓是“引导组织中的每个人活出生命的意义”。嘉琦也曾经读过《第五项修炼》，令她最有感触的是“自我超越”那部分的内容。

张彦哲当时还没有读过《第五项修炼》，他没有想到嘉琦会如此评说这本书，这也激发了他阅读的兴趣。

4

张彦哲利用自己回国休假的时间，在北京约嘉琦见面详谈。

嘉琦很清楚，张彦哲也是借见面的机会来观察和了解自己的，并通过自己来分析自己所属公司和培训师的水平。

张彦哲对嘉琦的第一印象不错，嘉琦让他感觉到认真和踏实。

嘉琦向张彦哲简单地介绍了成老师的授课风格和内容等。

谈话中，张彦哲突然问了嘉琦一个问题：“老师能去讲‘曾国藩的识人术’吗？我们领导也在读《曾国藩》。”

这让嘉琦有些意外，她没想到张彦哲会有此一问。但转念一想，现在是国学热，学国学、读《曾国藩》的人确实很多。

好在，平时嘉琦和成老师沟通得比较多。

嘉琦介绍说，成老师对中国传统文化是比较有研究的。他学习、研究曾国藩、王阳明的思想，也在阅读《贞观政要》《道德经》。他在课程中会经常讲到这些传统文化的内容。除了曾国藩，他还讲过毛泽东的战略思维、林彪的军事思想、邓小平的领导艺术，等等。只是，关于“曾国藩的识人术”，以成老师的建议、嘉琦的经验，这个课程并不适合组织企业内训，而更适合公开课，而且，一家企业只来一个人参加比较好。

听了嘉琦的解释，张彦哲没有再谈论这个话题。他和嘉琦差不多的年龄，也是偏内向的性格，不太爱说话，但看人时很认真。嘉琦能感觉得到他的观察力很强，心中也自是很有数的。

从嘉琦的角度，她真心希望可以多遇到这样的培训经理，有一定的水平、经验和阅历，想真正做些事情，同时又能灵活地运用外部资源来提升自己在内部的影响力。这样的培训经理，可以沟通很多方面的内容，即使最后达不成合作，她也乐于与他们保持联系和沟通。

嘉琦最怕遇到那些年轻、经验和水平不足却又自以为是的人力资源经理。他们有些人可能更关注于挑剔乙方，只想着在乙方面前找感觉，却没想着如何利用乙方的所长和资源来帮助自己提升业绩、提升影响力。

嘉琦的一个朋友亮，曾经对嘉琦讲述了他的一次应聘经历。

出于照顾家庭和孩子的考虑，亮从上海的公司离职，重新回到北京工作。他当时担任人力资源总监的工作已经有十年了，在人力资源领域已经非常资深和专业。

一次应聘，负责面试的是那家公司的招聘主管，一个非常年轻的女孩子。她问了一个让亮啼笑皆非的问题：“你知道人力资源管理的六大模块吗?”

亮面试回来在 QQ 上讲给嘉琦听，说：“你知道人力资源管理的六大模块吗？我不知道，我不知道如何作答。”

嘉琦乐，亮怎么可能不知道。

嘉琦说：“可能那位招聘主管刚刚开始学习人力资源管理，感觉很新鲜吧。”

亮说："我应聘的职务是人力资源总监。如果入职，将是那个女孩子的上司。公司却派这么个女孩子来面试人力资源总监，到底是怎么想的呢?"

5

培训确定的过程，也是一波三折。

和安嘉琦联系沟通之前，张彦哲和国际公司已经确定了一个培训，是由国内一家知名培训公司推荐的老师。当时已经不好更改了。因此与嘉琦和成老师的培训合作只能延后。或者，是当时张彦哲对嘉琦和成老师也没有足够的信心吧。而那家培训公司，其知名度至少是有助于张彦哲在内部汇报的。

只是，知名度并不等于美誉度。

这些话，在这个时候，嘉琦是不能和张彦哲讲的。她和张彦哲正在谈合作事宜，但还没有达成合作，这个时候她评价其他机构，其实就是在评判客户，这种做法风险很大。待有过合作，张彦哲对嘉琦比较了解和信任后，届时，如果他向嘉琦咨询，嘉琦自然会多说一些自己所知道的和她能够建议的。

大概，所有的培训组织者都会经受一些失败的案例。经常会听到消息，因为一个培训没有组织好，培训负责人辞职离开公司。而因为经受过失败的案例，培训组织者自然会对后来的培训合作分外小心。这是可以理解的。这也是成长的过程，虽然，有的时候，付出的代价会比较大。

国际公司实施已经确定的那个培训项目时，张彦哲正在国内休假，他并没有听到课程。后来他和嘉琦说，大家对培训的反馈还是不错的，听得都很开心，培训时现场很是热闹。

6

终于，国际公司确定了与嘉琦的合作，培训于4月举办，先上四天的课程，而具体讲哪个课程，张彦哲让嘉琦和成老师商量决定。

成老师和嘉琦商议，第一次四天的课程讲“核心管理技能提升”和“卓越的自我领导力”，各讲两天。他会把两个课程的全部内容交叉呈现。

张彦哲原来提议过是否可以举办关于《第五项修炼》的培训。但成老师和嘉琦都不赞同。

他们建议张彦哲先不要从这个课程开始，这个课程确实很好，但是对组织和个人的要求是比较高的。考虑到他们公司的情况，还是先从基础管理和领导力课程开始为好。这也是为以后开展关于《第五项修炼》的培训建立基础。

嘉琦向张彦哲建议，组织培训千万不能着急，也不能急于求成，循序渐进地推进比较好。培训期间，如果总经理觉得有必要，可以与成老师就《第五项修炼》和学习型组织建设的内容先进行沟通。如果将来有机会，条件成熟时，再组织这个培训课程，那时会更有针对性，效果也会更好一些。

张彦哲又问：“能不能在晚上组织我们做‘啤酒游戏’？”

听到张彦哲的这句问话，嘉琦马上意识到，张彦哲的学习能力真的很强。他应该是在《第五项修炼》书中看到了“啤酒游戏”，才有此想法的。

嘉琦就此咨询成老师。成老师说：“国际公司是纯生产型的企业，对市场、销售、竞争的感受都很弱，建议不要做‘啤酒游戏’，我们可以提供‘沙漠探险’或‘七巧板’游戏。”

张彦哲觉得成老师讲得很有道理，就接受了他们的建议。考虑到国际公司的培训场地、人员特点和人数等，最后决定在培训的第二天晚上组织“沙漠探险”的案例游戏。

国际公司以前组织培训，考虑到成本问题，每次只是培训师一个人过去，因为公司不会承担助理的交通费。而这次培训，总经理很重视，且培训时间比较长，还有案例研讨，张彦哲就和严总申请，允许老师带助理。最终，国际公司和严总决定，可以先派助理跟成老师一起过去，助理的交通费先由国际公司垫付。如果课程讲得好，助理的差旅费由国际公司承担；如果讲得不好，助理的交通费从培训费用中扣除。

嘉琦当时就答应了下来。她能感受到张彦哲的用心。

嘉琦十分清楚，成老师的课程有着怎样的高度和价值，也知道她作为助理在这次的培训中会发挥哪些不可缺少的作用和价值。她相信，培训结束后，国际公司一定不会后悔自己的决定。

嘉琦想起以前的一次培训经历。

那时成老师和嘉琦曾经为江苏一家很大的民营企业提供两天的领导力课程。

培训前一天的下午，他们到达企业。当时，只有企业的培训经理接待他们，安排他们住在企业的招待所里，吃饭也是在企业的食堂，吃工作餐。这应该是这家公司的一贯要求和做法。

培训进展得很顺利，第一天上午的内容就已经大大超出了企业的预期。

中午，人力资源副总和培训经理说："安排成老师和助理今天晚上入住我们这儿最好的酒店。"之后，培训期间的中午和晚上，都是公司的人力资源副总和成老师一起用餐。

这让嘉琦感到意外的欣喜。她倒不是在乎食宿条件的好坏，她很明白他们是去工作和提供服务的。主要是因为客户的这种作法是发出了一种明确的信号，说明他们对培训感到很满意，这让嘉琦感到很骄傲。

嘉琦当时和成老师开玩笑说，这是跟着成老师沾光了，因为成老师课程讲得好，直接"升舱"了。

7

去往非洲的航班是凌晨的。嘉琦和成老师于半夜打车前往首都机场。

路上的车很多。成老师说："没想到都这个时候了，还有这么多人在外面活动。"

嘉琦说："有很多年轻人专门晚上唱K，晚上便宜。"

成老师略感惊讶，说："哟，没想到，你还知道这些呢。"

嘉琦微笑，故意放慢语速，一字一顿地说："虽然，我已经退出了江湖，但是，我还记得江湖的规则。"

嘉琦话音刚落，成老师就不由得发出了他特有的爽朗的笑声。司机也笑了。

一直以来，嘉琦和千慧都感觉成老师有些太过于专注做研究了，好像一谈起来，他讲的多是与工作相关的有些深度和严肃的话题。可以说，成老师活得太认真、太专注、太严肃了，缺少娱乐。但同时，他却又能敏感地捕捉到各方面的信息，甚至连八卦消息知道得也不比其他人少，而且又很会开玩笑。有时给人感觉成老师是有些矛盾的人物。

曾经有一次，嘉琦和成老师到一家企业培训，晚上和企业的高管们一起吃饭。成老师和嘉琦已经为这家企业提供过几次培训，和高管们都比较熟悉了，大家相处得很愉快。

那时正值"天后"刚离婚不久。

人力资源经理知道嘉琦从来不喝酒。他低声对嘉琦说："我用这杯酒和你打赌，成老师不知道'天后'离婚的时间。你敢不敢赌?"

嘉琦心里有数，笑着说："好。我打赌成老师知道。"

人力资源经理就问成老师："成老师，这几天都在谈论'天后'离婚的事情，我们都很好奇，你是否知道'天后'离婚是在哪一天?"

成老师一笑，好像看出来他们两个人打赌似的，不紧不慢地说："我，确实不知道他们是在哪一天离婚的。"

人力资源经理有些小得意，笑着转头看向嘉琦。不曾想，成老师忽然话锋一转，说：“但是我知道，他们离婚那天是‘就要散’。”

所有的人都笑了。

嘉琦笑着看人力资源经理，人力资源经理把酒一口喝了下去。

他说：“真没想到成老师还关注八卦，而且关注得这样细。”

嘉琦笑着说：“他们离婚的时间比较好记。林彪事件也是‘9·13’，1971年9月13日。”

人力资源经理恍然大悟，一拍脑袋，说：“是啊，我倒是差点儿忘了林彪事件的时间，没有联想到一起。”

8

嘉琦和成老师在首都机场遇到了国际公司的七八位同事，他们都是刚结束国内休假，要返回非洲工作的。

中途在迪拜机场转机，遇到了更多的中国人与他们同行。

能够很明显地看出来，有些人是到非洲从事基础建设工作的。他们脸上的疲惫很明显，着装也很朴实，手里拿着的只是一只装着随身物品的塑料袋。

成老师看着机场里的中国人，说：“现在，整个世界对中国人的印象和评价都不高。我希望我可以做到的是，哪怕全世界对中国人的评价再不高，遇到我，老外也会说一句，优秀的中国人还是有的。”

嘉琦心里明白，这是成老师对自我的要求。他并没有看轻其他人的意思，他发自内心地尊重所有为社会创造财富、创造价值的人，哪怕他们从事的是最基础的工作。

他们到达国际公司的时候是当地时间晚上九点。天已经全黑下来。国际公司所在的国家相对还是比较落后的。一出机场，就能明显感受到巨大的落差，和迪拜机场相比，这里仿佛是在另一个星球上、不同的世纪中，环境和条件与我们20世纪六七十年代相仿。从机场到国际公司，是很漫长的一段公路。公路很窄，两边多是沙土地，很荒凉，路上基本看不见灯光和车辆。只有快到国际公司时，才能远远地看到那里闪着的灯光。

国际公司的安全保卫相当严格，进入公司要经过三道岗哨，由军人、警察、公司保安分别把守和检查。军人和警察都是荷枪实弹的。

第二天上午，培训准时开始。国际公司的管理人员陆陆续续地进入教室。在教室门口，一位五十多岁的男士主动和嘉琦打招呼："安老师好!"

嘉琦马上认出他来，说："曲总，您好!"

曲总多少有些意外，说："您还记得我?"

嘉琦笑："当然记得。我和成老师一直都记得您。上次在北京培训时，您和成老师有过交流。后来我和成老师还经常谈起您。这几天，您可以抽空和成老师再交流一下。"

这位曲总是国际公司的技术总监，是大家心目中的"老大哥"。他为人诚恳踏实，平时并不太爱说话。几年前，他曾经在北京参加过成老师的一次培训，当时他就有很多的触动和感慨；晚上还特意到成老师的房间，和他交流工作、孩子教育等话题。

9

成老师在课程中讲道：

我问大家，你们十年后还能一起坐在这个教室里吗？很有可能的是，有的人已经向另外的人汇报工作了。

我的同学，现在有在国外当博士生导师的，有在企业当老总的，有正局级的，也有像我这样浪迹江湖的，还有下岗在家的。当年我们可都是从同一所大学毕业的，而现在的发展各有不同。所以各位，一定要关心自己的未来和发展，一定要有一批志同道合的朋友，要结交那些在关键时刻可以支持你、鼓舞你的朋友。

刚才有人问了我一个很可爱的问题："学习需要时间，可是有人找我打牌怎么办？"不去！为什么要去呢？一定要多结交良师益友。真正的良师益友，是天天拉着你混，还是天天支持你努力奋斗？

你们是如何理解朋友的？“文化大革命”后恢复高考，有个孩子很优秀，但是很穷，又没有资源，就从偏僻的乡村找了个机会跑到省城出了趟差。后来通过朋友牵线，他找到了有教材的人。他能刻苦到什么程度呢？他没日没夜地抄教材，抄了一个礼拜，把教材抄完了；回去后如饥似渴地学习，希望能够通过高考改变命运。他把自己抄的教材当作宝贝，放在自己的枕头下面。但是，突然有一天，这些教材不翼而飞了。后来才知道，那是他最好的朋友把这些教材拿出去一把火烧掉了。为什么呢？他最好的朋友想的是：我们都是一个战壕里的弟兄，你想走，门儿都没有；我完蛋，你得跟我一起完蛋。所以，我们不要结交那些狐朋狗友。交友一定要谨慎！成功人士，往往是，要么毁在自己手上，要么毁在亲戚朋友手上。

我们要学会自我保护，远离负面情绪。负面情绪有着极强的传染性，我们很容易受到负面情绪的污染。保持自己的精神、心灵与外部的距离是最有建设性的。同时，为了激励自己，为了更好地保护自己，一定要和积极上进的人交朋友。我们一定要找到、结交这三种朋友：友直友谅友多闻，而最高境界是自己成为别人心目中的友直友谅友多闻。

尤其是现在，你们要能够忍受孤独，学会独处。如果你们在这么年轻的阶段都有这个能力的话，那用“五项修炼”的精髓来评价，就是，你们在对人生的领悟上非常地拥有天分。

我们一定要培养自己的天分。怎样培养呢？这里有几个建议：第一，做到从未能做到的事情；第二，重新认识这个世界和我们的联系；第三，扩展创造未来的能力。

10

成老师讲课时，嘉琦看到一位戴眼镜的中年男士坐在第一排的正中间，静静地认真地听课。

嘉琦猜测，那位可能就是国际公司的总经理严泽平。

不出所料，第一次课间休息时，成老师站在教室门口，这位中年男士走过来，自我介绍说，他是国际公司的总经理严泽平。

高手相逢，心意互通，无须多言。

严总对成老师的课程评价相当的高。

集团经常为各公司的高管们提供各类培训，严总听过的培训课程也很多，同时他博览群书，对管理和培训也有着自己的思考和见解。他并不发表自己的看法，但他已经有所意识和感受：培训行业其实已经有些“滥”。他发现，现在国内培训师所讲的管理理论、概念、思潮、提法等虽然有很多，但也存在一定问题，很多是经不起推敲的。而成老师所讲的内容，他反复琢磨，发现是经得起推敲、经得起时间考验的。

严总认为成老师功力深厚，不只是一位培训师。他并不仅是就管理来讲管理，而是站在哲学的位置上讲管理。而能够站在哲学的高度上去谈管理的人，不仅自己要有比较深的哲学修炼，更重要的是还要有哲学思维，能够将哲学与管理充分结合，让管理既是哲学又不是哲学，而要做到这点是很难的。成老师则是不偏不倚，把哲学和管理的关系演绎得恰到好处。

严总认为，最难能可贵的是，成老师在课程中始终强调“自我、责任、价值观、信念、独立思考、创造”等概念，把一个人的“独立人格”和“道德勇气”视作成为一位真正的杰出管理者的必要前提和条件。成老师敢讲如此负责任的真话，这在严总以前的培训经历中是不曾遇到的。严总明白，成老师才是真正的负责任的有水平的管理顾问。

严总，或者说出色的人，都自是有着高明之处，有着与平庸的人很不同的地方，他们会利用一切机会尽可能地多学习。

培训期间有几个晚上，严总约着国际公司的几位核心领导一起，和成老师喝茶聊天，就各方面的话题进行交流。

严总也提到了上次那位老师的培训。当时，他只上了半天的课，听到那位老师在讲课的时候讲了一些黄色笑话，他就不再参加培训了。他并没有与老师打招呼，只在第一天的中午和培训主管说：“你和老师解释一下，我有重要的事情要处理，走不开，这两天就不和老师一起吃饭了。”他觉得，私下里聊聊这些笑话，无伤大雅，也能理解。但在培训课上公开讲黄色笑话，实在是说不过去。真不知道那位培训师把他们当成什么人了？未免有些太低视他们了。这也可见培训师的水平和为人了。而严总是有些“精神洁癖”的，他更愿意与那些有水平、有品位、有修养的人交往。

成老师对严总的评价亦是相当的高。他认为，严总懂技术、会管理、有水平、素质高、有修养、可以全英文无障碍交流，这样高水平高素质的复合型人才，到哪个国家、哪家企业都是极其难得的高管人才。

11

成老师在课程中讲道：

在事业的发展过程中，我们千万不要有“一分耕耘，一分收获”的思维模式。

“一分耕耘，一分收获”是对我们毒害最深的一句话，它导致我们大部分人的心智模式是这样的：付出一分，收获一分；付出二分，收获二分。如果我看不到下一步收获，我就不会有下一步付出。

但是，和人世间的真实情况相结合，这是绝对不可能的。学习发展模式和专业提升可以是“一分耘耕，一分收获”，但在职业上的发展，“一分耕耘，一分收获”是绝对不可能的。有可能的是，我们已经付出了这么多，回报却还是很少很低，而我们的心理期望又在高处。这之间就有了巨大的落差。这个时候，只有那些有逆境商数的人才能扛得住。

我们中的大部分人并不习惯这种模式，我们都希望一直往上，其实这是不可能的。

这个时候最重要的是什么？最重要的是要有目标。

给大家讲一个小故事。一次培训结束后，一位司机送我去机场。当时，时间稍稍有些紧张。经过一段路，很不巧，道路的一侧正在维修，而另一侧很窄，只能容一辆车通过。司机刚驶入这段路，就看见对面有车进来，司机就得往后退，让对方先过。这样进进出出的有几次。终于有一次，司机开过了这段路的一半，对面还没有车，司机就加快速度，从那条窄路中迅速地驶了出来。在这期间，司机始终没有说话，等到我们的车从那段路出来后，他说了一句很可爱的话："成老师，如果今天不是要送你去机场，我堵死它!"

大家从这个小故事中可以悟出什么道理？有目标的人，是不会和人斗气的；有目标的时候，是不能任性的。

目标具有牵引作用，有了目标，就可以最大化地开发和利用我们的能量。目标是否完成并不是最重要的，因为外在结果具有不可预料的客观性；重要的是要有目标，并且努力地完成目标；重要的是通过目标的牵引把我们的主观能动性调动起来。而目标层面是学不来的。我们选目标只能听我们自己的。

12

一天晚上，成老师和嘉琦组织培训人员进行"沙漠历险"游戏。

游戏的步骤是，每个人根据案例要求先做出自己的个人选择，然后由各小组的组长带领组员进行讨论，在规定时间拿出小组的共同选择。

这个游戏的关键是，小组在组长的带领下，首先要集体决策在当时的情况和条件下，是选择留在原地发出信号等待救援，还是一起走。确定了小组的目标后，再选择携带物品的顺序就会顺畅很多。

嘉琦仔细观察着每个小组、每个人的参与和表现。

这个游戏，嘉琦和成老师曾经在许多企业组织过。这天晚上，嘉琦观察到，国际公司管理者们的表现和大多数企业相类似。开始进行个人选择时都很安静，也很快；到小组集体选择时，教室里就开始热闹起来了。大多数小组一开始讨论，大家就互相问，第一个你选的是什么，我选的是什么，然后就选择的原因进行讨论。没有一个小组首先讨论"我们小组是留在原地等待救援还是一起走"这个最为关键的决策问题。

在讨论的过程中，每个小组、每个人的表现也不同。有些小组只有几个人认真讨论，其他组员有看着不说话的；有离开座位走出教室的；也有去看其他小组讨论，准备到时把别人的小组结论一抄的。有个小组，讨论时间快到了还是讨论不出来结果，干脆每一项都举手表决，以票数多少快速得出小组结论；有个小组，把所有人的结论收集上来，然后由小组中的两个人对所有人的选择进行统计，按票数多少决定，整个小组中只有这两个人在低头忙碌，其他人都仿佛事不关己，出去的、聊天的、看着的，只等着最后直接把小组结论抄下来。

之后，成老师把小组排序和专家排序进行比较打分。常见的结果是，小组的分数会低于本组内个人决策的最高分数，也就是说，小组的团队决策水平低于最好的个人决策水平。然后，成老师会进行案例点评，说明案例研讨的关键所在。

成老师接着讲道：

一个团队最大的魅力在于差异性。但我们往往把差异性当作“毛病”。

一个团队首先要有目标。有了目标，差异就是我们最大的资源；没有目标，差异就是我们最大的障碍。

求同存异是起点，集思广益是过程，创造效益是结果。

做决策时要考虑风险。在这个案例中，无论是选择留在原地等待还是离开，都是在承受风险。而管理的实质就是在有风险的时候追求大概率，把可能性变成必然性。

我们工作首先要有思路，考虑得要尽量全面。

建议大家去学习党史，党史就是一个不断的团队建设的过程。

13

严总和负责人力资源的于副总都是国际公司的第一批建设者，在国际公司已经工作了十年。

第一批建设者刚来的时候，国际公司什么也没有，只有一片荒凉的土地。现在想想那个时候，真的是太艰苦了，他们甚至连最基本的生活条件都保障不了，和当地人一样，住在土坯房里，白天在工地上干活，下班后回到屋里，经常发现屋里是一层尘土；吃得也很不好。

经过这些年不懈的努力，他们凭着自己的力量，建设成现在所见到的厂区、车间和宿舍。现在的国际公司是绿树成荫、安静整洁、环境优美，与国内的花园式工厂没有任何区别。如果不是在公司里经常能看到非洲人，看到当地人那特有的灿烂的笑容，根本不会意识到这是在非洲的中国企业。

现在，国际公司的中国员工们，住宿是在有空调的房间里，用餐是在干净宽敞的食堂里，可以吃到国内多地的特色美食。此外，这里还建设成完善的生活社区，有健身房、图书馆等。所有这些，都是第一批建设者刚刚到来时根本无法想象的。

然而，国际公司的高管们慢慢意识到，虽然现在各方面的条件都得到了改善，但是第一批建设者所拥有的艰苦奋斗、吃苦耐劳的精神却有所减弱。最近新来公司的员工，普遍考虑自己的所得和利益多过公司的利益。第一批建设者们在项目开始的阶段，顶着风沙和烈日，在非洲干了整整一年，没有回国休息；而现在的员工，在条件这么好的情况下，还希望能够多放假多回国。因此公司的高管们希望可以通过培训激发起大家的工作热情，使大家继续保持艰苦奋斗和开拓创新的精神。

在公司里，严总和于副总是最爱学习的。英语学习，他们两个人坚持得最好，每次英语考试也始终是他们两个人的分数最高。于副总希望员工在这里工作，也不要浪费了时间，下班回到宿舍后，能够多看书、多学习，尽可能把英语说得更好一些，这样将来员工们再回到国内工作的时候，也都有可以引以为傲的工作业绩和个人专长。只是，公司里的很多人想不到这些，在学习上的投入很少。他们的想法很简单，只因为在这里工作收入会比国内高很多。

于副总更是对成老师有种“相见恨晚”的感觉，他相信，如果从项目开始就得到成老师的指点，整个项目会进展得更好，可以少走很多的弯路，少犯甚至不犯很多的错误。如果他能早几年前听到成老师的课程，可能他自己现在也会发展得更好。通过成老师课程中讲授的内容，他回想起自己的一些经历，对于当时所做的选择和决策，现在回过头来看，他也有了一些反思，自己其实也是有些懈怠的，并没有好好把握住机会。

14

四天的培训顺利结束。在成老师和嘉琦回国的前一天晚上，高管们和成老师一起小聚。

严总由衷地说："听成老师讲课前，我从来没有想到，领导力的课程还可以这样讲；更没有想到，课程可以讲到这样的水平。可惜的是，这里离国内太远，不能经常邀请成老师来授课。"

成老师表示感谢，说："现在联系也方便，随时电话、邮件联系。严总回国时，我们也可以见面沟通的。"

当天晚上，还有个小花絮。席间，曲总说道："以前我在北京听过成老师的课程，当时就知道成老师课讲得好，很有水平，人也很正。我还曾经和成老师聊了一晚上。"

张彦哲看了曲总一眼，问道："那你怎么不早点儿说？"

张彦哲心里想的是，如果你早点儿说，早点儿向我推荐成老师的课程，我就会直接找到成老师，也不用这么费劲和紧张了。

可能是做销售时间长，嘉琦的心态倒是平和许多，接受度也很高。合作是需要缘分的。张彦哲和嘉琦从开始联系到合作成功，经过了几年的时间。这中间，如果哪个环节错过了，也就错过了。如果有缘分，最终还是会达成合作的，无论中间过程如何变化和曲折。

15

成老师和嘉琦长途跋涉地回到北京。出了飞机，嘉琦刚刚打开手机，张彦哲的电话就打进来了。

张彦哲来电话主要是为了两件事情：一是国际公司计划下半年再组织一次培训，时间大概是六天，这次的培训是分层级举办的，高中基层管理者参加不同的课程培训，高层管理者参与所有的课程培训。请嘉琦根据国际公司的情况提供课程方案。二是他们受成老师的课程启发，决定在国际公司开展“读书年”活动，要求每人每月至少读一本书。请成老师为他们推荐书目，尤其是给高管多推荐一些建议阅读的书。

嘉琦心里很开心，也并不想掩饰自己的开心。客户如此的反馈是对成老师课程最大的肯定和赞许，也让嘉琦觉得自己的工作真的很有价值和意义。

嘉琦个矮腿短，跟不上成老师那大长腿的速度。她一边小跑着，一边喘着气说：“成老师，您太给力了。”

成老师一边走一边斩钉截铁地说：“好好干！”

16

第二年的课程，按国际公司的想法和要求，嘉琦为高中基层的管理者分别推荐了不同的课程。三个培训课程，共六天，国际公司的高管们全部全程参加。

在这次的课程中，成老师讲道：

做什么事情不要想着一蹴而就。大家越信任我，我越要坦诚。你越是如饥似渴地学习，我越要在表扬你精神可嘉的同时，也还要劝你，学习和人的成长有相似的地方，最忌讳的就是拔苗助长。不要图快，图快是赤裸裸的自欺欺人。“不经一事，很难长一智”。大家要尽可能地把自己的理论学习、经验积累和领悟提炼三方面完美地结合起来，这三者是缺一不可的。最最重要的，不要忙着问“怎么办”，一定要首先问“我到底要什么”。

终点虽然一样，但因为起点不一样，所以道路不一样。而起点一样，终点不一样，道路照样不一样。

想清楚“我今生今世到底追求什么”是最艰深的学问。而这是我们所不擅长的。

思考，我们想拥有什么，为了拥有想要的，我们需要做什么，而最核心的是我们将来会成为什么样的人。

人生是一条长河，有此感觉的人就有竞争优势。大部分人是短视的，短视容易导致趋炎附势、急功近利。建议大家尽量尽早地把头抬起来，看得高；把自己升起来，看得远。

21 世纪，拼的已经不是执行，而是规划。作为一位中高层管理者，光有执行力是远远不够的。重视规划的人，一定是内在信念特别坚定的人。只有高度对自我负责的人才会做规划。

教你们一个好办法，每三个月到半年，找一个比较温馨、安静、舒适的地方，将自己的状态也调整好，把自己关起来，不要有任何干扰，就问一问自己，今生今世到底要什么？这个问题，并不能一次回答出来。现在问你到底要什么，估计你根本说不出来。因为这个能力我们从小并没有被很好地培养。如果你坚持这么做，我希望你们是三个月就做一次，连着做两到三年，慢慢地你一定会找到你认为是最快乐、最有意义也最愿意去做的事情。那么，你后面的几十年，就会沿着这个方向，乘胜前进。

第十三章　痛定思痛的反思与成长

1

2016年8月的一天，正在出差的江千慧给安嘉琦打来电话。在电话中，江千慧有些沮丧也有些紧张地说：“姐，这个培训搞砸了。”

嘉琦感到很是意外。

她急忙问千慧：“讲砸了？怎么回事？”

江千慧心下是有些懊恼的。这次，她对这个培训有些过于想当然了。这家客户在县城里，相对闭塞，但也是县城里经济效益最好、薪酬待遇最好的企业，在县里、市里是很知名、很受政府重视的。前段时间，江千慧邀请成老师为客户提供了“管理技能提升”的培训，客户对成老师的课程反馈特别好。负责人力资源的副总经理余沛，以前就曾听兄弟企业介绍说成老师的课程讲得好，经过这次培训，他对成老师更是赞赏有加。

这次的项目，是“生产设备管理”的培训，来授课的培训师杨晖，在一家大型制造企业工作多年，在生产管理和培训授课方面都有着非常丰富的经验。以前江千慧和杨晖曾经有过培训合作，杨晖讲得还都不错。虽然他在江千慧面前表现得有些傲慢、自大，也有些自恋，但在客户面前还是比较有礼貌的，没有什么出格的行为。这次，千慧想当然地以为一切都会和以前一样，因此事前对杨晖没有进行提醒和沟通。

可这次培训，不知道杨晖是怎么回事，始终不在状态，好像越发的傲慢和自大了，而且毫不掩饰。培训期间，当培训人员在做案例研讨时，杨晖直接在教室里接起了电话，能听出来他是在联系下一个培训课程。更令人想不到的是，在讲授时以及与客户吃饭时，杨晖在言语中不自觉地透露出对客户、培训人员的轻视和傲慢，说客户这里做得不好、那里做得不对，说他培训过的哪家同行企业做得如何好，等等，这让客户和培训人员都感到特别不快。负责生产的副总刚才在课间休息时已经向千慧公开表达了对杨晖的不满。这让千慧感到压力特别大。

嘉琦问:“你现在在哪里?”

千慧说:“在教室外面。还有半天的课程就结束了。晚上的航班回去。”

嘉琦说:“这个时候,你的态度重于一切,一定要多和客户道歉、说好话,千万别为自己和杨晖解释,只是听客户讲,回来再想办法弥补。好像听你讲过,下期还有一个培训吧?”

千慧说:“是的,也是生产管理方面的培训。原来也是定的杨晖来讲,现在看来肯定是要换老师了,都不知道这个项目是否还能让我们完成。如果不合作了,我也没有话说。”

她接着说:“气死我了。这次,杨晖也不知道怎么回事,怎么就抽风了呢?我还好心好意地提前给他买了保护嗓子的药。”

嘉琦说:“先别想这些。做个深呼吸,控制好情绪,保持好自己的状态,一定要与客户和老师好好沟通,先保证课程顺利结束。”

千慧说:“好的。现在也只能如此了。”

2

第二天,回到公司的江千慧还是很生气。

她确实想不明白杨晖到底为什么要这样做。他是不是遇到什么事情了?他也有点儿太把自己当回事了,怎么就那么狂妄?虽然这家公司是在县城里,规模也不算大,可是公司的效益还是很不错的;公司现在所使用的设备,是国内整个行业中最新、最好,也是最贵的。再说了,哪家企业没有做得不好的地方?如果企业都做得好了,难道还会需要杨晖他们去讲课吗?

杨晖还直接和千慧说,她培训做得不专业,北方培训公司不如南方培训公司做得专业。其实杨晖是指培训的时候千慧没有拍培训现场的照片,而与他合作的南方的培训公司每次都拍好多照片。杨晖这通话把千慧气得差点儿控制不住自己。她真想和杨晖说:“你把课讲好,让客户别有意见就是你的专业了。你自己都没做到专业还来挑别人的毛病。”可当时首先要确保培训能顺利结束，千慧就压下了自己想说的话。

嘉琦劝千慧：“算了，先别想这些。可能杨晖老师现在有些自我膨胀，正好让你给碰上了。赶紧想着解决问题。客户那边怎么样?”

客户那边还好一些，没有发生最坏的情形。千慧一个劲儿地对余总和生产副总说抱歉，说一定会尽自己最大力量弥补这次培训的不足，并保证下个生产管理的培训不会再请杨晖来讲授，她会再推荐另一位老师。负责生产的副总对杨晖的意见是最大的。余总更是直接说，如果下个课程再讲得不好，就彻底不与千慧合作了。但在其他人面前，他还是帮千慧说了好话的，说他比较了解江千慧，她选择培训师的要求始终比较高和比较严，上次成老师的课程讲得就很好，这次可能是杨老师没有发挥好。

江千慧心下暗自庆幸，幸好第一次合作邀请的是成老师，幸好余总很欣赏成老师，不然，这次客户肯定是要终止合作的。江千慧现在终于明白，为什么安嘉琦始终建议她，与客户开始第一个合作的时候，尽量先推荐成老师的课程。

安嘉琦心里是清楚的。成老师的课程与众不同，能与很多培训师拉开很大的距离。安嘉琦和江千慧并没有在平台推广和品牌宣传上下太多的功夫，也从来不参加招投标的项目，为企业提供的培训也多是从小项目开始的。而安嘉琦了解到，有些培训公司很聪明，如果要打开一个新地区的培训，或者投标系列培训时，永远请成老师去讲授第一个培训课程，哪怕成老师的课程不挣钱。这些培训公司是以成老师的课程作为“先头部队”，先拿下合作项目，与客户建立联系和信任，然后再以其他后续的合作项目来挣钱。

安嘉琦说：“客户没有拒绝合作就好。咱们赶紧联系老师吧。现在时间也很紧了。如果有必要，有可能还需要请成老师帮些忙的。”

江千慧说：“好，我马上联系。”

3

可能，每一个培训销售都会遇到培训师发挥失常的时刻，也会碰到推荐培训师出现偏差的时候吧。安嘉琦也不例外。

几年前，安嘉琦曾经邀请一位培训师陆一强为客户提供培训。陆一强在培训业内还是有些小名气的，他出书、讲课、做咨询，平时进行相关的理论研究，为人处事也足够谦和低调。

只是，陆一强与嘉琦合作的那次培训，不知道是什么原因，陆一强发挥得很不好。

嘉琦并不会感情用事，也不会妄下结论。从陆一强所讲的内容上，她看得出来陆一强对管理和课程的研究还是比较深的，人也很正向。

只是，培训开始不久，她就注意到陆一强的状态有些不对。他始终很游离，心不在焉，提不起精神。课间休息时，嘉琦特意提醒陆一强，他需要调整状态，注意培训期间的现场气氛。陆一强当时马上答应会调整好，但他始终没有改变这种无精打采的状态，整个培训期间的气氛始终很沉闷。在座的参训人员也能感觉到陆一强的状态不太对，有些不满意，并且有人直接表现了出来。虽然他们也承认，陆一强的研究水平还是不错的。

嘉琦怀疑，当时陆一强是不是发生了一些事情，影响了他的状态和发挥，但又不能多问。两天的培训，嘉琦提醒了几次，自己都感觉自己有些太过唠叨，但陆一强的状态始终没有好转。

嘉琦是有些小愤怒的，但又不得不克制，尽量表现得很平静。坐在教室里，看着陆一强，嘉琦愤怒地想，今后我要准备一门课程，“如何才能成为一位好的培训师”，专门讲给培训师听，专门挣培训师的钱。

培训结束，嘉琦和陆一强一起乘车赶往机场。路上，嘉琦也没客气，在车里当着司机的面，就直接表达了对陆一强和这次课程的不满意。

陆一强没有想到，一个销售，一个比自己年轻很多、出道晚很多年的销售，敢这样当面给自己提意见，而且说得有理有据，让他无以反驳。同时，陆一强也确实意识到，自己在这次培训中的确有些不在状态中，讲得不好。于是，他礼貌地感谢了嘉琦对自己提出的这些意见和建议，这对他的改进有很大的帮助。他说，以前从来没有人给自己提过这些意见和建议。

嘉琦生气归生气，但还是保持了克制，并没有和培训界的朋友们说这件事。只是，她自己是再也不会选择与陆一强合作了。

现在，一些培训界的朋友有时会在嘉琦面前说："陆一强的课程讲得很好，我很愿意与他合作。"每当这个时候，嘉琦只是保持微笑和沉默。

4

江千慧急忙联系了另一位生产管理的培训师郝建伟。郝建伟是安徽人，平时住在合肥，他同样有着丰富的生产管理经验，性格偏内向、安静。

千慧与郝建伟的助理联系这个项目时，郝老师在客户确定的培训时

间里还没有安排。千慧心里暗自庆幸。

随后她把郝建伟的资料发给余总。经过上次的事，余总还是有些紧张的，他直接给成老师打电话，说明了相关情况，请成老师在这次培训老师的挑选上帮着把把关。

余总和成老师说："成老师，如果您说这位老师可以，我们就请他。我们只相信您的推荐。"

成老师感觉压力很大，同时也希望自己可以不负重托。他给郝建伟打了个电话，沟通了相关情况。他感觉郝老师讲得应该会不错，可以达到余总和企业的要求。他还分别看了杨晖、郝建伟的课程大纲和 PPT。他认为，这两位老师各有风格和特点。杨晖老师的水平和专业度还是很不错的，应该也有一定深度；估计他是吃亏在了做人做派上，在和客户沟通、讲课时不自觉地流露出对客户的轻慢，让客户很不满。

作为对客户的弥补，江千慧主动提出，第二期的生产管理课程，他们会多提供一天的课程，并由他们来承担老师的费用。

郝建伟确实讲得不错，而且态度谦和有礼，亲和力很强，没有一点儿强势的感觉。公司中的管理者和员工对他的印象和评价都很好。

培训前一天，到了公司，郝建伟专门到生产现场走了一圈，边走边和负责生产的副总进行了交流，也提出了自己的一些建议，副总很受启发。

郝建伟开始讲课时，千慧还是有些紧张的，她仔细观察着所有参训人员的表情和表现，尤其是余总和生产副总，因为这两位副总的压力和担心是最大的，然后千慧就慢慢地放心了。

郝老师讲课条理清晰，所举的案例通俗易懂，整个课程的引导是积极正向的。郝老师还时不时地用一些小幽默来活跃气氛。参训人员的接受度都很高。随着课程的进展，公司的整个管理层和学员们都很满意。千慧也算是更踏实一些。

课程结束时，郝建伟播放了一段视频，是关于多年前海尔张瑞敏砸冰箱的内容，在场的每一个人都被深深地触动了。

课程结束，余总走上讲台，开始做培训总结。

余总讲道："郝老师的课程很好，让我很感动。"讲着讲着，他不由得讲到上次成老师的培训，他建议大家今后做工作都要努力做到像成老师那样的水平。他说："我听成老师讲课，仿佛是在欣赏一件艺术品。"

听到这里，江千慧心想，余总对成老师的这个评价确实够高的。

5

结束培训，回到北京后，江千慧的心情稍微好了一些。

千慧向嘉琦建议："以后我们生产管理的培训，首先推荐郝建伟去讲课吧。和郝老师合作很轻松，沟通起来也很愉快。"

通过这件事，千慧对自己也有所反思、反省。这次的培训合作出现问题，她自己也有一些责任，当时她确实疏忽了。从机场接杨晖去企业的路上，千慧听到杨晖说了一句话："这里也太落后了。"但当时她以为杨晖只是顺口一说，并没有太在意，也没有往心里去，更谈不上进一步的思考。其实那时她就应该清醒地意识到培训师的这种评判和挑剔的心态在培训中有可能会产生很大的破坏力。而她应该在听到杨晖这句话时就提醒一下他。她的提醒多少会对杨晖的自我膨胀有些抑制作用。

6

算下来，这两期生产管理的培训没有什么收入。对此，千慧也只有接受。

千慧心里很清楚，任何一次培训，最大的成本是参训人员的时间。而且，培训组织者也在内部承受了更大的压力。她存在的价值就是化解培训组织者的压力，为培训组织者的工作增光添彩。既然是她推荐的培训师，那培训师出现任何的问题，自己都是必须要承担责任的。通过这样的做法，至少会让培训组织者在企业内部的压力小很多，也有利于今后的合作。

以后再选择与培训师合作时，千慧会更加小心。不仅要关注培训师的水平、课程品质，同时也要了解培训师的为人是否谦和、尊重客户。

江千慧并不想再出现类似的事情。这种心理上的折磨还是挺痛苦的。

第十四章　组织的培养和折磨

1

2016 年 8 月的一个下午，江千慧看到陈心怡在微信上说："能否把"卓越的自我领导力"最后一章的 PPT 发给我？我学习一下。"

千慧说："稍等。"随即把最后一章的 PPT 内容单独整理出来，发给陈心怡。

陈心怡向千慧表示感谢。她说，现在每个周末她都在参加外部的培训，她觉得自己还是很喜欢教育和培训的，虽然现在不从事人力资源工作了，但还是希望将来有机会自己能够讲课，从事教育和培训工作。

千慧发自内心真诚地说："陈部长，您一直都如此地喜爱学习，提升自己。我们都要向您多学习。相信您一定会做得很好的。如果有需要我们提供支持的，敬请随时联系我们。"

陈心怡说："好的。我也很有幸与你们结交相识。"

2

去年，成老师曾经为陈心怡所在的中源集团提供过两期的领导力培训。千慧对整个过程至今还记忆犹新。

中源集团是一家央企的子公司，共有十多家下属公司分布在全国的多个地方。中源集团总部是前年才搬到北京的。

去年合作培训的时候，陈心怡是中源集团的人力资源部部长。陈部长将近五十岁，皮肤很白很细，外表显得很年轻，看上去比实际年龄要小很多。她的精神状态始终很好，待人热情，很爱笑，也很爱说话。同时，她对自己、对工作的要求都比较高，属于典型的完美主义者。

以前，陈部长曾经在中源集团下属的一家国有企业担任企业大学的校长，她一直很热爱培训工作，喜欢读书和学习，参加过很多培训。她自己也在公司内部讲授“沟通技巧”、“团队建设”等课程。

2015年3月，陈部长邀请成老师为中源集团提供三天的领导力课程培训，参加培训的是中源集团总部的各级管理者和下属各公司的中层管理骨干。

这次的领导力培训，是中源集团重组后的第一次培训，也是中源集团总部全员竞聘上岗后的第一次培训。参加培训的人员层级相差比较大，人员结构也比较复杂。中源集团总部的管理者，年龄跨度很大，有来自国有企业的管理者，有来自被中源集团收购的民营企业的管理者也有部分管理者以前曾经在外企工作。而各下属企业的中层管理者则相对年轻，以“80后”为主，都是在各自企业中工作表现比较出色、业绩比较突出的人。中源集团有意把这些优秀的年轻中层管理者作为集团的后备领导者培养。

陈部长原来的计划，是根据管理人员的层级分别组织培训的。但一了解，发现大家的工作任务都很重，时间太紧，分别组织培训的难度很大。而培训也很重要，是必须要尽快组织的。最终，她决定采用这样的方式。

培训前，陈部长的考虑和担心有很多，压力也很大。参训人员在年龄、学历、经历、层级、思维、风格等方面都有比较大的差异，这给培训内容和培训师都增加了不小的难度。而这第一次的培训又非常的重要，对于强化中源集团的企业文化和价值观，促进大家的思想统一和快速融合都有着非常重要的作用和意义。如果这次培训没有搞好，将来再组织培训就会比较困难。好在成老师的课讲得很出彩，一切都很顺利。

3

培训是在京郊的一个度假村举办的。中源集团的党委书记李聪和总经理田秀锋率领集团总部的高管们全程参加。田秀锋和李聪都是系统中的“老人”了，两个人年龄相近，都是四十七八岁。田秀锋的个子很高，很善言谈；李聪中等个儿，相对而言更为内向、平和。

在开学典礼上，田秀锋介绍了中源集团的历史和发展，更着重讲到了集团的未来：

今年是我们中源集团成立十周年，也是需要我们真正地反思、修正、改正、提升的关键时期。最近，我们整个集团从上到下都有了巨大的变化和调整，和以前有很大的不同。现在，中源集团总部的定位是战略规划、统筹资源、文化引领、运营管控、制度保障等。现阶段主要是战略管控、财务管控、资本运作、高管队伍建设等。

目前中源集团的目标已经确定，今后的关键是如何执行、如何更好地执行。我们的目标很清楚，就是要促进集团持续健康、又好又快地发展，实现我们的目标愿景。我们要通过自己的努力，逐步打造一支重德、清廉、进取、求实的管理队伍，实现快速成长、创造卓越、回报社会。重德，就是以德为先、以德选人、以德育人、以德保才、以德立业、以德兴业。

现在，总部已经确定了人才培养计划，今后会持续地进行人才资源的开发、培养和培训。我们将会大力培养各级管理者，努力打造一支卓越的管理团队。希望我们大家能够进一步熟悉、了解中源集团的战略，再认真、切实地有效地执行；希望大家了解并认同中源集团的企业文化、核心价值体系；希望大家今后不断加强专业知识的学习，在工作中锤炼意志，不断提升品质、提升业绩。

我们将以这次的培训作为开端，开始中源集团的人才培养计划。我们大家一定要重视自己的学习和成长。一个人读书学习，另一个人不读书不学习，即使两个人起点一样，不分伯仲，却会因为过程不同，努力不同，几年后，就会有很大的差别。打个比方，两个人同时出发，一个人走路是七十公分的步幅，一个人是五十公分，刚开始走的时候感觉差不多，走了十分钟感觉拉得不太远，如果走一年、五年，两个人的距离就会差得很大。不积小流无以成江海，不积跬步无以至千里。所以我们从现在开始，每天都要进步一点点，十年后就会进步一大点。

4

成老师在课程中讲道：

我要送给大家一句话，你们最有希望成为中国的职业经理人。

我特别鼓励大家走上管理岗位。因为我们国家现在有两项是落后的。第一，技术。虽然技术落后，但从根本上讲，也还不是最落后的。第二，我们国家现在好的人才都在给外国人打工。我们国家其实根本不缺人才，缺的是管理。

职业经理人和企业之间是相互选择关系。如果你不能离开公司，就意味着你是没有选择权的。所以请大家一定要记住，进入这家公司就要思考怎么“离开”这家公司。这不是真的让你“离开”，而是说，你只有不断地思考“怎么离开”，才能让你发展得更好。希望大家记住，我们的发展是第一位的，一定要把自己的发展、自己的前途、自己的规划和当下的工作结合起来。思考一下，如果我们越想离开这家公司，我们在当下是干得越好还是越不好呢？我不是说让你离开现在的公司，我的意思是说，一定要让自己在公司里有成长。

如果想往高处跳，就一定要有本钱和底气。我们的本钱和底气是从哪里来的？我们的本钱和底气需要我们的业绩、能力、才华。一个人，如果想要跳得高，起跳的平台就要扎实；同时，还要有值得人重用的能力，值得人尊重的业绩。

如果不敢跳，我们就要特别小心。这往往意味着，我们能有今天，是完全仰障着组织的恩赐。个人对组织的依赖程度如果过高，这对组织来讲，并不是一件好事情。

有没有发现，越好的企业，是越让我们想我们自己的前途，还是越让我们不想自己的前途？我们越关心自己的前途，就会越在这里好好干。

最怕的是这样的员工，天天说，公司太过分了，我都不想干了。而特别可恨的是，他都说了三年了还在这里混。

5

这期培训的效果远远超出陈部长的预期，这让她大大地松了一口气。她自己也从成老师的讲课中感受到了真正意义上的语重心长、苦口婆心。

而让陈部长尤其没有想到的是，李书记和田总也都非常认真地、踏踏实实地参加了三天的培训。而就在培训前，田总还特意找到陈部长说，他的事情比较多，这几天有可能会中途离开。

田总还当着陈部长的面对成老师说："成老师才是真正的管理大师啊。这三天的课程，我最不希望别人给我打电话。我都不愿意接电话，就怕耽误听课。"

而成老师听后只是微微一笑，说："田总过奖。"

6

培训结束后两个月，陈心怡部长给江千慧打来电话说，针对下一步的培训，有些想法需要与她沟通下。

第二天，千慧如约拜访了陈部长。陈部长对她说，中源集团计划在7月召开的集团半年度经济会议中，为参加会议的高管团队提供两天的领导力培训。参加会议的高管包括集团总部的高管、下属各公司的董事长、总经理、书记等高层管理者。

在这之前，有将近一个月的时间，陈部长一直在出差，走访了中源集团所有的下属企业。在走访中，她观察和了解到不少的情况和问题，也有很多的思考。她感觉身上的责任更重了。

2014年，中源集团和集团下属的多家企业在管理团队上出现了比较大的调整。整个集团有三十位高层管理者在工作上有所变动，有些人退居二线，有些人被委任到另一家企业担任高管，也有新提拔上来的公司高管。

原来在系统内，管理人员的上升轨道比较明晰，高管们基本上知道自己未来有可能上升到哪个职位。但经过去年的变动，整个系统的业务发展模式被打乱。现阶段，高层管理者看不到自己上升的空间。而在需要接受和适应变革的同时，每个人的表现也有所不同。有些高管还有做事情的想法，但却比以前考虑得多，有些束手束脚；有些高管出现观望、消极怠工和不作为的状态；有些高管因为工作变动来到北京发展，却面临着两地分居、在北京买不起房子、没有北京户口、孩子教育等现实问题，对此，一些人的心里是有些想法的。

陈部长觉得，现在整个社会都是金钱导向，谈奋斗的少了。很多文章经常是直接引向金钱、收入等，让人变得更加焦虑。有些高管也是受当下大环境的影响，开始更多地注重金钱收入，考虑自己的个人利益方面比以前明显多了许多。

中源集团人力资源部有一位部长助理，也就是陈部长的副手，是位博士。他刚来没多久，还没有在工作中做出什么业绩，就开始琢磨让集团为自己办理北京户口的事情。而现实是，关于户口，整个中源集团也只得到几个名额，李书记目前还没有北京户口；陈部长在系统内工作多年，如今全家举迁北京，也都没有解决户口问题。在这样的情况下，又怎么可能会给他，一位刚刚入职的年轻人办理北京户口呢？而这位博士
328 却自视颇高，对此很有意见。他多次找陈部长，甚至直接找到李书记和田总，申请北京户口。遭到拒绝后，他在工作中就开始说些消极的、有情绪的话。无论陈部长和他怎么沟通，都没有任何的作用和改变。

陈部长心想，估计这位博士在我们集团不会干多久的。他对我们不满意，我们对他更不满意。他和我们的企业文化和价值观是有距离的，我们并不需要这样的人。像这样的人，早点儿离开是好事。

7

在这次走访中，在与下属公司高层管理者的交流中，陈部长也看到、听到了很多的现象和问题，发觉他们需要提升的地方有很多。

有些公司的高管对中源集团的目标理解得有所偏差或不到位；有些

人认为集团给自己公司下达的业绩目标比较高，完成有难度。中源集团总部的高管们都着急于如何完成集团目标，压力很大，但下属公司的各级管理者，包括员工，却有很多人觉得集团的任务与自己无关。

而且，整个集团最近一段时间一直处于快速的变化和变革中，各家企业都缺少出色的管理者。由于之前对管理人才的培养和储备都不够重视，现在才发现，适用的出色的管理人才真的是太少了。而从外部招聘，一是需要磨合期，二是难以招聘到合适的人才。

现在下属各企业的人员构成比较复杂，并且存在着矛盾。一家企业中，往往既有企业原来的管理者和员工，也有集团总部派下去的管理者，还有外部招聘来的职业经理人，目前所有企业、人员都处于磨合期。有些企业的高管班子不够团结、面和心不齐等。目前的思想没有达到预期的统一，缺少凝聚力。一些老员工按照原来的思路和习惯工作，对企业有着强烈的依附感，并没有真正认识到当下变革的重要性，也没有认识到企业发展和变革对自己有哪些机会、挑战和要求。有些企业还没有真正认识到市场化对企业和个人的要求有哪些，市场意识和竞争意识并不强。要知道，将来企业的发展只能越来越市场化，如果这样的观念再不改变，不难想象，在未来一定会缺乏强大的竞争力，在市场竞争中处于劣势。

陈部长了解了一下，对于现在新提拔起来的一些领导，很多人以前并没有经过专门的管理培训，对管理者的职责要求不是很清楚。有些高管刚刚被提拔上来，就已经开始傲视其他人，甚至是自己原来的上司，处理不好与原来的上司和现在的下属的关系。同时，有些人会受到原来上司和企业文化的影响。比如原来的上司有些小气，缺少胸襟，整个企业的文化也显得小气和缺少格局，那么这些新提拔起来的高管也会表现出同样的问题。

陈部长在走访中遇到一件事情。一个下属公司的办公室主任，五十岁，和陈部长相识多年，同为系统中的“老人”，平时关系也还不错。他和陈部长大讲特讲公司新来的总经理有哪些问题，说以前他们都是怎样做的，而新的总经理一来，就要有这样那样的变动，对新来的总经理有许多的意见和不满。而新来的总经理在和陈部长沟通时，也向她讲了办公室主任的很多情况，以及存在的一些问题。他和陈部长说得很直接："如果集团有合适的办公室主任人选，麻烦帮忙推荐给我们。如果没有，我们过段时间找个人取代他。"

8

陈部长越发认识到，即使身为高层管理者，也会受眼界、视野所限，要学习、要了解、要提升的东西太多了。

前不久，中源集团组织内部学习，集体观看有关 GE 管理的视频。陈部长看视频的时候就感受到明显的差距，同美国的企业家和管理者相比，集团的管理者还是有些距离的。虽然国企的文化是内敛的，但感觉上，许多管理者还是缺少应该有的精气神，缺少一种由内而外的激情。和美国的管理者一比，从外表、气质、活力上都差了那么一大截。她也能理解这样的表现，领导们的压力都很大。经过这最近一年的变革，中源集团及下属企业的各项指标完成得并不算太理想，也发生了许多意想不到的事情。

这个时候，陈部长才真正认识到，领导力不足会带来怎样的无力感。以前没有出现这么大的变革和变动时，大家都待在各自的世界里，踏实而稳定，并不感觉到怎样；而现在，变革不断，把所有人逼得不得不从原来的世界里跳出来，这时，才发现自身存在着各种不足和差距。更害怕的是，如果现在再不提升，将来再有机会出现的时候，很大可能会没有能力把握住机会。

已经混过了昨天，不能再混过今天，那样很可能是没有明天的。

9

中源集团刚刚并购了一家国有企业。该企业正在实施一项很重要的平台项目，从上到下都很重视。

原来的项目经理五十岁出头，从事管理工作也有二十多年了，平时表现得很尽心尽责。可所有人都没有想到，事实上这位项目经理从一开始就缺少对项目的整体规划，并没有真正认识到自己的职责所在，整个思路是非常混乱的。

同时他和乙方的沟通也有欠缺，双方经常产生矛盾和分歧。乙方的项目经理和技术人员都很头疼，头疼于与他的沟通，头疼于他思路的混乱，导致他们虽然经常加班却又总是做无用功。整个项目进展得很慢。

曾经有一次在做一个重要决策时，那位项目经理始终拿不定主意，开会研究也没有结果。突然，他当众提出："那我们投票表决吧，以票数多少来决定。"

在场开会的人几乎都要从椅子上跌下。这么重要的事情，以这样的方式做决策，未免有些太儿戏了吧？可能他也是害怕承担责任，索性以大家投票的方式来推脱自己的责任。可问题是，无论怎样的决策，最终的责任都是要由他来承担的。

这次走访时，集团也意识到这位项目经理的失职，当即就把他撤了，换成项目中的一位虽然年轻，但很有思路和想法的管理者。

现在，整个项目的进展就顺利许多了。乙方的项目经理说："如果甲方的项目经理都如同这位年轻的管理者一样，我们所有的项目都会进展得很快的。这样思路清晰、擅长沟通的甲方项目经理实在是太难以遇到了。"

陈部长希望今后能够更多地发现、任用、培养这样的年轻人，让那些想成事、能成事的人被重用。一个优秀的组织，应该是先培养先进，让先进带动后进的。同时也不得不承认，管理能力的好坏和年龄、经验并没有太直接的关系，关键是思维和动机。

大概，有许多的管理者是在管理岗位上混过一年又一年，而自己还没有意识吧！陈部长觉得，集团以前的环境有些太过安逸了，管理者只能上不能下，就快丢失了艰苦奋斗和积极进取的精神，现在有些冲击倒是好事。无论是组织和个人，都需要始终保持忧患意识。

此外，她对成老师在课程中所讲的那个小案例也有切身的体会：

公司新人职一位年轻的人力资源经理。开会时，一位年长的副总在她面前摆谱，说："你懂什么？你刚来，什么也不懂，而我在这里已经干了二十年了。"年轻的人力资源经理也不客气，对那位副总说："您觉得您在这里干了二十年，您都干了什么？在我看来，您在这里只工作了两年，您只不过是把一年的工作重复了十年，前十年是一年，后十年是一年。"当着众多管理者的面，这让副总脸上有些挂不住，但也说不出更多为自己辩驳的话。

10

中源集团总部也有各种的议论和情绪，并不是所有的人都能正确理解、接受变革的。甚至有一位部门的负责人丝毫没有克制自己的消极情绪，公开对变革说三道四。他这样做，既影响自己，也影响到整个团队的想法和工作。虽然，集团总部里负面情绪表现明显的只有这一位部门负责人，但是，负面信息和情绪永远是传递得最快的，影响也是巨大的。陈部长越发理解了上次培训中成老师所讲到的那句话："不积极主动的人给组织带来的是负面影响，容易形成恶性循环"。

在上次的培训中，成老师讲到"坏土"所起的不良作用，讲到一位杰出的领导者"要保护好出色的下属"，这些让陈部长感到很放心和信任。她曾经很担心在培训中传递的价值观不正向，没有给大家以引导。而成老师在培训中讲到的一些内容，尤其是红军长征、第一代共产党人的精神和信仰，正贴合了中源集团的企业文化和价值观，所有人都能感受到他传递出来的正能量和价值观。

现在，整个社会、系统、集团都处于巨大的变革阶段，信息爆炸，大家的心思都有些安定不下来。在这样一个关键时期，一个好的培训所起的作用和价值是巨大和深远的。

陈部长是希望，通过持续的培训把中源集团的价值观传递下去，尤其是正向的积极的力量，激发出大家的责任心和事业心。同时，对那些消极的负面的信息，对那些消极的被动的人有一些提醒和控制。她希望高层管理者能够进一步打开眼界，更多地了解外面的世界，了解市场经济的竞争，同时对自身的职责、要求有更加清晰、明确的认识，对自己的领导和管理岗位产生真正的敬畏感，能够正向理解集团的目标并传递下去；希望他们不要光看到变革带来的压力和不适，更能够看到变革为自己和企业带来的机会。

陈部长明白，要想做到这些，是需要借助外部高水平管理顾问的力量的。有些培训内容，如果由集团内部人，即使是再位高权重的领导来讲授，大家也未必能听得进去，很大可能会先入为主地认为领导和集团在给自己“洗脑”，是领导为了自己得到好处才讲的。而通过外部管理顾问，尤其是高水平的外部管理顾问讲授出来，讲得有理有据，让大家感受到这样的培训是对自己有切实的帮助、对企业发展有利的，大家的接受度会高很多。

同时，陈部长也明白，给高管们提供培训，尤其是处于变革时期的企业，对管理顾问的综合要求亦是非常高的。这些高层管理者都是业务上的精英，见多识广，在各自的单位中多少地都有些“霸气”，如果管理顾问的人格魅力、水平和功力不够高，他们不会真正地服气和接受，也难以踏实接受培训内容，不足以起到培训的效果和作用。唯有让高管们首先感受到顾问的人格魅力、水平和学识，他们才会逐步接受课程内容。

11

在这次走访中，很多的企业和管理者也向陈部长反应，说现在的年轻人太有个性太有想法，不和他们以前很不一样，他们都感觉很头疼。

对此，陈部长也有着自己的思考和理解：不是现在的年轻人不好管理，而是因为我们的管理基础和管理能力都太弱了，跟不上时代和年轻人的要求了。以前的人，受当时的教育和社会大环境影响，比较听话、老实，领导说什么是什么。现在信息发达，经济条件好，多数年轻人从小就有个性、有想法。他们通过网络、书本学到的管理知识，可能并不比管理者少。可能，领导们做得不到位的地方，年轻人却看得更清楚。

那他们怎么会服气？

现在的年轻人，并不是仅仅用权力和金钱就可以管理的，他们最需要的是理解和尊重。这需要管理者拥有更高超的领导力，是对领导者和管理者提出了更高的要求和考验。可能是这些管理者并不了解年轻人的心理和需求，对年轻人缺少足够的理解和尊重。还有一个挑战是，管理者的品格、水平、能力都得让年轻人佩服，他们才能“听话”。估计，等到越来越多的“90后”、“00后”步入社会和职场后，对管理和领导力的挑战就更高了。这对于提升企业的整体管理水平倒是件好事，是个促进，也是种压力。而现在，更需要让领导们认识到现实和挑战，如果再按照原来的思路想问题、做事情，按照原来的方式进行管理和沟通，肯定是不行的。

反复思考之下，陈部长还是决定为集团和下属公司的高层管理者们提供一期的领导力培训。她想，无论怎样，首先要努力让高层管理者更加振作起来，开阔眼界，获得新的思路和力量。高层管理者首先要做到不乱不慌，然后才能影响其他人。如同在之前的课程中所讲到的：“要用大的发动机带动小的发动机”。

好在经过上次的培训合作，陈部长对成老师的培训内容和效果都是比较放心的。而且，难得的是，中源集团的田总和李书记对成老师的评价也都很高。这次，陈部长一提出“年会组织高管培训”的建议，两位领导马上就同意了，并一致建议她邀请成老师再次来讲授。

12

而事实上，为了举办培，陈部长在中源集团内部也承受了很大的压力。现在，人力资源部门处在改革的风口浪尖上，是中源集团冲突和矛盾最多的地方，众多的议论主要是针对人力资源部，针对陈部长本人的。

来自国企的一些老员工没有真正意识到公司市场化发展的要求，也没有意识到这些变化对自己有可能产生的影响和要求。很多老员工还是按照以前的想法做事，同时对企业依然有着强烈的依附感。

前段时间，中源集团总部进行了考核和评估，其中有两个人被淘汰，两个人被降薪。被淘汰和降薪的这四个人和陈部长来自同一企业。他们抛家舍业地来到北京工作，没有想到，没过多久就遇到了淘汰和降薪，无论是面子上还是心理上都感觉有些难以接受。他们觉得，陈部长和自己来自同一个企业，都是老熟人、老关系，她又负责人力资源工作，理应帮着他们说话，而不是像现在这样说淘汰就淘汰，说降薪就降薪。于是，明里暗里地都表现出对陈部长的意见和不满。

陈部长能感受到这些人对自己的意见和不满，同时，她也知道，职责所在，她需要理解和领会中源集团和集团领导的要求，也需要替集团领导承担一些矛盾和冲突。这也是人力资源部的工作要求。毕竟要进行一场真正的变革，肯定会有人员变动的。人力资源部永远处于变革的最前沿，一有问题和矛盾，人力资源部首当其冲。但她也坚定地认为，只要是对中源集团发展有利的，她就会坚持做。哪怕会遭受其他人的冷眼、不理解和各种阻力。尽管如此，她还是非常用心地尽可能处理好各种关系。

江千慧能体会到陈部长所承受的各种压力。大概每一位人力资源经理都会面临类似的境遇吧。曾经，有一位央企的人力资源副总和千慧讲述自己的遭遇：当时，他在集团主导推行绩效管理和薪酬体系的改革，这影响了集团里某些人的利益。一天，他在集团楼下走，听到楼上有人喊“真想向他扔块板砖”。他感觉特别的无奈。

13

在上次的培训中，让陈部长印象最深的一句话是：“千万别让那些不可改变的事情妨碍你做更有益的事情”。她经常想到这句话，并以此来激励自己。

陈部长考虑，今后一定得把培训抓起来，作为培养后备人才的重要方法之一。从现在开始，要自己培养优秀的管理者，不能再出现像现在这样缺少合适的管理者的情况。希望今后能通过培训，发现一些好苗子，作为未来的领导者重点培养。要向那些优秀企业学习，其人力资源部的重点工作只有两项：一是招聘，二是培训。主要是通过这两项工作来为组织发现和培养人才。而这两项工作是预先的管理工作，也关系到组织未来发展的核心工作。

陈部长计划从下半年开始逐步建立起培训体系。现在中源集团的整体业绩并不算太好，这个时候组织培训、建立培训体系是有一定压力的。系统内有些集团和公司，为了控制成本，已经停止组织培训了。但陈部长认为，把培训费用算作成本是不对的。培训是一项无形的投资，虽然收益不像有形的投资那样明显，但却是不可或缺的。一些优秀企业，即使当下的效益不太好，但只要有可能，决不会砍掉培训和研发的费用。这样的做法也是在给员工发出信号：公司是重视人才培养的，公司是有信心在将来做得更好的。而动不动就砍培训费用，其实更容易引起员工的不安和怀疑。越是业绩不好的时候，公司越是需要宣传文化、精神、价值观，越是需要树信心、练内功。哪怕一年之中只是组织一两期的培训，也是在向大家传递公司的信心和文化。

14

江千慧对陈部长的很多想法和思考都有着深深的尊敬、理解和感动。陈部长考虑事情客观而全面，都是站在组织的角度去考虑的，都是为了让组织发展得更好。陈部长确实是位认真负责、勤于思考的管理者。

在陈部长介绍了这些情况后，千慧也感受到了她对成老师和自己的信任。她唯有把陈部长的所有想法尽可能完整地转达给成老师，请成老师在课程中呈现最有价值的内容。

对成老师的课程效果，千慧并不担心。通过上一次培训，成老师对中源集团的发展、文化、业务、管理、人员等已经有所了解。上次的培训人员相差都比较大，成老师在课程内容的呈现上要考虑兼顾不同人群，有些内容没敢展开讲授。而这次的高管培训，人员层次比较集中，且今天陈部长又提供了这么多宝贵的信息和资料，相信成老师在培训中会呈现得更有针对性，展开得更深入全面，一定会帮助高管们获得更多的思考和力量的。

15

7月，中源集团的高管培训在京郊的一个酒店里举办。培训是在集团半年度会议结束后开始的。几天的会议和培训是全部封闭式的，日程安排得很紧张：白天开会或培训，晚上集体看视频、进行讨论等。参加培训的高层管理者有六十人左右。

成老师在课程中讲道：

大多数人把变革理解为坏事，但实际上变革是大好事。变革的本质就是自我突破，变革的好处就是把沉睡麻醉的自我给激活了。

大部分人是懒于思考、懒于改变的。抵制变革是人的天性，虽然它可以带来机会。

大多数人想到变革的时候，往往首先想到变革的危险。则杰出管理者思考的却是：这个变革对我的价值是什么？

杰出的管理者会尽力成为组织里最敢于改变、最善于改变的人。而太多的人只是把自己定义在执行者的位置上。变革要找到变革的先锋，第一个就是管理者自己；第二是追随管理者的人，要把团队带起来。要让员工看到管理者的改变，以及由此产生的效益。员工之所以不愿意改变，往往是因为看不到改变带来的效益。

只有有危机意识的人才能生存。如果管理者对危机意识认识得更清楚，就会发展得更好。而杰出的管理者，能够自己创造危机，自己创造挑战。

我们不能沉溺于安逸，当你感到安逸的时候，有可能你就是那只“被煮的青蛙”。

16

成老师在课程中讲道：

“如何有效影响他人”这部分的内容是有关提升思考能力的。

要想影响别人，就要从“思考”开始。思考未来，是为了让我们更好地创造未来。

罗素说：“大部分人，宁愿死都不愿意思考。”因为思考是很痛苦的，是需要强大的心力来支撑的。我们首先要拯救自己，然后才能去影响他人，最终对社会产生正向的作用。一个人真正成熟的标志是：接触社会的阴暗面越来越多，又不失自己的初衷。

而要提高影响力先别急于去影响别人，首先要把控自己。要想有效地影响别人，一定要从有效地把控自己开始。一开始就要在自己身上下功夫，先学着有效地驾驭自我、管理自我。有效自我管理的人才能有效地管理和影响别人。

对人性要有敬畏感。人性是世界上最复杂、最脆弱、最残酷的东西，远远比我们想得更为复杂。脆弱的另一面是坚强，残酷的另一面是友善。对自己，要从简单走向复杂，从脆弱走向坚强，从残酷走向友善。

对别人，要善用人性的弱点；对自己，要克服人性的弱点。

我们普遍的人性弱点是：种别人的地，荒自己的田。越没有危机感的人越容易如此。

万事皆有因果，要抓住事物的因。“菩萨求因，凡夫求果”。

17

吃晚饭时，陈部长安排下属企业的一位总经理金来坐在成老师旁边。金总有五十多岁。陈部长介绍说，他和自己一样，从大学毕业就在他们这个系统中工作。金总所在的公司是整个中源集团效益最好的，也是参加市场化竞争程度最高的，有将近一半的销售额来自于市场竞争。而也是在金总担任公司总经理后，公司的业绩才快速提上来的。

金总很坦诚。他说，参加这次的培训，自己的感触还是有很多的。他意识到，自己在这个系统待得太久了。平时他所接触的大多是系统内的人和事，对外部世界了解得相对少一些，缺少更多的认知。今天，成老师的课程是帮着他打开了一扇窗。他想，以后得经常主动接触一下系统外部的世界了。回到公司后，他要多读书，多读历史、党史，多读人物传记。这两天听成老师讲解党史，他发觉从党史中可以汲取无穷的力量。他们这个系统的人，都是从小接受党的教育，早早地加入了中国共产党，本来是最应该了解党史、学习党史的。现在却发现，自己对党史了解得太不够，还不如成老师这位非党人士了解得多、研究得透，真是太令人汗颜了。

本来，金总对这个培训是心存怀疑的，不太乐意参加。现在工作这么忙，压力这么大，哪还有时间和精力还来参加培训？是李书记和陈部长强烈建议他一定要留下来听课。陈部长对金总说了一句“磨刀不误砍柴工”。这句话触动到了金总，他当时就想，是不是以前自己光顾着“砍柴”，没顾得上“磨刀”，因此反而是事倍功半？

金总是抱着“试试看”的心理留下来参加培训的。没曾想，这个课程对自己的帮助有这么大。他觉得这个培训在这个时候举办是很及时的。成老师所讲的内容，从某种意义上而言，对他是一种“疗伤”，是对他们这些高层管理者的一种滋养。成老师就好像老中医似的，把准了他们的脉。他没有想到成老师会如此地了解企业经营者和管理者所面临的情况和承受的压力。他一直有所困惑的几个问题，成老师在课程中几乎都讲到了而他原来有些摇摆的想法，成老师的课程也帮助他坚定了信心。

陈部长还看到一件她没有想到的事：下属企业的一位副总经理，平时从来不参加任何的培训，而且点是公开说培训没用。虽然他并没有对培训和老师发表自己的看法，但他能够完整地听完两天的课程，已经让陈部长很意外、很感动了。

18

去年 11 月，中源集团又发生了变动。

当时，集团收购了几家企业，多数很成功，企业效益都还可以，却唯有在当时的一个热点项目上投资失败。这个项目当年亏损很厉害，也因为它的亏损，导致集团的整体利润大大下降。

因为这个失败的投资，田总被撤换了。他被调到系统内的另一家公司，担任相对清闲的职务。接到调职通知的时候，田总没有说一句话。

这件事在整个系统和集团上下产生的震动还是比较大的。中源集团的大部分人对田总的人格、能力还是很佩服的。很多人都一直以为田总在系统内一定会有更高的发展空间，却没有想到会因为这件事情这么快地被撤换。大家也开始了议论和观望。

而田总被撤换也让陈部长感到深深的惋惜和遗憾。在其他事情上，田总做得都挺不错的，对中源集团也有着深深的感情和付出，并带领高管团队为集团规划了未来五年的战略布局。

为什么不能给他一次机会呢？人非圣贤，孰能无过。有哪一个成功是一蹴而就的？可以说，所有的成功都是历经过许多失败后才最终实现的。失败亦是学习的机会，此次投资失败，她相信田总一定能够从中得到学习和提升，以后会更加全面考虑、谨慎决策，也会减少再犯错的概率。第一代共产党人打天下的时候，也曾经犯下无数的错误，也曾经历过无数次失败，而他们就是在错误和失败中逐步学习、发展和壮大起来的。如果因为一次失败一个决策就换人，以后谁还敢承担责任、大胆决策呢？是不是大家都待着，继续混，才比较好呢？

在《杰克·韦尔奇自传》中，陈部长看到这样的内容：

“当人们犯错误的时候，他们最不愿意看到的就是惩罚。这时最需要的是鼓励和自信心的建立。首要的工作就是恢复自信心。我想，当一个人遇到不顺或者是挫折的时候，人云亦云是最不可取的行为。

“我曾看到这种事情同样也发生在坚强、聪明且充满自信的数十亿美元公司的总经理们身上。顺利的时候，他们一般都会做得很出色，但是一旦做了某些错误的计划或者一桩赔钱的买卖——并不是第一次——自我怀疑的心理就开始慢慢地侵蚀他们了。于是他们开始对每一件事情都没有了主意，他们赞成每一个提议，为的是及早走出会议室或者是将这件事拖到以后再去处理。

“这是一件非常可怕的事情。很少有人可以从这个旋涡中恢复过来。我曾经尝试所有可能的手段以帮助这些人摆脱旋涡——或者更好些，去避免它的发生。

“不过，关键的是要知道什么时候去拥抱，什么时候去斥责。当然，武断的不愿意吸取教训的人必须开掉。我们所要做的是帮助那些知道自己已经被过失侵蚀了自信的人们摆脱困境，重塑自我。”

19

田总被撤换后，系统内另一家集团的副总经理张锦被调来，担任中源集团总经理。

两位总经理的性格有着很大的不同。田总的性格是比较外向的，能说善谈，和下属的沟通也是直接开放的。而新来的张锦总经理，可能与他长期从事技术和生产有关，思维偏线向，性格内向，经常一个人待在自己的办公室里，也不喜欢多说话，很少与其他人沟通和交流，更喜欢直接下命令。受张总的风格影响，中源集团总部的整个办公气氛都有些沉闷了。

而田总的撤换多少地也影响到了陈部长的工作。在大家的印象中，陈部长是田总重用和信任的人。张锦到中源集团后没有多久，陈部长就不再负责人事工作，而转去负责行政工作。这个时候，突然把具有丰富人力资源工作经验的陈部长转去负责行政，这背后有哪些可能的原因，大家也是有些猜测的。

陈部长自己心里也很清楚，自己有这样的工作变动倒也是可以理解的。很多组织都会发生这样的事情吧。这样的工作变动，她不是第一个，也不会是最后一个。因此她始终保持着乐观积极的工作状态，在新的岗位上也很快干出了成绩，并且培养出两个非常优秀的年轻人。她想着，再过几年自己就到了退休的年龄，一定要站好最后一班岗，不要让自己的职业生涯留下遗憾。只是，曾经拥有的想法和抱负，曾经设想的中源集团企业大学的建设，以及正在开发设计的一整套人才培训体系，也唯有渐渐地远离了。

虽然心有遗憾，陈部长却也唯有接受。身为组织中人，总是要经受组织的考验、安排的。她对中源集团始终有着深深的感情。但同时她也明白，任何一个组织都有不足的地方，都有需要提升的地方。为集团做不了更多，但至少在一定范围内她可以做些事情，一些对集团发展有益的事情。这让她很有成就感，也觉得对得起自己的真心。她相信，时间最终会给出答案的。

成老师在“组织行为学”课程中讲到三句话：“组织成就了我们，组织也折磨了我们；组织培养了我们，组织也摧毁了我们；组织让我们乐，组织也让我们苦。”

第十五章　自以为是的培训管理者

1

2016年9月的一天下午，江千慧看到QQ上有一个头像在闪动，打开一看，居然是好久没有联系的张蒙。

张蒙也是江千慧的同行老朋友了。她和千慧差不多的年龄，但她很早就进入培训行业，是真正的培训界“老人”了。张蒙对国内最早一批的培训师、培训公司都相当的熟悉和了解。

江千慧和张蒙刚刚认识的时候，张蒙在经营着自己的培训网站和公司，以公开课和内训为主，业务做得很不错。只是，在很长一段时间里，两个人并没有联系。千慧经常上QQ，却从没有看到过张蒙，不知道她现在在做什么。

张蒙问千慧：“你现在还在做培训吗?”

千慧发出一个“拥抱”的表情，说：“还在做培训。我们都好久没联系了，你现在在做什么?”

张蒙一介绍自己的情况，千慧才发现，时间过得真快，大家变化都
很多。张蒙已经退出培训行业，原来的培训公司和培训网站现在由当时公司的一位合伙人经营。而张蒙已经结婚了，现在她和她先生同在ZJ的一家民营企业——祥和集团，都从事着人力资源管理工作。两个人来到祥和集团工作的时间并不长。而张蒙的先生柳智斌在公司正是负责培训工作，是祥和集团总部的培训经理。

千慧说：“这样挺好的。当甲方更稳定，压力也小。你现在一切都好吧?”

张蒙说：“还行吧。正准备要小孩儿，已经不能再拖了，年龄和身体情况都要求我要尽早生孩子。”

张蒙这次与千慧联系，是因为柳智斌负责的一个培训。祥和集团的一位副总经理，前不久参加了赵玉清老师的公开课，这位副总认为赵玉

清讲得非常好，要求人力资源部请他来祥和集团讲课。现在，祥和集团计划邀请赵老师讲授两天。但赵玉清的费用是有些高的。张蒙想请千慧帮忙和赵玉清联系，谈谈费用的问题，希望尽量降低一些。

张蒙说："我有赵老师的联系方式，但是我先生他们不能直接联系赵老师。你是知道的，赵老师从来不直接与企业合作，他只通过培训公司和企业合作。"

千慧说："他是这样的。好的，我明白了。我帮你们联系一下。"

随后千慧给赵玉清打了个电话。在电话中，千慧刚刚说到有家 ZJ 大型企业想邀请他去讲两天课，因为公司的一位副总曾经参加过他的公开课，认为他讲得很好，就向公司大力推荐，赵玉清就马上问："你说的这家企业是祥和集团吧？"

千慧有些没想到，说："是的，正是祥和集团。有人和您联系过？"

赵玉清所讲的内容出乎千慧的意料。原来，柳智斌已经通过十多家培训公司联系过赵玉清，主要目的就是为了和赵玉清讲价，希望他能够降低讲课费用。赵玉清早就已经不胜其烦，也极其反感祥和集团的这种做法。他和任何一家培训公司的合作费用都是公开的、固定的，从来不讲价。而且，培训界的行规是，同一个项目，如果不同的培训公司联系培训师，培训师只与第一个与自己联系的培训公司合作。现在祥和集团通过这么多的培训公司为了同一个项目频繁地联系他，还想讲费用，赵玉清也实在是不愿意去这样的公司讲课。

赵玉清说："我都被他们烦死了，成天有人给我打电话。我已经决定了，不与祥和集团合作。"

千慧说："好的，赵老师，我明白您的想法和要求了。我会和客户说明一下的。"

千慧想，以张蒙对培训行业、对赵老师的了解，应该不会这样做的。是不是她的先生柳智斌不太了解培训行业，始终不死心，才通过十多家培训公司联系赵老师的？

千慧把赵玉清所讲的内容婉转地告诉了张蒙。张蒙说："好的。我知道了。十分感谢！"

2

过了一个月，张蒙又与江千慧联系。

在 QQ 上，张蒙直接问千慧："你们现在和成霖皓还有合作吗？"

千慧回复说："有合作。我们现在是以成老师的课程为主。"

张蒙回复了一个"强"的表情，说："那就太好了。是这样的，我先生他们要组织一个领导力的培训，听课人员主要为集团总部的高层管理者。祥和集团很重视这个培训项目，一定不能搞砸。我知道，领导力课程，成老师讲得很不错，而且，他对我们这个行业也比较了解，为这个行业的其他公司提供过不少培训。我会向我先生推荐你和成老师，让他直接与你联系。具体的，你们再沟通。我就不插手了。"

千慧自是很高兴的，回复了"感谢"的表情说："好的。太感谢了。"

张蒙曾经向江千慧介绍说，柳智斌一直从事人力资源工作。因此，千慧猜测，张蒙和柳智斌也许是在合作联系中认识、交往和结合的。

很快地，千慧和柳智斌互加了 QQ。

柳智斌向千慧介绍了祥和集团的相关情况。

祥和集团最近一年发展得非常迅速，新入职的人员很多。尤其是中高层管理者，大多是从外部招聘来的，来自于全国各地、不同行业、不同公司，因此他们的管理水平、管理能力、管理风格等差异都比较大。人力资源部和部分中高层管理者进行过沟通，了解到新入职的管理者在原来企业接受培训的经历也存在着很大的差异，有些管理者甚至没有接受过管理培训。现在，管理者们互相了解、沟通、磨合已经有一段时间，但总体效果不是很理想，内部矛盾和纠纷经常发生。对此，祥和集团的董事长和总经理感到很着急、很头疼。这次的领导力培训，是祥和集团的董事长和总经理共同提出来的，主要目的就是促进中高层管理者的融合和提升；说得直白一些，这个培训有些"洗脑"的意思，希望中高层管理者能够更加职业化一些，尽快地接受和融入祥和集团的文化和要求。

董事长、总经理和人力资源总监都很重视这次的培训，再三和柳智斌强调：培训效果一定要好，千万不能讲砸。

柳智斌也介绍了自己的一些情况，他现在与公司的高管一样，在学习国学。从心理上，他们是有些倾向于邀请 TW 的老师的，认为 TW 老师在国学方面的研究更深。

同时，柳智斌也很直接地表达，他相信张蒙的培训经验和对培训行业的了解，既然张蒙首先向他推荐了成老师，那么成老师的课程效果应该是可以保证的，但他还是需要了解一下成老师的情况。因为他从来没有听过成老师的名字，而他在网上也没有找到成老师的视频，成老师也没有出过书。

客户有这样的要求，千慧也已经遇到很多次了，基本可以算是一种常态了，她唯有一点一点地向柳智斌呈现和说明。目前，有利于合作的唯一一点，大概就是张蒙对成老师的推荐和肯定了。

3

很快，千慧把培训建议书发给了柳智斌。柳智斌看后，提出了很多需要补充的内容：课程内容不够详尽，没有成老师的照片，成老师的简介太简单，等等。

千慧想了想，于是按照柳智斌的要求，在培训建议书中增添了成老师的照片，也补充了成老师的介绍。

柳智斌又说："成老师的照片怎么只是生活照？其他老师都是艺术照。"

千慧解释说："是的。成老师从来不做自己的宣传和推广，他平时不喜欢照相，更不会特意去拍艺术照。"

柳智斌说："那成老师的有些观念是需要改改了。现在已经不是'酒香不怕巷子深'的年代了。其他培训师提供的都是艺术照，成老师却还只是生活照，这在效果上就有差距了。"

千慧只能礼貌地说："好的，我明白您的意思，我会向成老师建议的。"可其实她心里很明白，成老师根本不会拍艺术照的。成老师都不允许在培训建议书中放他自己的照片。这次，是江千慧自己擅自在培训建议书中提供了成老师的照片，她都没敢告诉成老师。

就这样，培训建议书来来回回地调整了足足有六七遍，把千慧累得够呛。这是她以前没有遇到过的情况。她的培训建议书基本上是一次通过的。但既然想促成合作，就要尊重客户的意见和建议。千慧想，在这个过程中，自己也能够更多地了解培训管理者的要求，虽然有些她也感觉有些不对，但她还是尽可能地配合。

终于，培训建议书的内容基本符合柳智斌的要求了。但他却又说，既然千慧不能提供成老师的讲课视频，成老师也没有出过书，他无法确信是否一切都如千慧所介绍的那样，他希望能够提前与成老师电话沟通。

这让千慧有些犯难了。在之前的合作中，在项目没有确定前，成老师一般是不与企业直接沟通的。而在项目确定后，成老师与客户沟通的更多是培训需求。项目尚未确定，就与客户沟通，就好像是成老师在打单、做销售一样，这是培训销售的失职，成老师并不喜欢这样的做法。成老师的角色定位很清晰，他是管理顾问，提供培训课程和解决方案，而促成合作是销售的职责。

千慧是有心促成合作的，或者也是急于成单了吧，她破例把祥和集团的详细情况和柳智斌的要求通过邮件发给了成老师。但她对此并没有抱有太大的希望。

不曾想，成老师很快就回复邮件说："这次支持你一下，可以让客户提前与我电话沟通。"

千慧感觉有些意外，却也是乐见其成。

4

江千慧并不知道成老师和柳智斌的沟通到底是如何进行的。

只是之后，成老师发来邮件说："这个客户不需要继续跟踪了。我不会与他们合作的。这并不是我们的目标客户。"

看到邮件，千慧自是有些愣愣的，但却也不敢问原因。她想，以后培训合作时再当面向成老师询问吧。

而柳智斌则告诉千慧说："除了你们公司，还有三家当地的培训公司也向我们推荐了不同的培训师。我们集团的高管们还要在内部开会研究各家培训公司的方案和老师，然后才能确定这个培训项目。当然，我会尽力推荐你们和成老师的。"

千慧没有说什么，这个时候她的内心也是矛盾的。她甚至希望祥和集团不要选择成老师，这样，她就可以不用再与柳智斌解释了。并且以千慧对成老师的了解，即使祥和集团选择与成老师合作，成老师肯定也不会去讲课的。这个时候成老师这样说，估计是他已经看出来一些千慧还没有看到的情况，而这些信息和情况可能并不利于合作。

果然不出所料。为了这个培训，柳智斌他们专门开了一上午的会议。下午的时候，他告诉千慧，祥和集团最终决定与当地的一家培训公司合作，授课的是一位 TW 老师。他们之所以不选择千慧的公司和成老师，是因为她所在的公司成立时间不长，规模小，没有什么知名度，最关键的还是成老师也没有知名度。

至此千慧反而感觉轻松了，她大大地松了一口气。她并不想对柳智斌做任何的解释，她知道解释是没有任何意义的。她也没有把祥和集团的选择和决定告诉成老师，因为成老师早已经有了自己的选择和决定。虽然，此时的千慧并不知道成老师是因为什么原因做出这样的决定的。

前段时间，千慧花费了不少的心思在培训建议书和沟通上，把自己累得够呛。现在，她在心里对自己说，全当是个学习和提高的机会吧！

至于成老师坚持不做自己的宣传和推广，千慧和嘉琦也表示理解和支持。虽说现在不是"酒香不怕巷子深"的时代，需要推广、炒作，但成老师就是不想宣传，也不想要所谓的知名度，他只关注于课程本身，关注于可以帮企业做些什么。

5

千慧本来以为这件事情很快就会过去的。没想到，一个月后，柳智斌又与她联系，直接在 QQ 上问她：“最近成老师有培训吗？我是否可以去听一下成老师讲课？”

千慧马上想到有可能是上次的培训那位老师没有讲好，不然柳智斌不会这么快就向自己直接提出这个想法的。

她也没有多问，只是回复说：“成老师是不允许客户试听的。这样，以后如果我们举办公开课，我会邀请您来参加。”

千慧心里很明白，柳智斌是希望可以免费试听。但成老师之前已经明确表示过不希望与祥和集团合作。合作得久了，千慧也比较了解成老师的风格和特点，也逐步地接受和适应了成老师的要求。在这件事情上，她能感觉到成老师的果断和不容置疑。

千慧在 QQ 上问张蒙：“上次柳智斌的那个培训，老师讲得怎么样？”

张蒙回复说：“讲砸了。老师只讲了半天就实在讲不下去了，大家也听不下去了。原来两天的培训只讲了一天就结束。公司表示以后再也不会与那家培训公司合作了。”

6

后来，和成老师一起出差时，千慧才明白为什么成老师表示不与祥和集团合作。

原来，柳智斌和成老师电话联系时，表现得太自以为是，又非常的无礼，一上来就说了很多狂妄、挑剔的话，可能是觉得自己身为甲方，又是这么大的集团，年年有很多的培训项目，是合作的赐予方、决定方吧。可以说，柳智斌是成老师从业以来所遇到的最为无礼的培训经理。但成老师当时什么也没说，只是听柳智斌讲，让他表现，并借此观察和了解柳智斌。而通过这些，成老师对柳智斌、对祥和集团的企业文化已经有所了解和分析了。

成老师指点千慧："这不是我们的目标客户。所以我一早告诉你，不要在这样的客户身上瞎耽搁功夫。我们要找到的，是那些有水平、有眼光、有实力的客户，并会因为与我们的合作，变得更有水平、更有眼光、更有实力。"

成老师建议千慧要反复回想这个案例，从中学习、反省、成长。考虑是否因为当初千慧所说所做的让柳智斌的自我感觉过于良好？是否因为她太想成单，而把合作想得太简单、太美好，因此在沟通过程中做了太多的让步？是否因为是朋友介绍，就忽略了分析客户，忽略了柳智斌的不专业和自以为是，而只是想当然地认为这是对自己的照顾？

大概是看出来千慧的压力有些大，有些紧张，成老师稍稍缓了口气，说："当然，这个也不全是你的责任。你的出发点是好的，也努力了。只是因为想合作，又是朋友介绍，而忽略了前期对客户的分析。最主要的，还是柳智斌本人的狂妄，身为甲方的狂妄。做销售和做管理一样，如果人不对路，就千万不要勉强。我们需要牢记，虽然我们身为乙方，但我们是来帮助甲方的，是来帮助甲方做得更好的。我们自己首先要认识到我们的工作价值所在。我们双方的合作是平等互利的，是能实现双赢的。客户的付出是有形的，我们的付出是无形的。表面上，是客户付出得多；实际上，客户得到的无形的东西更多，客户才是最大的受益者。"

成老师停顿了一下，又说："不客气地讲，和我合作过的那些企业高管，平时与我联系沟通时，都很谦和、有礼，我们都是相互尊重的。哪有像他这样无礼狂妄的？"

第十六章　打烂一手好牌的后果

（续第二章）

1

时隔两年，到 2016 年的时候，《最新管理实践》杂志社已经有些难以为继了，业绩越来越不好，账面上的钱也越来越少。

杂志社从成立开始，从来没有发生过工资和提成不按时发放的情况；而现在，5 月份的时候已经晚发了两个月的工资和提成。

但王磊坚决不放权，更不想把杂志社交给王淼，他想要找其他人给杂志社投资。这让王兴华心里很是着急，却又因为身体的原因感觉到心有余而力不足。于是，他亲自出面，邀请他的一位老朋友顾谦来帮助自己和杂志社一起想办法，尽早渡过难关。

顾谦六十多岁，和老王总已经有几十年的交情。退休前他是一家知名企业的副总裁；退休以后，他主要从事投资工作，也担任了多家企业管理顾问。

顾谦非常了解、理解王兴华的心情和想法，也非常明白《最新管理实践》在王兴华心里所占的分量有多重。《最新管理实践》对王兴华而言，就仿佛是他的第三个孩子。如果让其他人拿走，王兴华在感情上肯定是受不了的。他对王兴华表示，一定会把这件事情办好，不辜负老王总的信任和委托。

2

顾谦考虑事情的出发点首先是王兴华的想法。

顾谦到《最新管理实践》杂志社担任管理顾问，并向王磊提出建议，把销售部的格局进行了调整。

以前，销售部由总经理文娟全面负责，整个部门在她一个人的直接管理之下，并由此向王磊汇报工作。

现在，顾谦的调整方案是，在公司内部不再设立总经理这个职务，销售部的人员分别组成四个业务小组，每组三至五人，每个小组选出自己的组长。这四位组长是平级的，分别向王磊汇报各个小组的业务和管理工作。各小组内的业务开展和人员管理等都由组长负责，年底以小组为单位进行业绩考核。每个小组的年度业绩比上一年增加一定的百分比才算通过年终业绩考核。

实行这样的考核制度，前一年的业绩越低，第二年越容易通过考核。于是，文娟、萧群、郑思雯为组长，各自挑选了和自己关系不错的、前一年业绩不太好的几个人分别组成各自的小组。而业绩处于中上游的许立骅、衣莹莹等三个人却没有组长主动要，主要是担心他们前一年的业绩相对有些高，今年超越的难度很大，而这样最终会影响年终考核和奖金。

王磊找许立骅、衣莹莹等三个人谈话，说如果他们三个人不组成工作组，就要离开杂志社。

许立骅说："那我们三个人就组成一个工作组吧。我年纪最大，我来当组长吧。"他心想，先不要考虑年底是否能够通过年终考核，到年底还不一定会有怎样的变化呢。

这样，文娟、郑思雯、许立骅、萧群各自任组长，组成了业务小组。从管理结构上讲，他们四个人是平级的，同时向王磊汇报工作。

可能是顾谦也发现了文娟在销售部和杂志社所起的作用并不算太好，先以这样的方式剥夺了她的全面管理权力吧。

3

杂志社的所有人都以为顾谦会很快带来投资，却没有想到，他的资金却迟迟没有到位。不是他没有这个能力，而是他始终在考虑如何投资与合作效果才最好，毕竟他也要尽可能保证投资方的利益。

这么长时间，王磊和王淼两个人始终不说话、不合作，两个人谁也不肯让步，怎么劝都不行。所有人都觉得有些不可理解。

向东曾经多次劝说王磊：“你得主动一些才比较好，毕竟你是当大哥的。”但王磊很是倔强，坚决不肯让步，反而对向东说王淼的种种不是。这让向东心里反而有些别扭，毕竟他并不想知道太多他们的家事。

他对王磊说：“别看现在你们闹得凶，将来一定会后悔的。你们毕竟是一家人啊！”

王磊和王淼的矛盾持续在激化，杂志社的经营和所有权问题还没有梳理清楚，这让投资方也有些犹豫。而这，就是让顾谦感觉最困难、最头痛的事情。

也因为顾谦的投资迟迟没有到位，文娟开始在办公室里说些对他评价不高的话，说他吹牛、说话不算数等。

所有的人都看得很清楚，杂志社的业绩越来越差，经营上的压力越来越大，基本上只有出，没有入。好多人都在想，会不会哪天杂志社突然就宣布“解散”了？

4

一天，王淼私下找到许立骅，问他对杂志社发展的想法，是想办法继续经营，还是索性把杂志品牌转由其他人来经营，他们退出？

许立骅是杂志社的老员工，难得的敬业和踏实，事事都站在对杂志社有益的方面考虑。他的想法是，无论是把杂志交由别人经营，还是他们自己继续做，都是他们当领导的决定，只是，他希望千万别毁了杂志社的牌子。毕竟老王总还在，视杂志如子，一定要多考虑老王总的感受。至于他自己，无论杂志社怎样变动，他都会踏实工作的。

王淼说：“那我有数了。希望许老师今后还是继续踏实工作，并能够多给我们提些建议和意见。”

许立骅说：“内容方面还得继续提升。最近几年，杂志内容的质量远远不如早几年了。”

王淼也承认这一点，杂志内容质量的确需要提升。只是苦于编辑部现在没有好的记者和编辑，难以写出有分量、有影响力的好文章。没有人想到，王磊和王淼的矛盾激化、公开后，最早提出离职的会是编辑部主任；后来，编辑部的很多记者和编辑也陆续离开了，现在主要是几个年轻的编辑在支撑着杂志的内容编辑工作。

5

看到杂志社的经营状况，文娟早已经开始着手做着各方面的准备。

她打算离开已经有一段时间了，并经常和其他人谈合作的事情。而这些自是瞒不住所有人的。只是，知道的人也懒得和其他人说。

文娟离开时，是带着杂志社的客户资料离开的。

四月，文娟谈下来一个项目，由一家企业赞助，杂志社组织举办一个大型会议。参会人员以企业的负责人、高层管理者为主，全部免费参加。但销售部刚开始推广和招生时，大家的积极性也不是很高，报名参加会议的人员并不多。

一天，文娟分别找到郑思雯和许立骅，很直接、生硬地说："我已经和王磊说明了这个会议的事情，王磊要求销售部的每个人最少招来二十个人参加。如果达不到二十个人，就要扣销售的钱。"

郑思雯对此很有意见，来找许立骅。她觉得文娟现在已经不是总经理了，他们三个人都是平级的，同时对王磊汇报工作，对自己的团队负责和管理。这是文娟的项目，她在确定项目时也并没有和他们商量、说明。如果要布置任务，也应该是王磊和他们说。她这样和他们说，直接要求他们做这个做那个，算是怎么一回事？凭什么说扣钱就扣钱？

她和许立骅商量，今后他们俩得多些心眼儿，团结起来，一定要当心文娟在王磊面前说他们俩的坏话，比如说他们两个对她的工作不支持之类的。

过了两天，文娟告诉销售部的所有人，要尽可能多地邀请企业老总来参加这个会议。每邀请来一位老总，销售人员会得到五十元钱奖励，这笔钱由她自己出。

于是，这些年轻的销售人员就看在这五十元钱的分上，开始积极邀请自己的客户，一段时间整个销售部都只是忙于这件事情。

郑思雯看出文娟的用心，找到许立骅说："许老师，文娟怎么会如此好心，拿自己的钱来奖励邀请客户？您说，这是不是要获取我们的客户资料？反正我是不会联系客户的。"

许立骅和郑思雯想到一起了，他说："我也是这样想的。我也不会联系客户的。"

文娟看到郑思雯和许立骅一位客户也不邀请，心里很是不乐意，说："给你们挣钱的机会还不知道争取。"

6

会议举办后，文娟要求前台的李岚把所有参会人员的详细信息都完完整整地整理出来，发给她，说她要审核一下客户资料，再发这五十元钱。之后她又把杂志社所有培训会员单位的详细资料也全都拿到了手。杂志社所有培训会员单位的服务工作由张青负责，她手中有最全的客户资料。而她是文娟介绍来的，加上文娟又是总经理，因此自然要得更容易。

文娟在杂志社工作的这几年并没有自己开发的新客户，她只是和杂志社的那几家老客户、大客户合作。现在，能够合作的客户都已经合作过了，她的业务优势也就消失了。

许立骅经常向王磊提议，杂志社要扩展新客户，光靠老客户是不行的。并说现在整个销售部在文娟的带领下，都只在老客户身上下功夫，对新客户开发不足。

但他没想到王磊又把这话传给了文娟。

文娟恨恨地来找许立骅，说："既然你向社长提议要开发新客户，那你来教教那些新来的业务员如何开发新客户吧！"

许立骅被气得说不出话，他也实在懒得再说了。这些所谓的新来的业务员，已经来杂志社工作两三年了，还能叫"新来的"吗？现在你又凭什么让我教他们开发新客户？你当管理者是干什么的？

7

文娟突然离职，是因为一件所有人都想不到的事。

之前她和王磊商量，自己能否也推荐投资人，王磊同意了。于是，她就介绍自己的两位朋友和王磊谈投资与合作的事情。

王磊的本意是，其他人和公司给杂志社投资，他可以继续当社长，负责经营和管理。他最不希望看到的就是由王淼来经营杂志社，他对王淼有很大的意见和不满。

开始的时候，双方谈得很顺利。文娟介绍的投资人比较了解杂志的历史和情况，也看好杂志的品牌和业务基础，一直表现出很友好的态度。对方一再强调："钱，我们肯定是有的，也是可以一步到位的。"

可到了最为关键的一天，文娟带着这两位朋友和王磊进行面谈，最终拉开了可以合作的底线。他们提出来的投资条件是：他们可以投钱到杂志社，但王磊和王淼必须离开杂志社，一个也不能留下。

当时，王磊虽然感觉有些意外，但转念一想，还是有些想同意的。他想，自己可以带着钱走；至于王淼，只要杂志不归她所有，他的心理就是平衡的。大概，这就是典型的"我不好你也不好"的心态吧！

顾谦知道这些情况后，感到大大地意外、失望和恼怒。他想了整整一个下午和一个晚上。

当天晚上十点多，他给王磊、王淼分别打电话，说："我坚决不同意这种投资。我是老王总请来的，我要考虑他的感受。我不能辜负他的信任和委托。我一定要为老王总保住这块牌子。如果别人的投资合作谈不拢，那我们就自救吧。我们自己找投资，自己继续经营杂志。"

王磊当时也不知道是怎么想的，居然说出他和王淼，如果有人能先在一周内找到五百万的投资并且到账，那个人就来当杂志社社长这样的话。

事实证明，他低估了王淼。他以为自己找不来钱，王淼也同样没有办法。

第二天，王淼组织所有人开会，在会上，王磊就此事公开向所有人做出了承诺。

很快，王淼用了不到一周的时间就筹到了五百万的投资，而且全部打到了账上。投资人一共有十多位，大多是杂志社的老客户、会员单位的负责人等，他们都是私人出钱投资。这十多位的投资人对杂志有感情，也了解杂志社所有的业务，经常参加杂志社的各项活动。

就在王淼宣布就任杂志社社长的当天，文娟正式提出了辞职。文娟离职后半个月，张青也辞职了。杂志社里所有人心里都明白，张青这是跟着文娟走了。

文娟也确实没有办法再在杂志社待下去了。王磊、王淼、顾谦等知道这件事情的人这时才明白，原来文娟真正的心思竟是想得到杂志社。以前，是他们把文娟想得太简单了，大大低估了她的野心。

顾谦把这件事情称为“政变”。

如果当时不是顾谦的坚持，以王磊的想法，很可能文娟等人的“政变”就成功了。

8

王磊不得不从杂志社社长的职位上下来。但他也没有离开杂志社。他的新职位是新媒体研究总监，还在他原来的办公室工作。他让前台的李岚为自己提供多年来的各项业务数据和财务数据。可他怎么也想不通，怎么就会亏损呢？每年的进账也是不少的。”他的内心里有着各种的不服气。

顾谦说：“你不用给我报表和数据，是否亏损我也不需要知道。我只想知道，钱呢？你说没亏损，为什么账面上就没有钱了呢？”

顾谦的人生经验很丰富，考虑事情也很周全。

王淼当上社长后不久，王磊做了一次小手术，顾谦让王淼一定要去医院看望王磊。

他对王淼说：“你们毕竟是兄妹，是一家人，无论有怎样的矛盾和意见，亲人间的礼节是一定要做到的。”

杂志社的人都觉得由王淼担任社长，对杂志社来说是件好事。王磊负责杂志社的经营和管理已经有许多年了，加上他本身的个性，已经把自己“混”得一点儿动力和激情都没有了。而王淼，年轻，更想做成事情，这些年她和王磊的矛盾和纷争让她始终憋着一股气、一股劲。先不论王淼的能力如何，至少，她做事情、做成事情的动力要比王磊强很多。

所有人也都不理解王磊，不知道他到底是怎么把好好的杂志社干成现在这个样子的，并且还能如此平静，成天像个没事儿人似的。所有人都说，王磊的心理素质真的是超高啊！

向东说：“如果我是王磊，把杂志社做成这个样子，我就得去自杀。”

另一个人对他说：“如果王磊能想到如果杂志社做得不好他就去自杀，那他也不会把杂志社做成现在这个样子了。”

9

王淼很快注册了新的公司，全面负责杂志社的所有业务。新公司和杂志社以前的经营公司没有任何债务债权上的关系。

王淼自己担任公司的总裁，同时任命郑思雯担任公司副总裁，负责管理和业务工作。

郑思雯是1980年出生的，在杂志社工作了十年，做事情比较踏实，业绩始终不错。最近两年，她也被文娟打压得够呛，业绩也有所下降，她只能多联系一些为企业提供采访和报道的事情。她的许多项目都需要王淼和编辑部的支持和配合。有时，她和王淼一起到企业采访时，在路上她会对王淼讲一些销售部的情况，以及自己的意见和想法等。合作得多了，王淼也比较信任和欣赏郑思雯。

郑思雯担任副总裁以后，销售部里的人有着各种评说，很多人都有自己的小盘算、小心思在其中。有人故意挑事说：“如果郑思雯都能当副总裁，那就谁都能当得了了。”

而萧群对此更是不服气。在他看来，文娟离职后，理所应当地应该由自己来负责销售部，怎么会轮得到郑思雯呢？他并不知道文娟蓄谋“政变”的事情。因此萧群就明里暗里地挑事和各种找碴儿。

郑思雯和萧群的关系本身并不好，彼此都看不上对方，以前因为工作上的事情就经常争吵，现在基本是处于互相不说话的状态。她虽不在乎萧群的挑衅，但也不愿意和萧群共事，看见萧群就觉得烦。她觉得萧群有些太忘乎所以了，以为杂志社离了他就不转了似的。她心里想，你萧群愿意干就干，不愿意干就赶紧走，走了更好。

萧群本身也是冲动的人。一次，和郑思雯争吵过后，他就递交了辞职信。他想得有些太简单了，以为这些年一直是他在负责培训课程和培训师、负责各项会议和活动，有很多的资源，别人轻易替代不了。加上平时他还很会巴结王淼，他还以为王淼对自己的印象不错，会挽留自己呢！殊不知，平时只要他一挑事，郑思雯就会来告诉王淼，并把大家私下里对萧群的看法、怀疑也都告知了王淼。因此，王淼收到萧群的辞职信后，都没有找他谈话，当天下午就批准了他的离职。

这下，萧群又有些后悔了，但也已经晚了。

平时，他和所有人的关系都不好，整个杂志社没有人对他有好印象，心里都巴不得他早点儿走。从萧群离职被批准的那一天开始，不约而同地，杂志社就没有人再与他说话了，销售部开会也不再通知他参加。他自觉无趣，没有与任何人道别，就悄无声息地离开了。

第十七章　继续修行在培训行业

1

2016年11月的一天，安嘉琦来到公司的时候已经是中午了。

江千慧见到安嘉琦进来时的沉思表情，感觉有些意思，说："姐，你的思考型人格又在发挥作用了？"

两个人不由得一起笑了。

2

昨天晚上，安嘉琦接到保险公司的电话，说是需要把保单上的身份证号改为十八位的，免得影响将来理赔。

嘉琦的保险意识很强，工作不久就为自己办理了商业养老保险。

联系嘉琦的小伙子给她发短信告知地址。嘉琦按地址找到保险公司的客户服务中心，一打听，才知道与自己联系的是保险公司的业务部，在后面的那栋楼里。于是嘉琦只好又出来，再找到业务部。

接待嘉琦的小伙子请她稍等一下，说他的主管一会儿就过来，会与嘉琦详细沟通。

随后他的主管来了，是个二十五岁左右的小女孩，打扮得很是时尚。

她自我介绍说："您好！我叫萌萌，这是我的工牌。我是我们部门业务最好的。今天约您来，先和您说明一下，主要是整理一下老客户的资料，重新确认录入。像您这样的老客户，目前没有业务员提供服务，都转到我们这里，由我们为你们提供服务。"说完拿出一张空白表格，把嘉琦保单上的相关信息抄在了上面。她看了看嘉琦的保单，说："您的保险意识挺强的啊，这么年轻就买了保险。"

嘉琦一愣，说："你们应该欢迎我这样的客户吧？"

萌萌解释说：“您知道，我们接触的客户多是上了岁数的，来了之后还说是因为磨不过别人的推荐，不得不买保险的。像您这样，年纪轻轻就给自己买保险的，并不多。”

嘉琦心想，难不成还要我给你们讲讲保险知识？

嘉琦的保险受益人曾经修改过，从她的父亲改为她的女儿。萌萌竟问了嘉琦她做梦也想不到的一个问题：“他是改名了吗？”

嘉琦有些理解不了了，她怎么会问出这样的一个问题？毕竟两个人的姓名、身份证号码都是不一样的。

嘉琦心下有些不快，说：“受益人原来是我父亲，现在是我女儿。”

萌萌随即开始讲解下面的服务和条款，却有些啰索，听不出重点。嘉琦不知道她到底想要说什么。她几次想问，又控制住了。

终于说到最后一项内容，这才是萌萌真正的目的。她向嘉琦介绍一份理财产品，说是保险公司专门为老客户提供的，收益比较好。

嘉琦说：“我自己看，不用给我讲。我自己能看明白。”

然后她假装看了看理财产品，说：“不买。”

萌萌对嘉琦如此直接的反应有些意外，她说：“我看您一直想说什么，但又什么也没有说，不知道是什么原因？我在我们部门中是业务最好的，您可以看看外面走廊里的照片。”

嘉琦说：“现在没有闲钱。”这是最好的一个拒绝理由了。

其实，她已经没有耐心再继续坐下去了，原来以为是来这里更改身份证号，到了才知道，在这里办理不了，她是后来又去客户服务中心更改的。这个时候嘉琦才明白，原来这些保险业务员是找个理由，把老客户约过来面谈，推销理财产品的。

3

嘉琦觉得自己确实是有些“职业病”了。在与萌萌的沟通中，她不自觉地注意到很多销售中的细节。萌萌的很多表现，除了所说的话、所问的问题，还有其他一些细节，都让嘉琦思考了很多。

萌萌很年轻，长得很漂亮，眼睛很大，皮肤很好，只是妆化得有些太重，脸上的粉很厚，戴着浓密的假睫毛，唇膏的颜色很深；手指甲是修过的，指甲上画着好几个不同的图案，很是显眼。

在两个人谈话的过程中，萌萌的手机响了，她顺手就接了起来，听得出来是快递来送货的。而嘉琦低头看资料时，萌萌在玩儿自己的手机。这些行为，在嘉琦看来，都很不礼貌、很不专业。

萌萌又问嘉琦："您是否还买过其他公司的保险？"

嘉琦说："我还买了其他保险公司的健康险，TK 的。"

萌萌随即开始向嘉琦推销自己公司的产品，并说之前有客户先到 TK 的养老社区，然后又到他们公司的养老社区，对比后觉得 TK 的养老社区远远比不上他们公司的。

嘉琦静静地听着，没有说话。她心里想，这可是做销售特别要注意的地方，不能在客户面前说其他竞争者的不足，尤其是眼前的这个客户已经购买了竞争者的产品的情况下。因为这样一来，客户会感觉你是在说他没水平，选了个差的。

4

安嘉琦对江千慧说："回来的路上，我就在回想和她谈话过程中的一些细节。她犯了很多的错误，而且是销售中很低级的错误。都说保险公司的培训是很全面的，也是经常组织的，可是，这些销售细节，他们难道不培训吗？"

千慧说："姐，是不是你让她太紧张了？"

嘉琦说："应该不会吧。从一开始，我就基本什么也没说，只是听她讲。我相信她所说的，她是他们部门中业绩最好的。但是，看她的表现，我也在想，业绩最好的，却未必是做得最好的，甚至，她都谈不上做得好。她业绩好，有可能是运气，有可能是数量大，也有可能是因为其他人做得还不如她。看到她今天所表现出来的，我在想我们的销售可能也存在同样的情况。业绩好，有可能并不是因为自己做得有多好、多专业，而只是因为市场大，需求多，加上其他的因素，等等。其实，不只培训行业、保险行业，还有很多行业做得都不够专业。只是因为中国的市场太大了，客户的水平也参差不齐，才能让这么多低水平的销售和公司都能够生存下来。”

千慧说：“是啊。就像咱们培训行业，所有的企业、培训公司、培训师都说，培训行业起步低，现在很乱很滥，却往往只能看到别人，觉得别人做得不好，而自己则是懂行、专业、做得好、有水平的。很多人并没有意识到自己在这个行业中所处的水平和位置，觉得有收益，就是自己做得不错了。也许是受眼界所限，很多人都没有看到更好的；或者出于自我保护的心理，即使见到了更好的也不承认。”

嘉琦说：“对，是这样的。我们自己时刻反思，保持清醒就好。我也坐下病了，有些职业病，就从这小女孩身上看到这么多有关销售细节的东西。当时，我真想告诉她这些要注意的细节，后来一想，何必呢？如果我说了，更像是我在挑剔和卖弄。于是，我就什么也没有说。只能安慰自己：见贤思齐焉，见不贤而内自省也。”

千慧说：“是的。有的时候，我也在想，那些每年销售额很高、规模很大、知名度很高的培训公司，真的就是做得好吗？仔细想想并不是这样。比如，有些培训师讲得错误百出，却名气很大、收入很高。而他自己也乐在其中。”

嘉琦说：“这也是件无可奈何的事情。只能等待，时间或许会改变一些事情。我始终相信因果报应，还是要坚守一些信念的。如果做了一件违背原则的事情，终归是会有报应的，只是报应呈现的时间有早有晚。”

千慧说：“是啊。还是要坚持一些东西的。有的时候，我也在想，第一代共产党人打天下，那个时候，到底是什么原因促使那么多出色的人舍弃当下的荣华富贵，舍弃当下的安逸，而选择加入共产党呢？在长征途中，爬雪山过草地的时候，他们又是怎么想的呢？我一直觉得，民国时代，优秀的中国人太多了。”

嘉琦说：“是啊。看那一段历史，也可以看到共产党和国民党双方力量对比的变迁。国民党实力强、风头盛的时候，大概没有多少人能够想到，有一天共产党会把国民党打败吧。我也总是用这个来激励自己。当下，我们的销售额、知名度、市场、客户都远远不如其他培训公司，但并不等于说，我们比别人的专业水平低。我们自己也很清楚，大家对课程、对培训师、对价值创造的理解是有着不同的。再说，我们也是刚刚起步。做事情是需要时间、过程和坚持的。我们所经历的一切，也许只是上天的一种安排和考验，我们坦然接受就好了。想想李安，他在家待了整整六年。但是，我们能说，那六年，就是李安的水平不行吗？可能，这六年就是上天对李安的一种考验吧，因为有了那六年的磨砺，李安才能够拥有今天的成就、心态和修养。这样一想，是不是就会淡定许多？既然喜欢，既然选择了这个行业，总还是要做些有价值、有意义的事情吧！”

千慧说：“是啊。这就好像西天取经，要想取得真经，必须要经历九九八十一难，少一难都不行。这样想，就都可以想开了。”

嘉琦笑了：“对。忘了问了，你上午见客户谈得怎么样？”

千慧说：“估计没戏。也是挺有意思的，客户说，他们的领导力培训只与有国外课程的培训公司合作。因为这些培训公司有一整套的课程体系和自己的培训师。关键是，他又说，他也知道这些公司的培训师讲得一般。我当时只是听他讲，没有办法说任何话。我不明白的是，他明明知道培训师讲得一般，为什么还要与他们合作呢？”

嘉琦笑着说：“是挺有意思的，大概是对工作对培训的理解和要求不同吧，可能他更多的是把这些当作任务去完成。他要的是面子工程，你想，他们公司合作的是知名培训公司，采用的是国外课程，说出来多好听啊。至于里子，培训师怎么样，哪怕讲得不好，那也不是他的责任，而是培训公司的问题，或许还可以说，这个课程就是这样的。培训管理者是越来越复杂了。我们也没有办法一下子改变他们的认知，只能先理解他们的想法。”

千慧很轻松地说：“对，有可能是这样的原因，我也是服气于这样的培训经理。算了，对他，我也不用太上心了，和他沟通还累。”

嘉琦说："是。如果感觉不是一路人，趁早放弃也不错。我们也只有尽可能地找到和我们价值观相同的客户。"

千慧说："我们这个行业，现在也确实是有些太乱了。"

嘉琦说："想开些，任何一个行业、任何一个专业都存在着水平上的巨大差异。像人力资源经理，既有懂业务、懂管理的高水平的专业人士，同样也有不怎么懂、水平不怎么样还自以为是的人。培训公司、培训销售、培训师也都一样的参差不齐。尤其是培训这个行业，有机会经常给其他人讲课，如果个人修养不够，很自然地就会以为自己高人一等，可以指点江山了，其实都是假相，都只是在自欺欺人。"

千慧说："对啊对啊。昨天我还看到一个助理在朋友圈里发培训师介绍，是什么系统创始人，全是'最'：最具号召力的、最具专业性的、最佳讲师。我当时就想说，你们不知道那句古话，'文无第一，武无第二'吗？还说那位培训师，出道二十年，出版著作五十本。这也太吓人了。他是怎么出的书？有代笔的？直接买别人写的？如果是自己写的，这书的质量也是可以想象得到的。你看看老外，写一本书得积累十年、二十年。"

嘉琦笑，说："真的是没有办法了。如同诸葛亮所说的那一句，我从未见过如此厚颜无耻之人。"

千慧哈哈乐，说："对，诸葛亮说得对。"

嘉琦继续说："现实归现实。不管怎样，我还是相信，一切都会有改善的，虽然会很艰难，但还是相信时间的力量吧，以时间换空间，相信因果、相信原则、相信坚持。把我们面临的现状和困难，都当作是对我们的考验吧。我现在只是希望，2016 年能够尽快过去，这一年发生了很多意想不到的事情。希望，也相信，2017 年和以后，能够出现一些新的变化、好的变化。"

蒋勋有一句话说得好："修行不是不可侵犯，而是看到你最爱的东西被侮辱，被糟蹋，让你心痛，你还可以重新整理，你还接纳，还爱它。"